WHAT
ALICE
FORGOT

失忆的爱丽丝

莉安·莫利亚提 著

顾纹天 译

广西科学技术出版社

献给亚当

（Adam）

WHAT ALICE FORGOT

目录

part 1   健身房的意外事件   /   006

part 2   被时间偷走的情谊   /   074

part 3   爱丽丝曾经的样子   /   126

part 4   失忆前的新生活   /   216

part 5   现实中的家庭混战   /   266

part 6   照片里的亲密朋友   /   314

part 7   也许应该再试一次   /   372

part 8   超大蛋白派母亲节   /   454

part 9   重拾记忆   /   490

PART 1

健身房的意外事件

"爱丽丝,你今年多少岁了?"

"29 岁啊,简,怎么了?"爱丽丝被简的夸张语调弄得有些烦躁。她想搞什么?"我和你一样大啊。"

简也坐到地上,得意洋洋地望着乔治·克鲁尼。

她说:"我刚收到她 40 岁生日派对的邀请函。"

爱丽丝·玛丽·洛夫这一天去了趟健身房,却不小心把自己的生活拨到了十年前。

第 1 章

　　她漂浮在水面上，双臂舒展着，空气中弥漫着夏天的气息，飘散着盐和椰子的清香。她感觉到舌尖萦绕着令人愉悦的早点味，那是咸鲜的培根和浓郁的咖啡留下的余香，可能还夹杂着牛角面包的甘甜。她抬起下巴，感觉到明媚的阳光洒在水面上。光线太刺眼，她不得不眯缝着眼睛，透过星星点点的光斑看着自己的脚。每一个脚指头上都涂着不同颜色的指甲油，有红色、金色和紫色，真有意思。指甲油没有上好，感觉脏兮兮的，不够规整。身边还有一个人也漂浮在水面上，那是她非常喜欢的人，一个让她开心的人。此人指甲油的涂法跟她一样，五颜六色的脚指头俏皮地晃动着，向她发出了亲昵的信号。一阵慵懒的满足感涌上心头。远处传来一名男子的呼喊："马可？"回应他的是一群孩子的大叫："波罗！"男子又呼喊了一句："马可，马可，马可？"孩子们回应道："波罗，波罗，波罗！"一个孩子咯咯地笑了，银铃般的笑声不绝于耳，就像一长串肥皂泡。有一个声音一直在她的耳边静静地回荡："爱丽丝？"她把头向后仰，任凭凉丝丝的水悄无声息地没过她的脸蛋。

星星点点的光斑在她的眼前跳动。

这究竟是梦境，还是回忆？

"我不知道！"说话人的语气中夹杂着惊恐，"我没有目击到这件事情！"

不需要如此惊慌失措。

眼前的景象亦幻亦真，说不清楚究竟是梦境、回忆，抑或是其他。它就像水中的倒影一样渐渐消融了，思绪的断片开始浮上脑海，仿佛时间是在一个周日的早晨，天已经大亮，而她正从一场漫长的昏睡中渐渐苏醒，还处在意识模糊的状态。

奶油奶酪算不算是软质奶酪？

它不属于硬质奶酪。

它不硬……

……一点也不硬。

因此，从逻辑上讲，你会思考……

……一些事情。

一些符合逻辑的事情。

熏衣草很美。

确实很美，这样说是符合逻辑的。

该修剪一下熏衣草了！

我能闻到熏衣草的芳香。

不，我闻不到。

不对，我闻得到。

也就是在这个时候，她方才注意到，自己其实从一开始就在头痛。头部单侧有痛感，而且疼痛得很剧烈，就好像脑袋上被人狠狠地捶了一记。

她一下子警觉起来。这剧烈的头痛究竟是怎么回事？没有人提醒过她要注意头痛的问题。已经有一连串稀奇古怪的症状在等着她了，比如心口灼热、嘴里残留着一股铝箔味、眩晕、极度疲倦——但是，如重锤猛击般的单侧头痛让她措手不及。真该有人提醒她的，因为确实痛得厉害。当然，如果连一般程度的头疼都对付不了，那就没什么可说的了……

熏衣草的芳香时浓时淡，若有若无，感觉就像一阵阵轻风，悄然袭来，又翩然散去。她任凭自己的思绪再度飘忽起来。

现在最好的办法就是继续睡觉，回到那个香甜的梦境，躺在水里，看着那些五颜六色的脚指甲。

说不定真有人提醒过她要注意头痛的问题，只不过她忘了。对，他们提起过！头痛，老天爷啊！差点没把人给折磨死。太要命了。

需要记住的事情太多了。不能吃软质奶酪、熏鲑鱼和寿司，要不然可能会引发一种她闻所未闻的疾病——李斯特菌症。这是一种由细菌引发的疾病。它会伤害你肚子里的孩子。因此，你不可以吃剩菜。一块吃剩下的鸡腿，只要咬上一口，就足以让肚子里的宝宝毙命。现实就是这么残酷，这是做父母的必须承担起来的责任。不过现在，她打算姑且再一次昏睡过去。这是最好的做法。

李斯特菌症。

威斯塔紫藤①。

侧围栏上的威斯塔紫藤真要开起花来，会很壮观的。

李斯特，威斯塔。

哈，这两个词语真有意思。

她笑了，但是头真的很痛。她试图硬撑过去。

"爱丽丝，听得见我说话吗？"

熏衣草的芳香又变浓了，浓得有些甜腻。

奶油奶酪是一种涂抹型奶酪。既不是太软，也不是太硬。软硬适中，就像贝贝熊的床。

"她的眼皮在动，好像在做梦。"

没有用，她根本没办法继续入睡，即使困得要命，恨不得长眠不醒，也还是睡不着。是不是所有怀孕的女人都是忍着剧烈的头痛到处走动的？这是不是一种锻炼耐痛能力的生理机制，好让她们适应产前阵痛？等到睡醒之后，她一定要找本育儿指南查一查。

她总是忘了疼痛发作是多么的令人煎熬。太残酷了。它总是让你难受得要命。你就盼着时间能够快点过去，恨不得马上解脱。硬脊膜外注射就是一种解脱方法。求求你给我在硬脊膜外打一针止头痛的药吧，拜托了。

"爱丽丝，睁开眼睛试试。"

奶油奶酪究竟算不算是奶酪的一种？毕竟，奶酪拼盘里一般不会放这种东西。或许此奶酪非彼奶酪。她不会向医生请教这个问题，以

---

① Wisteria，意为紫藤，以18世纪的植物学家卡斯珀·威斯塔（Caspar Wistar）的名字命名。

免又出洋相，被人数落："噢，爱丽丝。"

她怎么调整睡姿都觉得不舒服。床垫感觉就像冰冷的混凝土板。如果扭过身去，用脚轻轻推一下身边的尼克，他就会睡意蒙眬地翻过身来，将她拢入自己宽大而温暖的胸怀，紧紧地抱住。尼克就是她的人形热水袋。

这么说来，尼克怎么不见了？他已经起床了吗？说不定他正在给她泡茶呢。

"不要动，爱丽丝。好好躺着，睁开眼睛试试，亲爱的。"

伊丽莎白肯定知道，怀孕的时候不能吃奶油奶酪。她会摆出大姐姐的架势嗤之以鼻，说起话来毫不拖泥带水。至于妈妈就不懂这些事情了，她会惊惧不安，她会说："噢，我的宝贝，噢，不！我怀你们两个的时候肯定吃了软质奶酪！我们那时候还没有这么多讲究。"她会喋喋不休地说下去，生怕爱丽丝不小心坏了规矩。妈妈是个相信规矩的人。爱丽丝其实也是。

弗兰妮肯定不懂这方面的问题，但是她会去查证，到时候肯定会用那台新买的电脑卖弄一番。当初爱丽丝和伊丽莎白在做学校的项目时，她也帮她们在《大英百科全书》上查过资料。

她的头真的很痛。

或许这种程度的疼痛连产痛的十万分之一也不及，但它已然非同小可。

她不记得自己吃过奶油奶酪。

"爱丽丝，爱丽丝！"

她甚至根本不爱吃奶油奶酪。

"有没有人叫过救护车？"

又闻到熏衣草的芳香了。

还记得有一次，他们解开安全带的时候，她巧妙地试探了他一句，尼克正要拉开车门把，结果停住了，他说："你不要说这些傻话了，小傻瓜。你知道，我对你着迷得要命。"

她打开车门，感觉到阳光洒在腿上，空气中弥漫着芬芳，那是她在前门边种下的熏衣草散发出来的香气。

着迷得要命。

这一刻，她在弥漫的花香中感觉到了幸福。当时他们刚从杂货店购物回来。

"救护车正在往这边赶。我打了000！我长这么大还是第一次打000！感觉好紧张。我差点打成了美国的911。我其实已经把9拨下去了。看来平常还是看太多电视了。"

"我希望，事情不会变得……太严重。我的意思是，我不会……被起诉之类的吧，应该不至于吧？我觉得，我教的舞蹈动作应该没有那么难吧，你们觉得呢？"

"我倒是觉得，最后那个单脚旋转的舞步跳起来有点吃力，因为你之前踢了两次腿，又来了个反向旋转，可能已经有点晕了。"

"这可是高级课程！你要是教得太简单了，会被投诉的。你们可以根据自己的情况，选择合适的舞蹈动作。我的教学方式是循序渐进的。天哪，我不管做什么事情都会被投诉。"

这几个人是在上电台谈话节目吗？她讨厌这类节目。拨打电台热线的听众都是些古怪的神经质，而且说起话来鼻音很重。他们总是会被这样那样的事情吓到。爱丽丝有一次说，她从来不会被任何事情吓到。伊丽莎白回应说，这样的状态挺吓人的。

她没有睁开眼睛，只是叫道："尼克，你是不是把收音机打开了。我觉得头痛。"她的口气听起来有些暴躁，这不像她，但是毕竟她怀孕了，而且头痛，所以整个人冷冰冰的，总觉得有些……不太对劲。

或许这是晨吐反应？

问题是，现在究竟是不是早晨？

噢，爱丽丝。

"爱丽丝，听得见我说话吗？听得见我说话吗，爱丽丝？"

"小葡萄干"，听得见我说话吗？听得见我说话吗，"小葡萄干"？

每天晚上，他们临睡前，尼克都会拿出一个卫生纸卷筒，轻轻抵着爱丽丝的肚子，然后对着卷筒，跟未出世的宝宝说话。他是从电台节目上听说这个主意的。他们说，这样一来，宝宝就会学着分辨父母的声音。

"啊嗨！"尼克对着卷筒呼叫道，"听得见我说话吗，'小葡萄干'？我是你爸爸！"书上说，宝宝现在应该已经长到小葡萄干那么大了，所以他们称呼这个小不点为"小葡萄干"。当然，只是私底下这么叫，他们是非常稳重的准父母，在公共场合不会表现出柔情的一面。

"小葡萄干"说，他很好，谢谢爸爸，有时候会无聊，但是一切都很好。显然，他希望妈妈不要再天天吃那些绿色的猪食了，太没意思，应该吃点比萨饼，换换口味。"我受够了，不要再把我当兔子喂了！"他要求道。

照目前的情况看，"小葡萄干"很有可能是个男孩。感觉他就是有男孩子的性格，是个小捣蛋鬼。夫妻两个都这么认为。

每次尼克要和宝宝说话时，爱丽丝都会躺下来，看着尼克的头顶。那里有几缕花白的头发。她不确定尼克是否知道自己长了白发，所以从来不提。他今年 32 岁了。那儿绺白发把她的眼睛看花了。这都是孕期荷尔蒙在作怪。

爱丽丝和宝宝说话时，从来不发出声音。她每次都是在心里悄悄地说，而且是在洗澡的时候（水温不能太热——孕期的讲究真多）。嗨，宝贝，她默默想道。紧接着，她会为宝宝的反应而欣喜若狂，禁不住用手掌激起水花，就像一个满脑子想着圣诞节的孩子一样。她快 30 岁了，背负着巨额的房贷，身为人妻，肚子里怀着孩子，但是她的心态跟 15 岁时没有太大不同。

唯一的区别就是，15 岁时，她从杂货店购物回来，不会在弥漫的花香中感觉到幸福。那个时候，她还不认识尼克。她还要心碎好几次，才能把他等来，等着他用"着迷"这样的字眼，让她破碎的心灵愈合。

"爱丽丝，你没事吧？请把眼睛睁开。"

这是个女人的声音。声音太尖利，太刺耳，想不听都不行。她一下子恢复了意识，再也回不到之前的状态了。

这个声音让爱丽丝感觉到一阵熟悉的懊恼，就像穿了太紧的长筒袜一样。

这个人不应该出现在她的卧室里。

她把头转向一侧。"哎哟！"

她睁开眼睛。

眼前的景象模糊一片，无论是颜色还是形状，都无法辨别。她甚至连床头柜也看不见，无法伸手去摸自己的眼镜。她的视力肯定又下降了。

她连眨了几次眼，眼前的画面仿佛经过了锐化滤镜的处理，变得清晰起来。她发现自己正盯着一个人的膝盖看。真有意思。

苍白的、凸出的膝盖。

她微微抬起了下巴。

"你醒了！"

说话的人竟然是简·特纳，她的同事。简跪在她旁边，满脸通红，额前贴着几绺汗湿的头发，眼中流露出疲惫的神情。她的颈部又短又粗，肌肉松弛，爱丽丝从来没有注意到这一点。她穿着 T 恤衫和短裤，T 恤衫上沾有大块的汗渍，胳膊又细又白，上面长着暗色的雀斑。爱丽丝从来没见她穿得这么暴露过。真是令人尴尬。可怜的简，身上已经显出老态了。

"李斯特，威斯塔。"爱丽丝说道，她想表现得幽默一点。

"你现在还有点神志不清，"简说道，"不要坐起来。"

"唔……"爱丽丝说道，"我不想坐起来。"她怀疑自己并没有躺在床上，感觉背后凉凉的，像是平躺在叠层地板上。难道喝醉了？难道她忘了自己怀着孩子，竟然喝醉到了神志不清的地步？

她的产科医生是个文质彬彬的人，打着蝴蝶领结，生着一张圆脸，令人尴尬的是，这张脸长得特别像爱丽丝的一位前男友。他说，适量喝酒是没有关系的，比如"餐前来一杯 aperitif，用餐时再饮一杯葡萄酒"。爱丽丝一开始还以为 aperitif 是指某种品牌的葡萄酒。（对此，伊丽莎白的反应是："噢，爱丽丝。"）尼克解释道，aperitif 是指餐前开胃酒。尼克一家人有在餐前饮用开胃酒的习惯。爱丽丝家里倒是有一瓶百利甜，只不过瓶身上落满了灰尘，而且很可能被放了食品储藏间的深处，就藏在那堆意大利面罐头的后面。虽然产科医生说可以适量喝酒，但是爱丽丝自从做了产检之后，只喝过半杯香槟，而且光是喝了这半杯香槟，就已经让她很愧疚了，虽然大家都说这没什么大不了的。

"这是哪里?"爱丽丝问道,心里害怕得到答案。她是不是身在一家破烂的夜店里?她忘了自己怀有身孕,回去以后该怎么向尼克交待?

"这里是健身房,"简回答道,"刚才你摔倒了,昏了过去。我心脏病都被你吓出来了。不过呢,可以借机休息一下,我还是比较庆幸的。"

健身房?爱丽丝没有去健身房的习惯。难道她醉倒在了健身房里?

"你失去了平衡,"一个尖利而欣喜的声音说道,"你摔得可真叫惨啊!我们都吓到了,你这头笨猪!我们已经叫了救护车,所以你不用担心,专业的医护人员马上就要来了!"

跪在简旁边的,是一个咖色皮肤的瘦削女子。她扎着马尾辫,头发漂成了白金色,穿着一条色泽闪亮的莱卡面料短裤、一件红色露脐上装,衣服上饰着一行大字"舞步狂"。爱丽丝立刻对她产生了反感。她不喜欢别人叫她笨猪,这样的称呼很伤自尊。按照姐姐伊丽莎白的说法,爱丽丝倾向于把自己看得太重,这是她的缺点之一。

"我是昏过去的?"爱丽丝心中燃起了希望。孕妇昏倒是很正常的。她长这么大,还从来没有昏倒过。只不过上四年级的时候,她花了大部分时间来练习,希望自己也能像那些幸运的女孩一样,在做礼拜期间当众昏倒,这样就能瘫在体育老师吉莱斯皮先生那壮实的臂弯里,被护送出去了。

"我只是怀孕了。"她说。让那个家伙看看她说的笨猪是什么人吧。

简吃惊地张大了嘴:"天哪,爱丽丝,不会吧!"

“舞步狂”噘起了嘴，仿佛爱丽丝做了什么捣蛋的事情，被她逮了个正着。“噢，天哪。亲爱的，我在一开始上课的时候就问过，有没有怀孕的学员。你当时不应该不好意思说的。要不然我就会推荐你做一些调整过的舞蹈动作了。”

爱丽丝头痛欲裂。她们说的话，她一个字也听不懂。

“怀孕了，”简说道，“偏偏是在这个时候。真是造孽。”

“才不是呢。”爱丽丝用手护着肚子，以免“小葡萄干”听了简的话，会受委屈。她家的经济状况跟简没有关系。一个人宣布自己怀孕了之后，周围的人应该高兴才对。

“我的意思是，你打算怎么办？”简问道。

怎么说话的！“怎么办？你说这话是什么意思？我要有孩子了呀。”说着，她用鼻子吸了口气。“你身上有熏衣草味。我就知道刚才闻到的是熏衣草味。”因为怀着孩子，她的嗅觉已经变得格外灵敏。

“那是因为我身上擦了除臭剂。”

“你没事吧，简？”

简嗤了一声。“我怎么会有事。关心一下你自己吧，小姐。怀着孩子摔倒的人是你。”

糟糕，肚子里的孩子！她光顾着自己头痛了，完全没有为可怜的“小葡萄干”着想。她无法想象自己以后会变成什么样的母亲。

她说：“我希望刚才摔倒时，没有伤到孩子。”

“噢，孩子的生命力是很顽强的，我不会担心这个。”

这是另一个女人的声音。爱丽丝抬起头，她这才注意到，自己身边围着一群面色潮红、身穿运动服的中年女子。有些人向前探着身子，带着好奇的眼神盯着她看，仿佛在围观一起道路交通事故；还有些人叉着腰，彼此有说有笑地聊着天，仿佛在参加一场派对。她们似乎待在一个长长的、亮着荧光灯的房间里。她能听到远处传来一阵若有若无的音乐声，音乐声中夹杂着叮当作响的金属声，有人突然爆发出了一阵响亮而阳刚的笑声。

"不过你要是怀孕了的话，真的不应该做高强度的运动。"另一个女人插话道。

"但是我从来不运动，"爱丽丝说道，"我应该多运动一下的。"

"亲爱的，你不能再做更多的运动了，你要是还尝试了更多的运动，那就赶紧停下来。"简说道。

"我不知道你们在说些什么。"她环视着周围陌生的面孔，这一切真是……不可理喻。"我不知道我在哪里。"

"她可能脑震荡了，"有个人情绪激动地说，"脑震荡患者通常会眩晕，精神错乱。"

"哇哦，我们来听听医生怎么说！"

"我只是在学校学过急救课程。我记得书上是这么说的，眩晕和精神错乱。你们得看看她有没有脑受压，这很危险。"

"舞步狂"看起来很恐慌，她轻轻地抚摸着爱丽丝的胳膊。"噢，天哪。亲爱的，你可能只是轻微的脑震荡。"

"对，但我觉得她总不至于听不进别人说的话吧。"简干练地说。接着，她压低了声音，把头凑向了爱丽丝。"没事的。你现在在健身房。你到这里来，是为了上星期五的舞步课。这几年你一直想把我拖过来一起上课，还记得吗？老实说，我也不知道上这个课有什么意思。总之，你在课上狠狠地摔了一跤，撞到了头。你会好起来的。不过，你为什么不告诉我你怀孕了？"

"星期五的舞步课？你在说什么？"爱丽丝问道。

"噢，这可真是不妙。"简激动地说。

"救护车来了！"有个人说。

"舞步狂"松了口气，夸张地跳了起来，像是手里提了把扫帚的家庭主妇一般，神气活现地要把女士们嘘走。"好了好了，姐妹们，给他们留点空间，可以不？"

简依旧跪在爱丽丝身边的地板上，轻拍她的肩膀，以分散她的注意力。没过多久，她就不拍了。"老天爷啊，你为什么要做这些？"

爱丽丝扭过头，看见两个穿着蓝色工装的帅哥大步流星地走过来，还带了急救的设备。她感到很难为情，挣扎着坐直了身子。

"宝贝儿，别乱动。"高个子帅哥喊道。

"他看起来简直就是乔治·克鲁尼啊。"简在她的耳边轻轻地说道。爱丽丝也觉得很像，她不禁高兴了许多，感觉自己就像是在电视剧《急诊室的故事》里刚刚苏醒一般。

"你还好吧？"乔治·克鲁尼蹲在两人身边，一双大手按在他的膝盖上，"你叫什么名字？"

"简，"简答道，"噢，她叫爱丽丝。"

"爱丽丝，你全名是什么？"乔治将手轻轻地搭在她的腕上，用两根指头帮她把脉。

"爱丽丝·玛丽·洛夫。"

"摔了一跤？是这样吗？爱丽丝？"

"显然是啊。我都记不起来了。"爱丽丝很想哭，她不喜欢这种特别的感觉，每当她和医院方面的人打交道时，哪怕是个药剂师，她都会这样。爱丽丝把这些都归咎于她的妈妈。当爱丽丝小时候生病时，她的妈妈总是小题大做，一惊一乍的。搞得她和伊丽莎白整天疑神疑鬼，以为自己身上又出了什么毛病。

"你知道你现在在哪儿吗？"乔治问道。

"不是很清楚，"爱丽丝回答，"显然我在一间健身房里。"

"她是上舞步课的时候摔倒的。"简调整了一下上衣里的文胸吊带，"我看见她摔跤了，很吓人的，一个后空翻，脑袋直接砸在地板上，至少昏迷了十分钟。"

"舞步狂"又出现了，马尾辫甩来甩去的。爱丽丝盯着她那双光滑的长腿和平坦坚实的小腹。不过小腹看起来像是装出来的。"我认为她当时的注意力没能集中，""舞步狂"以自信的语调和职业的方式对乔治·克鲁尼说道，"我真的不推荐孕妇来参加这类舞蹈课。我确实询问了有没有人怀孕。"

"爱丽丝，你怀孕几周了？"乔治问道。

爱丽丝刚想回答，却惊讶地发现自己的脑海里一片空白。

"13 周，"她顿了一下，"我是说 14 周。对，14 周。"她上次做超声是在怀孕后的第 12 周，现在距离那次超声至少已经过去了两个星期。当时 "小葡萄干"做了个特别的小跳，有点类似迪斯科里的动作，就像有人从背后戳了她一下后自然的反应。后来，尼克和爱丽丝到处给朋友演示那个特殊的动作。大家都礼貌地表示，这个动作真了不起。

她又把手捂在了肚子上，这时候，她才注意到自己身上的装束。她穿着跑鞋、白短袜、黑短裤、黄色套头运动衫，运动衫上还贴了张亮闪闪的金箔贴纸。贴纸上好像画了个恐龙，嘴里吐出个话框，话框里写着："酷毙了！"酷毙了？

"我这身衣服是从哪里冒出来的？"她埋怨简，"这都不是我的衣服。"

简意味深长地朝乔治扬了扬眉毛。

"我的衬衫上怎么会贴恐龙。"爱丽丝感到恐惧。

"爱丽丝，你知道今天星期几吗？"乔治问道。

"星期五啊。"爱丽丝回答道。她作弊了。因为简之前告诉她，今天上的是"星期五的舞步课"。不管这课名是什么意思，反正今天肯定是星期五。

"还记得你早餐吃了什么吗？"乔治一边说话，一边轻柔地检查爱丽丝的头。另一个医护人员把血压表的袖带系在爱丽丝的上臂，然后开始充气。

"花生酱抹吐司面包？"

她通常拿它当早餐。这样回答比较安全。

"他其实不知道你早餐吃了什么，"简插话道，"他只是想看看你记不记得自己早餐吃了什么。"

血压计的袖带越压越紧。

乔治一屁股坐到地上，问道："爱丽丝，给我个面子，告诉我咱们国家伟大的首相叫什么名字吧。"

"约翰·霍华德。"爱丽丝顺从地回答。她希望乔治不要再问政治方面的问题了。她不擅长这个领域。政治上的那些事情，没有最丑恶，只有更丑恶。

简立刻就笑疯了。

"噢。啊。那个。但是他应该还是首相吧？难道不是了？"爱丽丝愣住了。以后大家肯定会拿这件事情开她的玩笑。爱丽丝，你怎么能不知道首相的名字！难道她错过了一次大选？"但我确定他还是首相。"

"今年是哪一年？"乔治似乎没有被前面的回答干扰。

"1998 年啊。"爱丽丝回答得很快。她对这个答案很自信。明年，也就是 1999 年，她的宝宝就要出生了。

简惊讶地捂着嘴。乔治想要接着提问，却被简打断了。她把手放在爱丽丝的肩上，紧紧地盯住她的眼睛。简的眼睛睁得很大，神情激动。睫毛膏挂在她的睫毛梢。她身上的熏衣草除臭剂和嘴里散发出来的大蒜味实在让爱丽丝有些受不了。

"爱丽丝，你今年多少岁了？"

"29 岁啊，简，怎么了？"爱丽丝被简的夸张语调弄得有些烦躁。她想搞什么？"我和你一样大啊。"

简也坐到地上，得意洋洋地望着乔治·克鲁尼。

她说："我刚收到她 40 岁生日派对的邀请函。"

爱丽丝·玛丽·洛夫这一天去了趟健身房，却不小心把自己的生活拨到了十年前。

第 2 章

简告诉爱丽丝，按道理说，她当然应该跟着去医院，可是她两点钟还要上法庭。

"你去法庭做什么？"爱丽丝问道。简不陪她一起去医院，爱丽丝心里一百个同意。和简在一起待一天，实在是太久了点。邀请她参加四十岁的生日派对。她这样说到底是什么意思？

简笑得不大自然，也没有回答爱丽丝关于法庭的问题。"我会打电话安排某人在医院等你的。"

"别某人了，是尼克吧？"爱丽丝看着医护人员为她准备了一张担架，担架似乎不大稳当。

"是的，当然啦。我会给尼克打电话的。"简说话时吐字很小心，好像在表演儿童话剧一样。

"其实，我很确定我可以自己走路。"爱丽丝对乔治·克鲁尼说。

她一点也不喜欢被人抬着走，即使是尼克这样的壮汉来抬她，也不行。她担心自己可能太胖了。万一这些医护人员抬担架的时候，又是嘟囔抱怨又是做鬼脸的，好似搬家具的工人一般，那该怎么办？"我感觉很好，就是头有些不舒服。"

"你的脑震荡挺严重的，"乔治说，"头部创伤可不能马虎大意啊。"

爱丽丝仰卧着，以便两位医护人员把她抬到担架上去。她翻身侧卧的时候，疼痛让她感觉到一阵眩晕。

"哎，那是她的包。"简从墙边拿起了一个背包，把它压在爱丽丝的身边。

"那不是我的。"爱丽丝说。

"是你的。"

爱丽丝盯着这个红色的帆布包。包上有三张亮晶晶的恐龙贴纸粘成一排。她的衬衫此时正塞在帆布包盖的下面，衬衫上有张贴纸和包上的非常相似。爱丽丝觉得她要晕过去了。

医护人员抬起了担架。看起来，他们抬担架完全不会有问题。爱丽丝猜测，这可能和工作性质有关，本来他们就是要用担架抬起各种体型的人。

"上班！"爱丽丝突然惊慌失措，"你最好赶紧给我单位打个电话。如果今天是星期五，我们怎么没有上班呢？"

"呃，好吧，我其实也不知道！我们怎么没有上班？"简用滑稽的语调重复了一遍，"但是你大可不必担心。我会给'尼克'打电话，也会给'单位'打电话。我猜你说的单位是指，呃，ABR Bricks公司？"

"是的，简，你说得对。"爱丽丝小心地说。她俩在 ABR 公司已经做了三年的同事。这可怜的姑娘怎么连这个都不知道，是不是脑袋出问题了？

爱丽丝说："你最好告诉苏，我今天不会去上班了。"

"苏？"简一板一眼地复述道，"苏，我猜你说的是苏·梅森。"

"是啊，简。苏·梅森。"（怎么都是车轱辘话呢？）

苏·梅森是她们的老板，也是个老古板。她要求手下员工要守时，要经常体检，上班穿着不能随意。爱丽丝已经等不及要休产假了，好逃离那个满是条条框框的办公室。

躺在担架上的爱丽丝发现简目送他们离开。简用手指捏着自己的下唇，满腹狐疑的样子。

"早日康复哦！""舞步狂"从房间前面的舞台上向爱丽丝打招呼，声音被她头上戴的麦克风放大了。担架抬到门口时，屋子里复又响起了震耳欲聋的节奏音乐。爱丽丝回过头，看到"舞步狂"正在一块矮塑料台边快速地跳上跳下。刚才还围在爱丽丝身边的那些女人又回到了她们各自的塑料台边，接着模仿"舞步狂"的动作。"加油啊！女士们！先来个基础点的，腿后腱弯曲，然后，牛仔舞步！"女人们横跨着步子，在头顶舞动着一根想象中的套索。

我的老天爷啊。爱丽丝一定要把今天的每个细节都记得一清二楚，然后全部告诉尼克。她必须把那个"牛仔舞步"演示给尼克看。他肯定会觉得那玩意儿超级搞笑。是啊，今天简直就像是闹剧一般。

（只是，她今天究竟为什么会和简·特纳一起跑到健身房呢？还参加了这些乱七八糟的活动？想来真是有点可怕。）

他们穿过一道玻璃门，走进了一个超市般大小的长条形大房间。爱丽丝什么印象也没有。

屋子里陈列着一排又一排看起来挺复杂的机器，男男女女借助这些机器，使劲地推举、拖拉着一些分量远比他们自身体重更沉的东西。整个房间的氛围就像一家图书馆，大家都在里面寡言少语，刻苦努力。担架经过身边的时候，人们不会停下手里的活，只是用眼睛打量着她，好像是在看电视新闻似的。

"爱丽丝！"

一个男人从跑步机上跳了下来，摘下耳机，挂在脖子上。"你怎么了？"

他那红扑扑的脸上挂着点点汗珠，只是爱丽丝一头雾水。她直直地盯着这个男人，想着该说些什么客套话。躺在担架上和一个陌生人交谈，有点超现实的感觉。她感觉像是在梦里一样，穿着睡衣参加鸡尾酒会。

"脑袋被撞了。"乔治·克鲁尼替爱丽丝答道，听起来一点儿也不像是医学专业人士的回答。

"不会吧！"男人用毛巾擦了擦额头，"真是越怕什么，越来什么，大日子就快到了啊！"

听到大日子即将来临的消息，爱丽丝试着装出一副悲伤的表情。也许他是尼克的同事，这个"大日子"应该是一个她早就知晓的事情。

"好吧，这也是给你个教训，天天往健身房里跑就容易出事嘛，对不对，爱丽丝？"

"嚯。"爱丽丝说。她其实不确定自己想说什么，不过还是吐出一个"嚯"。

医护人员抬着她，继续往前走，那个人又回到了跑步机上开始跑步。他朝爱丽丝喊道："多保重啊，爱丽丝！我会给玛吉打电话的！"说着还在耳边比画了一个打电话的手势。

爱丽丝闭上双眼，感觉到腹中一阵翻江倒海。

"爱丽丝，你现在还好吗？"乔治·克鲁尼问道。

爱丽丝睁开眼睛。"我有点难受。"

"没事的。这很正常。"

他们在电梯前停了下来。

"我真的不知道我现在在什么地方。"她提醒乔治。她觉得自己有必要再澄清一下。

"现在就不用为这些事情操心啦。"乔治安慰道。

电梯门哗一声打开了，里面走出一个披着光洁波波头的女人。"爱丽丝！你没事吧？出什么事了？"这个女人字正腔圆得像是在说绕口令，"真巧啊！我刚才还在想你呢！我正想打电话跟你说——啊，学校里的那起——小事件，克洛伊跟我说了，真是可怜哪！噢，天哪，真是越怕什么，越来什么！明晚怎么办，而且大日子就要到了！"

她说个不停，医护人员已经把担架抬进了电梯，按下了去一楼的按钮。电梯门缓缓关闭，爱丽丝看到她也在耳边比了个打电话的手势，和跑步机上那个男人一模一样。这时候，门外另一个声音喊道："刚才那个躺在担架上的是爱丽丝·洛夫吗？"

乔治说："你认识的人还真不少啊。"

"没有，"爱丽丝说，"没有，我真的不认识他们。"

她想起简刚才说的话："事实上，我刚刚收到她40岁生日派对的邀请函。"

爱丽丝俯下身子，吐得一塌糊涂。乔治·克鲁尼那双光洁锃亮的黑色鞋子不幸遭了殃。

伊丽莎白给霍奇斯医生的家庭作业

今天午休快结束的时候，我接到了电话。当时我只剩下五分钟的时间，就要回到工作岗位上了，这会儿本来应该在洗手间里检查牙缝之间有没有留下食物残渣。来电话的人是个女的，她说："伊丽莎白？哦，嗨，这是简，我这里出了点问题。"好像全世界只有一个简似的（你会觉得，一般名字叫做简的人，在自报家门的时候，应该报上自己的姓氏才对）。于是我就开始琢磨，简，简，遇到问题的简，然后我意识到，她是简·特纳。爱丽丝认识的那个简。

她说，爱丽丝在健身房里上舞步课的时候跌倒了。

我当时还得去面对143个学生呢，他们一个个都坐在桌子后面，喝着冰水，嚼着薄荷糖，拿着笔，满怀期待地看着讲台。他们每个人都支付了2950美元，或者2500美元（这是早报名的优惠），就是为了看着我说话。为了让我教他们如何撰写成功的直邮传单，他们就是愿意支付这个数额的学费。我知道！外面那个污浊不堪的商业世界，对你来说完全是陌生的，对不对，霍奇斯医生？我看出来了，当我向你解释我的工作时，你只是出于礼貌，所以才对我点头。我敢肯定，你从来没有想过，你邮箱里收到的那些信件和小册子，其实是由真人写的，是由我这样的人写的。我敢打赌，你肯定在信箱上贴了一张"垃圾邮件勿扰"的纸条。不用担心，我不会因为这个而记仇的。

总之，这个时间点对我来说不太方便，我不能因为妹妹在健身房里发生了意外，就急急忙忙地丢下眼前的事情，跑出去看她（我们当中，有些人是有工作的，哪有时间大白天的跑去健身房里消遣）。况且，自从发生了香蕉松饼事件之后，我还是不想理她。我知道，在这个问题上，我们谈了很久，我应该试着以更加"理性的视角"来看待她的行为，但我还是不想跟她说话。（当然，她其实不知道我不想理她，但是请允许我保留一点幼稚的满足感。）

我对简说（我承认，当时说话的口气是有点暴躁、自以为是）："严重吗？"我总觉得，这能有什么大不了的。

简说："她以为现在是 1998 年，她才 29 岁，我们还在 ABR Bricks 上班，所以可以肯定的是，这件事情很不可思议。"

接着，她说："噢，我估计你知道她怀孕了吧？"

我对自己当时的反应深感惭愧。霍奇斯医生，我只能跟你说，我的脾气就像是枯草热①患者想打一个大喷嚏一样，难以自持，势不可当。

这是一种气得发抖的感觉，怒火从我的胃里嗖的一声蹿到了头上，我说："对不起，简，我没时间跟你说了。"于是就挂断了电话。

乔治·克鲁尼人很好，不介意自己的鞋子被弄脏。爱丽丝吓坏了，她试图从担架上下来，以便帮他把鞋子擦干净——要是手头有纸巾就好了，说不定那个陌生的帆布包里有纸巾——但是两位医护人员严肃了起来，执意让她好好躺着。

等到担架抬进救护车的后车厢后，她的胃里好受多了。周遭都是白净、厚重的塑料制品，这让她的内心十分安稳；一切都让人觉得妥

---

① 枯草热又称花粉症，是一种因吸入外界花粉抗原而引起的春夏季过敏性疾病，在欧美等发达国家流行。

帖、无菌。

感觉这次去医院的路途很安稳，就跟平常搭车一样。据爱丽丝观察，他们的救护车并没有闪着警灯、鸣着警笛一路狂奔，招摇过市。

"也就是说，我不会死了？"她问乔治。另一位医护人员正在驾驶，乔治·克鲁尼陪着爱丽丝坐在后车厢。她注意到，他生着一对毛茸茸的眉毛。尼克的眉毛也很浓。有一天深夜，爱丽丝曾试图帮他拔眉毛，结果他疼得大呼小叫，搞得她很担心隔壁的贝尔根太太会以为她家里出了什么事，进而打电话报警。

"你很快就可以回健身房了。"乔治回答道。

"我不去健身房，"爱丽丝说，"我不相信去健身房锻炼会有什么效果。"

"我和你一样。"乔治微笑着，拍了拍她的手臂。

她透过乔治身后的救护车窗口，看着外面一闪而过的广告牌、写字楼和天上的云彩。

好吧，也就是说，这都是些不着边际的傻事。眼前的一切之所以让人觉得怪怪的，纯粹是因为"脑袋被撞了"。这种感觉就好比你在节假日里一觉醒来，却想不起自己身在何处，只不过当下的体验更加漫长，更加紧张罢了。没有必要恐慌。这很有意思！她只需要集中注意力就好了。

"现在是什么时候？"她果断地问乔治。

"快到中午了。"他说着，看了一眼自己的手表。

好吧，现在是中午，星期五的中午。

她说："你刚才为什么要问我早餐吃的是什么？"

"一般有人头部受伤的时候，我们就会问这种问题，目的就是为了确认你的精神状态。"

也就是说，要是她能想起今天早餐吃了什么，那么其他的事情也会逐渐明朗。

早餐，今天早上。噢，快点想起来吧。她肯定记得的。

平日里吃早餐是什么情形，她心里很清楚。烤面包机里通常会一前一后地弹出两片吐司，电热水壶里热气腾腾地烧着水。晨光斜射在厨房的地板上，照亮了油毡上那一大块棕色的污渍，这块污渍看起来仿佛瞬间就可以擦洗干净，但事实上肯定不能。墙上挂着一面铁路时钟，那是尼克的妈妈送给他们的乔迁礼物。每次抬起头来看时钟，她总是会热切地希望时间比自己想象的要早（结果总是事与愿违）。屋子里回荡着ABC早间电台清脆的播音——电台主持人带着担忧、紧张的口气，播报着世界新闻。尼克听着电台的新闻，时不时就会说些"不会吧，开什么玩笑"这样的话，爱丽丝任凭自己沐浴在声浪当中，假装还在睡觉。

她和尼克都不是习惯早起的人。他们喜欢彼此这一点，两个人都曾与热爱早起、精力充沛到不可理喻的人交往过。他们用简明扼要的语句交谈，有时候这是恶作剧，目的是为了夸大内心的不爽，有时候并非如此，但是这也没有关系，因为他们知道，等到晚上下班之后，他们就会回归真实的自我。

她试图唤醒具体某一天的早餐记忆。

那是一个清冷的早晨，厨房里还没有上完漆。外面下着滂沱大雨，室内的油漆味浓烈刺鼻。他们就着花生酱，默默地吃着烤吐司。两个人都席地而坐，因为所有的家具上都还盖着防尘布。爱丽丝依然穿着睡衣，只不过她在外面披了件开襟羊毛衫，脚上还套着尼克的及膝旧足球袜。尼克刮好了胡子，换上了正装，就差打领带了。前一天晚上，他已告诉爱丽丝，今天他得同时在"光头锃亮的傻逼""万恶的威震天"和"大教主"面前，做一个非常重要，也非常可怕的演示报告。爱丽丝本来就害怕公共演讲，一听到这个消息，她胃里一紧，深感同情。那天早晨，尼克抿了一口茶，放下马克杯，张开嘴，准备咬一口吐司，结果一失手，吐司掉到了他最喜欢的蓝色条纹衬衫上。它刚好粘在了衬衫的正面。两个人惊愕得面面相觑。尼克慢慢地揭下吐司，露出一大块方形的花生酱污渍。他开口了，语气仿若刚刚受了致命的枪伤一般。"我就剩下这么一件干净的衬衫了。"接着，他举起手里的吐司，使劲儿拍到了脑门上。

爱丽丝说："没有啊，不止这一件。你昨晚打壁球的时候，我拿了一大堆衣服出去洗。"他们那个时候还没有买洗衣机，平常都是把脏衣服送去街角的洗衣店。尼克把那片被砸扁的吐司从脸上揭下来，说道："你没骗我吧。"她说："没有。"他越过一罐罐油漆，爬了过来，双手捧着她的脸，给了她一个良久的、温柔的带着花生酱味的吻。

但是，这不是今天早上的事。它发生在几个月前，或者几个星期前，反正不在今天。现在厨房已经装修好了。况且，那个时候她也没有怀孕，还没有忌喝咖啡。

有一段时间，他们一连好些天都在追求健康的饮食方式，早餐就吃酸奶和水果。那是什么时候的事了？这种健康的饮食方式并没有保持太久，虽然他们一开始热情很高。

有时候，尼克出差了，爱丽丝一个人吃早餐。每到这时，她就会坐在床上，一边咀嚼着吐司，一边细细品味着思念他的浪漫情怀，仿佛他是一名水手或者军人，而她在深闺等待良人归来。这就好比你在等着吃大餐的时候，享受忍饥挨饿的感觉。

有一次吃早餐时，他们吵了一架——两个人都面目狰狞，眼睛好像在喷火，砰砰地摔门——就是因为家里没有牛奶了。那不是什么愉快的经历。（肯定不是今天早上发生的事情。她还记得他们是怎么和好的。当天晚上，他们去看了尼克的小妹妹在一部又臭又长的后现代戏剧里饰演的一个小角色。他们都看不懂这部戏剧想要表达什么。"顺便说一句，我原谅你了。"尼克斜靠过来，低声在她耳边说。她小声回应道："搞没搞错，是我原谅你好不好。"坐在前面的一个女人转过身来，轻声抗议道："嘘！你们两个！"那神情俨然一个愤怒的教师。他们忍不住咯咯地笑了，两个人笑得太厉害，最后不得不狼狈地跨过邻座观众的膝盖，离开了剧院，以至于后来因为这事儿跟尼克的妹妹闹僵了。）

有一次吃早餐时，她没好气地念着宝宝起名手册中的名字，而他则没好气地给予肯定或者否定的答复。这样很好，因为他们那天早上的不爽肯定都是装出来的。"真不敢相信，他们竟然让我们给一个人起名字，"尼克说，"感觉这像是只有皇帝才应该做的事情。"

"或者皇后。"爱丽丝说。

"噢，他们从来没有让女人给别人起过名字，"尼克说，"这是很显然的。"

这是今天早上的事吗？不对，它发生在……某一天。不是今天早上。

她完全不知道自己今天早餐吃了什么。

她对乔治·克鲁尼坦白了："我之前说我今天早上吃了花生酱抹吐司面包，是因为我平常一般都吃这个。我其实对今天的早餐完全没有印象了。"

"没关系，爱丽丝，"他回答，"我觉得我自己都不一定想得起早餐吃了什么。"

好吧，他现在倒是没有心思确认她的精神状态了！乔治真的知道他在干什么吗？

"说不定你也有脑震荡。"爱丽丝说。乔治很配合地笑了起来，他似乎失去了对她的兴趣。也许，他是希望下一个患者能够更有趣一点。说不定他喜欢用心脏除颤器这种东西。爱丽丝要是医护人员的话，就会这样。

记得有个星期天，尼克宿醉未消，她试图说服他去海边，而他闭着眼睛，躺在沙发上不理她。她说："噢，不，他的心电图已经平了！"说着，便煞有介事地拿起两把抹刀（当作电极），摩擦了一下，然后往他的胸部按，同时喊道："所有的人都让开！"尼克装模作样地抽搐了一下。他还是不动，直到她大喊："他没有呼吸了！我们得给他插管，快！"然后拿着一根吸管，试图塞进他的喉咙里。

救护车在一个红绿灯前停了下来，爱丽丝稍微挪了挪身子。她感到浑身不适。一种无法抗拒的倦怠感深入骨髓，与此同时，一阵坐立不安的躁动感让她恨不得支起身子，做点什么。这肯定是怀孕所致。大家都说，怀孕的时候，你总是会感觉到身体不对劲，不像是自己的。

她低下头，再次看了看身上那件陌生的湿衣服。它甚至都不像是她平常会挑选的衣服。她从来不穿黄色上衣或者无袖运动衫。恐慌的情绪再度涌上心头，她扭过头去，又开始看着救护车的车顶。

问题是，昨天晚饭吃了什么，她也不记得了。

一点印象也没有。就连舌尖上，也没有残留熟悉的味道。

是不是吃了她素来喜爱的金枪鱼豆子沙拉？还是尼克最爱的咖喱羊肉？她也说不上来。

当然，平日里的事情总是会缠在一起，难以厘清。她可以试着回想上个星期做过什么事情。

来自一个个周末的纷乱记忆如同洗衣篮里的脏衣服一样，一股脑地倒进了脑海里。坐在公园的草地上看报纸，野餐，逛花市、讨论植物，布置房屋，没完没了地布置房屋，看电影，吃晚餐，与伊丽莎白喝咖啡，在星期天的早晨做爱，然后沉入睡眠，醒来之后去一家越南面包房里买羊角面包，为朋友庆祝生日，偶尔参加婚礼，出门旅行，与尼克的家人打交道。

冥冥之中，她知道，这些事情都不是上个周末发生的。她也不知道它们具体发生在何时，是在不久之前还是很久以前。总之它们发生过。

问题是，她无法给自己定位"今天""昨天"甚至"上个星期"。她感觉自己就像一只断了线的气球，无助地飘浮在日历的上空。

她的脑海里浮现出一个画面：阴云密布的天空中，到处都飘浮着粉色的气球，它们用白色的丝带扎在一起，就像一捧捧花束。气球花束被一阵怒风猛烈地鞭打着，她感到一阵无比揪心的巨大哀伤。

这种哀伤就像偶发的恶心感，过了一阵，就消失不见了。

我的天哪。这究竟是怎么一回事？

她渴望见到尼克。他在的话，就能把一切都打理好。他可以准确地告诉她，他们昨天晚饭吃了些什么，上个星期做了些什么。

但愿他已经在医院里等她了。说不定，他还给她买了花。或许他真的买了。她希望他没有，因为这样做太夸张了。

当然，她其实希望他买了。毕竟她上了一趟救护车，有鲜花的安慰也是理所应当。

她的脑海里又浮现出另一个画面。这一次，画面中出现了一大捧长茎红玫瑰和满天星，这些花儿插在尼克的表亲赠送给他们作为新婚礼物的水晶花瓶里。为什么她会想象这些？尼克从来没有给她送过玫瑰。他知道，她只喜欢生长在花园里的玫瑰。花店里买来的玫瑰没有香味，而且出于某种原因，花店总是会让爱丽丝联想到连环杀手。

救护车停了下来，乔治一跃而起，佝偻着身子，以免撞到车顶。

"我们到了，爱丽丝。你感觉怎么样？刚才你好像一直在沉思。"

他推动手柄，打开了救护车的后门，阳光一瞬间倾泻进来，弄得她睁不开眼睛。

"我还没有问过你的名字呢。"爱丽丝说。

"凯文。"乔治带着歉意回答道，仿佛他知道这个答案会令人失望。

伊丽莎白给霍奇斯医生的家庭作业

霍奇斯医生，事实上，由于工作性质的缘故，我有时候会变得有些急躁，我很不好意思地承认这一点。所谓急躁，也不是火急火燎的那种，但是整个人会像打了鸡血一样，肾上腺素直线上升。当灯光暗去，台下的学员安静下来以后，只有我一个人独自站在台上，莱拉会非常严肃地给我一个"准备好了"的信号，仿佛我们是在 NASA 准备航天发射。聚光灯就像阳光一样，照在我的脸上。我能听到的，只有玻璃水杯的叮当声，其中或许还夹杂着一两声出于礼貌而尽量压低的咳嗽声。我喜欢置身于酒店的多功能大厅，感受这种干净清爽、严肃认真的氛围，以及扑面而来的空调冷气。它能让我的头脑变清醒。当我说话的时候，麦克风能使我的声音变平顺，给人以权威的感觉。

但是话又说回来，有些时候，我走上讲台，感觉脖子后面就像是有沉重的压力，压得我垂头驼背，就像个丑陋干瘪的老太婆一样。我恨不得把嘴巴凑近麦克风，对大家说："女士们、先生们，这一切究竟有什么意义？你们看起来都像是心地善良的人，所以行行好吧，告诉我，你们这样做有什么意义？"

其实，我知道这个问题的答案。

他们这样做的意义，是在帮助我们偿还房贷。他们每个人都在为我们的食品杂货、水电、信用卡做贡献。正因为他们支付了高额的学费，我才能来医院接受注射，你们才能穿上肥大难看的白大褂，上次那位麻醉师才会带着无辜的小眼神看着我，拉着我的手说："睡吧，亲爱的。"好吧，我跑题了。是你叫我跑题的。你要我想到什么就写什么。我也不知道你会不会觉得我很无聊。你看起来总是彬彬有礼，善于倾听，但是说不定有些时候，你也会迷茫，你看见我走进你的办公室，一副无助的样子，迫不及待地想跟你倾诉我生活中的所有可悲之处，你会恨不得想把手肘支在办公桌上，托着下巴说："伊丽莎白，你对我说这些，有意义吗？"然后你就会想起，我这样做，是在帮忙支付你的信用卡、房贷、食品杂货账单……世界就是这么运转的。

前几天，你提到，虚无感是抑郁症的表现，但是你看，我没有抑郁症，因为我确实看得到人生的意义。金钱就是意义。

我挂掉筒的电话以后，手机立马又响了起来（估计是她吧，她可能以为通话是不小心断掉的）。铃声还没停，我就直接关机了。一个男人从我身边经过，他说："有的时候，你真的会好奇，要是没有这些狗屁玩意，我们的生活会不会更好！"我说："太他妈对了！"（我以前从来没有说过"太他妈对了"，这句话不知怎的就脱口而出了。我觉得挺好的。下次就诊的时候，我可能会说这句话，看看会不会吓你一跳。）他说："顺便，恭喜你。这类研习班我上过很多次，还从来没有见过有人讲得像你这么好。"

他这是在跟我调情。这种情况时有发生。肯定是因为麦克风和明亮的灯光对我的个人形象起到了美化效果。这很有意思，因为我一直觉得，对于任何男人来说，我早已年老色衰。我感觉自己就像一颗干杏仁。对，没错。霍奇斯医生，我是一颗干杏仁。不是那种软嫩多汁的鲜果，而是坚硬无比、干瘪无味的干杏仁，吃起来会硌得你下巴疼。

我深吸了几口醒脑的空调冷气，将麦克风重新别到夹克上。眼看着就要回到讲台上，我兴奋不已，以至于真的颤抖了起来。霍奇斯医生，我感觉自己今天下午精神错乱了一小会儿。我们可以在下一次就诊时讨论这个问题。

或许，暂时的精神错乱只是一个借口，目的就是为了给不可原谅的行为开脱。或许我太羞于告诉你，有人好心打电话给我，说我唯一的妹妹出了事，可是我的反应却是挂断了她的电话。我对自己的形象做了包装，以便展示给你看。我想表现出精神不健全的样子，以便你对症下药。但是与此同时，霍奇斯医生，我想让你觉得我是个好人。一个精神不健全的好人。

我就像摇滚明星一样，大踏步地走上了讲台——我开始激情澎湃地谈论"展望未来"的话题。我让整个课堂充满了欢笑，我让学员们争先恐后地大声回答问题。但是在我们展望未来的过程中，我始终在想我的妹妹。

当时我琢磨着，头部受伤可能会很严重。我寻思着，尼克走了，照顾爱丽丝确实不应该是简的责任。

最后我想到了：1998 年，爱丽丝还怀着麦迪逊。

第 *3* 章

尼克并没有在医院里手持鲜花，等着爱丽丝的到来。没有人等她，这让爱丽丝觉得自己挺坚强的。

把她送来的两位医护人员消失了，仿佛他们从未存在过一般。爱丽丝不记得他们说过再见，所以她也没来得及向两人道谢。

医院里一片繁忙，也不知道等了多长时间，爱丽丝一个人孤零零地待在一间墙壁雪白的小屋子里，躺在担架上，盯着天花板，怔怔地出神。

医生来了，她用一根铅笔粗细的小手电照射爱丽丝的眼睛，让爱丽丝随着她的手指来回移动眼球。护士小姐深绿色的眼睛非常漂亮，和她的制服很配。她一边拿着记录板，一边询问爱丽丝的医保、过敏禁忌以及直系亲属的情况。爱丽丝夸护士的绿眼睛漂亮。护士说，那是美瞳的颜色。爱丽丝回了一句"噢"，心里有种受到欺骗的感觉。

一只冰袋被放到了爱丽丝脑后的某个部位，绿眼护士称这个部位为"鸵鸟蛋"。爱丽丝拿到了两片装在小塑料杯里的止痛片，但是她解释说，自己的疼痛还没有糟糕到需要用药的地步，而且她现在还处在怀孕期，她什么药也不想吃。

人们不停地向她提问，声音很大，仿佛她已经睡着了，而实际上她正看着他们。他们问她记不记得自己摔倒了，记不记得坐救护车来医院的事，知不知道今天几号、星期几。

"1998年？"医生戴了一副红色塑料框的眼镜，看起来有些焦虑，她透过镜片，盯着爱丽丝问道，"你确定今年是这个年份吗？"

"是的，"爱丽丝说，"因为我家宝宝的预产期是1999年8月8日，所以我知道今年是1998年。8月8日，1999年。很好记。"

"你知道吗，其实今年是2008年。"医生答道。

"呃，那不可能吧。"爱丽丝尽可能和气地说道。有些人在专业领域出类拔萃，但是在日期这类小事情上，却完全白痴。或许医生就属于这类人。

"为什么不可能啊？"

"因为我们还没有过千禧年呢。"爱丽丝聪明地回答，"很显然，因为千年虫的关系，到时候是要停电的。"

她为自己知道这件事感到自豪，这可是时事新闻呢。

"我觉得你可能弄混了。你不记得千禧年已经过了吗？海港大桥上的盛大焰火表演你也不记得了？"

"不记得了，"爱丽丝说，"什么焰火表演啊？"她其实想说，请不要再问了，这可不好玩。我只是想表现得坚强一点而已，其实我头痛得非常厉害。

她想起尼克有一晚曾告诉她："你知道吗，到新千年开始前的那天晚上，我们的孩子就要四个月大了？"他双手拿着一把大锤子，正准备砸墙。爱丽丝把摄像机放低，以便能把整堵墙都拍下来。"真的是这样啊。"爱丽丝有些惊讶，又有些害怕。四个月大的小宝宝，一个货真价实的小不点儿，这是她和尼克的结晶，属于他们，是他们身体的一部分。

　　"对头，估计我们得给这个小害人精找位保姆了。"尼克装出一副满不在乎的口气。说完，他就快活地挥起锤子，爱丽丝同时按下了相机的快门，粉色的石膏碎片如雨点般四散，落在两人的身上。

　　"也许我该去做个B超检查，看看我的孩子有没有事，毕竟我这一跤摔得不轻。"爱丽丝坚定地对医生说道。伊丽莎白要是碰上类似的情况，应该也会这样做。每当爱丽丝需要声辩自己的立场时，她总会去想，换做是伊丽莎白，会怎么做呢？

　　"你怀孕几周了？"医生问道。

　　"14周。"爱丽丝回答，不过她的脑海里再次出现了那个奇怪的空白，仿佛她自己也不能完全确定是否真的如此。

　　"就算不做B超，你起码也要检查一下宝宝的心跳吧？"爱丽丝用伊丽莎白的语气补充道。

　　"嗯……"医生推了推鼻梁上的眼镜。

　　爱丽丝想起了一个女人的声音，这个女人说话时，稍微带点美国口音。

　　"抱歉，我测不到心跳。"

　　她记得特别清楚，特别是"抱歉"两字后面，有个小小的停顿。

　　"抱歉，我测不到心跳。"

这个人是谁？这话是谁说的？是真的吗？爱丽丝的眼眶里涌起了泪水，她又想起了那一束束粉色的气球在阴云密布的天空中被风吹打的画面。那些气球是不是曾经出现在某部年代久远的电影里？那是不是一部极为伤感的电影？爱丽丝再次感觉到剧烈的情绪在胸口翻涌，就和之前在救护车里感觉到的一样，悲伤和愤怒交织在一起。她想象着自己泣不成声、痛哭流涕，甚至把指甲深深嵌进肉里的样子（爱丽丝一辈子也没有这样做过）。悲痛如潮水般汹涌，当她以为自己快要被卷走时，它却消失得无影无踪了。这实在是匪夷所思。

"你有几个孩子啊？"医生问道。她掀起爱丽丝的 T 恤衫，又把短裤往下褪了点，这样就可以检查爱丽丝的腹部。

爱丽丝眨巴着眼睛，想把眼泪赶走。"没有，这是我的头一胎。"

医生停住了，盯着爱丽丝。"你肚子上那个疤很像是剖腹产留下的呢。"

爱丽丝尴尬地抬起头来，看见医生正指着自己下腹部的一处形状规整的疤痕。她眯着眼睛看了看，这处疤痕紧挨着阴毛生长的位置，看起来像是一条非常浅的紫色线条。

"我也不知道那是什么。"爱丽丝难堪地说。她想起了妈妈那张严肃的脸孔，妈妈曾经告诉她和伊丽莎白："你们绝不可以把自己的私处给别人看。"尼克第一次听说这件事的时候，笑得前仰后合。为什么他没有注意到那处有趣的伤疤呢？他可是花了很多的时间仔细"检查"她的私处啊。

"你的肚子不大，不像是怀有 14 周的身孕。"医生评判道。

爱丽丝盯着自己的肚子，也发现了这个问题，肚子看起来挺平的，是骨感美人特有的苗条身段。除非她正怀着孕，一般情况下，这可是求之不得的优点。每次她穿显怀的衣服时，尼克就会开心地咯咯直笑。

"你确定你怀孕这么久了？"医生说道。

爱丽丝一言不发地盯着自己平坦的小腹——真的很平！她现在满腹疑惑，恐惧不安，而且极为难堪。她突然想起，自从怀孕以后，自己的乳房就已变得沉甸甸的，有强烈的胀痛感，从表面上看非常有料，但是现在却回归了平日的状态，不显山不露水。她没有怀孕的感觉。她确实觉得身体不对劲，不像是自己的，但是她感觉不到自己怀有身孕。

（那道伤疤是怎么回事？她想起了犯罪分子给人下药，然后摘取人体器官售卖的故事。难道她去了健身房，喝得酩酊大醉，然后被人趁机摘走了器官？）

"可能还没有 14 周，"她对医生说，"也许我记错了。我现在脑子里好像很乱，什么都理不清楚。我老公很快就会来的，他会跟你们解释清楚。"

"好吧，那你就先放松一下，暂时什么都别想了。"医生轻轻地拍了拍爱丽丝，把她身上的衣服理整齐，"首先，我们要给你做个CT，看看有没有什么严重的损伤。不过我觉得，你很快就会发现，事情会变得明朗起来。你还记不记得你的产科医生叫什么名字？我可以给他打个电话，确认一下你怀孕多久了。要是因为怀孕时间不长，导致我们没能发现宝宝的心跳，结果害得你担心，那就不好了。"

"抱歉，我测不到心跳。"

这句话她记得太清楚了，感觉就像真的听人说过一样。

爱丽丝说："山姆·查普尔医生。他在查茨伍德。"

"好的，很好。别担心。头部受了重伤以后，你觉得脑子里很乱，也完全是正常现象。"

医生同情地笑了笑，离开了病房。爱丽丝目送她离开后，再次掀起衬衫，看看自己的肚子。腹部除了比以前扁平外，肚脐周边还出现了一些羽毛状的银色花纹。那是妊娠纹。爱丽丝惊愕不已，她用指尖摩挲着妊娠纹。这真的是她的肚子吗？

医生说，那条紫色的线是剖腹产留下的疤痕。（当然，也可能是她听错了，说不定这根本就不是剖腹产留下的疤痕，只是一个非常普通的……疤痕罢了，总之不是剖腹产留下的。）

可是如果她没有听错，那就意味着有个医生（难道是她的查普尔医生）曾经用手术刀切开了她的腹部皮肤，从中拿出过一个血淋淋的、哇哇大哭的宝宝，而她一丁点儿也想不起来。

只是头部被撞了一下，难道就足以把这么重大的事情从记忆中抹掉？这会不会有点太夸张了？

她想起自己有好几次和尼克一起看电影，电影放到一半，她就枕着尼克的大腿睡着了。她挺讨厌这样睡觉的，因为每次醒来，电影里的角色已经开始新的生活，曾经互相憎恨的一对男女已经走到了一起，在埃菲尔铁塔下共撑一把雨伞，对此她却一点吐槽的余力都没有。

"你生过孩子，"她尝试着告诉自己，"还记得吗？"

这太荒谬了。她当然不打算一拍脑门，恍然大悟地说道："噢，宝宝，我当然生过宝宝！我怎么给忘了呢，真是稀奇。"

她怎么会忘了宝宝在她的肚子里生长、踢腿、打滚呢？如果她有过孩子，这就意味着：她已经和尼克一起上过孕期辅导课；她已经买了人生中的第一套孕妇装；她已经和尼克粉刷过婴儿室；他们已经选购过摇篮、婴儿车、尿布、学步车和尿布更换台。

这也意味着，孩子已经出世了。

她坐直了身子，双手按着腹部。

那孩子现在在哪儿呢？谁在照顾他呢？谁在给他喂食呢？

这可比"噢，爱丽丝"式的犯傻要严重得多。这是件大事，这太可怕了。

怎么回事，尼克怎么还没来？老实说，她打算到时候一定要给尼克一点颜色看看，不管他姗姗来迟的理由有多充分。

绿眼护士回到病房，跟她打了个招呼："你现在感觉怎么样？"

"我很好，谢谢你。"爱丽丝机械地回答。

"你还记得自己为什么会入院、入院之前出了什么事吗？"

这种问题翻来覆去地问，估计是为了检查她的精神状态。爱丽丝恨不得大吼："我疯了！这下你们满意了吧？！"但是她不想让护士尴尬。疯狂的举动总是会让人难堪。

爱丽丝换了种回答方式，她反问护士："你能告诉我今年是哪一年吗？"她的语速很快，以免戴眼镜的医生回来后，发现她正背着自己打探情况。

"今年是 2008 年。"

"你确定是 2008 年？"

"是啊，今天是 2008 年 5 月 2 日。下个星期就是母亲节了！"

母亲节！这将是爱丽丝的第一个母亲节。

但是，如果今年是 2008 年，那么下个星期的母亲节就根本不是她的第一个母亲节。

如果今年是 2008 年，那么"小葡萄干"就已经九岁了。他根本就不能称为"小葡萄干"了。他应该已经从小葡萄干长成了大葡萄干，又从大葡萄干长成了桃子、网球、篮球，最后变成了……宝宝。

爱丽丝不由得想要放声大笑。

她的宝宝已经九岁了。

伊丽莎白给霍奇斯医生的家庭作业

让莱拉骇然的是，我还没有讲完"展望未来"的部分，就切换到了"理念奥赛"。在这个部分，我会让学员着眼于"台面下"的商机，发掘他们的"神秘产品"。霍奇斯医生，我敢肯定，你看到这里一定会觉得很稀奇。每一位学员都对此无比兴奋，他们纷纷钻到了桌子底下。神奇的是，竟然有这么多人开了完全相同的玩笑。这进一步加深了我的先入之见，那就是，时间一年又一年地过去了，但是什么也没有发生改变。我就是"原地踏步"的完美典范。

话说，《实习医生格蕾》还有十分钟就要开播了。我不能为了写这篇日记，就耽误了晚上看电视。我的老公本说，要是没有电视的麻醉效果，我可能在很久以前就真的疯掉了。但是我不在意他这么说。

趁着学员忙着在牛皮纸上写下自己推销"神秘产品"的点子时，我试着给简回了个电话。当然，这个时候简已经关掉了她的手机，我不由得大声骂了一句"妈的"，莱拉给了我一个不自然的微笑。我刚才已经得罪她了：我临时改变了授课安排，好像授课安排根本不要紧似的。但是事实上，她把它看得比命还重要。

我向她解释说，我妹妹出了事，我不知道她在哪家医院，我需要找人去学校接她的孩子回家。莱拉说："好吧，但是'展望未来'剩下的部分，你打算什么时候讲完？"（我想，一个员工能有这样的敬业精神，实在难能可贵，但是，霍奇斯医生，你觉不觉得这样太变态了一点？你有什么专家意见？）

接下来，我给妈妈打了电话，同样只接通了她的语音信箱。噢，妈妈好不容易才有了新的生活。感觉就在不久前，我还会先给弗兰妮打电话。她总是临危不惧，沉着冷静。但是自从搬到养老村以后，弗兰妮就决定不开车了。（不知怎的，我到现在还觉得可惜，毕竟她开车技术很好。）我给学校打了电话，没人接听，呼叫等待时的铃声是一段关于家庭价值的录音。然后我给爱丽丝的健身房打了电话，看看他们知不知道爱丽丝被送到了哪家医院，结果也是无人接听，呼叫等待时的铃声是一段关于合理营养的录音。

最后，我给本打了电话。

电话铃才响了一声，他就接了起来。听我唠叨完之后，他说："这事我来处理。"

第 4 章

很明显，爱丽丝的CT结果"没有什么显著异常"，面对自己的"平庸"，她有些难为情。这让她想起了在学生时代，老师在她成绩单上的每个选项后面都勾选了"令人满意"，评语多半都是什么"安静的孩子，需要为班级多做贡献"。他们不妨写得更直接一些："这孩子没什么意思，我们其实都不怎么认识她。"伊丽莎白的成绩单则不一样，有些选项勾选的是"非常出色"，有些选项则勾选的是"低于平均水平"，还有"会搞些小破坏"这样的评语。爱丽丝也渴望能搞些小破坏，但是她一直闹不清楚该如何入手。

"我们对你的失忆很担心，所以我们决定让你留院观察一晚。"戴红框眼镜的医生说道。

"噢，好吧，谢谢你。"爱丽丝忸怩地把头发往后拢了拢，想象着一排医生和护士手持笔记板，坐在她的病床边仔细观察她睡觉的样子。（她有时候会打呼噜。）

医生把笔记板抱在胸前，兴致勃勃地看着爱丽丝，仿佛她很想与爱丽丝聊聊天。

噢，饶了我吧。爱丽丝绞尽脑汁地寻找着有意思的话题，最后，她说："话说，你给我的产科医生打电话了吗？就是那个查普尔医生。当然，你可能没来得及……"她不想让医生劈头盖脸地回一句："抱歉，我忙着救死扶伤呢，哪里顾得上打电话。"

医生看起来一副若有所思的样子。"其实我打过电话了。山姆·查普尔医生好像三年前就已经退休了。接电话的秘书告诉我，他还买了一座小岛，真是太给力了。"

"他买了一座小岛。"爱丽丝复述道。听到"太给力了"这种词语从医生的嘴里说出来，她感到很困扰。这种词语会让说话的人显得太年轻，太大惊小怪。而对于医生这种见过世面的人来说，应该没有什么事情值得他们大惊小怪才对。这就跟救护车里的乔治·克鲁尼一样。这些医疗专业人士总是给人一种高大上的感觉，但是，当你发现他们也是凡夫俗子的时候，你就会感到失望。总而言之，这个消息给爱丽丝的感觉很不真实。一般人不会买岛屿。

"嘿，说不定他能买下小岛，也有你的一份功劳呢！"医生兴高采烈地说。

爱丽丝不敢相信，查普尔医生已不再坐在他的大皮椅上，仔细检查白色索引卡上患者针对其彬彬有礼的提问而工整、漂亮地写下的答案。相反，他正躺在一张吊床上，喝着饰有纸伞的鸡尾酒。他是否还像以前那样，打着蝶形领结？她想象着他像脱衣舞娘一样，只穿短裤、打领结的样子。她把这个形象记在了脑海里，打算到时候跟尼克说。

（这小子跑哪儿去了？）

当然，如果现在真的是 2008 年，那就意味着，十年已经过去了，查普尔医生的生活应该发生了很多变化，更重要的是，她自己的生活也是如此——除了孩子应该已经生下来了。

这十年里应该发生了许许多多的事情。

一百万件事情。一千万件事情。一亿件事情！

如果除去惊悚的意味来看，眼下的情形还挺有趣的。她真的需要把这个……这个问题彻底解决。赶紧的！越快越好！换做是弗兰妮的话，就会这样说。2008 年，弗兰妮还健在吗？人老了，自然会有寿限来临的那一天。你甚至不可以因此而悲伤。求求你，老天爷，千万不要告诉我，你已夺去了弗兰妮的生命。千万不要告诉我，你已夺去任何人的生命。"我们家不会再死人了，"孩提时代，伊丽莎白曾经向她保证，"因为这样不公平。"爱丽丝曾经相信伊丽莎白说的每一句话。

或许，伊丽莎白已经去世了？还是说，去世的人是尼克？或者妈妈？或者孩子？（"抱歉，我测不到心跳。"）

这么多年来，爱丽丝还是第一次感受到心爱之人即将离她而去的压抑，这和孩提时代父亲去世后的感觉一样。她恨不得把所有心爱之人聚在一起，将他们安安全全地收在床底下，跟心爱的玩偶放在一起。有时候，压抑感会变得如此势不可当，以至于她会忘记如何呼吸，每到这时，伊丽莎白就不得不给她一个牛皮纸包，让她往里呼气。

"我可能需要一个包。"爱丽丝对医生说。

"一个包？"

真荒谬。她现在已经不是小孩子了，怎么会一想到要死人了，就吓得透不过气来。

"我带了一个包，"她对医生说，"一个红色的背包，上面有贴纸。你知道它放哪儿了吗？"

医生似乎对这种后勤问题感到有些恼火，但是她说："噢，我知道，在这儿。要不要把它拿给你？"她从墙边的架子上拿起那个陌生的背包，爱丽丝神情担忧地看着它。

"不用。呃，还是帮我拿过来吧。"

医生把包递给她，说道："你就在这里好好休息，很快就会有人带你去病房的。不好意思，害得你等这么久。但是医院就是这样。"她慈爱地拍了拍爱丽丝的肩膀，然后迅速离开了房间。她突然一副行事匆匆的样子，仿佛刚刚想起还有其他病人等着。

爱丽丝摩挲着背包盖上那三个亮晶晶的恐龙贴纸。这三只恐龙都有对话框，框里的对话，要么是恐龙统治世界！要么是恐龙酷毙了！她低头看了看衬衫上的贴纸，将它撕了下去。它跟背包上的贴纸明显是相配的。她又把它贴回了衬衫上（不知怎的，她觉得应该这样做），然后等着某种感情或者记忆被唤醒。

这些贴纸会不会是"小葡萄干"的？她的内心就像一只受惊的小动物一样，抗拒这个想法。她不想知道答案。她不想要一个已经长大的宝宝。她想要自己的"小葡萄干"回来。

这种事情不可能发生在她的身上。但是，它的确发生了，所以接受它吧，爱丽丝。正当她准备打开背包时，手上的指甲引起了她的注意。她将双手举到面前。只见手上的指甲造型优美，修长姣好，上面涂了很淡的米色指甲油。平日里，她的指甲一般凹凸不平，残破不堪，而且边缘脏兮兮的，因为夫妻俩需要打理花园、涂抹油漆，或者操持其余装修事务。她的指甲唯有一次像现在这般规整，那就是结婚的时候，当时她好好地做了一次美甲。整个蜜月期间，她都在对尼克拍着手说："看，我也是个淑女呢。"

除此之外，这双手看起来仍然像是她的。事实上，它们看起来挺美的。手上白白净净的，没有任何首饰，她只有在出席特殊场合时，才会佩戴戒指，而健身房大概不是特殊场合。平日里佩戴首饰会比较碍事，尤其是在布置房间的时候。她举起左手，发现手指上多出了一道薄薄的白色压痕，那是结婚戒指留下来的，以前未曾有过。这给了她一种恍如隔世的错觉，就跟刚才看到妊娠纹时的感觉一样。她的内心以为一切如故，但是身体却告诉她，时光已在她浑然不知的情况下溜走了。

时光。她把手放在了脸上。如果她已发出了 40 岁生日派对的邀请函，如果她现年……39 岁——一想到这里，她就感到窒息，喘不过气来——那么她的容貌一定发生了改变。变老了。屋子前角的洗手池上有一面镜子。她可以从镜子里看到自己的脚，上面穿着白色短袜；之前那一拨护士当中，有人帮她脱掉了脚上那双奇怪的运动鞋（那是一双大块头的胶鞋），把它们放到了床边的地上。爱丽丝完全可以跳下床，走过去看看镜中的自己。

或许下床是患者的大忌。她头部有伤，如果贸然下床，可能会晕倒，进而再次撞击到头部。没有人叮嘱过她不要下床，但是他们可能认为这种事情是不言而喻的。

她应该照照镜子。但是她不想看到，也不想知道自己镜中的模样。她不希望这是真的。不管怎么说，她现在顾不上。她必须翻一翻背包。于是，她迅速打开包扣，把手伸了进去，仿佛在抽奖一般。她取出来的是……一条毛巾。

一条普通、无害、干净的蓝色浴巾。爱丽丝看着它，除了尴尬之外，没有任何感受。她觉得自己是在翻弄别人的私人物件。简·特纳显然拿错了包，而且看都不看，就一口咬定这是她的。简就是这样的人，太专横，太没有耐心。

好吧。

爱丽丝又赏玩了一下她那副修剪精美的指甲。她再次将手伸进包里，掏出了一个塑料袋，将它摊平。这是 Country Road^① 的购物袋。哎呀，这家店的服饰可贵呢。她把袋子里的东西倒在腿上。

袋子里有一件女士外套、内衣裤、一件红色连衣裙、一件饰有单只大木扣的奶油色开襟羊毛衫、一双及膝高的米色靴、一个小巧的首饰盒。

内衣裤为奶油色，绸缎质地，饰有蕾丝边。爱丽丝的内衣裤一般图案浮夸，略有褪色：内裤上画着活泼的海马，文胸为紫色棉质，款式为前扣式。

她将红色连衣裙举到面前展开，发现它很漂亮，设计简单，面料丝滑，饰有奶油色小花团。开襟羊毛衫的奶油色与小花的奶油色恰好相配。

她看了看连衣裙上的吊牌。尺码为 8。这对她来说是太小了，不可能是她的连衣裙。

她把衣服重新叠好，打开首饰盒，拿出一条缀有大颗黄宝石的精致金项链。

---

① 澳大利亚时装品牌。

就她的品味来说，这颗黄宝石太大了，但是她把项链往连衣裙上一比，就发现它们确实很搭。且不论这些物件的主人是谁，此人的品味看起来挺不错的。

另一件首饰是爱丽丝的蒂芙尼（Tiffany）金手链。

爱丽丝说："没想到会在这里见到你。"她拿起手链，将它戴在手腕上，心里感觉到了些许安稳，仿佛尼克终于来了。

这条手链是他给她买的，就在前一天，他们发现她怀上了"小葡萄干"。他本来不应该花那么多钱的，因为用尼克的话说，他们当时正面临着"严峻的财政压力"。之所以面临严峻的财政压力，是因为他们对房子进行的每一道装修工序，最终耗资都超出了预期。但是尼克说，购买项链的支出可以计入资产负债表的"特别项目"中（且不论"特别项目"的具体含义是什么），因为怀孕是一件非比寻常的大事。

"小葡萄干"是在某个星期三的晚上怀上的，虽然最终的结果如此重大，但是那天晚上确实不怎么刺激，就连那次做爱也毫无激情和浪漫可言。只不过是因为电视节目没什么好看的，所以才会想到做爱。当时尼克打着哈欠说："我们应该去粉刷走廊。"爱丽丝则说："噢，不如我们做爱好了。"尼克又打了个哈欠，说道："嗯……好吧。"接着，他们发现，床边的五斗橱里没有避孕套了，而当时他们已经进入状态，两个人都懒得起床，专门跑到浴室里去找避孕套。况且，那天是一个星期三，不戴套也就那一次，再说，他们都是结过婚的人了，是可以有孩子的。反正就这么怀孕是不太可能的。第二天，爱丽丝发现，抽屉深处其实有一个避孕套，只要她前一天晚上再把手往里面伸一点点，就可以够到，只可惜发现的时候，已经太迟了。"小葡萄干"已经开始准备演变成生命了。

后来，他们做了八次早孕测试，结果都是阳性（之所以要做八次，是为了以防万一，说不定前七次的结果都有错误呢）。第二天，尼克下班回家后，递给她一个礼品包装的小盒子，盒子上附了张卡片，上面写着，给孩子的母亲，盒子里就装着眼前这条手链。

老实说，这条手链在她心中的分量甚至超过了订婚戒指。

当然，如果真要掏心窝子地说实话，她其实一点也不喜欢自己的订婚戒指。她有点讨厌它。

世上没有任何人知道这一点。这是她唯一、真正的秘密，只可惜，它不是什么大不了的秘密。她的订婚戒指是爱德华七世时代的古董，原本属于尼克的奶奶。爱丽丝从来没有见过洛夫家的奶奶，她显然是一个既严厉，又慈爱的老太太（她听起来很可怕）。尼克有四姐妹，不可否认的是，她们个个都性格乖僻，因而被尼克称为"怪胎"。她们对那枚戒指都很痴狂，奶奶在遗嘱中将戒指留给了尼克，引起了很多怨言。总是会有一两个"怪胎"抓住爱丽丝的左手，用轻蔑的口吻说："这样的首饰，你到哪里都寻不来！"

爱丽丝觉得它很丑。一颗巨大的翡翠镶嵌在一圈钻石中，看起来就像一朵花。不知怎的，看到这枚戒指，她就会联想到芙蓉，而她一向不喜欢芙蓉，不过她也明白，戒指是神圣的，而且它值不少钱，因为世上的女子似乎都抱有同样的想法。

这就引出了另一个问题。这枚戒指是爱丽丝拥有的最贵重的首饰，而爱丽丝是一个经常丢东西的人。她总是需要折回脚步，倒空垃圾箱，联络火车站、餐馆和杂货店，看看他们有没有捡到她丢失的钱包、太阳镜或雨伞。

"噢，不是吧。"当伊丽莎白听说爱丽丝的戒指是一件不可替代的传家宝时，她不由得失声惊呼，"依我看，你得做手术，让它长到你的手指上才好。"

大多数时候，除非是在特殊场合，或者需要与"怪胎"见面时，爱丽丝根本就不戴那枚订婚戒指。她一般戴那枚普通的金婚戒，或者什么都不戴。反正她从来就不属于真正喜爱首饰的人。

尽管如此，这条蒂芙尼手链却是她的心爱之物。和戒指不一样，它似乎代表着过去几年出现在生命里的所有美妙的事物——尼克，宝宝，房子。

现在，她把手链系在手腕上，头向后仰，靠在医院雪白的枕头上，将背包抱在怀里。她脑海里闪过一个念头：说不定这世上有几百万条完全同款的手链，所以这也很可能是别人的东西——毕竟背包里的其他东西她都认不出来——但是不知何故，她就是知道这条手链是她的。

她开始对自己生起气来。争气点吧！快点想起来！你怎么总是这么愚蠢？为什么这种事情总是发生在你身上？

盛怒之下，她猛地将手往包里一伸，掏出一个黑色的钱包。这是一个狭长而奢华的黑色长方形真皮钱包。爱丽丝将它拿在手里，翻来覆去地看着。一行不引人注目的小字写着 Gucci。天哪。她打开钱包，首先看到的是自己的驾照。证件照上的人正看着她。

她看到了自己的面孔，自己的名字，自己的住址。

好吧，这就可以证明，背包的主人是她了。

驾照上的照片跟一般的证件照一样，比较模糊，但是她可以看出，她穿着白衬衫，戴着黑色的珠子长链。珠子长链？难道她变成了一个喜欢戴珠子长链的人？她的头发已经被剪成了波波头，长度刚好在肩膀以上，而且似乎还染上了非常鲜艳的金色。她剪短了头发！尼克曾经让她发誓，永远不剪短发。爱丽丝本来觉得这件事情浪漫得要命，只不过伊丽莎白听说之后，干呕了一声，说道："你总不可能到了四十岁以后，还留着十四岁的发型吧。"

到了四十岁以后。

噢。

爱丽丝把一只手伸向后脑勺。她隐约意识到，自己的头发已经被扎成了马尾辫；她没有意识到，它实际上更像猪尾辫。她扯下发圈，用手指捋着头发。她现在的头发甚至比拍证件照的时候更短。也不知道尼克喜不喜欢。用不了多久，她就必须鼓起勇气，面对镜子里的自己了。

当然，她现在还是顾不上。不急。

她把驾照放回去，开始翻钱包里的东西。钱包里放着各种各样的信用卡、提款卡，这些卡的正面都刻有她的名字，包括一张美国运通金卡。美国运通金卡是不是只有开宝马的那种人才会有的身份象征？钱包里还有借书证、NRMA 车险卡、健康公积金卡。

她找到一张纯白色的名片，上面写着迈克尔·博伊尔，注册理疗师。地址是在墨尔本。她把名片翻过来，发现背面有几行手写的留言。

爱丽丝：

我们都安顿下来了，一切都好。我常常想起你，想起我们的快乐时光。你可以随时打电话给我。

迈克尔

她把名片丢到腿上。这个迈克尔·博伊尔所说的"快乐时光"究竟是什么意思？真是不知廉耻。她可不想和墨尔本的一个理疗师有什么快乐时光。他说的话让人毛骨悚然。她想象出了一个手部柔软、嘴唇湿润、大腹便便的秃顶男。

尼克这家伙究竟跑到哪里去了？

或许，简忘了给他打电话。她今天在健身房里一直表现得那么奇怪。爱丽丝应该干脆自己打电话给尼克，告诉他，她现在情况很严重，真的很需要他马上放下工作，过来陪她。为什么她之前没有想到这一点？

突然之间，她极度渴望给自己找一部电话，听一听尼克那可爱而熟悉的声音。她有一种奇怪的感觉，仿佛自己已经很多年没有跟他说过话了。

她心急如焚地看了看小房间的四周，果不其然，这里没有手机。屋子里根本什么也没有，除了洗手池、镜子，以及教人如何正确洗手的标牌。

手机！这正是她所需要的。她最近才得到自己的第一部手机。这是尼克的老爸淘汰不用的旧手机，它还能用，只不过前后盖必须通过橡皮筋绑在一起。她隐隐感觉到，自己现在说不定已经拥有一部更贵重的手机了。当她拉开背包正面口袋的拉链时，她的直觉应验了：一部线条光滑、银光闪闪的手机就放在里面，仿佛她早知道会是如此。（真的是这样吗？她也不知道。）

口袋里还有一本皮革装订的日程安排，爱丽丝迅速翻开本子，只是为了确认今年的确是 2008 年。她惊惧地发现，本子上全是自己的字迹。每一页的页首都写着 2008 年，2008 年，2008 年。白纸黑字，不容置疑。她不再翻页，而是拿起亮闪闪的手机，呼吸急促，仿佛有一根巨大的金属条已经刺穿胸部。

这部奇怪的手机她真的会用吗？她一向笨手笨脚，不擅长使用新设备，但是她那做过美甲的纤纤玉指似乎知道该怎么做，她按下了手机两侧的银色按键，啪的一声打开了机盖。

她拨打了尼克的直达专线，将手机放到耳边。等待铃声响了起来。求求你接电话。求求你接电话。她觉得，只要听到他的声音，她就会感到巨大的宽慰，以至于呜咽起来。

"您好，销售部！"

这是一个年轻女子的声音，语气中透出开玩笑的口吻。背景里传来哄堂大笑的声音。

爱丽丝说："尼克现在在吗？就是尼克·洛夫？"

对方沉默了一小会儿。等到女子再次开口时，她的口气完全变了，仿佛刚刚被人严厉训斥了一番。背景中的笑声戛然而止。

"对不起，您打错分机了，但是如果您需要的话，我可以帮您转接到洛夫先生的个人助理？"

爱丽丝犹豫了片刻，没想到尼克还有一个"个人助理"。真是酷毙了。

女子又开口了，仿佛爱丽丝刚才反驳了她。"其实，洛夫先生这个星期都在葡萄牙，所以，您现在最好是找他的个人助理。"

葡萄牙！她说："他去葡萄牙做什么？"

"好像是去开什么国际会议吧，我想，"女子带着不确定的语气说，"但是，要是可以帮您转接过去的话——"

去了葡萄牙，还有个人助理。他一定是升职了。他们一定要喝杯香槟庆祝一下！

爱丽丝（狡猾地）说："嗯，可不可以提醒我一下，洛夫先生在公司的职位？"

"他是我们的总经理。"女子用一副"地球人都知道"的口气说。

简直不敢相信。

尼克现在已经当上了"万恶的威震天"。

这何止是官升一级，简直就是在公司岗位阶梯上的超级飞跃。一想到尼克在办公室里对着下属指手画脚，爱丽丝就自豪得心花怒放。不会有人笑话他吗？

"我现在帮您转接他的个人助理。"女子坚定地说。

只听手机里咔哒一声，等待铃声又响了起来。

电话那头传来又一位女士流利的声音："这里是洛夫先生的办公室，我是安娜贝尔，请问有什么可以帮您？"

"哦，"爱丽丝说，"我是尼克的妻子，啊，洛夫先生的妻子。我有事跟他联系，但是，呃……"

女人的声音一下子变得无比犀利："你好，爱丽丝。你今天过得好吗？"

"嗯，其实——"

"你也知道，尼克星期天早上才会回悉尼。显然，要是实在有什么十万火急的事情，我可以试着联络他，但是，我真的不想去打扰他。他的时间安排特别紧张。"

为什么这个女人这么不讲情面呢？她显然认识爱丽丝。爱丽丝究竟哪里得罪过她呢？

"那么，你的事情可以缓一缓吗，爱丽丝？"

这并不是她在胡思乱想，这个女人的话里传达出来的，是活生生的仇恨。爱丽丝的头痛更剧烈了。她恨不得对这个女人说："嘿，小姐，我现在在医院里。我是被救护车送过来的！"

"我希望你不要让别人踩在你头上。"伊丽莎白总是这样对她说。有时候，事情已经过去了很久，爱丽丝早就忘了，但是伊丽莎白还记得，她会说："我昨晚一直在想药房里那个女的对你说过的话。我真不敢相信你竟然忍了——你真是个没有脊梁骨的人！"于是爱丽丝就会瘫倒在地上，以显示她没有脊梁骨。伊丽莎白见此情形，就会说："噢，真是受不了你。"

问题是，爱丽丝需要做好充分的心理准备，才能表现得强硬起来。这种情况来得太突然了。她需要很长的时间来瞻前顾后。对方是不是真的在抬杠？会不会只是她太敏感了？会不会是因为对方今天早上发现自己得了绝症，所以才态度恶劣？

她正打算低声下气地恳求尼克的个人助理，结果身体却不听使唤，而是条件反射地做出了一系列让她陌生的反应。她抬起头，挺起胸，收起腹部，明明开了口，但是却认不出自己的声音。她的声音严肃，尖利，果决，傲慢。"不行，缓不了了，"她说，"情况紧急，出事了。麻烦你让尼克尽快给我打电话。"

爱丽丝对自己说出这样的话惊愕不已，这就像连续做了三个后空翻一样神奇。

女人叹了口气。"好吧，爱丽丝，我看看我能做些什么。"她语气中的轻蔑依然显而易见。

"那就太感谢了。"

爱丽丝挂了电话，咒骂道："浑蛋。婊子。贱人。"这几个词就像毒药丸一样，从她嘴里吐了出来。

她吞了一口唾沫。这句脏话甚至比刚才的对峙更令人惊异：她一下子觉得自己像个文身女孩，喜欢偶尔跟人斗气。

这时候，手里的电话响了，把她吓了一跳。

肯定是尼克，她想到这里，心里一阵宽慰。这一次，她的手指依然知道该怎么操作。她按下了标有绿色手机符号的按钮，说道："尼克？"

电话那边传来一个孩子不高兴的声音："妈妈？"

第 *5* 章

老奶奶的老心思!

今天感觉就像吃了枪药似的,我发脾气的话,也希望你们别太往心里去,年轻人不是把这个叫做"释放自我"嘛。(我其实不大了解这些时髦词啊,不过还是挺吸引人的!)

诸位当中,有很多人都知道,我是寂静林社交委员会的会长。近几个月来,我们一直在筹办家庭才艺晚会。下周三,晚会就要上演了。届时,我们各个家庭中的成员——有儿子辈的,孙子辈的,等等——将要登台表演很多不同的节目。晚会一定会非常精彩!嗯,有些节目演砸了也是难免的,不过,它们也能让大家的注意力稍稍转移一下,不用去担心更讨厌的关节炎之类的。

今天,有一位新居民参加了社交委员会的会议。现在,我总是乐意接受新观点，所以我也乐意欢迎 X 先生的到来。（我觉得寂静林应该没什么人会来看我的博客——我的老相好们大多对互联网一无所知，不过我还是小心点为妙，这里就不写 X 先生的名字了。）

X 先生的点子真的很多。

我们在家庭才艺晚会上会提供茶水、咖啡、三明治还有英式茶饼。X 先生觉得我们太老土，建议弄一个鸡尾酒吧台。他说，他曾经在加勒比做过一年的吧台服务生，他调制出来的鸡尾酒"好喝到流泪"。我没开玩笑，这就是他的说话风格。

然后他说，他认识一个姑娘，也算不上是亲戚，但是想让她来参加表演。我当然同意了。他说，那这样就再好不过了，因为这个姑娘的钢管舞跳得非常好看。所有的男人都笑疯了，又笑又起哄。大伙儿啊，这一点都不好玩！色情！下流！甚至一些女人也在那里笑。丽塔笑得和疯子似的。她都得了老年痴呆了，还是管不住自己。

说来奇怪得很，我有一种想流泪的冲动，这种冲动真是无稽得很，叫人难堪。突然之间，我就像回到了第一次教书的时候，那时候我刚从师范学院毕业。（你要是还没有点击过我的个人资料页面，那我就自我介绍一下。我当了二十年的数学老师，后来又当了十年的副校长，再后来又当了十年的校长。我的一生都献给了教育事业。）我们班里有一个男孩，叫弗兰克·尼尔里。我现在仍然记得他那张狡黠的脸。聪明的孩子，但是管不住。他老爱说笑话，其他男孩都被逗得哈哈大笑。这让我觉得自己太缺乏幽默感，太呆板，就像个老大妈。

当然，每个班里都会有一个像弗兰克·尼尔里这样的学生，而我很快就学会了如何把他们吓傻。但是，在教书的第一年，我还年轻，经验不够，弗兰克让我觉得自己太缺乏幽默感。而我今天就是这样的感受。

但是，我确实是一个很有幽默感的人，读者朋友们！我能够欣赏真正的幽默，不骗你！但是钢管舞就算了吧！你们都没有笑吧，对不对？

好了，社交委员会的下一个议程是有所争议的<u>短程旅游活动</u>，我在上一篇博文当中已经提到过了。（你们当然在这个问题上有很多话要说！我已经惹火了一些人！）我感觉X先生在这个特别的议题上不会支持我，果不其然。

下面播报简讯！

噢，天哪，我现在心里乱得厉害。刚才正写着博文，突然接到一个电话，是我的"女儿"巴尔布打来的，她带来一个坏消息——我的"孙女"爱丽丝在健身房里狠狠地摔了一跤（平常我就觉得她去健身房去得太勤了），现在住院了。我特别心疼，因为爱丽丝最近正在经历一个异常艰难的时期，这是她最不愿意遇到的坏事。

显然，爱丽丝因为头部受伤而失忆了，她以为现在是 1998 年。可怜的孩子。我相信她很快就会完全恢复记忆的，但是这件事情太让人担心了，我觉得自己生活中的烦心事在它面前都算不了什么。今天就先写到这里了，要是有什么新的消息，我马上告诉你们。

评论

贝丽尔：

我挺你，弗兰妮！告诉那个讨厌的X，社交委员会不欢迎他！我们为爱丽丝祈祷，衷心祝愿她早日康复。

布里斯班小子：

我知道，我可能是唯一一个评论这篇博文的男性访客，所以我可能会被你们这些女同胞群起而攻之，但是我得问一个问题：在家庭宴会上设一个鸡尾酒吧台有什么问题？他讲的那个笑话，我就觉得挺好笑的。我支持 X！

（顺便说一句，抱歉，弗兰妮，但是我真的笑了。让男同胞放松一下吧，他也只是想缓和气氛。）

来自达拉斯的多丽丝：

我知道，也许你该约 X 先生喝一杯，跟他谈谈？用一用你的色诱术嘛！上一篇博文里不是提到了奶酪洋葱乳蛋饼吗，你可以给他烤一个！附言：为什么你要在"女儿"和"孙女"两个词上加引号？

时尚俏夕阳：

你跟爱丽丝要多保重。真是祸不单行。有什么消息就告诉我们。

简太太：

告诉爱丽丝，我曾经晕倒在 Woolworths 超级市场① 的冷冻食品柜边。我醒来后，他们问我的名字，我给他们说了我的娘家姓！要知道，我已经结婚 43 年了！人脑的运作机制真是有趣。

---

① Woolworths 超级市场是 Woolworths 有限公司在澳大利亚最大的超级市场，它通常被简称为"Woolies"，在维多利亚州则名为"Safeway"。

弗兰克·尼尔里：

　　您好，杰弗里老师。我今天用谷歌搜索了自己的名字，看到了您的博文。对不起，当初调皮捣蛋，给您添了麻烦。但是，上数学课对我来说，真的是一段美好的回忆。我觉得，我可能甚至对你有点好感。我现在从事的是工程领域，我敢肯定，我的事业成功离不开您的辛勤工作。

疯狂的玛贝尔：

　　最近偶然发现了您的博客。恭喜！您的文章真有趣！我也是一个老奶奶，住在地球的另一边（美国印第安纳州）。我正想着给自己开一个博客。有个问题想请教一下：你在博客里写到了家人，那他们对此作何感想？我觉得我的家人可能会有点接受不了。

AB44：

　　楼上留言的弗兰克·尼尔里真的是你以前的学生吗？真是神奇！互联网的力量太强大了！

　　"妈妈？"孩子又说话了，口气显得不耐烦。爱丽丝听不出孩子是男是女，一般小孩都是这种声音，奶声奶气的，感觉萌萌的。她很少在电话里跟小孩说话，只有在尼克的侄子、侄女过生日时，才偶尔跟他们勉强聊上几句，但是她总是会被他们甜美的声音打动。而真的见到他们的时候，他们又显得比想象中的要大很多、可怕很多、脏很多。

她的手上出了汗。她牢牢握住手机，舔了舔嘴唇，声音嘶哑地说："喂？"

"妈妈！是我！"那孩子的声音冒了上来，从手机听筒里呼之欲出，仿佛说话的人正直接在她的耳边大吼大叫。"为什么你觉得会是爸爸？他从葡萄牙给你打电话了？噢！你要是跟他联系上了，能不能帮我告诉他，我想要的那个 Xbox 游戏叫做《失落的星球：极限状态》（Lost Planet，Extreme Condition①）？记住了吗？因为我觉得我可能跟他讲错游戏名了。好了，妈妈，这件事情非常重要，所以你可能需要写下来。需不需要我讲慢一点？失落的、星球、极限、状态。话说，你在哪儿？我们要去游泳，你知道我讨厌迟到，因为迟到就坏事了。噢，本姨爹来了！他今天带我们去游泳吗！好啊！太棒了！你怎么不告诉我们？嗨，本姨爹！好了，我该走了，再见，妈妈。"

电话那边传来一阵刮擦声、一阵砰砰的响动，还有远处孩子们的呼喊声。背景里有个男人在跟孩子打招呼，然后电话就挂了。

爱丽丝将手机扔在腿上，她透过前方敞开的房门，直直地盯着医院的走廊。有个人头戴绿色的医生帽，匆匆走过，嘴里喊着"让我休息一下吧"，远处传来一阵婴儿的哭声。

她刚才是跟"小葡萄干"说话吗？

她甚至不知道宝宝的名字。他们依然在争论该起什么名字。尼克想叫孩子汤姆——"叫这种名字的男生一般善良淳朴。"而爱丽丝想

① 《Lost Planet，Extreme Condition》是一款由卡普空开发与发行的第三人称射击游戏，是"失落的星球系列"首部作品，也是第一款原生支持DirectX 10的电脑游戏。

给孩子起名为伊桑——这代表的是一个性感、成功的男人。

或者，如果"小葡萄干"出乎他们的意料，是个女孩，那么爱丽丝想叫她马德琳，尼克想叫她艾迪森——因为女孩显然不需要"善良淳朴的名字"。

爱丽丝想，我不可能生了个孩子，却不知道他的名字。这绝对不可能，这已经超出了可能性的范畴。

说不定他打错电话了！这孩子提到了"本姨爹"。爱丽丝的家族里没有这么一号人，她认识的人当中，没有人叫本。她甚至不确定自己有没有遇到过名字叫做本的人。她绞尽脑汁地回想，唯一能想起来的，就是自己以前见过一个大块头的大胡子销售员，他是卖霓虹招牌的。爱丽丝曾经在尼克的姐姐多拉（她可能是四个"怪胎"中最怪的一个）的灵媒艺术品店里帮工，她就是在那时候见过他一次，事实上，他的名字也很有可能是比尔或者布拉德。

问题是，当她说到尼克的时候，那孩子问她："为什么你觉得会是爸爸？"而且，他也知道尼克在葡萄牙。

这件事情超越了可能性的范畴，但是另一方面，它似乎又证据确凿。

她闭上了眼睛，又很快睁开，试图想象出一个不满十岁的儿子长什么样。他会有多高？眼睛是什么颜色？头发是什么颜色？

她一方面想尖声惊叫，另一方面又想放声大笑，因为此情此景实在是太荒谬了，这就是一个不可能的笑话，一个令人捧腹的故事，足以让她津津乐道很多年："然后，我就给尼克打电话，那个女人告诉我，他在葡萄牙！然后我就想，葡萄牙？"

她小心翼翼地拿起手机，仿佛它是一个爆炸装置，她考虑着给其他人打电话，打给谁呢？伊丽莎白？妈妈？弗兰妮？

不行，她不想再从陌生人那里听见她所不知道的至亲之人的消息。

她感到身体虚弱而沉重。她打算什么也不做，一件事情也不做。最终会有事情发生，会有人来医院看她。医生会治好她的头部创伤，一切都会好起来。她开始把东西放回背包。当她拿起皮革装订的日记本时，一张照片掉了出来。

这是三个孩子穿校服的照片。这显然是摆拍，因为他们都双手托着下巴，手肘抵着膝盖，在台阶上坐成了一排。其中有两个女孩，一个男孩。

男孩坐在中间。他生着凌乱的白金色的头发、招风耳和翘鼻头，脑袋偏向一侧，牙齿紧咬在一起，做出了一个古怪的鬼脸，爱丽丝知道，他的本意是想对着镜头微笑。她之所以知道这一点，是因为她至少已有一百次看到姐姐在拍照时做出同样的表情。"我当时为什么要这样呢？"伊丽莎白每次看到照片，都会遗憾地说。

男孩的右侧有一个女孩，看起来年长一些。她一副冷漠的样子，拉长着脸，棕色的直发扎成了马尾辫，搭在一侧的肩膀上。她佝偻着背，仿佛明显在说："我不想坐在这个可笑的位置上。"她把嘴抿成了一条直线，眼睛冷冷地盯着摄像头的右侧，一侧胖胖的膝盖上留有严重的擦伤，一双鞋的鞋带都松开了。她身上没有一点让人觉得似曾相识的地方。

男孩的左侧坐着一个小女孩，她长着黄色鬈发，扎着浓密而对称的猪尾双辫。她灿烂地笑着，天真无邪的脸颊上露出了两个甜甜的酒窝。校服的两侧衣领上似乎都贴着什么东西；爱丽丝将照片凑近了看，发现那是亮晶晶的恐龙贴纸，就和她自己衬衫上的贴纸一样。

爱丽丝将照片翻过来，发现背面贴着打印机打出来的不干胶标签。上面写道：

孩子（从左到右）：奥丽薇亚·洛夫（启蒙班二年级），汤姆·洛夫（四年级 B 班），麦迪逊·洛夫（五年级 M 班）
家长：爱丽丝·洛夫
订购份数：4

爱丽丝将照片反过来，再次看着三个孩子。

我以前还从来没有见过你们。

耳边依稀响起嗡嗡的声音，她感觉到自己呼吸急促，胸前上下起伏，整个人如同置身于高空之中。"噢，真有意思！也就是说，我在看这三个孩子的照片对吧？他们是我自己的孩子！而我甚至不认识他们！真是搞笑！"

另一名爱丽丝没见过的护士走进房间，她扫了爱丽丝一眼，拿起床尾的笔记板。"对不起，还得让你再等等。应该只有几分钟了，到时候会给你准备免费的床位。你现在感觉怎么样？"

爱丽丝用颤抖的指尖扶着头。"问题是，我其实不记得过去十年的事了。"她的声音特别歇斯底里。

"我想，你吃点东西应该会好些，我们会给你沏一杯好茶，送点三明治过来。"护士看了看艾丽丝腿上的照片，说："你的孩子？"

"很显然嘛。"爱丽丝说着，微微地笑了笑，笑容变成了呜咽，眼泪在嘴里的味道对她来说太熟悉了。她脑海里浮现出一个想法：别闹了！我对没完没了的哭泣已经受够了，受够了，受够了。但是为什么会产生这样的想法呢，她记得自己从小就没这么哭过，而现在就算想克制，也止不住眼泪。

PART 2

被时间偷走的情谊

她一开始没有看见我。当我走向她时，她眨巴着眼睛。这双眼睛在她苍白的面庞上显得又大又蓝；但是，更重要的是，她看我的眼神和平常不同，但是又似曾相识，我也不知道怎么形容，只不过我的脑海里突然浮现出一个奇怪的想法：你回来了。

第 *6* 章

伊丽莎白给霍奇斯医生的家庭作业

在下午茶休息时间，我给本打了个电话，他说，他刚从学校接到了孩子们，正开车带他们去上游泳课。本的电话那边声音很嘈杂，感觉不止有三个小孩，而是有二十个小孩在不停地唧唧喳喳。他说，他被告知一堂游泳课也不能缺席。因为奥丽薇亚刚变成了鳄鱼或是鸭嘴兽或是别的什么动物。我听见奥丽薇亚咯咯直笑，喊道："是海豚啦，土包子，笨死了。"我还听见汤姆说话的声音，他和本应该都坐在前排。汤姆带着机械的口吻说："你现在超过时速限制五公里，现在超过时速限制四公里，现在低于时速限制两公里。"

本听起来声音紧张，但是很快活。这几周我还从来没有听过他的声音如此快活。像开车接孩子去上游泳课这种任务，爱丽丝一般会很放心地托付给我们。我知道，本应该对自己担负着这一使命而感到欢欣鼓舞。我估计，在等红绿灯的时候，别人看到他，都会以为这是一个标准的好爸爸，正带着三个孩子开车兜风（只不过他可能比一般做父亲的身体更壮实，毛发更浓密一点）。

如果这件事情想太多，我就觉得很难过，所以还是不多想了。

本告诉我，汤姆刚用手机和爱丽丝通了电话。爱丽丝完全没提自己在健身房摔倒的事情，用汤姆的话说就是："妈妈和平常差不多，就是脾气比以前坏了10%到15%。"估计这孩子现在在学校学习百分率吧。

奇怪的是，我之前完全没有想过要给爱丽丝打电话，于是马上拨打了她的手机号。

她接电话的时候，声音很奇怪，我甚至都没能认出来，还以为是护士接的电话。我说："噢，不好意思，我想找的是爱丽丝·洛夫。"这时候，我才意识到，电话那头正是爱丽丝，她已经泣不成声："噢，丽碧（Libby，伊丽莎白的昵称），谢天谢地，还好是你！"听她的声音，感觉她的情绪非常糟糕，真的很歇斯底里，她不停地念叨着一张照片、一些恐龙贴纸，还有一件红色的连衣裙。她说那件连衣裙她肯定穿不下，但是真的很漂亮。她还说，她在健身房里醉得一塌糊涂，她不知道为什么尼克在葡萄牙，也不知道自己有没有怀孕。她觉得现在是1998年，但是别人都说现在是2008年。我着实被吓到了。我都不记得上一次看到或者听到爱丽丝哭（或者叫我的小名），是在什么时候了。虽然这一年里，她有很多值得大哭一场的伤心事，但是她未曾在我的面前哭过。最近我们俩说起话来都客气得要命，两个人的口气都冷淡得很。

老实说，能听见爱丽丝哭，我心里感觉很好。因为这样感觉才真实。她已经有很长时间不需要我了。而被她需要，曾经是我人格中的重要组成部分，我一直将自己视为爱丽丝的大姐姐，以保护她不受外界伤害为使命。（霍奇斯医生，我应该多存点钱来做精神分析。）

于是我告诉她，不要担心，我马上就会赶过去，我们会把所有的事情理清楚。然后，我径直回到讲台上，向学员们宣布，我家里出了急事，得先走了，接下来的事情就交给我的得力助手莱拉处理。我看了看莱拉的反应，发现她满脸通红，容光焕发，如同临危受命一般严肃。所以我可以放心地走了。

当然，医院肯定是在皇家北岸医院。

每次开车进入这家医院的停车场，我总觉得自己像是吞下了什么巨物。这个巨物的形状就像一支锚，它直接掉进我的喉咙，在我肚子的两侧展开。

还有一件事情：天空看起来总是如此浩渺，就像一具大空壳。为什么会这样？每次将车开入车库时，我总是得往上看，或许是因为我感觉自己渺小无用，或许这只跟简单的地理学常识有关，本来是上坡路，进入停车场以后就是下坡路了。

我来这里是为了爱丽丝。下车的时候，我这样提醒自己。

但是不管我往哪儿看，总是能从医院的病人脸上看到我和本的影子。这里是我们这种人出没的地方。霍奇斯医生，你要是有机会去那里的话，就留意一下我们。我们会在那里，在一个阳光明媚、冰冷刺骨的日子里，沿着小路拖着脚走回停车场，我就穿着平常那条不修身的嬉皮长裙，因为它不需要熨烫。我拉着本的手，让他领着我往前走，我则看着地上，反复地复述我的口头禅："不要去想它。不要去想它。

不要去想它。"你会看到我们站在前台填写表格，本站在我身后很近的地方，以画圈的方式揉按我的后腰。不知怎的，我感觉这些圆圈在维持我的呼吸，吸气、呼气、吸气、呼气，就像通风机。我们会在那里，被一群满脸兴奋的人挤到电梯里面，这些人是一家子，他们满手捧着鲜花，他们家生了个女儿！真是大喜。我们俩都用手护着肚子，姿势完全相同，仿佛是在将彼此抱紧，以免那家人的欢乐伤害到我们。

有一次你告诉我，它对我不会有影响，但是霍奇斯医生，它对我有影响，真的有影响。

不要去想它。

当我行走在有回音的走廊上时（鞋跟噔噔作响，空气中弥漫着可怕的煮土豆味，霍奇斯医生，你可能知道这种气味，它充斥着你的嗅觉，将你往日去医院就诊的所有回忆统统唤醒），我没有顾忌过去上医院就诊的阴影，而是将心思集中在爱丽丝的身上，不知道她是否还以为现在是 1998 年，如果真的是这样，那将是什么样子。我唯一可以参照的一件事情是，在我十几岁的时候，有一次，我在别人的二十一岁生日宴上醉得一塌糊涂。当时我站起来，给那个过生日的男孩情深意重地祝了很多酒。我以前都没有见过他。第二天，我把当天晚上的事情忘得一干二净，什么也想不起来，就连隐隐约约的记忆碎片都没有。显然，我说祝酒词的时候使用了"缺乏"这个词，这让我感到困扰，因为我觉得，我在神志清醒的状态下，还从来没有说出过那个词，我甚至都不能完全确定它是什么意思。从此以后，我就再也没有喝得像那样烂醉如泥。我是个中毒太深的控制狂，我可不想让别人一边跟我描述我所做的事情，一边大笑。

如果我连失去两个小时的记忆都无法忍受，那么失去十年的记忆会是什么样子？

当我寻找爱丽丝的病房号时，我突然想起，麦迪逊出生的那天，我和妈妈、弗兰妮也像电梯里那家人一样，欣喜若狂地在另一家医院里寻找着爱丽丝的病房。我们当时在走廊里几乎跑了起来，碰巧看到尼克就在前面不远的地方走着，大家都尖叫道："尼克！"他转过身来，一边等着我们追上去，一边在原地绕着圈子跑来跑去，然后像电影里的洛奇①那样，做了一个双拳出击的动作。弗兰妮深情地说："他真逗！"那时候，我正在和一个高傲自大的城市规划师约会，听了她的话，我当即决定跟他分手，因为弗兰妮绝不会说他"逗"。

我想，如果爱丽丝真的失去了过去十年的所有记忆，那她应该不记得那天的事了，也不记得麦迪逊刚出生的样子。她不会记得我们那次在病房里分享着一罐花街②巧克力，儿科医生正好走进来查看麦迪逊的情况。只见他娴熟地用一只手托着宝宝，将她的身子翻来翻去，就像篮球运动员在转球一样。爱丽丝和尼克不由得齐声说道："小心！"我们都笑了，儿科医生微笑着说："你们女儿的身体状况得到了满分中的满分，A+。"我们都鼓起掌来，庆祝麦迪逊得到了她人生中的第一个好成绩。而他则用白色的毯子将宝宝的身子重新包好，就像打包炸鱼薯条一样，包裹得干净利落，然后将宝宝隆重地展示给爱丽丝看。

爱丽丝在这十年里经历了太多的事情，就在我开始琢磨这些往事的时候，我找到了她的病房号。我在门口看了一眼，发现她在第一个

---

① 由西尔维斯特·史泰龙（Sylvester Stallone）主演的电影《洛奇》中的角色。
② 英国著名的糖果（巧克力）品牌。

用帘子隔出来的小房间，背靠在枕头上，直直地盯着前方，双手搭在腿上。她周身全无色彩，身上穿着一件白色的病号服，背后靠着一个白枕头，头上裹着白色的纱布绷带，就连她的脸色也是一片惨白。看到她如此安静，感觉很奇怪，爱丽丝一向是雷厉风行的类型。平时她总是在忙着发短信，晃动车钥匙，抓住孩子的胳膊，在他们的耳边说一些严厉的话。总之就是没完没了地忙，忙，忙。

（十年前，她还不是这个样子。她和尼克每个星期天的早上都会睡懒觉，一直睡到中午。"他们怎么抽得出时间装修那么大的房子！"我和妈妈以及弗兰妮就像大妈一样啰唆道。）

她一开始没有看见我。当我走向她时，她眨巴着眼睛。这双眼睛在她苍白的面庞上显得又大又蓝；但是，更重要的是，她看我的眼神和平常不同，但是又似曾相识，我也不知道怎么形容，只不过我的脑海里突然浮现出一个奇怪的想法：你回来了。

霍奇斯医生，你想不想知道她对我说的第一句话？

她说："噢，丽碧，你出什么事了？"

我跟你说过，它对我有影响。

不过或许只是因为脸上有皱纹的缘故。

爱丽丝终于被转移到了一间病房，还领到了病号服和电视遥控器，床边配备了一个白色的五斗橱。一位推小车的女士给她送来了一杯淡茶和四块小巧玲珑的三角形火腿奶酪三明治。之前那位护士说得没错，吃了东西之后，她感觉好些了，只不过茶和三明治完全填补不了她记忆中的巨大缺口。

当她在电话里听到伊丽莎白的声音时，她想到了自己十九岁环游欧洲时，每每给家里打电话，听到的就是这样的声音。那次旅行对她来说是一场灾难，她假装自己的个性发生了改变——变成了爱冒险的外向型性格，喜欢整天一个人探索教堂和废墟，晚上在布里斯班的青年旅馆里与醉酒的男孩说话——但是其实，她很想家，很寂寞，常常会觉得无聊，搞不清楚列车时刻表。在地球另一边的陌生电话亭里，每每听到伊丽莎白响亮而清晰的声音，爱丽丝总会因为宽慰而感到膝下一软，她将额头贴在玻璃上，心里想着，这就对了，我是一个真实的人。

"我姐姐马上就过来。"她挂掉电话后，对护士说，仿佛是要证明自己是一个规矩的人，有家庭，也有自己认得出的家人。

只不过，伊丽莎白一开始走向她时，她其实没有认出伊丽莎白。她依稀觉得，这个身穿奶油色西装、戴着眼镜、留着披肩发的女人应该是来做行政工作的医院管理者，但是后来，这个女人昂首挺胸的姿态、"我要把你打垮"的气势，以及某种独特的气质暴露了她的身份。

爱丽丝吓了一跳，因为伊丽莎白仿佛一夜之间增重了许多。她一直拥有强健而柔韧的运动员体魄，因为她经常赛艇、慢跑，忙于各种健身运动。现在她不胖，但是肯定比以前更壮、更柔软、更丰满了；可以说是以前的膨化版，就像一个充气游泳池玩具被人吹大了一样。爱丽丝想，她应该不喜欢这样。伊丽莎白对含脂食物的忌惮已经到了可笑的程度，她不敢吃奶油水果蛋白饼，仿佛它是可卡因。有个周末，尼克、爱丽丝和伊丽莎白一起外出度假，伊丽莎白在早餐餐桌上花了很长时间来研究酸奶包装盒上的营养信息表，她严正警告他们："你们喝酸奶必须非常小心。"后来，尼克和爱丽丝每次喝酸奶时，其中一个人就会大喊："小心！"

当她走近时，爱丽丝床位上方的明亮灯光照亮了她的脸，爱丽丝看到，伊丽莎白的嘴边和眼角有着细小的、蛛丝般的皱纹。虽然戴着雅致的眼镜，但是也难以掩藏这一点。伊丽莎白和爱丽丝一样，生着淡蓝色的大眼睛和深色的睫毛，这是从她们的父亲那里遗传来的；这双眼睛总是会引起赞美，但是现在，它们似乎变小了，变淡了，仿佛颜色渐渐被洗掉了。

这双褪色的眼睛似乎受了瘀伤，显露出了疲态。就好像伊丽莎白刚刚跟人打了架，本来赢得了，但是却被狠狠地揍了一顿。

爱丽丝感到一阵担忧，肯定发生了什么可怕的事情。

但是，当爱丽丝问起时，伊丽莎白却说："这是什么话？什么叫我出什么事了？"她说起话来如此敏捷，如此精神饱满，以至于爱丽丝怀疑起自己来。

伊丽莎白拉出一把塑料椅，坐了下来。爱丽丝注意到，伊丽莎白的裙子紧贴在身上，显出了小肚子，于是赶紧移开了视线，这让她想哭。

伊丽莎白说："住院的人是你。问题应该是，你出什么事了？"

爱丽丝感觉自己又变回了绝望无助、感情无法自已的爱丽丝。"我觉得太诡异了，就像一场梦。我显然是在健身房里摔倒了。我竟然会去健身房！我知道！简·特纳说，我是在上什么'星期五的舞步课'。"她现在可以毫无顾虑地说傻话了，因为保持理智的任务交给了伊丽莎白。

伊丽莎白看着爱丽丝，眼里透出深深的恐惧和担忧，这让爱丽丝感觉到自己脸上的傻笑慢慢消失了。

她伸手拿起床边五斗橱上的照片，递给伊丽莎白，用客气的口吻小声说："他们是不是我的……"她一生从未感到如此难堪，"他们是不是我的孩子？"

伊丽莎白接过照片，看了一眼，脸上掠过一丝几乎察觉不到的复杂表情，这种表情消失了。

她小心地微笑着，说道："是的，爱丽丝。"

爱丽丝颤抖着深吸了一口气，闭上了眼睛。"我以前从来没有见过他们。"

她听到伊丽莎白也深吸了一口气。"这只是暂时的，我敢肯定。你可能只是需要休息，放松，还有——"

"他们怎么样？"爱丽丝睁开了眼睛，"那几个孩子，他们……好不好？"

伊丽莎白用更坚定的声音说："他们超棒的，爱丽丝。"

爱丽丝说："我是不是一个好妈妈？我把他们照顾得好吗？我给他们吃的什么？他们长得这么大！"

"孩子是你的一切，爱丽丝，"伊丽莎白说，"你很快就会自己想起来的，这些记忆都会回来的。你只需要——"

"我想，我可以给他们做香肠，"想到这里，爱丽丝眼前一亮，"小孩子就爱吃香肠。"

伊丽莎白瞪大了眼睛。"你绝不会给他们吃香肠。"

"我以为我怀孕了，"爱丽丝说，"但是，他们做了血液检查，跟我说我肯定没有怀孕。我也没有怀孕的感觉，但是我不敢相信。我真的不敢相信。"

"你没有。呃，我觉得你应该没有怀孕。"

"三个孩子！"爱丽丝说，"我们只打算要两个的。"

"奥丽薇亚是意外怀上的。"伊丽莎白生硬地说,仿佛她不认可这一点。

"没有一件事情感觉像是真的,"爱丽丝说,"我就像是《爱丽丝梦游仙境》里的爱丽丝。你记不记得我有多讨厌那本书?因为那个故事没有一个地方是合理的。你也不喜欢它,我们都喜欢合理的故事。"

"我能想象你肯定感觉很怪,但是这种情况持续不了多久的,你随时都有可能完全恢复记忆。你的头当时肯定撞得非常……狠。"

"是啊。非常狠。"爱丽丝再次拿起照片,"也就是说,这个小女孩,这个小女孩就是老大,那她肯定是我生下的第一个孩子咯?我第一个孩子是女孩?"

"是啊,是女孩。"

"我们还以为会是个男孩呢。"

"嗯,我也记得你们以为会是男孩。"

"还有产痛!我经历了三次产痛?我的产痛厉不厉害?我好紧张啊。我的意思是,我当时很紧张……"

"我估计你生麦迪逊的时候很顺利,但是你生奥丽薇亚的时候有并发症。"伊丽莎白在塑料椅上坐不住了,"爱丽丝,我觉得我应该去跟你的医生谈谈。我突然觉得有点受不了,这很怪。这真的很……可怕。"

爱丽丝恐慌地伸出手,抓住伊丽莎白的胳膊。她再也不想一个人待着了。"不行,不行,别走。很快就会有人来的。他们总是过来看情况。嘿,丽碧,我给尼克的公司打电话了,他们告诉我,他在葡萄牙!葡萄牙!他在那里做什么?我让一个很凶的秘书帮我传话,我勇敢地面对了她。你会为我自豪的!我展示了我的骨气,我的脊梁骨就像钢铁一样硬。"

"好样的。"伊丽莎白说。她看上去就像刚吃坏了肚子。

"但是他还是没有给我打电话。"爱丽丝叹了一口气。

伊丽莎白给霍奇斯医生的家庭作业

当她提起尼克在葡萄牙的时候，我才真的被震撼到：这么明显的事情，她竟然不知道。更让我惊讶的是，她竟然问我，她的孩子好不好。

她真的把所有的事情都忘掉了。

连吉娜她都不记得了。

第 *7* 章

"那你确定 1998 年以后的事情你都不记得了？一点也想不起来？"伊丽莎白将塑料座椅拉到离爱丽丝的病床更近的地方，将身子往前倾，对着爱丽丝，仿佛现在是时候触及最核心的问题了，"一丁点印象也没有？"

"呃，我还是能想起一些有趣的小片段的，"爱丽丝说，"但是这些跟其他事情都联系不起来。"

"好吧，那你和我说说这些小片段吧。"伊丽莎白催促道。她的脸现在离爱丽丝更近了，嘴边的皱纹比爱丽丝一开始想象的要明显。天哪。爱丽丝下意识地用指尖戳了戳自己的皮肤，头部被撞以后，她还没有对着镜子打量过自己。

她说："好吧，我刚醒来的时候，在做一个梦，其实我也分不清这到底是梦还是以前发生过的事情。我在游泳，那是一个阳光灿烂的夏天早晨。我的脚指甲上都涂了不同颜色的指甲油。我身边还有人，她的脚指甲和我的一样，也涂了不同颜色的指甲油。对了，搞不好那个人就是你？我敢打赌，那个人就是你！"

伊丽莎白接口道："应该不是，我不记得有这回事。还有没有其他的？"

爱丽丝想起了那一束束粉色气球在灰蒙蒙的天空中飘荡，但她不想跟伊丽莎白提起那阵如潮水般不断将她卷走的巨大悲痛，而且她并不那么热衷于对此寻根究底。

爱丽丝转而告诉伊丽莎白："我记得有个美国女人说：'抱歉，我测不到心跳。'"

伊丽莎白给霍奇斯医生的家庭作业

老实说，当我发现爱丽丝在苏醒时，脑海里首先浮现出来的记忆碎片之一是那件事情，心里有种莫名的感动。

爱丽丝一向擅长模仿别人的口音，她学那个女人说话，简直学得一模一样。那种语气和节奏跟我记忆里的如出一辙，有那么一刻，我仿佛回到了那个阴森森的房间，试图理解那个女人所说的话到底是什么意思。我已经很久没想这件事情了。

霍奇斯医生，试想一下，如果我能及时回到那一天，在那时候的我耳边悄声说"亲爱的，这还只是悲剧的开始"，那么，我会把头向后一仰，发出一声怪笑。

其实，你心里并不喜欢我带着满腹苦楚，做出那种黑色幽默的事情，对不对？我注意到，你笑得很客气，也有点伤感，仿佛我做了什么出洋相的事情，而你清清楚楚地明白其中的原因；仿佛我是个十几岁的小孩，不懂得克制自己那令人尴尬的情绪。

反正，我不想跟爱丽丝谈那个美国女人的事。我当然不愿提起，尤其不想跟爱丽丝提起。我也不是特别想跟你提起，或者回忆它，或者写下来。它只是一件发生过的往事罢了。和其他往事一样。

伊丽莎白用手掌抚平了爱丽丝腿边的白色毯子。她的脸色似乎变严肃了。她说："抱歉，我也不记得有这回事。完全不记得。"

为什么她的口气如此气愤？爱丽丝觉得自己好像做错了事，但是不明白哪里做错了；她觉得自己愚蠢笨拙，就像一个小孩，试图探明大人不肯告诉自己的一些大事。

伊丽莎白和爱丽丝四目相对，她对爱丽丝歪嘴笑了笑，又马上看向一边。

一个女子捧着鲜花来到病房，她满怀希望地看了看爱丽丝和伊丽莎白，发现不是她要找的人之后，便淡淡地眨了眨眼，走到下一个用帘子隔出来的小房间。她们听到隔壁有个人在尖叫："我刚才还在想你！"

"我应该给你带鲜花来的。"伊丽莎白喃喃地说。

爱丽丝突然说道："你结婚了！"

"什么？"

爱丽丝抬起伊丽莎白的左手。"你戴了订婚戒指！好漂亮。我要是可以选择自己的戒指，就会选择这一种。当然，我不是说我不喜欢洛夫奶奶的戒指啊。"

伊丽莎白冷冷地说："爱丽丝，你讨厌洛夫奶奶的戒指，也看不上。"

"噢。我告诉你了？我都不记得我告诉过你了。"

"很多年前就告诉我了，我想你当时可能喝多了，所以我也不明白是为什么——好吧，反正你说过了。"

爱丽丝说："好吧，那你还要给我留悬念吗？你跟谁结婚了？是不是那个可爱的城市规划师？"

"迪恩？不是，我没有跟迪恩结婚，我只跟他约会过五分钟。还有，他死了。在一次潜水时出事了，悲剧。总之，我跟本结了婚。你不记得本了？他现在正在照顾你的孩子呢。"

"噢，他真贴心，真好。"爱丽丝虚弱地说，她又开始觉得不舒服了，因为一个好妈妈应该会马上过问谁在照顾她的孩子。问题是，孩子的存在依然让她觉得不真实。她用手按了按平坦的腹部，那里已经没有怀着孩子了。她克制着眩晕的感觉。如果她任凭自己在这件事情上想太多，她可能会开始尖叫，而且停不下来。

"本，"爱丽丝说着，把心思集中在伊丽莎白身上，"也就是说，你跟一个名字叫做本的人结了婚。"她记得她曾听到那个奶声奶气的孩子在电话里提起"本姨爹"。从某种程度上讲，看到这些事情串在了一起，她心里更难受，仿佛这世上的一切都是合理的，只有她是局外人。

她说："我刚才还在想，名字叫做本的人，我只认识一个，就是我在尼克姐姐的店里遇到的那个块头超大的霓虹招牌设计师。搞笑吧，我一直记得那个男的，因为他太壮，太迟钝，太沉默了，感觉就像是一头大灰熊变成了一个大男人。"

伊丽莎白爆笑起来（这是一阵舒心、放松的大笑，爱丽丝每每听见她这样笑，就很想把逗她开心的那些话再说一遍）。听着她爽朗的笑声，看着她前仰后合的样子，爱丽丝觉得自己仿佛又变回正常人了。

"我搞不懂，你咋笑得这么厉害？"爱丽丝微笑着，准备洗耳恭听她的解释。

"跟我结婚的就是那个本。我在多拉的商店开业那天见到了他，我们已经结婚八年了。"

"真的吗？"伊丽莎白真的嫁给了那个大块头的灰熊霓虹招牌设计师？要知道，她平常喜欢的都是那种非常睿智、成功的商业人士，他们总是会让爱丽丝觉得自惭形秽，"可是，他不是留了胡子吗？"

伊丽莎白肯定不会嫁给大胡子。

伊丽莎白大笑着摇了摇头。"是啊，他现在还留着胡子。"

"那他还在设计霓虹招牌？"

"是啊，设计那种非常漂亮的招牌。他给 Rob's Ribs and Rumps 餐厅在基拉腊（Killara，悉尼著名的高档富人区之一）的门店设计过招牌，那是我最喜欢的一块。它去年还在一年一度的'霓虹设计奖'上拿了第二呢。"

爱丽丝目光炯炯地盯着伊丽莎白，但是伊丽莎白一点也不像是在开玩笑。

爱丽丝说："也就是说，他是我的姐夫咯。所以，我想，我应该认识他，我应该跟他很熟。尼克跟他相处得好吗？我们大家会不会一起出去玩？"

伊丽莎白沉吟了片刻，爱丽丝无法读出她脸上的表情。然后，她说："还记得几年前的一个复活节，我们一起出去玩。那时候，我和本还没有结婚，麦迪逊还在学走路，你刚怀上汤姆，我们在杰维斯湾订了房，就在海姆斯海滩上，你知道的——就是世界上最白的沙滩。天气简直太完美了，而且麦迪逊又那么可爱，我们都爱死她了。我们玩了'吹牛'之类的弱智扑克游戏。有一天晚上，尼克和本喝醉了酒，跟着上世纪八十年代的音乐手舞足蹈。本从来不跳舞的。那可能是我唯一一次见他跳舞。他们那个样子真傻！我们俩笑得直打滚，把麦迪逊给吵醒了。她下了床，穿着睡衣跟他们一起跳舞。老实说，这真的是一个非常特殊的节日。它让我觉得很怀旧，我已经很久没有回想过这件事了。"

"我一点也想不起来了。"爱丽丝说。连一段美好的假期也想不起来，感觉真的很残忍，这就好像有人帮她经历了一段人生一样。

伊丽莎白的语气突然变了。"你连本都不记得了，真是稀奇。"她的声音里几乎透出了咄咄逼人的意味。她目光犀利地盯着爱丽丝，仿佛在说，有种你就冒犯我试试。"你昨天才见过他。他过来帮助你修车了呢。你还给他做了他最爱吃的香蕉松饼。你们聊了很久呢。"

"也就是说，"爱丽丝紧张地说，"我们现在有车了？"

"呃，对，你有车了，爱丽丝。"

"而且我还会做香蕉松饼？"

伊丽莎白的脸色变得柔和起来。"低脂肪，高纤维，但美味程度令人惊讶。"

爱丽丝感觉自己的思维在各种各样的事物之间来回跳跃，以至于头都晕了，先是有三个陌生的孩子坐成一排，接着是香蕉松饼，再后来又有一辆车（她不喜欢车：她喜欢公交车，喜欢轮渡；况且她开车技术不怎么样），而且伊丽莎白还嫁给了一个名字叫做本的霓虹招牌设计师。

她突然把握住了一个伤感情的想法。"嘿！你办婚礼的时候我肯定不在！"爱丽丝超爱婚礼。要是参加了婚礼，她绝对不会忘记。

伊丽莎白说："爱丽丝，你是我的伴娘，麦迪逊是花童。你搭配的礼服是新加坡兰花的颜色。你做了一个有趣的演讲，你和尼克跟着《来吧，艾琳》这首曲子跳了支舞，你们跳得好极了，我们都惊呆了。"

"噢，"一阵无奈在她心中油然而生，"但是我简直不敢相信，我竟然一点也记不得了。即使是听你说，我也一点都不觉得熟悉！"她双手攥着盖在腿上的毯子，做着毫无意义的幼稚动作，"有那么多的……东西！"

"嘿，别愣着呀。"伊丽莎白揉了揉爱丽丝的肩膀，她像个拳击手似的，力道有点太大。她急切地上下看着爱丽丝，仿佛在寻求帮助。"我得出去找个医生谈谈。"

她是一个解决问题的人，伊丽莎白就是这样。她总是想着为你寻找一个解决方案。

旁边的小隔间里传出一阵女人特有的尖利笑声。"你不是吧！""真的！"爱丽丝和伊丽莎白面露鄙夷之色，她们相视无言地扬了扬眉，爱丽丝内心充满了令人宽慰的姐妹情。

她放开了毯子，设法将手老老实实地搭在了腿上。"求你别走。护士很快就会来看情况的，你可以跟她谈。你就留在这儿，跟我说说话吧，我觉得这样可以治好我的病。"

伊丽莎白瞥了手表一眼，说道："这个我也说不准。"但是她又坐回了椅子上。

爱丽丝背靠着枕头，挪了挪身体，换了个舒服的姿势。她想再打听一下照片上的孩子是什么情况（三个孩子！这么多孩子，简直管不过来。这个数字太虚幻），但是又觉得这一切太超现实，太愚蠢，就像在看一部极为牵强的电影，你不停地在座位上动来动去，尽量克制着自己不哄笑出来。看样子，还是聊聊伊丽莎白的生活比较好。

伊丽莎白低着头，抓挠着手腕上的某个看不见的东西。爱丽丝又看了看她姐姐嘴边那些让人显得愁眉苦脸的皱纹。这只是年龄的原因吗？（她自己的嘴角是否也像那样朝下了？她很快就会照镜子的，很快）但是，不仅仅是皱纹，伊丽莎白的脸上还透出了某种深切而消沉的悲伤。难道她跟那个灰熊男在一起不幸福吗？（爱上一个大胡子是有可能的吗？幼稚，当然有可能，对方的胡子再浓密也无妨。）

爱丽丝看着伊丽莎白使劲咽了一口唾沫，喉咙动了动。

"你在想什么呢？"爱丽丝问道。

伊丽莎白吓了一跳，抬起头来。"我也不知道，没想什么。"她忍不住打了一个哈欠，"对不起。我不是因为无聊而打哈欠，我只是累了。我昨晚只睡了两个小时。"

"啊。"爱丽丝说。这一点不说她也明白。她和伊丽莎白大半辈子都受困于可怕的失眠症，那是从妈妈那里遗传。爸爸去世后，爱丽丝和伊丽莎白经常和妈妈熬通宵，三个人穿着睡裙，在沙发上坐成一排，看视频，喝美禄，然后第二天睡上一整天，任凭阳光洒满静谧无声、睡意蒙眬的屋子。

"我的失眠症最近怎么样了？"爱丽丝问道。

"其实我也不知道，我不知道你是不是还在失眠。"

"你不知道？"爱丽丝感到困惑。她们总是会及时向对方汇报自己与失眠症作斗争的最新动向。"难道我们……我们不联系？"

"我们当然联系，但是我估计你很忙，忙着照顾孩子之类的，所以我们说起话来可能不那么悠闲。"

　　"忙。"爱丽丝复述道，她一点也不喜欢听到这个词。她一直对忙碌的人抱有些许的不信任；这种人在描述自己的时候，总是会说："拼了！忙疯了！"何必搞得这么急？为什么不能把生活节奏放慢一点？他们究竟在忙些什么？

　　"好吧。"她说着，心里感到莫名其妙的尴尬。感觉她跟伊丽莎白之间的关系似乎有点不对劲。有时候，她们之间似乎保持着几分生硬而友好的客套，仿佛她们曾经是密友，但是后来却没那么频繁地联系了。

　　她会问问尼克的看法。这是尼克最大的好处之一：他喜欢谈论别人，研究别人，摸清楚别人的脾性。他对复杂的人际关系很感兴趣。而且，他很喜欢伊丽莎白，每次拿她开玩笑或者抱怨她（因为她有时候会变得很讨人厌）时，他都能恰到好处地掌握分寸，不会失了情分，也不至于让爱丽丝觉得她必须为姐姐说话。

　　爱丽丝看着伊丽莎白身上那件裁剪精美的套装（她和爱丽丝的穿着似乎都比以前讲究了），说道："你现在还在给《百宝箱》做文案吗？"

　　《百宝箱》是一份发行量巨大的每月商品邮购目录，伊丽莎白以前做过它的文案。她必须创作巧妙而有说服力的文字，来包装成百上千的产品，这些产品门类广泛，有香蕉味的唇彩、快速煮蛋器、可在浴室播放的防水电晶体收音机，等等。她得到了许多免费样品，可以赠送他人，这一点挺不错的。每个月，商品邮购目录出炉后，家中的每一个成员都会挑出自己最喜欢的广告词，读给伊丽莎白听。每一期《百宝箱》弗兰妮都仔细珍藏着，自豪地展示在显眼的地方，每当朋友来看她时，她都会叫朋友给她念《百宝箱》。

　　"噢，感觉那都是很久很久以前的事了。"伊丽莎白说。她看着爱丽丝，微微地摇了摇头，仿佛以前从未见过类似的情况。"你就像一个时间旅行者，你还真是。"

"那，我估计你已经不做那份工作了吧？"爱丽丝感到烦躁。要是她每问一个简单的问题，都会让所有人带着畏怯的眼神看她，那就太烦人了。十年之间能有多少变化？感觉好像一切都变了。

"《百宝箱》现在是一个网站了，"伊丽莎白说，"我六年前就不在那里工作了。我在一个机构待了四年的样子，然后在两年前，我开始办培训班，教人们写直邮传单———一般人会把直邮传单叫做垃圾邮件。培训班办得很——怎么说呢，其实很成功，说来可能也奇怪。不管怎么说，赚来的钱足够支付账单。其实简今天跟我打电话说你出了事的时候，我正在讲课。"

"那，这是你自己的公司？"

"对。"

"哇！真了不起。你是个成功人士。我就知道你会变成成功人士的。我能不能过去看你讲课？"

"过来看？看我？"伊丽莎白哼了一声。

"噢，估计我已经去看过了，对不对？"

伊丽莎白说："没有，爱丽丝，你对听我讲课从来没有半点兴趣。"她的声音再次变得尖锐起来。

"噢，"爱丽丝困惑地说，"那好像……好吧，我在想，为什么会没有兴趣呢？"

伊丽莎白叹了口气。"你真的很忙，爱丽丝。就这样。"

又是这个词，忙。

"还有，我估计你可能觉得我的职业选择有点……俗气。"

"俗气？我说了俗气？我是这么说你的？我不会说这种话的！"爱丽丝惊惧不已。难道她已经变成了以职业选择来评判别人的势利眼？她一向为伊丽莎白感到自豪。在她的眼里，伊丽莎白是一个富有冒险精神的聪明人，而她则是一个安于现状、追求安稳的人。

伊丽莎白说："不，不，你从来没有真的这么说过。你可能想都没有想过。你就当我没说吧。"

爱丽丝恐惧地想，说不定过去十年里的那个爱丽丝并不是一个品行很好的人。

爱丽丝说："好吧，那我呢？我是做什么的？"

爱丽丝曾经在 ABR 公司的薪酬办公室当过行政助理。对于这份工作，她既不喜欢，也不讨厌，它只是一份工作而已。她对事业并不是特别感兴趣。"你真是个家政女神。你就像 20 世纪 50 年代的家庭主妇。"伊丽莎白有一次对她说。当时，爱丽丝坦言，她花了整整一天的时间打理园艺，给厨房制作新窗帘，给尼克烤巧克力蛋糕。这是她度过的最幸福的一天。

"你不工作。"伊丽莎白给了她一个难以捉摸的眼神。

"噢，好吧，听起来很不错！"爱丽丝高兴地说。

"不过，你还是非常忙。"怎么又是这个词？"你会在学校做很多事情。"

"学校？什么学校？"

"孩子们的学校。"

噢。他们。那三个可怕的小陌生人。

"弗兰妮，"爱丽丝突然说道，"弗兰妮怎么样了？她也没有……生病或是怎么的吧？"她甚至不想让"死亡"这个词浮现在脑海里。

"她很好，"伊丽莎白说，"精力充沛得很。"

床头柜上的银色手机响了。

"肯定是尼克，终于打电话来了！"爱丽丝扑向电话。

伊丽莎白一下子跳了起来。"让我先跟他说话！"

"没门，"爱丽丝把手机拿到一边，"凭什么？"还没等伊丽莎白回答，她就按下了绿色按钮，把手机拿到了耳边。

"喂？"

"对，嗨，是我。"来电话的人是尼克；爱丽丝心里洋溢着幸福感和安稳感，它们就像一杯白兰地，流淌在她的血液里。

他说："怎么了？是不是哪个孩子出事了？"他的声音比以前更深沉、更刺耳了，仿佛得了感冒。

看来尼克也知道"孩子"的事。大家都知道孩子的事。

伊丽莎白手舞足蹈地示意爱丽丝把手机给她。爱丽丝向她吐了吐舌头，做了个鬼脸。

"不，是我。"爱丽丝说。有太多事情想告诉他了，她不知道该从何说起。"我摔倒了，就在，呃，健身房，简·特纳也在。我撞到了头，晕过去了。他们不得不叫救护车，噢，我在担架上感觉很恶心，吐到别人的鞋上了，真尴尬！还有，我到时候跟你讲讲健身房里那些女人跳的舞步！太好玩了。嘿，你在葡萄牙，我真不敢相信你竟然在葡萄牙，那里怎么样？"

需要告诉他的事情太多了，她觉得自己就像是很多年没有见到他了。等他从葡萄牙回来，他们一定要去两人最爱的那家墨西哥餐厅吃饭，然后聊上很久很久。他们可以一起喝玛格丽特；她现在又可以喝酒了，因为已经没有身孕了。噢，她已经等不及要和他一起去那家餐厅了，她迫不及待地想要和他一起坐在餐厅一角灯光昏暗的雅间里，让他用拇指轻抚她的手掌。

电话的另一端陷入了沉默。他一定是震惊了。

"但是我挺好的！"爱丽丝安慰他，"我伤得并不严重，我会没事的。我感觉很好！"

他说："那你他妈为什么要我打电话给你？"

爱丽丝感觉到脑袋向后一倒，就像被击中了一般。尼克以前还从来没有这么跟她说过话，即使是在吵架的时候。他现在本应帮助爱丽丝走出噩梦才对，而不是让情况变得更糟。

"尼克？"她的声音在颤抖，她日后一定会在这件事情上跟尼克生很大的气，她的感情受到了巨大的伤害，"怎么回事？"

"你这是在要什么花招吗？我根本就搞不懂，老实说，我也没时间跟你耗。你是不想改变周末的任何安排，所以才这么说的吧？天哪，你不是又想拿圣诞节做借口吧？"

"你为什么要这么跟我说话？"爱丽丝说。她的心脏怦怦直跳，这对她来说，比今天发生的任何事情都要可怕。"我做了什么？"

"噢，看在上帝的分上，我他妈没时间跟你玩游戏！"

他在吼。他居然在冲她大吼，而她现在还在住院。

"辣椒粉，"爱丽丝低声说，"你要用辣椒粉洗洗你的嘴，尼克。"

伊丽莎白站了起来。"把手机给我。"她命令道。

她从爱丽丝颤抖的手指间取出手机，放到耳边，然后用一个手指堵住另一边耳朵。她把脸背过去，低下头说："尼克，我是伊丽莎白。其实事情很严重。她头部受了重伤，现在失忆了。她忘了 1998 年以后的所有事，你明白吗，所有事。"

爱丽丝将头向后一靠，枕着枕头，气喘吁吁地想要呼吸新鲜空气。这到底是什么意思？

伊丽莎白顿了顿，听着对方说话，眉头紧蹙。"是，是，我明白，但是她其实都不记得了。"又是一阵沉默。

"他们和本在一块儿。本送他们去上游泳课了，我想我们今晚会留他们在家里住，然后——"

沉默。"好，行，然后你妈妈可以把他们接走，就跟平时的安排一样。我敢肯定爱丽丝星期天晚上就能下床，一切都会恢复正常的。"

沉默。"没有，我还没有跟医生谈，但是快了。"沉默。"好，行，要不要让爱丽丝接电话？"

爱丽丝伸出手，准备接电话——尼克这个时候肯定已经冷静下来了——结果伊丽莎白说："噢，好，嗯，再见，尼克。"

她挂断了电话。

爱丽丝说："他不想跟我说话？他真的不想跟我说话？"

她感觉全身开始刺痛，仿佛被巫婆的长手指无情地戳中了。

伊丽莎白按下了关机键，将手搭在爱丽丝的胳膊上。她轻轻地说："你很快就会想起来的，没事。只是，你和尼克已经不在一起了。"

爱丽丝感觉到，整个世界都在向伊丽莎白翕动的嘴唇中心崩塌。她专注地看着伊丽莎白的嘴唇。树莓色的唇膏，嘴角周围有暗色的皱纹。伊丽莎白一定要用唇线笔，这主意不错，她必须描唇线。

她在说什么？她不可能在说——

"什么？"爱丽丝说。

伊丽莎白又说了一遍："你们要离婚了。"

好吧，这主意不错。

第 *8* 章

　　爱丽丝与她的伴娘们一边忙活，一边喝香槟。化妆时喝了一杯，在豪华婚车里喝了半杯，在婚礼入口处喝了三又四分之一杯（还有草莓），当晚还与尼克一起，在宾馆两人房间的大床上坐着，又喝了一杯香槟。

　　喝了这么多酒，爱丽丝几乎已经烂醉如泥了。但是这都没有关系，因为她是新娘，这是属于她的婚礼庆典，每个人都在说她看起来非常漂亮，所以就连醉酒也很美丽、浪漫，说不定她这一次都不会宿醉。

　　"你喜欢我这身婚纱吗？"这个问题爱丽丝至少问了尼克三次，每次问出这句话时，她就不住地用手摩挲着华丽耀眼的婚纱布料。这种布料叫做"象牙白公爵夫人丝缎"，它的手感令人愉悦，让爱丽丝想起了小时候用手指滑过音乐盒的粉色绒质衬里的感觉。不同的是，这一次的满足感甚至更加强烈，因为小时候的爱丽丝真心希望能够躺在音乐盒里，在粉色的衬里上打滚。"我爱死这件婚纱了。看上去就好像是金色的魔法冰激凌，你不觉得吗？难道你不想把它吃掉吗？"

"要是换作平时，我就把它放进嘴里了，"尼克说，"可是今天我吃了太多的蛋糕。整整三大块。那蛋糕太好吃了。估计接下来几年里，人家都会回味咱们的结婚蛋糕。大部分的结婚蛋糕都很难吃，但是我们的不一样！我真是为我们的蛋糕自豪，虽然不是我做的，但是我还是很自豪。蛋糕万岁！"

看样子，尼克也喝了不少香槟。

爱丽丝把酒杯放在床头柜上，仰躺在柔软丝滑的布料上。尼克在她旁边滑了下来。他已经脱掉领带，松开了白色晚宴衬衫的扣子，眼里微微出现了血丝，早上刮过的胡子，现在又开始长了。但是他的发型依然是完美的，有些地方呈现出山脊一般的波浪形。爱丽丝摸了摸他的头发，又把手缩了回来。"怎么感觉像是稻草一样！"

"我姐她们，"尼克解释道，"给我上了很多发胶。"他抚摸着她的头发，"老婆，你的头发感觉很不错嘛，就像是合成的。"

"是定型剂，老公，是定型剂。"

"是吗，老婆？"

"是呀，老公。"

"真有意思，老婆。"

"我们要永远这么说话吗，老公？"

"才不呢，老婆。"

他们抬头看着天花板，一言不发。

"你觉得艾拉讲得怎么样！"爱丽丝说。

"我觉得她的本意是想煽情。"

"啊。"

"那你觉得沃蒂姑姑的衣服怎么样！"

"我觉得她本来是想穿得，呃……时尚一点。"

"啊。"

他们静静地窃笑起来。

爱丽丝侧过身，面对着他，说："试想一下，"她的眼里充满了泪水。每次喝多了香槟，她总是会变得多愁善感，"试想一下，要是我们那天没有相遇，会怎么样。"

"这是命，"尼克说，"就算那天没碰面，第二天也会相遇的。"

"但是我不相信命运！"爱丽丝呜咽着，陶醉在滚烫的泪水顺着脸颊流下来的感觉中，之前涂的那三层睫毛膏肯定已经糊得满脸都是。

与尼克的相遇纯属偶然，这样的事实看起来真的很可怕。她完全有可能错过尼克。这样一来，她就会变成一个如影子般浑浑噩噩的存在，就像某种从来没有见过阳光的林地生物。她甚至不会知道自己可以爱得多深，可以被爱得多深。伊丽莎白曾经说过——语气非常严肃而肯定——合适的男人不能让你的人生变完整，你必须自己寻找幸福。当时爱丽丝附和地点了点头，心里暗自想着："噢，可是他可以让我的人生变完整。"

"要是我们不认识，"爱丽丝继续说道，"那今天可能就跟其他的日子没什么区别，我们两个现在会在不同的住处看电视，我会穿运动裤，还有……我们明天就不会去度蜜月了，"另一种生活的可能性让她充满了恐惧，"而是去上班！上班！"

"过来，我的宝贝新娘，你喝醉了。"尼克将爱丽丝拢入怀里，让她的头靠在他的胸口。她闻到了他身上的须后水气味；它比平常要重得多，他肯定是在结婚这天早上往皮肤上多拍了一些。一想到他会特意这样做，她就感到难以抑制的甜蜜，这让她甚至哭得更厉害了。

他说："我来跟你讲这件事情的重点——你等着，这一点很重要，很复杂——你准备好了吗？"

"准备好了。"

"关键是，我们的确相遇了。"

"对，"爱丽丝承认，"我们的确相遇了。"

"所以一切都变好了。"

"对，"爱丽丝抽泣着，"一切都变好了。"

"一切都变好了。"

然后，他们都精疲力竭地陷入了沉沉的睡眠，两人置身于爱丽丝的象牙白公爵夫人绸缎婚纱之中。尼克的脸上粘了一小点红色的五彩碎纸，碎纸在他的脸上留下了一个红印子，这个印子在他们度蜜月的前三天一直没有消。

"我们肯定是前不久才大吵了一架。"爱丽丝对伊丽莎白说。"我们其实没有要离婚。我们绝对不会离婚的。"

离婚这个词太丑陋了，发第二个音节的时候，她的嘴唇就像鱼嘴一样噘在一起。离——婚。不，不能提起它们。永远也不要提起它们。

尼克的父母在他小时候就离婚了。这件事情的所有细节他都记得。每当他们听说一对夫妇离婚——就算离婚的是那些可笑的明星夫妇，尼克总是会像爱尔兰老太太一样，伤心地说："啊，真是要不得。"

他相信婚姻。他认为，人们太容易放弃感情了。他曾经对爱丽丝说，要是他们的婚姻真的出了问题，他会拿出感动天地的劲头，将所有问题解决。爱丽丝不能把它当回事，因为天和地根本就不可能被感动；每次出现摩擦，他们总是可以通过各种方式轻松化解，比如各自在不同的房间里待几个小时，在走廊上给对方一个拥抱，默默地从对方身后塞一块巧克力，甚至只要做一个别有意味的、戳肋骨的手势就可以了，言下之意就是："我们别吵架了。"

离婚对于尼克来说，就像一种恐惧症，这是他唯一的恐惧症！如果他们真的要离婚，那他肯定会受到沉重的打击。他最害怕的事情发生了。她为他感到心碎。

"我们是不是在什么事情上大吵了一架？"爱丽丝问伊丽莎白。她会寻根究底，停止这场纷争。

"我觉得不是一次吵架那么简单，我估计很有可能是一大堆小问题集中爆发了。但是老实说，你也没有跟我讲那么多，你只是在尼克搬出去的第二天打了个电话给我，你说——"

"他搬出去了？他真的出去住了吗？"

这真是令人难以置信。她试图想象尼克搬出去的情形，他把行李扔到箱子里，摔门而去，一辆黄色出租车在外面等着，车身肯定是黄色的，就像美国的出租车，因为这不可能是真实的，这是电影里的场景，伴随着撕心裂肺的配乐。这不是她的生活。

"爱丽丝，你们已经分居半年了，但是你要知道，一旦你恢复了记忆，你就会意识到，这没什么大不了的，因为你不在乎。这就是你想要的。我上个星期才问过你，我说：'你确定这是你想要的吗？'你说：'百分百确定。这段婚姻早在很久以前就死了，被葬送了。'"

撒谎，撒谎，裤衩烧光①。这不可能是真的，肯定是捏造出来的。爱丽丝尽量不让愤怒的口气表现出来。"你就是为了让我感觉好一点，才编的这种谎话吧？我绝对不会说出'死了，被葬送了'这种话！这根本就不像是我会说出来的话！我从来不这么说话。求求你别再胡编乱造了。我已经够难受了。"

"噢，爱丽丝，"伊丽莎白悲伤地说，"我向你保证，你只是头部受伤了，所以想不起来，你只是……噢，美女，你好！"

一位爱丽丝没有见过的护士动作轻快地拉起了她们的隔帘，伊丽莎白看到她，明显像是得救了一样，跟她打了声招呼。

"你感觉怎么样？"护士又一次把血压带缠到爱丽丝的手臂上。

"我很好。"爱丽丝无可奈何地说。她对这一套已经很熟悉了。先测血压，再看瞳孔，然后问问题。

"你的血压比我上一次测量的时候高了很多。"护士一边说，一边在她的图表上做了个标记。

我老公刚刚冲我大吼大叫，好像我是他最大的敌人似的。我亲爱的尼克。我的尼克。我想把这件事情告诉他，因为他要是知道有人这么跟我说话，他会气得火冒三丈。每次有人惹我生气，我第一个就会想到要告诉他；我会脚踩油门，迫不及待地从公司赶回家，只是为了早点告诉他。一看到他为了我而气得满脸通红，我就觉得好多了，我心里的伤就被治愈了。

尼克，你根本无法相信这个男人是怎么跟我说话的。你要是听到了，会恨不得往他的鼻子上揍一拳。但是好奇怪，这个男人竟然是你，

---

① Liar, liar, pants on fire，引自英国童谣。

尼克，竟然是你。

"她受了些惊吓。"伊丽莎白说。

"我们真的需要你试着放松下来，保持平和的心态。"护士凑过来，动作轻快地将爱丽丝的眼皮撑开，用迷你手电筒照了照她的瞳孔。护士身上的香水味让爱丽丝想起了什么——想起了某个人——但是护士一动，这种感觉就消失了。难道从今往后，她的生活都会变成这样吗——总是会有似曾相识的感觉，就像发痒的皮疹一样，永远消不掉？

"现在，我又要问你几个无聊的问题了，好吧？你叫什么名字？"

"爱丽丝·玛丽·洛夫。"

"你现在在哪里，你为什么会在这里？"

"我在皇家北岸医院，我住院是因为在健身房撞到头了。"

"今天哪一年、几月几号、星期几？"

"今天是 5 月 2 日星期五……2008 年。"

"好，非常好！"护士转向伊丽莎白，仿佛伊丽莎白应该对此感到惊叹才对，"我们只是在检查她的认知推理能力有没有因为头部受伤而受到影响。"

伊丽莎白不耐烦地眨了眨眼睛。"这样啊，好，不错，但是她还是觉得现在是 1998 年。"

多嘴，爱丽丝心想。

"我没有，"她说，"我知道今年是 2008 年，我刚刚说了。"

"但她还是不记得 1998 年以后的任何事情。她不记得她的孩子。她不记得她的婚姻已经破裂。"

她的婚姻已经破裂。她的婚姻成了一个可以被切片的东西，就像比萨饼一样。

爱丽丝闭上了眼睛，脑海里浮现出尼克的脸，那是一个星期天的早上，他躺在她身边，脸上还有睡觉留下的印子。有时候，他一觉醒来，脑袋上的头发全都从中间竖起来了。

"你睡成鸡冠头了。"爱丽丝第一次注意到这个现象时说。

"当然咯，"他说，"今天是星期天，是鸡冠头日。"即使闭着眼睛，他也知道她醒了，正躺在旁边看着自己，就等着他给她泡一杯茶，好坐在床上喝。"我不去。"甚至没等她开口，他就会说，"妹子，你想都别想。"但是他最后总是会把茶给她送来。

此时此刻，爱丽丝愿意不惜一切代价，跟尼克一起躺在床上，等着他给自己泡。或许他厌倦了给她泡茶？是这样吗？难道她把它视作理所当然了？她以为自己是谁，是公主吗，躺在床上等着别人伺候她喝茶，连牙都不刷？她还没有美若天仙到有资本做出这种事情。她应该在他醒来之前就从床上爬起来，做好头发，化好妆，穿着蕾丝睡袍下厨房，给他做薄煎饼和草莓。拜托，婚姻不就是这么维持的吗，她平常看的那些女性杂志又不是没给过足够的建议。这是基本常识！她仿佛觉得，自己明明得到了人生中最宝贵、最美好的礼物，却一直没有好好珍惜——太粗心！太大意！

爱丽丝昕见伊丽莎白急切地跟护士嘀咕着，想知道她能不能去见医生，以及爱丽丝做过什么检查。"你怎么知道她大脑里没有什么血块之类的呢？"伊丽莎白的声音变得有点歇斯底里。爱丽丝暗自笑了笑。她就是这么大惊小怪。

（不过话又说回来，会不会有血块呢？会不会有什么黑暗的不祥之物在她的脑子里左冲右突，就像一只邪恶的蝙蝠？对，他们真的应该检查一下。）

也许尼克已经对她厌倦了。是这样吗？记得上高中的时候，有一次，她无意中听到一个女同学说："噢，爱丽丝呀，她还好啦，不过就是一个没个性的人。"

一个没个性的人。那个女同学说得那么随便，丝毫没有恶意，仿佛这就是一个事实；14岁的爱丽丝就已经心灰意冷地从别人那里证实了自己由来已久的猜测。是的，她这个人确实很无聊，无聊到连脑子都变笨了！别人的个性要鲜明得多。就在同一年，保龄球馆有一个男孩凑过来，满嘴散发出甜腻的可乐味，他对她说："你的脸长得像猪一样。"而这恰恰印证了她由来已久的另一个猜测：妈妈说她鼻子像按钮一样可爱，其实是在骗她；那根本就不是正常人的鼻子，而是猪鼻子。

（那个男的脸很瘦，眼睛很小，就像一只老鼠。她到了25岁才知道，当初她完全可以回击他，说他长得像某种动物，但是这个世界的生存规则是，男生可以决定哪个女生漂亮；至于他们自己长得有多丑陋，其实并不重要。）

说不定尼克有一天早上给她端了茶之后，原本被蒙蔽的双眼突然变清楚了，他开始琢磨，嘿，等一下，我怎么娶了个这么懒，这么没个性，而且长着猪脸的女人？

噢，主啊，这些可怕的不安全感怎么这么记忆犹新，这么容易被唤醒？她现在已经长大了，她已经29岁了！前不久，她还从理发店走回家，自我感觉很漂亮。这时候，一群十几岁的女孩咯咯笑着，从身边经过。听着她们刺耳的笑声，她很想回到过去，对14岁的自己说："不要担心，一切都会好起来的。你长大以后有了个性，找了份工作，学会了怎么做头发，还找到了一个觉得你很漂亮的男人。"她觉得特别知足，仿佛十几岁的所有苦恼和遇见尼克之前的所有失败恋情都是为了如今的圆满时刻，现在她29岁，一切终于水到渠成了。

39岁，不是29岁，她现在39岁。刚才想起的情形肯定是十年前的事了。

伊丽莎白回来了，她在爱丽丝旁边坐了下来。"她会再去叫医生过来。显然，那边有很重要的事情，而你只是在留院观察，医生'非常忙'，不过她会'看看她能不能做点什么'。所以我觉得，我们估计等不到医生了。"

爱丽丝说："求求你告诉我，这不是真的。关于尼克的事情不是真的。"

"噢，爱丽丝。"

"因为我爱他。很爱很爱。"

"你确实爱过他。"

"不是爱过。我现在也爱。我知道我还爱他。"

伊丽莎白满怀同情地"吱"了一声，绝望地抬起手。"等你恢复了记忆——"

"可是我们那么幸福！"爱丽丝疯狂地打断了她，试图让她明白，"已经没有可能变得更幸福了。"无助的眼泪从脸颊上滚落，流进了耳朵里，感觉痒痒的。"出什么事了？难道他爱上了别人？是不是这样？"

当然不是，这是不可能的。尼克对爱丽丝的爱，是铁打的事实，是事实。你可以把事实看作是理所当然的。有一次，一位朋友取笑尼克，说他竟然同意带着爱丽丝去看音乐剧（只不过他其实挺喜欢音乐剧的）。"我看到你眼睛里头有指纹状的细线①了。"这位朋友说道。尼克耸了耸肩，"哥们，我能怎么办？我爱她胜过爱氧气。"

当然，他一直喝很多啤酒，但是他是在一家酒吧里这么说的，当时他想表现得自己很有男子气概。他爱她胜过爱氧气。

那又怎么样，难道他不需要氧气了吗？

伊丽莎白用手背贴着爱丽丝的额头，摸了摸她的头发。"据我所知，他没有外遇。你说的也没错，你们以前在一起很幸福，你们确实是有一段美好、特别的恋情，我也记得。但是，事情会变的，人也会变的。有些事情发生了就是发生了，生活就是这样。虽然你们要离婚，但是这也改变不了你们曾经拥有一段美好时光的事实。我向你发誓，等你恢复了记忆，你就能心安理得地接受它了。"

"不，"爱丽丝闭上了眼睛，"不，我不会接受的。我不想接受它。"

就在伊丽莎白继续抚摸她的额头时，爱丽丝想起了一件儿时往事。那一天，她参加了一个生日派对，在Simon says②游戏中成了获胜者，回到家时依然沉浸在胜利的喜悦中。她拿着一只气球，提着一个由光洁的纸板做成的篮子，里面装满了糖果。伊丽莎白到前门口来接她，然后命令道："跟我来。"

爱丽丝一路小跑地跟在她身后，心里想着伊丽莎白肯定又开发出了什么新游戏，她已经准备好跟伊丽莎白分享糖果了——但是 lolly

---

① 角膜营养不良的症状。

② Simon says 是一个英国传统的儿童游戏。一般由 3 个或更多的人参加（多数是儿童）。其中一个人充当"Simon"。其他人必须根据情况对充当"Simon"的人宣布的命令做出不同反应。

teeth[①] 除外，她很爱吃 lolly teeth。经过客厅时，气球在她身后上下摆动，她注意到，似乎有一屋子陌生的大人围着她妈妈，她妈妈坐在沙发上，头向后仰着，呈现出一个奇怪的角度（真是奇怪，但也可能是她头痛了）。爱丽丝没有叫妈妈，因为她不想跟那一屋子陌生的大人说话，她跟着伊丽莎白沿着走廊走到卧室。伊丽莎白说："我接下来要说的事情，可能会让你觉得很难过。所以我觉得你应该穿上睡衣，钻进被窝里，做好心理准备，这样就不会太难受了。"

爱丽丝并没有说"什么？你要说什么？现在就告诉我吧"，因为她当时 6 岁，还从来没有经历过不好的事情，况且，她总是听伊丽莎白的话，因此，她非常乐意地穿上了睡衣。伊丽莎白则去灌了个热水袋，把它套在枕套里，以免烫手。她还带来一勺蜂蜜、维克斯 VapoRub 薄荷膏[②]、半颗阿司匹林和一杯水。这些都是她们生病的时候，妈妈会给她们准备的东西。爱丽丝热爱生病。伊丽莎白给她裹好被子，将维克斯 VapoRub 薄荷膏涂抹在她的胸前，然后将她额前的头发拨到脑后，每当姐妹俩有一个人胃疼得特别厉害时，妈妈就会这么做。爱丽丝闭上了眼睛，享受着生病所有美好的部分，而没有实际生病的感觉。准备妥当后，伊丽莎白说："现在我要告诉你一件坏事。它会给你一种难受、意外的感觉，所以你要做好心理准备，好不好？你要是想啃拇指的话，可以啃。"爱丽丝睁开眼睛，皱起了眉头，因为她已经戒掉这个习惯了，除非哪天心情特别糟糕，而且就算是心情特别糟糕，她也只是会吸吮指尖，几乎不会啃整个大拇指。接下来，伊丽莎

① 一种牙齿形状的糖果。
② 维克斯是宝洁旗下的非处方药品牌，Vicks VapoRub 是一款集止咳、镇痛、舒缓鼻塞于一身的薄荷膏，采用纯天然成分，无需加热，可直接涂抹于身体各部位。

白说："爸爸去世了。"

至于后来发生了什么，爱丽丝再也想不起来了，她甚至不记得当时听了这话之后的感受。她只记得伊丽莎白是如何努力地保护她，以免她体会到"难受、意外的感觉"。她长大之后才猛然想到，伊丽莎白那时候也只是个小女孩。于是她给伊丽莎白打电话，为当年这件事情道谢。而有趣的是，伊丽莎白对父亲去世的记忆完全不同，她甚至不记得把爱丽丝哄去睡觉的事了。

当然，也有一次，伊丽莎白抛出一个指甲剪，把爱丽丝的脖子后面刺伤了。但是还是……

此时此刻，爱丽丝睁开了眼睛，对伊丽莎白说："你真是一个好姐姐。"

伊丽莎白把她的手拿开，果断地说："不，我不是。"

两人沉默了半晌。接着，爱丽丝开口了："你幸福吗，丽碧？因为你好像……"非常不幸福——她想说的后半句是这个。

"我还好。"

伊丽莎白似乎有话要说，但是又打消了原本的念头。

"做你自己就好！"爱丽丝想尖叫。

最终，伊丽莎白说："我想，也许我们现在的生活，跟我们30岁时的预想不太一样。"

有人打断了她们："总算找到你了！我以为再也找不到你了呢！"

一个女人站在床尾，隆重地举起了一大束黄色的郁金香。有那么一刻，她的脸被郁金香挡住了。

她放下郁金香，露出了她的脸。爱丽丝眨了眨眼，然后再次眨了眨眼睛。

第 *9* 章

"妈？"爱丽丝说。

站在床尾的是她妈妈，只是，这个女人和她记忆中的那个巴尔布·琼斯相差太大。

首先（其实有太多的地方不一样，随便挑哪个先说都无所谓了），她的头发没有以前那么短，也不是棕色的，爱丽丝记忆中的妈妈，发型有点像谦卑低调的修女，而且很多年都没有变过。现在则完全不同，她留着深红色的过肩长发，脸颊两侧各有一束发辫向后拢（因此，一对精灵般的尖耳朵滑稽地露在外面），最后扎在了头顶，就像一朵活泼的热带绢花。从前，妈妈低调而不张扬，搁在人堆里根本找不出来，她只在嘴唇上象征性地抹上一点雅芳粉色口红（最浅的那种）。现在，她浓妆艳抹，搞得像是要登台演出似的，口红和发色一样浓艳，眼睛上画着紫色的眼线，脸颊晶莹透亮，粉底很厚，颜色太暗。还有，那些不会是假睫毛吧？她身穿一件缀满亮片的露肩系带上衣，腰上紧紧地扎着一条黑色宽腰带，下身配着一条猩红色短裙。爱丽丝微微抬起下巴，看见妈妈脚上穿着网眼丝袜和绑带高跟鞋。

妈妈说："宝贝，你还好吗？我早和你说了，那些舞步课程对你的关节伤害太大，你看看，现在好了吧。"

"你是不是要去参加化装舞会啊？"爱丽丝突然灵光一现，她问道。这样应该就说得通了，只不过即便事实真是如此，也怪神奇的。

"噢，不是，小傻瓜。伊丽莎白给我留言的时候，我们正在学校里表演——我连衣服都没换，就直接过来了。路上确实回头率不低，不过我现在都习惯了！先别说这些了，告诉我出什么事了，还有，医生是怎么说的。你现在脸色白得像纸一样。"妈妈坐在爱丽丝的病床边，拍着腿，亮晶晶的手镯在手臂上滑来滑去。妈妈去美黑了？她有乳沟了？

"表演什么？"爱丽丝问道。她没有办法将目光从这个装扮奇异的女人身上挪开。这个女人既像妈妈，又不像妈妈。和伊丽莎白不一样，她脸上没有任何新生的皱纹；事实上，那层厚厚的妆容抚平了她脸部的皱纹，她看起来更年轻了。

伊丽莎白说："妈，爱丽丝失去了很大一部分记忆，1998 年以后的事情她都不记得了。"

"噢，"巴尔布说，"我一点也不喜欢这个消息。我知道她脸色太苍白。我估计你肯定是脑震荡了。千万别睡着！脑震荡以后，人必须时刻保持清醒。爱丽丝，我的宝贝女儿，不管你做什么，你可千万不能睡着！"

"那都是老皇历了，"伊丽莎白说，"现在医生都不建议这样了。"

"啊，我其实也不清楚这些事，因为我记得，我最近在《读者文摘》

上看到过一个故事，有个叫安迪的小男孩，他在灌木丛里骑迷你自行车的时候磕坏了头，就和桑德拉的孙子一模一样。我和你说啊，爱丽丝，我不会让汤姆去碰这些危险玩意儿的，虽然我敢打赌，小捣蛋就喜欢这些东西，但是它们实在太危险了，就算你让他戴头盔，这小家伙，这个安迪，不对，让我想想，是安迪，也可能叫阿尼，不过阿尼这个名字比较搞笑，算是过时了，现在没什么人叫这个名字了——"

"妈？"爱丽丝插话道，她知道，妈妈已经陷在安迪、阿尼的迷宫里，绕不出来了。妈妈一直都是这个样子，魔怔似的喋喋不休。只不过平日里外出的时候，她总是压低声音，忸怩到令人厌烦。所以你得时刻提醒她："妈，说大声点！"如果有人过来，而且此人不是跟她有二十多年情分的老熟人，那么原本喋喋不休的她，讲话刚讲到一半，就会像台断电的收音机一样戛然而止。她会缩着头，避免跟对方发生一切眼神接触，就连点头微笑的致意也会搞得低三下四，看着就让人火大。她太害羞了，以至于当年爱丽丝和伊丽莎白上学的时候，每次开家长会之前，她都会神经兮兮的。开完家长会回家以后，她会面无血色，颤颤巍巍，筋疲力尽，就连老师跟她说了些什么，她也不记得了，好像出席家长会只是为了露个脸，凑个数罢了，而不是去和老师交流。伊丽莎白都快被逼疯了，因为她非常想听老师是如何夸奖她的。（爱丽丝不太在意这些评语，因为她知道，大部分老师可能都不知道她是谁，因为她和妈妈一样害羞，仿佛遗传了湿疹这类不宜社交的疾病似的。）

现在，爱丽丝的妈妈可以用正常音量与人交流了（事实上，从严格意义上讲，她说话的声音比正常人稍微大了点），她也不像过去那样，会鬼鬼祟祟地望着四周，时刻保持警惕，生怕遇到什么重要的陌生人了。

"妈，我还是不明白，你干吗要穿成这样。"爱丽丝说，"你看起来……美呆了。"还有，她抬头挺胸的样子似乎跟以前不一样了——她下颌微微抬起，昂着脖子，就像一只孔雀。这让爱丽丝想起了某个人，某个她非常熟悉，而且肯定没有忘记的人，但是她就是想不起那个人的名字。

伊丽莎白给霍奇斯医生的家庭作业

我暗暗心想："妈，你可千万别提起罗杰的名字。爱丽丝现在肯定受不了，她脑袋会爆炸的。"

"好吧，宝贝，我之前说过，伊丽莎白给我留言的时候，我跟罗杰正在学校表演萨尔萨舞，我听说后就吓到了——"

"你刚才说萨尔萨舞？"

"你不会连我们跳萨尔萨舞都忘了吧！我来跟你解释一下，你还跟我亲口说过，罗杰和我上一次的表演非常令人难忘。就是上周三晚上的事情啊！我们让奥丽薇亚一起跳舞，当然，我们没能说服麦迪逊和汤姆也来试试，我们也没能说服你。罗杰挺沮丧的，但是我一直试着和他解释——"

"罗杰？"爱丽丝很疑惑，"谁是罗杰？"

伊丽莎白给霍奇斯医生的家庭作业

我在跟谁开玩笑？她要是能连续五分钟不提罗杰的名字，我就该烧高香了。

"对，罗杰，他肯定在啦。你不会连罗杰也忘了吧？"妈妈面露惊恐之色，对伊丽莎白说，"这可有点严重了，你觉得呢。我知道她脸色太差了，几乎完全没有血色。"

爱丽丝试图回想其他与罗杰相似的名字。罗德？罗伯特？她妈妈有时候会把别人的名字与相似的名字弄混，比如把杰米叫成强尼，把苏珊叫成苏珊娜之类的。

"我只认识一个罗杰，尼克的爸爸。"爱丽丝微笑着说，因为尼克的爸爸确实有点滑稽。

她妈妈盯着她。妈妈现在看起来像个洋娃娃，贴着长长的黑色假睫毛。"嗯，宝贝，那就是我说的罗杰。他现在是我老公。"

"你老公？"

"噢，饶了我吧。"伊丽莎白叹了口气。

爱丽丝转过头问伊丽莎白："妈妈和罗杰结婚了？"

"恐怕是的。"

"但是……罗杰？真的吗？"

"是的，真的。"

那就是说，爱丽丝又忘了自己还参加过一个婚礼，只不过这个婚礼爱丽丝连想都没想过。

一方面，她妈妈总是拒绝考虑和别的男人约会。"哎呀，我太老了，哪能做这个。"她会说，"要去约会的话，你首先得年轻，还得漂亮！再说了，人一辈子只能爱一次，我只爱你们老爸。别的男人怎么能和你们老爸比呢？"尽管伊丽莎白和爱丽丝一直劝她，说她其实还很年轻，风韵犹存。而且如果爸爸泉下有知，也不会希望看到她一直活在悲伤里。不过爱丽丝心里还是很佩服妈妈对爱情的忠诚。这份忠诚很美，很感人，只不过它也有烦人的一面，因为这就意味着，爱丽丝和伊丽莎白需要担负起她所有的社交生活。

那好吧，没事，她已经克服了对约会的恐惧（或许她就是因为恐惧才一直不出去约会，而不是因为想要永远忠于爸爸），可是，世界上有那么多男人，她怎么偏偏挑中了尼克的爸爸呢？

"可是为什么？"爱丽丝无助地问道，"你为什么要和罗杰结婚？"

她想，怪不得妈妈昂首挺胸的样子像孔雀，这就是从罗杰那里学来的。

巴尔布睁大了眼睛，腼腆地紧闭双唇，表情非常古怪，很不像她。爱丽丝不得不转移视线，仿佛她妈妈做出什么见不得人的事，被她撞见了一样。

巴尔布说："我疯狂地爱上了他，你记得吧，你当然记得，这都是从麦迪逊受洗的时候开始的，当时罗杰跟我说，他想学跳萨尔萨舞，问我有没有兴趣，其实他根本就没给我拒绝的机会，他好像觉得我一定会听他的。我也不想给他泼冷水，我怕要是拒绝，就显得太粗鲁了。虽然我已经决定去了，但是我甚至想过要预约霍尔登医生，让他给我开点镇静药，然后你们这些小姑娘就发飙了，好像我成了个瘾君子似的，老天爷啊，我只不过是想开一点安定而已，很明显，那药顶多会让你觉得飘飘然，但是我始终预约不上；当然，这是常有的事情。那个新来的接待员实在是势利得不像话，我还琢磨着以前那个可爱的凯西去哪儿了呢——"

"你结婚多久了？"爱丽丝打断了妈妈的话。她再次被恐惧感牢牢攫住，因为她竟然连自己生活中的大事都不知道。她感觉自己就像是在坐游乐场里的骑乘设备，机器一会儿把你甩到左边，一会儿把你甩到右边，一会儿又把你眼前的世界颠倒过来，让你对原本熟悉的事物也感到陌生。爱丽丝很讨厌玩游乐场里的骑乘设备。

"呃，快五年了吧。你还记得那次婚礼吧，爱丽丝，你当然记得。麦迪逊是花童，她穿黄色裙子实在是太可爱了，她很适合穿黄色衣服，要知道，很多人穿黄色衣服不怎么好看。那年圣诞节，我还给她买了件黄色上衣呢，但是她穿不穿就是另外一回事了——"

"妈，"伊丽莎白言简意赅地说，"爱丽丝连麦迪逊都不记得，她记得的最后一件事情就是怀着麦迪逊的时候。"

"她不记得麦迪逊。"芭芭拉（巴尔布的全名）轻声复述道。她深吸了一口气，故作轻松地表现出愉快的口气，仿佛只要能哄爱丽丝高兴起来，这些愚蠢的事情就可以烟消云散了。"好吧，我能理解你的心情，在这段特别的时间，你不愿意想起麦迪逊那个让人操心的孩子，不过我相信你很快就会振作起来的。你肯定记得汤姆和奥丽薇亚吧？好吧，真不敢相信我竟然会提这样的问题。你当然记得，你怎么会忘了自己的孩子！那简直就……不可想象。"她的声音里有一丝颤抖，这让爱丽丝有种奇怪的安慰感。对，这的确是不可想象。

"妈，"伊丽莎白又说道，"拜托你，脑筋转个弯好不好，1998年以后的事情她全都不记得了。"

"全都不记得了？"

"我敢肯定这只是暂时的。"

"噢！当然啦。暂时的！"

妈妈陷入了沉默，她用一根手指的指甲在浓妆艳抹的嘴唇边划着。

爱丽丝琢磨了一下这个新的事实：我妈妈跟我老公的爸爸结婚了。

这种事情应该不可能忘掉才对，正如之前那两个事实一样：我有三个孩子，我深爱的老公已经和我分居。可是不知道为什么，她就是忘掉了。

这些事情都不可能是真的。它们肯定都是一个精心设计的大玩笑。这肯定是一个看似真实的梦境，一个栩栩如生的幻觉，一个无穷无尽的噩梦。

罗杰！亲爱的妈妈为人一向谨慎，她到底是着了什么魔，竟然会"疯狂地爱上"罗杰这种人？（要知道，妈妈从来不会说出"疯狂地爱上"这种夸张的话。）罗杰喜欢用浓烈刺鼻的须后水，说话声音和电台播音员似的，习惯说些像"吾以为""如若"这种文绉绉的词语。每次家庭聚会，罗杰只要几杯酒下肚，就会把爱丽丝拉到墙角，展开大段的内心独白，讲述他多年来是如何欣赏自己复杂的个性。"我是不是个运动型男士？对，这是肯定的。我是个知识分子吗？好吧，也许不是严格意义上那种博士。但是换个说法，我是不是一个有智慧的人？答案当然是肯定的，爱丽丝，我从人生这所大学里拿到了博士学位。你也许会问，我是不是一个注重精神世界的人？吾以为，答案当然是肯定的，毋庸置疑。"

每到这时，爱丽丝就会无助地点头，尽量控制呼吸，这样就不会吸入太多的须后水味，以免闻着恶心，直到尼克过来拯救她于水火：
"爸，吾以为，这位女士得喝杯酒了。"

那么尼克呢？他对父辈的这段恋情是怎么看的？他跟他爸爸的关系很奇怪，也很脆弱。他会在背后毫不留情地模仿他爸爸。每次谈起罗杰在离婚时对他妈妈的所作所为，他的话语里总是夹杂着一种近乎仇恨的感情。但是与此同时，爱丽丝也注意到，只要是有罗杰在身边，他不仅声音会变低沉，肩膀会挺直，而且还会经常在不经意间提起工作上谈成的大生意，或者其他一些连爱丽丝都不知道的成就，仿佛尼克在内心深处依然渴望得到父亲的认可，尽管他坚决否认这一点，甚至会为此而生气。

爱丽丝想象不出尼克听到这个消息会是什么反应。况且，这样一来，她不就和尼克成了亲戚吗？他是她的继兄！她的第一个念头就是，她跟尼克肯定会因此而笑得前仰后合，然后拿继兄妹的关系开一些愚蠢的玩笑，编造一些近亲通婚的黄段子，假装彼此是格雷格·布拉迪和玛西亚·布拉迪[①]。但是，这件事情可能一点也不好玩。尼克可能会站在他妈妈的立场上，对此大为恼火。只不过，在他妈妈的眼里，她的前夫似乎只是一个啰嗦的远房叔叔。

那么，"怪胎"们是什么态度呢？噢，天哪，"怪胎"们。尼克那几个疯狂的姐姐妹妹现在成了她的继姐妹。她们绝对无法心平气和地接受这个事实；她们无论遇到什么事情，都大惊小怪——她们会昏厥，抽泣，打冷战，她们会被最无心的话语所冒犯。无论何时，她们

---

① 家庭情景剧《脱线家族》中的人物，在剧中，格雷格和玛西亚并非血亲，而是因父母再婚而成为继亲，两人最终相恋。

当中至少会有一个人卷入麻烦。爱丽丝从来没有意识到，家庭生活可以如此充满戏剧色彩，直到她见识了尼克的一大家子亲戚，包括姐妹、姐夫妹夫、男友、姨娘还有表姐妹，一共十几号人。相比之下，爱丽丝的那个平静而和睦的迷你家庭似乎显得太无聊，太平淡了。

爱丽丝说："是不是因为这个，所以我跟尼克才……是不是因为他对他爸爸的婚姻很反对？"

"当然不是！"爱丽丝的妈妈又来了精神，"我们都搞不懂你跟尼克为什么要离婚，但是你们离婚肯定跟我和罗杰没有任何关系！罗杰要是听说你竟然会往这方面想，他肯定会很伤心的。当然，罗杰对你们离婚的事情也有自己的看法——"

伊丽莎白插嘴道："妈妈和罗杰在一起已经有些年头了。你和尼克当时有点尴尬，'怪胎'们的反应自然是很歇斯底里，但是最后，一切都安定下来了，现在没有人会在这个问题上多想。我向你保证，爱丽丝，这些事情虽然看起来很惊人，但是实际上没有那么惊人。等你恢复记忆以后，你肯定会笑话自己的。"

爱丽丝不想变回原来的自己，不想对她和尼克将要离婚的事实无动于衷；她不敢相信，妈妈提到"你们离婚的事情"时，竟然如此漫不经心，好像离婚的事情已经完全坐实，成了事实一样。

"好吧，其实，我不打算离婚了，"爱丽丝说，"没有离婚这回事。"

"噢！"她妈妈欣喜若狂地握住双手，好像在做祷告一样，"噢！那真是太好了——"

伊丽莎白说："妈，你得保证不把这件事情告诉罗杰或者其他任何人。她现在不知道自己在说些什么。"

"我知道自己在说什么。"爱丽丝说，她感到有些陶醉，"妈，你可以满世界到处宣扬。告诉罗杰，告诉'怪胎'们，告诉我的三个孩子。没有离婚这回事，不管我跟尼克遇到的是什么问题，我们会尽力和解的。"

"太棒了！"巴尔布大声喊道，"那我就太高兴了！"

"等你恢复了记忆，你就不会觉得这很棒了，"伊丽莎白说，"你们的离婚已经进入司法程序了。要是你突然来上这么一出，简·特纳会被你弄出心脏病的。"

"简·特纳？"爱丽丝说，"这跟简·特纳有什么关系？"

"简是你的代理律师。"伊丽莎白说。

"律师？她不是律师啊。"爱丽丝突然想起，简上班的时候曾经跟人吵架，把对方辩驳得灰头土脸，对方说："你应该去当律师。"简说："那是，我早就知道啦。"

"她前几年拿到了法学学位，现在已经是专业的离婚律师了。"伊丽莎白说，"她正在帮你——呃，跟尼克离婚。"

真荒谬，真愚蠢，简·特纳正在帮她"跟尼克离婚"。"小简以后会很成功的。"尼克曾经这么说过，爱丽丝也同意。简·特纳怎么会跟他们的生活搅和到一起？

"你跟尼克正在打监护权争夺战，"伊丽莎白说，"真的很激烈。"

监护权争夺战。听起来像是"糨糊"争夺战。爱丽丝想象着她和尼克拿着一勺勺糨糊，互相扔来扔去，两个人大笑着，尖叫着，然后将糨糊清理干净。

想来，监护权争夺战可能没有那么有趣吧。

"那个也一起叫停。"爱丽丝宣布道。（干吗要去争监护权，她连三个孩子长什么样都还不知道呢！她只想要尼克。）"我们不需要去争夺什么监护权，因为我们不会离婚的，这是我的最后决定。"

　　"万岁！"她的母亲喊道，"我真的很高兴你失忆了。这场事故真是让我们因祸得福了。"

　　"好吧，还剩下点小问题，不是吗？"伊丽莎白说。

　　"什么问题？"

　　"尼克并没有失忆。"

PART 3

爱丽丝曾经的样子

弗兰妮说："好了，还是带她回医生那里看看吧。这不对劲啊。你们看她，明显不对劲啊。"

"我怀疑他们可以直接把她的记忆移植回大脑里。"罗杰说。

"噢，不好意思，罗杰，我不知道你还当过神经外科医生呢。"弗兰妮说。

"谁想再来一块吉士蛋挞？"巴尔布兴致高昂地说。

第 *10* 章

"尼克？"爱丽丝说。

"对不起，亲爱的，还是我。"护士说。

她们每隔一个小时就要叫醒爱丽丝一次，每次都会用手电筒检查她的瞳孔，然后问同样的问题。

"爱丽丝·玛丽·洛夫，皇家北岸医院，头部受伤。"爱丽丝嘟囔道。

护士哧哧地笑了："不错。不好意思，打扰啦。你接着睡吧。"

爱丽丝睡了过去，梦到护士们把她唤醒。

"醒醒！你的萨尔萨舞蹈课就要开始了！"说话的护士头戴着一顶硕大的帽子，这顶帽子竟然是一块巧克力酥球蛋糕。

"我梦见我们要离婚了，"爱丽丝对尼克说，"而且我们有三个孩子，我妈和你爸结婚了，伊丽莎白很难受。"

"我他妈为什么要在乎这些？"尼克说。爱丽丝惊呆了，下意识地啃着拇指。尼克从脖子上取下一颗糖，剥开红色的糖纸，把糖递给爱丽丝。他说："我只是开玩笑啦！"

"尼克？"爱丽丝说。

"我不爱你了，因为你还是在啃拇指。"

"可是我没有！"爱丽丝尴尬得要死。

"你叫什么名字？"一名护士大声喊道，但是这一次的护士不可能是真的，因为她浮在空气中，拿着几束粉色的气球。爱丽丝没有理她。

"还是我。"一名护士说。

"尼克？"爱丽丝说，"我头好痛，真的好痛。"

"不是，我不是尼克。我是莎拉。"

"你不是真的护士，你只是我梦里出现的又一个护士罢了。"

"其实，我是真的护士。你能睁开眼睛，告诉我你的名字吗？"

伊丽莎白给霍奇斯医生的家庭作业

嗨，霍奇斯医生，又是我。现在是凌晨三点半，我觉得睡眠是一件愚蠢而不可能的事情，只有别人才睡得着。我一直醒着，在想爱丽丝的事儿，想着她跟我说的那句话："你真是个好姐姐。"

我不是个好姐姐，我一点也不好。

我们依然关心对方，这是肯定的，问题不在这里。我们从来不会忘记对方的生日。事实上，我们正在以一种奇怪的方式暗暗较劲，看看谁每年送给对方的礼物最好，仿佛我们一直在争当最慷慨、最贴心的姐姐或者妹妹。我们平常见面的次数挺频繁的，我们还会一起开怀大笑。我们和其他千百万对姐妹一模一样。所以，我甚至根本不知道自己现在到底在说些什么。只是，现在我们俩的关系和年轻的时候不一样了。但是霍奇斯医生，生活就是这样，对不对？人与人的关系是会变的。我们没有时间。你去问一问爱丽丝！她将自己的角色转变成了一位忙碌的北岸妈妈，好像皈依了一门宗教似的。

或许是我不够小心？或许维持姐妹关系的和睦是我这个做姐姐的责任。但是，我度过这六年的唯一方式，就是把它像包裹一样打包起来，用绳子捆扎得越来越紧。紧到无论我想说出什么事情（除非是在教人撰写直邮传单的时候），我都觉得像是有什么东西在掐着我的喉咙，仿佛我嘴巴张得不够大，无法不假思索地好好说话。

问题在于我的愤怒。它随时都处于即将爆发的状态，即便是在我完全没有注意到的时候。假如我意外伤到了自己，或者在厨房里失手打翻一篮子蓝莓，弄得满地都是，那么我的愤怒就会像煮沸的牛奶一样，咕嘟嘟地往上冒泡。你应该听说了我上一次愤怒的惨叫，那一次，我收拾洗碗机的时候，脑袋磕到了打开的壁橱门上。我坐在厨房的地板上，背靠着冰箱，抽泣了二十分钟。真的很丢脸。

在爱丽丝和尼克分居之前，有时候，我总觉得嘴边有一些不可原谅的伤人话想跟爱丽丝说，比如说：你以为这个世界是围着你转的吗？你以为这个世界的中心就是你的完美小家庭和完美小生活吗？你以为所谓的压力，就是不知道该如何给你家那套一万澳元的沙发配几块颜色正好相称的沙发垫吗？

我想把这些话胡乱地写出来，因为它们太难听了，甚至不是真话。我根本就不去想它们，但也很有可能说过，现在可能还会不小心说出来。万一我说出来了，那些话就会永远留在我们的记忆里。所以最好还是什么也不要说，而是装模作样。她知道我在装，她也开始装，然后我们就忘了怎么对彼此说真心话了。

因此，她给我打电话说尼克已经搬出去的时候，我吃惊得要死。我完全不知道他们的感情出现了问题，一点预兆也没有。这个铁铮铮的事实表明，我们已经不再分享秘密了。我本来应该了解她的生活状况如何，她本来应该向我这个做姐姐的征求一些明智的建议。但是她没有。所以，我们两个互相给了对方同等程度的失望。

所以，当我得知吉娜的消息时，我不知道该怎么做才好。我应该给爱丽丝打电话吗？要不要直接开车赶过去？还是说，应该先打电话问一下？我想不出爱丽丝想要什么。我光顾着琢磨礼节问题，仿佛对方是一个我不怎么熟悉的人。天哪，我当然应该直接开车过去找她。我的脑袋到底是出了什么问题，还要去考虑这些乱七八糟的事情？

我们走出医院的时候，妈妈用一种很不像妈妈的语气对我说："估计她也完全不记得吉娜的事情了吧？"

我说："估计是吧。"我俩都不知道该说什么好。

怎样才能找到这一切的初始线索，追溯我们这十年来拨打的所有电话，穿越我们这十年来经历的所有圣诞节、儿童派对，回到最开始的时候，找回我和爱丽丝尚未出嫁时的心境？霍奇斯医生，你知道吗？

不管怎么说……也许我该试着去睡觉了。

不行。我连哈欠也打不出来。

明天，我得去医院接爱丽丝回家，他们大概十点钟放她出院。她似乎理所当然地觉得应该由我去接她。换做是她平常的时候，她会明显地表现出不想依赖我的态度。她只向学校里其他孩子的家长求助，因为这样一来就可以安排自家的小孩和对方家的小孩在一起玩耍，算作是还人情。

我不知道她明天会不会恢复记忆，也不知道她会不会因为今天下午说的那些话——尤其是关于尼克的部分——而感到尴尬，更不知道现在的她到底是真实的爱丽丝还是过去的爱丽丝，还是说，她只是因为头部受了伤，缠着绷带，所以才一时糊涂罢了。她是不是内心深处对这次离婚感到沮丧？现在的表现是不是反映了她真实的心声？我不知道，我真的不知道。

跟我说话的那位医生似乎确信，她明天早上就会恢复记忆。我和医生打交道这么多年，她属于比较好的那种。她在我说话的时候，会直视我的眼睛，等到我把话说完以后才开口。但是我看得出来，她只关心一件事，那就是爱丽丝的 CT 片是正常的，没有任何她所说的"颅内出血"的迹象。当我提到爱丽丝不记得自己的亲生孩子时，医生稍微眨了眨眼睛，但是她说，人在脑震荡以后，会表现出各种各样的反应，休息是最好的康复方法。她说，等到爱丽丝伤愈以后，记忆力自然会恢复。她似乎在暗示，让爱丽丝住院观察一晚，已经算是格外重视了，超出了她们给一般脑震荡患者的待遇。

把爱丽丝一个人留在医院，让我有种奇怪的负罪感。她的心态似乎年轻了太多，我好像也很难把这种感觉跟医生解释清楚。问题不仅仅是爱丽丝感到困惑那么简单，我跟她讲话时，就好像真的面对着 29 岁的爱丽丝一样。甚至连她说话的方式都和平常不一样。语速更慢，语调更轻柔，说话也不那么讲究。她完全是想到什么就说什么。

"我有没有举办过 30 岁生日派对？"在我离开医院前，她问我。这可要了我的命，我一时半会儿也想不起来。但是在开车回家的路上，我想起来了，他们办了个烧烤派对给她庆生。爱丽丝当时挺着个大肚子，他们的房子还没有装修完，到处都是梯子和油漆桶，墙上也打了很多洞。我记得，我站在厨房里帮助爱丽丝和尼克往蛋糕上插蜡烛，然后爱丽丝冒了一句："我想我肚子里的宝宝打嗝了。"尼克把手按在她的腹部，然后又抓过我的手也放在那儿，这样我也能感觉到胎儿的古怪动静。我记得特别清楚，他俩都转过头望着我，眼睛里闪着光，红润的脸上洋溢着兴奋和憧憬。两个人的眉毛上都沾了点蓝色的油漆，那是在粉刷婴儿室的时候弄上的。他们真的很可爱，是我最喜欢的一对夫妻。

我曾经偷偷地观察尼克听爱丽丝讲故事的样子，那表情又温柔又自豪，每当爱丽丝讲了什么笑话或者傻话的时候，他笑得比谁都起劲。他拥有爱丽丝，正如我们这些家人一样，也许他比我们做得还好。他让爱丽丝变得更加自信、风趣、聪明。他让爱丽丝发挥出了她所有的特质，让她充分实现了自我，所以她似乎全身上下都闪耀着内在的光辉。他对她的爱如此深刻，他甚至把她变得更加可爱了。

（本对我的爱有这么深吗？有。没有。我不知道。也许一开始是有的。所有闪耀的爱情光辉似乎已经离我远去。它们都是给更年轻、更苗条、更幸福的人准备的。况且，一颗干杏仁是不可能闪耀的。）

我很怀念以前的尼克和爱丽丝。每当想起他们那天在厨房里往蛋糕上插蜡烛的情形，我就像想起了某些移民国外、不再联系的旧识。

早上四点半，爱丽丝一觉醒来，脑海里就清楚地涌上一个念头：我还没有问过伊丽莎白有几个小孩。

她怎么会不知道这个问题的答案呢？但是更重要的是，不知道也就算了，怎么连问都忘了问？她真是个自私、自恋的浅薄女人。怪不得尼克要和她离婚。怪不得伊丽莎白看她的眼神也不像以前那样了。

她待会儿会给妈妈打电话问问，然后假装自己当然不会忘了伊丽莎白的孩子（还有她自己的孩子），到时候对伊丽莎白说："噢，顺便问一下，你家小不点现在怎么样？"

只不过，她现在不确定妈妈有没有换号。她甚至不知道妈妈现在住哪儿。难道她已经搬进了罗杰在伯茨点的那套奶白色现代公寓？还是说，罗杰搬进了妈妈那套装饰着花边餐垫、小摆设和盆栽的房子里？无论是哪种情形，都似乎搞笑了点。

隔壁那位姑娘睡得正香，鼾声连连。远远听起来，倒有点像是蚊子的嗡嗡声，轻轻的，还带点哭腔。爱丽丝翻过身，把头狠狠地埋进枕头里，像是要把自己憋死。

她想：这是我遇到过的最糟糕的事情了。

然而事实上，她甚至还不确定这个想法对不对。

伊丽莎白给霍奇斯医生的家庭作业

我们离开医院后，我跟妈妈去了爱丽丝家，见到了本和孩子们。我们晚饭一起吃的比萨（幸亏罗杰参加一个扶轮社①的会议去了。我

---

① 扶轮社是依循国际扶轮的规章所成立的地区性社会团体，以增进职业交流及提供社会服务为宗旨；其特色是每个扶轮社的成员需来自不同的职业，并且在固定的时间及地点每周召开一次例行聚会。

没心情见他。我想可能除了妈妈，没人有心情见他。当然，罗杰自己可能就不这么想了）。我们没有告诉孩子们爱丽丝已经失忆，只是说，她在健身房里磕伤了头，很快就会康复。奥丽薇亚扣紧双手说："亲爱的妈咪！这真是个悲剧！"本正站在餐具柜边，我能看出他背部一阵颤抖，正极力忍住不笑。麦迪逊撇撇嘴，鄙视地问道："那爸爸知道这事吗？"然后没等人回答，她就咚咚咚地跑回了卧室，好像她已经知道了答案似的。奥丽薇亚在餐桌上忙得起劲，她要用涂色笔和闪光粉给爱丽丝做一张大大的慰问卡。汤姆趁机拉过我的手，把我带到起居室。他让我坐下，然后死死地盯着我的眼睛，说："好了，跟我说实话，妈妈是不是得脑瘤了？"我还没来得及回答，他就警告说："不要撒谎！我是人形测谎仪！如果你的眼睛向右看，那就说明你在撒谎。"没办法，我必须得付出超人般的努力，好让自己的眼睛不去向右看。

这一晚挺有意思的。我也不知道为什么。可怜的爱丽丝，她的不幸为我们造就了一个有意思的夜晚。

喔，我打哈欠了！真不容易，来得太是时候了！我现在得走了，霍奇斯医生。这次应该能睡着了。

病房外的天色渐渐亮了，爱丽丝经历了这样一个奇怪而碎裂的漫漫长夜，最终陷入了最深沉的睡眠。她梦见尼克坐在一张她从未见过的松木长桌旁。他摇着头，端起一只咖啡杯说："说来说去还是吉娜的事，对不对？吉娜，吉娜，吉娜。"他喝了口咖啡，爱丽丝深感厌恶。她转过头，起劲儿地抹着大理石台面上的一处油渍，油渍早就干了。

在睡梦中，爱丽丝身体抽动得厉害，连病床都移动了位置。

她梦见自己站在一个黑漆漆的小屋子里，伊丽莎白躺在她身边，抬头望着她，脸上写满了惊恐。伊丽莎白问："她说的话是什么意思？什么叫做测不到心跳？"

她梦见了一根巨大的擀面杖。她不得不在上千名观众的注视下把它推上山去。重要的是，她必须表现得很轻松。

"小懒虫，早上好！"护士说。她那开朗快活的声音就像碎裂的玻璃一样。

爱丽丝从病床上猛地坐起来，大口大口地喘着气，好像她之前一直在憋气一样。

第 *11* 章

老奶奶的老心思！

今天，我和鸟儿起得一样早！我早上五点钟就睡不着了，最后想着，还是起来发篇博文吧。

非常感谢你们的留言和关心。关于爱丽丝的伤情，我有些好消息要告诉大家。巴尔布昨晚给我打电话了，她让我放心，说爱丽丝一定会好起来的。她们已经做了一种叫做"CT 扫描"的检查（我猜它跟 X 光检查一样，不过更先进一些），结果一切正常。巴尔布说，爱丽丝昨晚留院观察了，但是今天早上应该就可以出院。奇怪的是，爱丽丝昨晚依然记不起 1998 年以后的任何事情。她以为她跟老公尼克现在依然在一起。巴尔布正在大肆庆祝，因为她觉得爱丽丝和尼克会复合，我看很难。巴尔布自从开始学萨尔萨舞之后，就变得很乐观了。

爱丽丝的失忆让我想起了老朋友艾伦，她最近被检查出了老年痴呆。前几天我和她煲电话粥的时候，感觉她头脑还很清醒。她说，她正忙着给侄孙女烤芭比娃娃蛋糕，她还不经意间提到，割草机的声音停了，说明欧尼应该已经修剪完了草坪，她得赶紧去给他做饭。好吧，欧尼1987年已经去世了。所以她的话把我吓了一跳。我提醒她，欧尼已经去世了，结果她哭得厉害，就好像头一次听到这个噩耗似的。我觉得很难过，但是我不想让她白花两个小时的时间给欧尼削土豆。

（我有一次看到欧尼一顿饭吃了17个烤土豆，连眼睛都不带眨的。真能吃啊！）

　　好在爱丽丝年纪还轻，还不至于得老年痴呆。我也确信，等我去看她的时候，她就会好起来了。我得给她买个小礼物，真希望我知道送她什么合适。选礼物对我来说很难，我总是有种再也选不对礼物的感觉。当初爱丽丝她们还小的时候，挑礼物多简单啊。我喜欢看到她们收礼物时满脸开心的样子。现在，我担心她们只会礼节性地笑一笑而已。你们有什么好的建议吗？

　　我记得是"来自达拉斯的多丽丝"问我为什么要在"女儿"和"孙女"两个词上加引号。好吧，原因是巴尔布和爱丽丝其实跟我没有血缘关系，我和她们家做了很多年邻居。老实说，如果不是因为巴尔布的老公在孩子们年纪还小的时候就去世了，我和她们也就是点头之交，顶多熟悉些罢了。然而巴尔布在老公去世的时候，对生活上的事情处理得不太好。她也没有其他的亲人可以帮忙，于是我就搭把手，成了名义上的奶奶。因为我自己从来没有结过婚，也没什么侄子侄女，所以她们对我来说，就像天赐的宝贝一样。现在我有三个漂亮的"曾孙"，他们真的给我带来了很多快乐！

接下来讲讲其他的事情！

在上一篇博文里，我跟你们提到了社交委员会开会的事情，不过我只讲了一半。等大家对钢管舞的无聊起哄停止以后，议程上的下一个议题就是我安排的巴士旅行。这一天的旅程应该会很好玩。我们要去听一些专家（医生、律师之类的）讨论安乐死的话题。然后我们会路过一个花园中心，在那里吃午饭。嗯，果然不出所料，在关系到如何选择死亡方式的问题上，X先生属于逃避现实的鸵鸟一族。"生命是用来享受的！"他大声叫嚣着，"要抓住每一天！"反正都是些老掉牙的论调。显然，他从来没有见过至亲受苦的样子。我见过，三十年前我亲爱的妈妈因为癌症去世了。我尽可能简单地跟X先生解释（因为很明显，他没读过什么书），我说，我想要自主选择在何时以何种方式离开人世，这关系到尊严，关系到对人生的掌控。我觉得，我说得很有水平。X先生盯着我看了好一阵，我估计那些话还是能"渗透"进他那个厚脑壳的。然后他说："要不我们还是去玩高空跳伞吧？"哈里·帕利希那个傻瓜马上把胳膊举得老高。"我参加！"（我得说一下，哈里是坐轮椅的。）接下来，会议分崩离析了。

从那时起，人们纷纷退出我组织的"自己的生命自己做主"短程旅游活动，投奔了X先生定于同期举办的另一个活动。他们将其命名为"一起活出精彩"。我不确定他们要去什么地方。有人说，他们要去泡吧，飙车，还要去库吉海滩玩浮潜。

还是有不少人支持我组织的短程旅游活动，但是我不愿意指出的是，这些人大多都不是什么好玩伴。他们是那种满腹牢骚、闷闷不乐的类型，去花园中心吃个饭都要抱怨咖啡不好。就连我最好的朋友雪莉也来问我介不介意她去参加X先生组织的短程旅游。我非常郁闷，X（我不想尊称他为"先生"了）这种另立山头的行为难道不是太失礼了吗？

这让我感觉我才是那种满腹牢骚、闷闷不乐的人。我都这把年纪了，怎么还在怀疑自己的性格！我太老了，不适合这样了。现在改变性格已经太迟了！但是，我发现自己还是隐隐有种不安全感，就跟四十年前一样。

告诉你们一个秘密吧，这个秘密我还没有告诉过任何人。1975年，我还在当数学老师，学校里有些老师组织了女教职员工海滨游，我是唯一一个没有被邀请的！这事我是在无意中发现的。当时有些老师在办公室里传阅旅行时的照片，正好被我撞见了。天哪，我觉得很受伤。那种感觉我现在都记忆犹新。

好了！真傻！我出去走走，散散心吧。

噢，差点忘了，我很怀疑给我留言的那个弗兰克·尼尔里是我以前的学生。我听说他在越南阵亡了。

评论

来自达拉斯的多丽丝：

谢谢你在文章中解释为什么要在"女儿"和"孙女"这两个词上加引号，还讲了一些背景情况。你经常见她们吗？再跟我们多讲些吧！我觉得你不必在那两个词上加引号的。我觉得你是个伟大的祖母。另外，你听取我的建议邀请X喝一杯了吗？我认为这可是秘密武器哦。化敌为友嘛！你们俩的共同点可能比你想象的要多。

贝丽尔：

我十岁的时候，班上的同学都被邀请参加玛丽·穆雷的生日派对，只有我没有被邀请。为什么不邀请我？我做错了什么？所以我特别能理解你的感受，弗兰妮。我同意多丽丝的建议——我觉得，你应该跟X交朋友。有句话怎么说来着？团结你的朋友，更要团结你的敌人。噢，你给爱丽丝送点上好的爽身粉怎么样？我的孙女们好像都挺喜欢的。

布里斯班小子：

当然，我相信安乐死在适当的环境下很合理，但是我可不想成天叨叨这玩意，也许X先生就是这么想的。或许他不喜欢考虑死亡的问题，让他爽快地泡吧就好了！

弗兰克·尼尔里：

不对啊，杰弗里老师，我还活得好好的呢！嘿，告诉我——你为什么从来不结婚呢？年轻时你可是大美女啊。我觉得应该有人把你给抢走了才对。（我敢打赌，那些老师不肯邀请你去海滨旅游，就是这个原因，你绝对是最漂亮的。她们不想看着你穿上小巧、可爱的黄色圆点比基尼，把她们的风头比下去！）

疯狂的玛贝尔：

看完你的博文，我很惊讶，也很恶心。自杀是不可饶恕的罪过，这里没有灰色地带，相信主的智慧吧。我恐怕不会再访问你的博客了。

时尚俏夕阳：

听说爱丽丝好了很多，我真高兴。别管 X 了。我自己是不支持安乐死的（如果姑息疗法运用得当，真的没有必要安乐死），但是弗兰妮有权利探索这个话题。疯狂的玛贝尔，没有人强迫你看这个博客！顺便说一句，有没有人觉得那个弗兰克·尼尔里说话太失礼了？小伙子，你看来是欠揍了！

好了！该起床了。洗个舒服的热水澡，换身衣服，打理下头发，化个妆。

叫醒她做最后一次检查的护士已经走了。爱丽丝的脑海里有一个敏捷而专横的声音正在指挥她该做什么。

我太累了，爱丽丝抗拒道。她的眼睛又干又涩。我刚经历了一生中最难熬的夜晚。况且，或许我应该等等，待会儿问一问护士。

真没用！洗完澡你就清醒了。你一直都是这样的！

真的吗？

对！还有，你该照照镜子了，拜托。你才 39 岁，又不是 89 岁，能老到哪儿去？

那毛巾呢？我不知道该用哪条毛巾，也许医院里的毛巾有专门的用途。

爱丽丝，你一身汗臭味。你在那个健身房上课，出了很多汗，你得洗个澡。

爱丽丝坐直了身子。一想到自己身上有体味，她就无法忍受，这是终极的羞辱。有一次她和尼克吃饭，菜里大蒜放得特别多，餐后尼克不经意间提到爱丽丝的口气里有大蒜味，结果她吓坏了，赶紧用手捂着嘴巴跑去刷牙，然后一整天都在嚼口香糖。尼克被爱丽丝的举动逗乐了。他不在乎自己身上有没有味道。装修房子弄了一天后，尼克会像一只猿猴般开心地闻一闻胳肢窝，然后高调地宣布"我好臭啊"，仿佛变臭是一件值得大书特书的成就似的。

说不定尼克之所以跟她离婚，就是因为她的口气已经变得恶臭无比。

她试探性地用手摸了摸头上的肿块处。还是能感觉到疼痛，不过已经明显好多了，更像是旧日的伤痛。

但是她不记得孩子们，也不记得尼克搬出去的事情。

爱丽丝赤着脚踩在冰凉的地板上，环顾着四周。妈妈送来的郁金香有着硕大的金色球茎，在病房墙壁的映衬下很是显眼。她试着想象妈妈和罗杰一起跳萨尔萨舞，一起扭腰的样子。她估计罗杰扭腰完全没有问题，但是妈妈呢？她对这个问题既感兴趣，又抗拒。她迫不及待地想跟尼克讨论这个问题。

好吧。

她还记得尼克昨天电话里的声音，满满都是恨意。能让他如此深恶痛绝的问题，肯定不是口臭这么简单。如果只是口臭的话，他对她说话的语气应该是同情和尴尬才对。

虽然她还记得昨天的电话，（还有尼克朝她发飙的方式！）可是她总觉得尼克不可能会丢下她，她觉得尼克随时都会来看她，他会气喘吁吁、头发散乱地赶过来，为了之前的误解跟她道歉，然后把她紧紧揽入怀中。她对离婚的消息并不是很沮丧，因为这太不现实。这可是尼克啊！她的尼克。只要她再次见到他，什么事情都会好起来。

那个贴着恐龙贴纸的背包就放在病床边的橱柜上。她想起了那件漂亮的红色连衣裙，也许她勉强穿得下。

她把背包夹在胳膊下，用一只手拘谨地抓住病号服背后的开襟，免得把内裤露在外面。但是这样做多此一举。同屋那位姑娘床边的隔帘已经拉上了，她睡得正香，爱丽丝还能听见她蚊子嗡嗡般的鼾声。

说不定爱丽丝随着年龄变大以后，鼾声也变得更严重了，于是尼克就离开她了。如果是这样，那她可以找一找那种可怕的护齿套戴着。这种问题很好解决，尼克，快回家吧。

她很疲惫，感觉就像是在塑性混凝土中跋涉一般。

我觉得我应该回床上躺一会儿。

你敢回床上试试！你会让孩子们迟到的，到时候就没完没了了。

爱丽丝吃惊地张大了嘴，这想法到底是从哪里冒出来的？她想起了三个孩子的校服照，每天按时送他们上学，肯定是爱丽丝的责任。

也许（只是也许），她依稀记得过去的某些转瞬即逝的细小瞬间，比如走廊处传来的沉重脚步声、巨大的摔门声、汽车喇叭声、孩子的哭闹、钻心的疼痛。但是，正当她想要将它抓牢时，它就消失了，仿佛这一切都是她凭空编造出来的。

感觉这十年的记忆近在眼前，却处于她的视觉盲点中，只要找到合适的角度，就可以看到它了。

她走进病房附带的小浴室，将门反锁，打开了日光灯。整间浴室一瞬间灯火通明，她不由得眨了眨眼睛。昨晚，她上厕所和洗手的时候，都尽量控制自己不去看洗手池上方的镜子。现在，她不会再这样做了，今天要的就是干脆利落。

她解开脖子上和背后的衣服系带，让病服自然滑落在地板上，站在镜子前。

她能看到自己的上半身。

真瘦啊，她心想，用指尖按着自己腰部的曲线，然后上滑到肋骨。她其实能看见自己的肋骨，真是个纤瘦的姑娘。她的腹部平坦紧实，和健身房里的那个"舞步狂"差不多。这是怎么做到的呢？

当然，她以前老是嚷嚷着要保持体形，要减肥，但是实际上从来没有拿出过什么行动。这种话是应该经常挂在嘴边，说给闺蜜们听的，用以表示你还是个正常的女人。"噢，天哪，我真胖！"在和尼克谈恋爱之前，她的男朋友是理查德。每次看到她费力地把牛仔裤往上扯，理查德就会说："一二三，往上拉！"于是，爱丽丝原本对自己身材的小小不满就会演变为自我仇恨，她会为此饿上一天，然后晚饭时就吃一包巧克力饼干。但是，后来她遇见了尼克，尼克说她很漂亮。每当尼克触碰她时，她就会感觉自己如同他眼中的那样美。尼克经常手里拿着餐刀，或是端着酒瓶，坏笑着说"人生只有一次哦"，就好像每天都是一场盛大的庆祝活动似的。既然如此，爱丽丝何苦要克制自己呢？那就再来一块巧克力蛋糕或是一杯香槟酒吧。尼克和小男孩似的，爱吃甜食，很会鉴赏美食。佳酿还有好天气，在火辣的阳光下，与尼克一起大吃大喝就像做爱似的。他让她感觉自己像是一只被喂饱了的快乐猫咪：胖乎乎，肉嘟嘟，心满意足地喵喵叫。

爱丽丝也不确定自己是否喜欢现在这个平坦紧实的肚子。一方面，她明显有一种自豪感，就像发现了自己的新技能一般。看看我的成果！我有了超模一样的小腹哦！另一方面，皮包骨的感觉让她稍稍有些反感，好像骨头上的肉都被刮掉了似的。

尼克会怎么看待这副精瘦的新躯体呢？也许他不在乎。"你他妈干吗要给我打电话？"

爱丽丝注意到，她的乳房比以前小多了，不像以前那么有弹性了。事实上，它们很难看，不仅形状拉长了，而且像袜子似的向下耷拉着。她用手托起它们，然后又松开。噢，真恶心。她一点儿也不喜欢它们。她怀念过去那对漂亮、圆润、令人愉悦、晃来晃去的乳房。

之所以会这样，是因为喂过三个孩子吗？假如她还记得自己在深夜时分抱着一个胎发未脱的婴儿坐在摇椅上的温馨画面，那么乳房变成这样子也无所谓。可是，她现在全无半点印象。她确实很期待给孩子喂奶，但是这应该是将来才会发生的事情，过去没有发生过。

好吧，别管乳房了。现在该看脸了。

她向前走了一步，离镜子更近了一点，屏住了呼吸。

第一眼看上去，爱丽丝松了一口气，还是她本人的脸，目光有些呆滞。脸上并没有老化得厉害，脑袋上也没有长角。事实上，她还蛮喜欢现在的瘦脸。轮廓似乎更清晰，眼睛也显得更大。她的眉毛形状完美，还有乌黑的睫毛。她看起来没有多少雀斑。虽然嘴巴和眼睛周围有几处奇怪的浅擦痕，但是依然难掩皮肤的光滑清透。也许那几处擦痕是她在摔倒的时候碰伤的？她俯下身，贴近镜面，仔细检查着，噢，那不是擦痕，是皱纹，和伊丽莎白的一样，搞不好比伊丽莎白的还要深。她的双眼之间有两道深沟。就算不皱眉头，皱纹也不会消失。每只眼睛下面各有一个粉色的眼袋。爱丽丝想起来了，昨天她看到简的时候，一开始也在纳闷简的眼睛是不是出问题了。其实简没有问题，只不过是比过去老了十岁罢了。

她用指尖揉着嘴巴和眼睛边的划痕样皱纹，仿佛这样做就可以把它们擦掉似的。它们不应该出现，它们看起来就是个错误；谢了，还是免了吧，它们不属于我，也不属于我这张脸。

她放弃了，再次退了回去，这样就看不见皱纹了。

她的头发从昨晚起，就一直用发圈束在脑后。她扯开发圈，把它放在掌中端详。爱丽丝惊异地发现，她甚至不认识这个黑色的发圈，也不记得自己什么时候用它扎过头发。

她的头发刚刚齐肩，肯定是剪过的。她很好奇，什么事情会促使她做出这样的决定呢。头发的颜色也变了，不是棕色，而是接近金色，带深灰色的金发。从昨晚折腾到现在，头发乱糟糟的，但是当爱丽丝用手指理顺头发时，她发现自己的新发型很优雅，发梢带着卷，这样头发看起来会更长一些。这不是她的风格，但是她必须承认，这发型和她现在的脸型很般配，比她留过的任何一种发型都要好看。

她成长了，就是这么回事。一个长大的人回望自己，她只是没有感到自己长大了而已。

那好吧。这就是你，爱丽丝。这就是你现在的样子。一个长大后的母亲，身材瘦削，有三个孩子，正在经历讨厌的离婚大战，打得一地鸡毛。

她眯缝着眼睛，一边想象着以前那个真实的自己，一边盯着现在镜子中的自己。以前的她留着一头棕色的长发，没有特别的发型；脸更圆，也更柔软；乳房更大，也更有弹性；肚子更大（而且挺肥的）；雀斑更多，也没有皱纹——那时候她正与尼克相爱，怀着她的第一个宝宝。

但是，那个小姑娘已经是过去时了。没有道理还要想着她。

爱丽丝转过身，环视着这间不熟悉的浴室，被巨大的孤独感包围着。她又想起了那次愚蠢的单人欧洲行，在陌生的浴室里刷牙，在斑驳的镜子里盯着自己看，当时身边没有爱她的人来帮助她反思一下自己的性格，她要试着搞明白自己到底是谁，眩晕的疏离感萦绕左右。现在她并没有身处一个陌生的国度和语言不通的环境，但她身处一个陌生的新世界，人人都知道发生了什么，只有她自己不知道。举世皆醒我独醉。她是个傻子，只会自我欺骗，不知道怎么说话，不了解这个世界的规则。

爱丽丝颤抖着，吸了口气。这只是暂时的。用不了多久，她就会恢复记忆了，到那时候，生活也会重新回到正轨。但是她真的想要恢复记忆吗？她真的想要想起过去的事吗？其实她真正想要的，是跳上时光机，直接回到1998年。

好吧，只能说是命不好，面对现实吧，亲爱的。洗个澡，趁着孩子们还没醒来，可以喝点咖啡，吃一块奶油奶酪百吉饼。

"趁着孩子们还没醒来。"这个霸道而刻薄的声音一刻不停地浮现在她的脑海里，真的把她吓到了。还有那个"奶油奶酪百吉饼"，这是什么意思？她一点也不喜欢拿这种东西当早餐。

或许她现在喜欢了？爱丽丝试探性地舔了一下嘴唇。是就着奶油奶酪吃百吉饼，还是就着花生酱吃烤面包片？这两个选项都显得既诱人，又恶心。

好吧，反正这也不算是什么生死大事，对不对，爱丽丝？

噢，闭嘴。老实说，你说话有点贱，爱丽丝。我这么说没有冒犯的意思。

她走到背包前，掏出了一个时髦的化妆包。想来她可以确定，新爱丽丝会在里面塞上洗发水和护发素。她草草地翻看了一下，里面有一大堆瓶瓶罐罐，看着就不便宜（天哪，不就是去趟健身房吗），她还找到两个又细又高的暗色瓶子，品牌她没有认出来，不过上面写着"沙龙级的效果"。

她站在淋浴喷头下，往头发上抹洗发水，桃香味充满了她的鼻孔，这种味道熟悉得让她腿软。当然，当然。她发出压抑的抽泣声。想起了自己站在水流强劲的淋浴喷头下，置身于蒸腾的水汽中，将额头靠在贴有蓝色瓷砖的墙上，静静地哀号着，桃子香味的洗发水产生的泡沫滑进了她的眼睛里。*我不能忍受。我不能……我不能……*

　　有那么一会，这段记忆无比真实，就像是刚刚发生过一样，可是下一秒，它就像洗发水的泡沫一样，被水流冲走了。

　　洗发水的香味依然浓烈地残留着，这气味熟悉到荒唐，可是她就是无法再想起什么了。

　　只有那种绝望的伤痛还在，一心只想着从痛苦中解脱。

　　在这段记忆当中，她是在为尼克的事情而伤心吗？

　　如果这些就是尘封在脑海里的记忆——眼睁睁地看着自己的幸福婚姻解体，将头贴在浴室的墙壁上哭泣，那么她真的希望恢复记忆吗？

　　爱丽丝关掉喷头，用背包里的蓝色毛巾擦干身体。她用毛巾裹住身体，从化妆包里掏出瓶瓶罐罐，在面前摆放好。她到底想拿这些东西做什么呢？

　　快点，快点。

　　她的手本能地伸向一个金色盖子的小罐。爱丽丝打开以后，发现里面是黏稠的奶油状保湿霜。她动作麻利地将保湿霜抹在脸上揉开。拍，拍，拍。她又毫不迟疑地拿起了玻璃瓶装着的粉底，往海绵上倒了一些，然后开始往脸上揉。爱丽丝的部分自我对此非常惊讶。粉底？她可从来没有打过粉底，她连妆都懒得化。但是她的双手动作如此迅速，时不时调整着面部的朝向，好像她以前做过无数次似的。然后，她又拿起一支闪亮的金色化妆笔，在脸颊上涂抹。她打开了几个罐子、瓶子和盒子，涂上了睫毛膏、眼线膏、口红。

　　突然之间——肯定还不到五分钟——她就已经搞定了，把所有的瓶瓶罐罐又收回了化妆包。她没有停下手，而是拉开了化妆包侧面口袋的拉链。她还在纳闷着自己要找什么东西的时候，她的手就已经掏出了一个便携式吹风机和一把圆梳。噢，好吧，挺不错的。该把头发吹干了，她插上电源，这一次，还没等自己告诉双手该做什么的时候，它们又已经开始行动了。她用梳子前后梳着头发，吹风机吹出了热风。

　　好了，离开这里之后，你就得……

　　她的大脑一片空白。

　　……你就得……

　　头发吹好了。

　　她关掉吹风机，从电源上拔掉插头，把电线一圈圈地裹起来，将吹风机塞回包里，又开始摸索别的东西。天哪，为什么她的动作如此之快？这种风风火火的劲头是从哪里来的？

　　她抽出装衣服的塑料袋，塑料袋已经被压扁了。爱丽丝把袋子抖开，拿出了颜色配套的奶白色内衣和连衣裙。内衣的触感华贵柔顺，胸罩把她的乳房抬回了原来的位置，看起来更有活力了。很明显，这件漂亮的连衣裙应该是不合身的，但是她还是套头穿上，不用主动寻找，就知道拉上侧面的拉链，没有不好看的脂肪堆突起，因为她现在已经不胖了。首饰，她找出那条缀有黄宝石的项链，还有尼克的手镯，把它们都戴上。鞋，她把脚蹬了进去。

　　爱丽丝停下来，看着镜中的女人，不由得惊愕地张大了嘴。

　　她看起来……怎么说呢，不得不承认，她看起来很漂亮。她侧过身，左看看，右看看。

真是一个魅力十足、优雅苗条的女人。她从来没有想过自己可能变成这样的女人。以前她觉得，这样的女人身材太完美了，不像是真的。但是现在，她已经变成了这种让她可望而不可即的女人。

既然她都漂亮成这样了，为什么尼克还想要离开她呢？

还缺了点什么。

香水。

她从化妆袋前面的一个拉链夹层里找到了它。她把香水喷在两只手腕上，突然，她俯下身，抓住洗手池的两边，以免摔倒。这款香水当中夹杂着香草味、柑橘味和玫瑰味。她整个人都沉浸在了这种香味里。她感觉自己就像被吸入了一个巨大漩涡，漩涡里夹杂着悲痛、狂怒、铃声大作的电话声、孩子的尖声哭闹、嘈杂的电视声，以及尼克坐在床尾、弯着腰、双手抱在脑后的画面。

"里面有人吗？"

有人在敲浴室的门。

"里面有人吗？还要多久啊？我都快撑不住了。"

爱丽丝缓缓地站起身。她脸上的血色消失了。难道她又要像昨天那样恶心呕吐了吗？不。

"不好意思！"她大声喊道，"我马上出来。"

她把手放在盥洗池里，用肥皂架上那块粉色的肥皂狠狠地擦去了手上的香水。扑鼻而来的是草莓味泡泡糖的香气，还有消毒剂的味道，令人精神一振，两种气味充斥着爱丽丝的鼻子，记忆的漩涡消退了。

我不记得。

我不记得。

我不记得。

伊丽莎白给霍奇斯医生的家庭作业

我去医院接爱丽丝的时候，她已经穿好衣服等我了。她的双眼通红，眼圈发黑，但是头发已经梳好了，妆容也和往日别无二致。

她看起来和正常的她很相像。我觉得，她肯定已经恢复记忆，我们生活中的这段奇怪的插曲终于结束了。

我说："现在所有的记忆都恢复了吧？"她说："快了。"然后避开了我的视线。我估计，她肯定是为昨天说过的那些关于尼克的话而感到尴尬。她说，医生已经检查过了，所有的表格也都签了，她迫不及待地想要回到家里，躺在自己的床上。

我们离开医院的时候，她没怎么说话，我也没有。她最后开腔说话的时候，我们已经开车上路了。我满以为她会谈论一大堆周末的待办事项，抱怨自己在医院里浪费了宝贵的时间。意外的是，她说："你有几个孩子？"

我说："爱丽丝！"我差点把方向盘都给打错了。

她说："抱歉，我昨天没有问，可能是当时受到的惊吓太大了，所以没顾上。我本来是想给妈妈打电话问的，但是我也不确定她有没有换号，况且，万一接电话的人是罗杰该怎么办？"

我说，我以为她恢复记忆了，她说，呃，不完全是。

一开始，我执意要把她直接送回医院。我问她，是不是为了出院而向医生撒了谎。她鼓起腮帮就是不回话（她看起来和麦迪逊像极了）。她说，如果我非要把她带回医院的话，她就会说，她不知道我在说什么，因为她的记忆完美无缺。于是这个时候，医院就要判断我们俩当中到底哪一个是疯子，她敢打赌医院会选我，医护人员会给我套上拘束衣[①]，把我控制住。

我说，我觉得他们现在已经不用拘束衣了。（霍奇斯医生，他们还用吗？你抽屉里有没有放一件救急用的拘束衣，以便在必要的时候立刻拿出来？）

爱丽丝双臂交叉抱在胸前，身子扭来扭去，仿佛套上了拘束衣似的，她说："让我下车！我妹妹疯掉了！我才是那个清醒的人！"

我彻底惊呆了。她这表现得也太……傻了，和以前的爱丽丝很像。

然后，我俩就像学校里的小孩似的笑个不停。我们笑啊，笑啊，我开车往她家的方向驶去，因为我不知道自己还能做什么。太奇怪了，和爱丽丝在一起竟然能笑成那样。

这有点像尝到了某种久违的美味佳肴，我已经忘记了那种开怀大笑的陶醉感和欣快感。我们笑得厉害，笑得都要流眼泪了。这是家族遗传，是从老爸那里继承的。真是太有趣了。我把这一点也给忘了。

最后她们止住笑，安静下来。

爱丽丝不知道伊丽莎白会不会再提让她回医院的事，但是伊丽莎白什么也没说。相反，她用指尖刮了刮眼皮，伸手打开了汽车音响。爱丽丝震惊了。伊丽莎白以前喜欢那种吵闹、愤怒的重金属音乐，通

---

① 拘束衣或称为紧束衣，外形是一个非常长的衣袖，用作限制穿戴者上肢活动，目的是保护他人及阻止自我伤害。

常只有青少年时代的男孩子才喜欢在汽车里放那种音乐，爱丽丝听着就头痛。但是现在，舒缓的和弦与柔和的女声充满车厢，感觉就像置身于一间烟雾缭绕的爵士酒吧。伊丽莎白的音乐口味变了。爱丽丝放松下来，看着窗外。悉尼的街道和她记忆中的差不多。那家咖啡厅是以前就有的吗？那排单元房看起来很新，只不过，它们也完全可能已经在那里矗立了二十年，她只是以前从未注意过而已。

车流量大得令人不敢相信，但是所有的小汽车都长得一个样。她小时候曾经幻想着，到了 2000 年，人们应该会生活在太空时代，到处都是会飞的小汽车。

她瞟了一眼伊丽莎白的侧脸。她的脸上还挂着微笑，那是刚才大笑一场之后留下的、意犹未尽的微笑。

爱丽丝说："昨晚，我又梦见了那个带着美国口音的女人，她提到了心跳的事，而且这一次你也在。你确定这件事情没有让你想起什么吗？"

意犹未尽的微笑从伊丽莎白的脸上消失了，刚才，她的脸颊还因为大笑而变得红扑扑的，线条十分圆润，但是现在似乎陷了进去。爱丽丝后悔提起了这个梦。

最后，伊丽莎白说："那是六年前的事了。"

伊丽莎白给霍奇斯医生的家庭作业

于是，我就像讲故事一样，把事情的来龙去脉都告诉她了。其实，我突然特别想跟她说，以免她自己先想起来。要是她自己先想起来了，她可能只会把这件事情当成一件陈芝麻烂谷子的悲情小事。

霍奇斯医生，我把这件事情写出来，供你参考。

爱丽丝和我同时怀上了孩子，她的预产期正好比我晚了一个星期。

当然，爱丽丝的第三次怀孕又在意料之外，原因比较复杂，跟她弄错了药有关，这是爱丽丝的典型作风（我说的是以前的爱丽丝，不是现在这个指甲漂亮、身形姣好、染过头发的爱丽丝）。

我怀孕就不是意外了。我觉得意外怀孕代表着轻佻与不负责任，它让我联想到夏日的度假、几个小时的激吻、年轻的光滑肌肤，还有……不知道怎么形容……菠萝鸡尾酒。感觉这种事情永远不可能发生在我身上，一方面是因为我那讨厌的身体状况，另一方面是因为我不具备正确的人格。

我不够异想天开，我没有抓住机遇。我想对人们说："为什么你们不采取避孕措施呢？"爱丽丝有一次告诉我，如果她当时把手再伸得稍微远那么一点，她就可以在床边的抽屉里找到避孕套了，也就不会有麦迪逊了。我觉得这事很烦人，因为伸个手有什么难的，爱丽丝？

本和我用了两年的时间试图自然受孕。我们试过了所有别人用过的方法：测体温、图表、针灸、中药、度假的时候假装不去想怀孕这件事，用专业试剂盒检测唾液，看看会不会出现漂亮的蕨样花纹，如果出现，就表示在排卵。

性爱还是很美好。你知道的，霍奇斯医生，在我变成一个干杏仁之前，我的身材还是苗条出众的。尽管有时候，我能注意到本的脸上有种讨厌却又坚决的神情，和他修理汽车时遇到麻烦问题的表情差不多。

不能受孕，让我心烦意乱，但是我还是保持着较为积极的心态，因为我本来就是个积极向上的人。那时候，我读了很多励志书籍，我甚至会去参加周末研讨会，来寻找自己内在的力量，号叫发泄，与陌生人拥抱。噢，对了，我是个有信念的人。如果有人给我一个柠檬，我会用它做柠檬水。我在书桌上方的布告板处贴了励志的名人名言。这是摆在我面前的大山，我要跨过它。（我真是个书呆子。）

于是我们开始试管婴儿疗程。

我们在第一个试管婴儿周期[①]就受孕成功了。这种事情以前几乎从来没有发生过！好吧，我们俩都陷入了狂喜。我们快活得都要飘起来了。每次我们俩四目相对的时候，都会心大笑，我们实在是太快乐了。这就是正向思考的证据！这是现代科学的奇迹！我们爱科学，美好的古老科学，我们爱我们的医生，我们甚至爱上了每日的注射——没问题，甚至不感觉痛，哪有那么吓人！药物并没有使我变得那么情绪化，身体也没有发胖。事实上，整个过程非常有趣，充满欢乐！

现在想想，我鄙视我们当时的心态，但同时又对它非常赞赏，毕竟我们那时候什么也不懂。（要不然怎么着呢，难道一开始就悲观地生活，做好最坏的打算，到头来就不会显得很愚蠢吗？）我实在是不忍心回想当初喜悦的样子。我们拥抱，哭泣，咯咯地笑着打电话，就像某些毫无意义的情景喜剧里所表演的场景一样。我们甚至还讨论了该怎么起名。起名！我真想对着多年前的自己大喊："怀孕并不意味着可以生下来啊，你这个笨蛋！"

有一张照片我不知道放哪里去了。在这张照片上，我和爱丽丝背

---

① 正式进入试管周期，大致过程：注射超促排卵针—卵泡成熟—注射 HCG—36 小时后女方取卵，男方取精—取卵后第 3 天放胚胎或冷冻胚胎—放胚胎后 14 天验孕。

靠背站着，意味深长地用手按着肚子，我们看起来很漂亮。我没有摆出我那龇牙咧嘴的愚蠢假笑，爱丽丝也没有闭眼。当我们发现彼此的预产期只相隔几天的时候，我们都惊喜万分。"说不定它们俩会在同一天出生！"对于这样的可能性，我们都将眼睛瞪得老大。"到时候，它们就和双胞胎差不多！"我们都哭了。我们每个月都摆出相同的造型拍照，记录我们腹部隆起的过程，太他妈甜蜜了。（霍奇斯医生，不好意思，我爆了粗口。我只是一时间既想装酷，又想发泄自己的怨气，感觉就好比吃了一勺辣椒粉。我们姐妹俩小时候只要一说脏话，妈妈就会给我们吃这个，我们不能用水和肥皂清洗口腔，因为她觉得那些东西不卫生。我只要说了"他妈的"，就得吃辣椒粉。我每次说脏话的时候，本都笑得不行，因为我说得不对味。爱丽丝也是。这肯定和辣椒粉有关。我觉得，我们一说脏话，就做好了吃辣椒粉的心理准备，所以脸上会浮现出怪怪的表情。）

因为本去堪培拉看车展了，爱丽丝陪我去做了第十二周的超声检查。麦迪逊在上学前班，汤姆和我们一起去了，他在婴儿车里吮吸着一片甜面包干。他直直地坐着，警惕地监视着这个世界。汤姆还是个婴儿的时候，我完全被他的笑容迷住了。我以前做事情的时候，会摆出一副完全严肃的脸，然后毫无征兆地鼓起腮帮子，像只小狗一样摇着脑袋。汤姆认为这非常搞笑。他仔细地观察我，每当我做出摇头的动作时，他就会直直地靠在婴儿车上，笑得全身都在动，模仿尼克爸爸拍膝盖的动作，因为他以为笑的时候就应该这样，这是规矩。他有两颗小门牙，他的笑声就像巧克力一样甜美。

爱丽丝推着汤姆的婴儿车，和我一起走进房间，她把婴儿车停在角落里。我脱下裙子，躺在椅子上。我没有太注意那个有着美国口音的细发女人，她正往我的肚皮上抹着凉凉的胶质，然后在电脑屏幕上打字，而我正在和汤姆进行眼神交流，准备再逗他笑一次。汤姆直直地盯着我，不出所料，他结实的小身体又颤抖起来，爱丽丝与那个细发女人闲聊，她们说，宁可天气冷一些，也不要这种闷热潮湿的桑拿天，当然，就算天气冷也不能太冷。

细发女人用塑料探头在我的肚子上揉来揉去，手指轻敲着电脑屏幕。我简略地扫了一眼屏幕，看见我的名字在右手边的角落里，下面显示了一个像月球表面的东西，它很显然与我的身体有关。我等着她指出我的宝宝在哪里，但是她没说话，敲击着键盘，眉头也皱着。爱丽丝紧盯着电脑屏幕，咬着指甲。我回头看汤姆，睁大眼睛，抬起下巴，摇晃着脑袋。

汤姆欢笑着靠在婴儿车上。那个女人压过汤姆的笑声说："抱歉，我测不到心跳。"她有着柔软的南方口音，就像安迪·迈克道尔①那样。

我不明白她是什么意思，因为本和我第一次去看产科医生的时候，我们已经听到心跳了，声音陌生而诡异，就像是水下的马蹄声，似乎不像是真的婴儿心跳，但是这已经足以让本和医生高兴了，两个人都对我咧开嘴笑着，笑得很自豪，仿佛他俩才是大功臣。我想，那个细发女人的意思肯定是指她的机器有问题，某个地方坏掉了。我正想要礼貌地说"没事"，但是我看了一眼爱丽丝，她肯定马上明白细发女人的意思了，因为她屈起手指，攥成拳头，然后捂住嘴。她回头看我的时候，眼睛红红的，满是泪光。那个女人用指尖轻触我的胳膊，说：

---

① 安迪·迈克道尔出演了 1984 年的影片《泰山王子》。由于她的南方口音过于明显，制片人最后决定剪去她所有台词的配音。

"我很抱歉。"我渐渐意识到，也许又有什么相当坏的事情发生了。我回过头，看见汤姆正笑着嚼他的甜面包干，心想，那种疯狂的事情，很快又要重来一遍了！我不自觉地给了汤姆一个微笑，作为回应，然后问细发女人："你这话是什么意思？"

后来，我很内疚，因为我没有把注意力集中在自己的宝宝身上。我原本不该去逗汤姆玩的，那时候我可怜的小宝宝还在努力地让心脏跳动。我感觉，它肯定知道我没有集中注意力。我原本应该牢牢地盯紧屏幕，我原本应该为小宝宝加油鼓劲，在心里默念着：快跳，快跳，快跳。

我知道这样想不合理，霍奇斯医生，我知道其实我什么也做不了。

但是我也知道，一个好妈妈原本应该把注意力集中在自己宝宝的心跳上。

我再也没有向汤姆扮那种愚蠢的鬼脸了。我也不知道他那幼小的心灵里是否很想念我的鬼脸。可怜的小汤姆，可怜我那失去生命的小宇航员。

"想起来了吗？"伊丽莎白问道，"就是那个头发很细的女人。汤姆把甜面包干糊得满脸都是。那天非常热，湿度也很大，你穿了条卡其布的裤子，上身是件白色 T 恤衫。回家的路上，你停车去加了油，回来的时候，我和汤姆都在哭。你在加油站给我们俩买了特趣巧克力，然后掰成小块，分给我们吃。排在我们后面的那个等着加油的司机朝我们使劲摁喇叭，你还把头伸出车窗外，朝他吼了几句。当时我真的很佩服。"

爱丽丝试着回想，她想要把这件事想起来。感觉忘记这件事情，就是对伊丽莎白的背叛。爱丽丝竭尽全力地逼迫自己的大脑将这件事情想起来，就像举重运动员在使劲举起一个巨大的重物似的。

宝宝在婴儿车里笑哈哈的场景浮现在爱丽丝的脑海里。伊丽莎白在车里哭泣，一个男人怒气冲冲地摁着汽车喇叭，但是她分不清楚这到底是真实的记忆，还是伊丽莎白说话时自己想象的画面。感觉它们不像是真实的记忆，有些虚无缥缈，没有背景的支撑。

伊丽莎白问："你现在想起来了？"

"也许想起了一点吧。"她不想让伊丽莎白失望，伊丽莎白脸上一副满怀希望的表情。

"嗯，那就好。"

爱丽丝说："抱歉。"

"为什么道歉啊？又不是你的错，你又不是故意把脑袋往健身房地板上磕的。"

"不是，我不是这个意思。关于你的孩子，我很抱歉。"

第 *12* 章

　　爱丽丝琢磨着接下来该说些什么。很明显，她可以问："你有没有试过再要孩子？"但是那样问就好像是在告诉人家："那还等什么！赶紧再要一个吧！"

　　爱丽丝看了一眼伊丽莎白。她戴着太阳镜，所以爱丽丝看不见她的眼睛，她一只手握着方向盘，另一只手则不自觉地摩挲着脸上的什么东西。

　　爱丽丝向窗外望去，发现她们此时离家只有一个街区的距离了。她和尼克以前傍晚散步时经常从这里经过，他俩会驻足观察其他人家的房子，以便"剽窃"一些装修灵感。那真的是十年前的事情吗？感觉不太可能。这段记忆太清晰，太寻常了，感觉就像是昨天才发生的一样。尼克总是先向路过的邻居们打招呼。"今晚天色不错哦！"他会很随和地打声招呼，然后停下脚步和对方攀谈起来，好像那些人都是他的老朋友似的。而爱丽丝则会站在旁边拘谨地笑着，心里想着，我们干吗非得跟这些陌生人打交道？但是她对尼克无拘无束的交际能力很是自豪，他可以径直走进一大堆陌生人当中，向其中一个陌生人伸出手去，说道："我叫尼克，这是我太太，爱丽丝。"感觉他就像具备一种神奇的技能，这就好比弹奏一件复杂的乐器，而这种技能爱丽丝永远也学不来。最美妙的是，只要有尼克伴随左右，爱丽丝就可以安全、自由地穿梭于任何社交场合，参加派对再也不是一种折磨，而是一种多姿多彩、充满欢乐的体验，爱丽丝的转变如此巨大，以至于她甚至怀疑自己以往是不是真的有那么害羞。即使某一时刻尼克并不在她的身边，她也知道，就算面前和她谈话的人走开了，她也不会陷在人群中茫然无助，她可以去找尼克，只要给他一个眼色，尼克就会一把搂过爱丽丝，不露声色地把她拉入一个新的交际圈当中。

她现在是不是又要一个人去参加派对了？

她记起了以前失恋后那种撕心裂肺的痛苦。一连几个月，她都像是掉了一层皮似的。如果和那些一无是处的男人分手后都会这样，那么和尼克分手会是什么样的感受呢？她一直沉醉于柔情蜜意的温柔乡里，她原以为自己可以永远沉溺其中。

爱丽丝原本低头把玩着手镯，她抬起头，发现车子正在转入劳森街。她看着路边一长排郁郁葱葱的枫香树，前面的车打上了右转信号灯，转入国王街。爱丽丝突然感到一阵恐惧，心脏扑通扑通直跳，好像刚从一场噩梦中醒来；有什么东西掐住了她的喉咙，并且越掐越紧，强烈的恐惧使她牢牢地定在座位上。

爱丽丝伸出手，想要触碰伊丽莎白的胳膊，好让她知道自己可能快要死了，可是身体却不听使唤，动弹不得。伊丽莎白刹住车，左顾右盼地驶进了国王街。爱丽丝就在她身边突发心脏病，而伊丽莎白竟然浑然不知。

车子开过街角，爱丽丝的心跳开始放缓。她又可以呼吸了。空气重新充满了她的肺部，爱丽丝重重地嘘了口气。

伊丽莎白看了爱丽丝一眼。"你还好吧？"

爱丽丝尖声说道："我刚才有一阵子感觉非常、非常怪。"

"头晕了？你要是愿意的话，我可以直接开车送你回医院。别担心。"

"不，不，现在已经好了。刚才只是——没什么，真的。"

恐惧消失了，爱丽丝感到虚弱，身体打着战，仿佛刚从游乐场的骑乘设备上下来一样。这阵突如其来的感情究竟是怎么回事？先是无以名状的悲伤，现在又是恐惧。

她们驾着车，沿着爱丽丝和尼克所居住的那条街往前开，爱丽丝看见自家对门的房子贴上了"此房出售"的标牌。"噢，普里切特家的房子要卖掉？"她问道。

伊丽莎白瞟了一眼标牌，脸上浮现出一副难以捉摸的奇怪表情。"呃，我想他们家卖房子都是好几年前的事了。现在卖房子的是他们的下家。好吧，不管怎么说——"她把车转到爱丽丝和尼克家的车道上，拉上手刹，"还是自己家最好。"

爱丽丝望着窗外自家的房子，捂着嘴，她打开车门跳了出来，鞋子踩在光滑的白砾石车道上咯吱作响。白砾石！"噢！"她欣喜若狂地说道，"看看我们都做了些什么！"

他们第一次看到这座房子，是在七月份的一个阴天。

"噢，天哪。"两人将车子停靠在房前时，异口同声地说道。接着，等他们坐在车里，盯着房子看了几秒钟以后，两个人又同时冒了一句："嗯哼？"言下之意就是："不过，说不定它有什么独特之处？"

这是一座破败的联邦风格两层别墅。屋顶已经下陷。窗户上挂的不是窗帘，而是毯子。草坪无人打理，已经长满野草，简直就是个垃圾场。整套房子看起来风雨飘摇，年久失修，但是如果你眯着眼睛，仔细打量一番，你就能看出，它从前也风光过。

"此房出售"的标牌前面还写着"接受议价"，人人都知道这是什么意思。

"需要装修的地方太多了。"尼克说。

"确实太多了。"爱丽丝表示同意，两个人斜着眼，相互交换了一下狐疑的眼神。

他们下了车，站在寒风凛冽的街上，等待着房地产经纪人的到来。屋子的前门吱呀一声打开了，里面走出来一位驼背的老奶奶。她上身穿着一件男式针织衫，下身穿着格子裙、长袜和旅游鞋。只见她拖着步子，沿步道往信箱走去。

"噢，天哪。"爱丽丝苦闷地说。看着一对中年业主夫妇火急火燎地赶在你踏进房门、炮轰他们的地毯品位之前夺门而出，坐上汽车逃之夭夭的时候，你心里就已经够难受的了。他们为了推销自己的房子而费尽心思，这让爱丽丝触景伤情——屋子里摆上了鲜花，刚刚使劲擦过的厨房板凳上还遗留着水渍，起居室的桌子上特意摆放着一套咖啡滤压壶和杯子，以便营造家的氛围。如果有人在浴室里点熏香蜡烛，造成一副他们一直是这样生活的假象，尼克通常会嗤之以鼻，不过爱丽丝却总是被他们的希冀所打动。"别花那么多的心思来取悦我。"爱丽丝很想告诉他们。现在,眼前这位是个上了年纪、颤颤巍巍的老奶奶。这么冷的天,他们进去看房子的时候,老奶奶要去哪里呢?为了招待他们预约看房,她是不是忍着关节炎的痛苦,专门擦亮了地板,而完全没有想到他们可能根本不会买下这套房子呢?

"你好啊!"尼克喊了一声,爱丽丝躲在他身后忙不迭地阻止道:"嘘!"他一把将爱丽丝从背后拉到前面,因为爱丽丝也不想在公共场合与尼克来一场摔跤比赛,所以她别无选择,只能顺从地与尼克并排走向那位老奶奶。

"我们过会儿要在这里和房地产经纪人见面。"尼克解释道。

老奶奶没有笑。"你们看房得等到三点钟。"

"啊,不会吧。"爱丽丝说。这样的情形似曾相识,她和尼克经常把这种事情弄错。("你俩要是有了孩子怎么得了。"尼克的妈妈曾经这样对他们说过。)

"不好意思,"尼克说,"我们会开车在附近转一圈,这房子看起来很漂亮。"

"你们不妨现在就进屋吧,"老奶奶说,"我来带你们看房,总比让那个狡猾的马屁精来带你们看房要好。"

还没等尼克和爱丽丝回答,老奶奶就径直转身,向屋子蹒跚走去。

尼克在爱丽丝的耳边轻声说道:"她会把我们关在笼子里,然后喂得胖乎乎的,最后吃掉。"

"留下一堆残渣。"爱丽丝轻声回应道。

两人一边顺从地跟着老人进屋,一边憋着不笑出声,身子都打战了。

门廊的台阶顶上，有两尊威武的砂岩石狮。尼克和爱丽丝经过的时候，石狮的目光似乎也在跟着他们。

"啊呜！"尼克对着爱丽丝耳语，还把他的手装成爪子的模样。

爱丽丝嗔怪道："嘘。"

屋子里的情形与他俩先前预想的有差距，有好的方面，也有坏的方面。室内设有挑高的吊顶、雕花的檐口、天花板灯线盒，还有别具一格的大理石壁炉。尼克悄悄地踢起磨坏的老地毯一角，让爱丽丝看看下面的地板是什么样子。与此同时，屋子里有一股潮湿而清冷的味道，让人鼻子发痒；墙上的灰泥剥落了很多；浴室已经很有年头了，墙上长了霉；厨房里铺着 20 世纪 50 年代的油毡布，炉灶看起来更像是博物馆的展品。

老奶奶招呼他们坐在一台只有一根发热管的取暖器前，端来茶水和一碟牛油手指饼干。爱丽丝非常想帮忙，但是老奶奶摆摆手，拒绝了。看着她走路实在是太揪心了。最后，她抱来一本积满了灰尘的旧相册，坐了下来。

"这房子五十年前是这样子的。"她说。

照片是黑白的，都很小，但是你还是能从中看出，这套房子曾经光鲜无比，完全不是现在这副行将就木的干瘪骷髅模样。

老奶奶用一根发黄的手指，指着一张年轻姑娘的照片。这位姑娘站在屋前的花园里，张开了双臂。"那是我，我们刚搬进来的时候照的。"

"您真漂亮。"爱丽丝说。

"是啊，"老奶奶说，"当然，我当时不知道。就像你现在也不知道自己长得多漂亮。"

"是啊，她不知道。"尼克表示赞同，他已经连着吃了三块手指饼干了。虽然饼干受了潮，但他的吃相就像一个月没吃饼干了似的。

"我本来是要把房子留给儿孙的，"老奶奶说，"但是我女儿三十岁的时候就死了，我儿子不肯理我了，所以我只好把房子拿到市场上卖掉。我想卖20万澳元。"

尼克听了这话，差点没被饼干噎死。广告上这套房子的定价超过了30万。

"房地产经纪人跟你们说，我的要价远远不止这个数，但是我实话告诉你们，如果你们能出20万，我会接受的。我知道，我可能会从投机商那里得到更多的钱，他会把房子简单翻修下，然后卖给下家，但是我一直希望能有一对年轻夫妇把房子买下来，花点时间，花点心思，把房子好好修整修整，带回那些美好的回忆。我们在这里有很多美好的回忆，只不过你们可能感觉不到，它们确实在这里。"

她说出"美好的回忆"时，带着些许厌恶。

"它可以装修得很漂亮。"老奶奶接着说，语气好像是在训斥他们似的，"它本来就应该很漂亮。只要吐点口水，再擦擦就可以了。"

后来，两人回到车里，静静地看着这栋房子。

"只要吐点口水，再擦擦就可以了。"爱丽丝说。

尼克笑了。"是啊，也就吐个几十加仑口水，再用上几车砂纸罢了。"

"那你怎么看？"爱丽丝问，"要不就不考虑了？我们应该干脆就不考虑了，对不对？"

"你先说，你怎么看？"

"不要，我要你先说。"

"女士优先。"

"好了，我先说。"爱丽丝说。她深吸一口气，看着眼前的房子，想象崭新的油漆，修剪好的草坪，刚会走路的小婴儿绕着跑圈。这当然太疯狂了。他们得花上几年的工夫，才能把房子完全修缮好。他们没有那么多钱，而且两个人都是全职的上班族。他们曾经明确约定，不会买待修缮的房子，只买精装房。

她说："我想买这套房子。"

尼克说："我也想。"

爱丽丝仿佛置身在极乐世界。目光所及之处都是那么的新鲜美妙。门廊前铺着一块块大号的方形砂岩台阶（这是尼克的主意）；光亮的白色木窗框搭配着影影绰绰的奶白色窗帘；粉色的九重葛爬满了门廊边的格子棚（她发誓，这个想法是前几天才冒出来的——"我们以后要在那里吃早餐，假装我们就在一座希腊小岛上。"当时她对尼克说）；天哪，连前门都改头换面了——他们肯定是哪天把它拆了下来，好好粉刷了一遍。

"我们有份清单，"她对伊丽莎白说，"你还记得我们的清单吗？有三页信纸那么多，上面写的全是我们要对房子做的修缮工作，总共有 93 项任务。清单的名字叫'不可能完成的梦想'，上面写的最后一项任务是'白色石子车道'。"她弯下腰，捡起一粒光滑的白色石子，托在掌心上，拿给伊丽莎白看。他们最后是不是把清单上的事项都划掉了呢？这几乎可以称得上奇迹了。他们最后完成了这个"不可能完成的梦想"。

伊丽莎白疲惫地笑了笑。"你们装修了一个漂亮的家——回头你看看屋里是什么样子吧。我估计你的钥匙应该在背包里。"

爱丽丝想都不需要想，直接弯腰拉开背包侧袋的拉链，从里面掏出一大串丁零当啷的钥匙。钥匙圈是个小小的沙漏，她知道钥匙放在哪里，但是她以前从未见过。

　　她和伊丽莎白走上门廊，门廊的布置又美观，又炫酷。爱丽丝看见一套配有蓝色靠垫的藤椅（她很喜欢蓝色），还有不知谁剩下的半杯果汁放在一张马赛克台面的圆桌上。她自动地走上前去，拿起杯子，把背包搭在肩膀的一边；她的脚踢到了什么东西，低头一看，原来是一只黑白相间的足球。足球滚到边上，碰到了一辆儿童滑板车的轮子。滑板车的手把上还系有闪亮的彩带。

　　"噢，"爱丽丝突然慌了神，"孩子们？孩子们现在在屋里吗？"

　　"他们现在跟尼克的妈妈在一起，周末是他带孩子。尼克明天早上就从葡萄牙回来了，所以他会像往常一样，星期天晚上把孩子给你送回来。"

　　"像往常一样。"爱丽丝无力地复述道。

　　"很明显，这是你们惯常的安排。"伊丽莎白抱歉地说。

　　"好吧。"爱丽丝说。

　　爱丽丝任由伊丽莎白从她手里接过了橙汁杯。"我们能进去吗？你可能需要躺一会，你脸色看起来还是不太好。"

　　爱丽丝环顾四周，感觉有什么东西不见了。

　　"乔治和米尔德里德呢？"

　　"我不知道乔治和米尔德里德是谁。"伊丽莎白轻声细语地说，仿佛当爱丽丝是疯子。

　　"这是我们给那对石狮起的名字。"爱丽丝指了指门廊上那块空空如也的地方，"那是上一任房主留给我们的，我们很喜欢。"

"噢，原来是这样，我想起来了。我估计你把它们扔了，它们跟你的形象不太搭，爱丽丝。"

爱丽丝没听懂这话的意思。她和尼克绝对不会把石狮丢掉的。"我们去趟商店，乔治和米尔德里德，"他们在离开家的时候会对两只石狮说，"现在你俩要好好看家。"

尼克应该知道石狮去哪儿了，她会去问。爱丽丝转过身，准备把钥匙插进锁孔里，眼前的门锁她没有见过。这是一把看起来很结实的金色单闩锁，但是她的手指很快就找到了正确的钥匙，她将门把手向下一扳，同时肩膀往门上一挤，将门打开了。整套动作就像是反复练习过似的。神奇的是，她的身体知道该做什么——打手机，化妆，开锁——而不需要思考自己以前有没有做过。她想要把这件事情跟伊丽莎白讲讲，但是，这时候她看见了门厅，吃惊得一句话也说不出来了。

"好吧，你听我说，因为我是一个预言家。"尼克曾经站在阴暗而弥漫着霉味的门厅里说。当时，他们刚搬进新家才一周，还没有习惯它的破败程度。（尼克的妈妈第一次看到房子的时候，都哭了。）"想象一下，我们在这儿、这儿，还有这儿都开一扇天窗，阳光就会洒进这座门厅；想象一下，我们撤掉所有这些墙纸，把墙面粉刷成浅绿色之类的颜色；想象一下，这条地毯消失得无影无踪，地板重新上漆后，在阳光下光洁锃亮的样子；想象一下，大厅的桌上摆着一个银盘，里面有鲜花和书籍——你懂的，就好像是被管家忘在了那里似的——还有伞架和衣帽架；想象一下，我们把孩子们的照片都用相框裱好，沿着门厅挂起来——不是那些恐怖的特写镜头，都是他们真实的生活场景，比如在海滨或是其他什么地方拍的照片，或者就是挖鼻屎的照片也可以。"

爱丽丝试着去想象他所描述的画面，但是她得了重感冒，半边鼻子刺痛得厉害，眼泪都流出来了。他们的银行账户里只剩下 211 澳元。二十分钟前，他们刚刚发现房间需要安装一套全新的热水系统。她只能说："我们肯定是疯了。"尼克的脸色陡变，绝望地说："别这样，爱丽丝。"

现在，展现在爱丽丝眼前的门厅和尼克当初的描述一模一样：阳光、大厅里的桌子、金光锃亮的地板。屋角里甚至还有一个搞笑的旧古董衣帽架，上面还挂着草帽、棒球帽和几条耷拉着的沙滩浴巾。

爱丽丝沿着门厅慢慢地走，没有停步，只是用指尖轻柔地抚摸这些家具。她的目光掠过挂在墙上的带框相片：一个胖乎乎的婴儿在草地上爬，大眼睛直勾勾地盯着镜头；一个蹒跚学步的金发小孩无法控制地狂笑着，旁边站了个穿着蜘蛛人套服、双手叉腰的小女孩；一个瘦弱的黑皮肤小男孩穿着湿透了的肥大冲浪短裤腾空而起，镜头捕捉到了他在半空中欣喜若狂的神态，背景是蓝色的天空，他的四肢向各个方向舒展着，在他落水时，镜头被他溅起的水花打湿了，蒙上了点点水珠。每一幅照片讲述的故事都不属于现在的爱丽丝。

门厅的尽头以前是个小起居室，老奶奶当初就是在那里用茶点招待了爱丽丝和尼克。后来他们打算敲掉这里屋的三面墙——这是爱丽丝的主意；她在达美乐比萨餐厅的餐巾纸上绘制了原始草图——这样就可以拓出一大片空间，你在厨房烧饭的时候，抬头就能看见院子角落的蓝花楹树。"你可不是咱家唯一的预言家。"她曾这样告诉尼克。现在眼前的房屋格局和她在餐巾纸上画出来的图样基本一致，甚至更加出色。她能看到厨房里那张狭长而光洁锃亮的花岗岩工作台、一个超大的不锈钢冰箱，还有其他各种复杂的厨具。

伊丽莎白走进厨房——好像它就是一间普通厨房似的——把杯中剩下的橙汁倒进了洗手池。

爱丽丝把背包丢在地上，所谓的"离婚"肯定不是真的。有了这么漂亮的别墅，他们不好好在这里过日子，还能做什么呢？

"我真是不敢相信，"她对伊丽莎白说道，"噢，你看！我就知道白色的百叶窗跟那扇后窗是绝配，尼克想用木质的。不过，在贴面砖的问题上，看来还是他赢了。但是我不得不承认，他的眼光是对的。噢，我们还想办法搞定了这个奇怪的角落！太棒了！简直是一绝！噢，我不知道那些窗帘是怎么回事。"

"爱丽丝，"伊丽莎白说，"你的记忆真的就一点也没有恢复吗？"

"噢，我的天哪！那是个水池吗？是游泳池？地面游泳池？丽碧，我们家是不是很有钱啊？是不是这样？我们中彩票了？"

"你在医院里是怎么跟医生说的？"

"你看到那台电视机的尺寸了吗？简直就跟电影院的银幕一样。"

她知道自己现在唧唧喳喳的，太失态了，但是她似乎停不下来。

"爱丽丝。"伊丽莎白说。

爱丽丝感觉自己的双腿站不住了。她走过去，在电视机对面的棕色真皮长沙发上坐了下来（这个长沙发看着就很贵）。有什么东西绊到了她的腿，她掏出来一看，原来是个塑料小玩具：一个凶神恶煞的小人手里端着一挺机关枪。她小心翼翼地把它放到了咖啡桌上。

伊丽莎白走过来，坐到了她身边，递给爱丽丝一张折起来的纸。"你知道这是谁写给你的吗？"

这是一张手工制作的卡片，正面粘着金粉，卡片上绘了一幅简笔画，画上有一位女士，嘴角向下，前额上贴着张创可贴。爱丽丝打开卡片，里面写着："亲爱的好妈咪，快点好起来吧，奥丽薇亚爱你！"

"这当然是奥丽薇亚做的。"爱丽丝说着，手指拨弄着金粉。

"那你还记得奥丽薇亚吗？"

"有点印象。"

她根本不记得什么"奥丽薇亚"，但是这个人似乎确实存在，而且无可争辩。

"那你在医院里是怎么跟医生说的？"

爱丽丝用手按了按脑后那块依然疼痛的地方。她说："我跟医生说，有些事情我印象有点模糊，但是大部分事情我都记得。他们推荐我去看一位神经病学家，还说我要是一直有严重的问题，就去预约瞧瞧。他们说，我应该一周之内就可以完全康复。不管怎么说，我想我确实记得那么一点零零碎碎的事情。"

"零零碎碎的事情？"

这时候，门铃响了。

"噢！"爱丽丝说，"真好听！我讨厌以前那个门铃！"

伊丽莎白扬了扬眉毛。"我去开门。"她顿了一下，"就看你让不让我去了。"

爱丽丝盯着伊丽莎白，为什么她会不让伊丽莎白去开门？"没事，你去吧。"

伊丽莎白消失在门厅里，爱丽丝将头枕着长沙发，闭上了眼睛。她试着想象尼克明天晚上带孩子过来时的情景。她的第一反应应该是冲上去抱住尼克，每次尼克外出回来后，她都会这样。（爱丽丝明显地感觉到，她已经很久没有见到他了，好像他一直在出差似的。）可是万一尼克只是站在那里，不回应她的拥抱，那该怎么办？万一尼克轻轻把她推开了，那该怎么办？万一他狠狠地把她推开了呢？他一定不会这样做的，她怎么会有这种想法？

到时候"孩子们"也都来了，他们会在屋子里到处跑，做一些小孩子都爱做的事情。

爱丽丝轻声默念着他们的名字：

麦迪逊。

汤姆。

奥丽薇亚。

奥丽薇亚这名字真好听。

她要告诉他们吗？"对不起，我知道你们的长相，就是不太想得起名字。"可是这种事情她做不来。孩子们要是听说妈妈不记得自己了，那该有多难过。她得假装自己记得，然后等着记忆完全恢复，她肯定会恢复记忆的，很快就会了。

她得尽量用自然的语调跟他们说话，不能学别人，装出一副甜甜的嗓音来哄孩子。小孩子都很聪明，他们会一眼把她看穿的。噢，天哪。要是被看穿了，她该怎么说啊？感觉这比参加尼克的公司派对还要恐怖，每次去参加尼克的公司派对之前，她总得绞尽脑汁地想一些合适的话题。

她听到门厅那头传来了说话声。

伊丽莎白身后跟着一个伙计，他推着一辆手推车，车里装着三个纸板箱。

"很明显，里面都是玻璃杯，"伊丽莎白说，"晚上要用。"

"你想把它们搁哪儿？"伙计嘟哝道。

"呃。"爱丽丝说。晚上用？

"我想，放在厨房里就可以了。"伊丽莎白说。伙计搬起纸板箱，摞到了厨房的工作台上。

"在这儿签字吧。"他说。伊丽莎白签了字。他扯下一张纸递给伊丽莎白，简单打量了下房间。"房子不错啊。"他评论道。

"谢谢你！"爱丽丝眉开眼笑地说。

门厅那头又传来了招呼声："酒送来了！"

"爱丽丝，"伊丽莎白说，"我估计你不记得今晚要举办派对吧？"

第 *13* 章

两人一起翻阅着爱丽丝的日记。

"幼儿园鸡尾酒派对，"爱丽丝读出了声，"晚上 7 点。这是什么意思？"

"我估计它的意思是，奥丽薇亚班上的所有家长都会来参加。"伊丽莎白答道。

"是我主持的？"爱丽丝问，"为什么是我主持？"

"我估计你主持过很多这类活动。"

"你估计？你不知道吗？难道你没有参加过这些活动？"

"嗯，我没有参加过。这是学校的事。"伊丽莎白说，"都是当妈妈的人才参加的活动，我又不是当妈妈的人。"

爱丽丝抬起头问道："你还没有孩子？"

伊丽莎白看来并不想回答这个问题。"没有，我还没有，我在这方面运气不怎么好。先别谈我的事了。对了,这个派对你打算怎么办?"

但是爱丽丝其实并不怎么在乎这个派对。她根本不会去主持什么"幼儿园鸡尾酒派对"。她说:"那你能告诉我发生了什么事吗?求你了。你那次流产之后,就再也没有试过怀孕吗?"

伊丽莎白把视线转移到一边。

老奶奶的老心思!

上一次,"来自达拉斯的多丽丝"评论说,我在提到"女儿"和"孙女"的时候不需要用引号,这确实让我好好想了一会儿。

她其实说得挺有道理的。巴尔布是我的女儿,伊丽莎白和爱丽丝是我的孙女。

巴尔布的老公去世时,我的生活也永远改变了。在此之前,她们只是我隔壁一对挺不错的小两口,带着两个孩子。巴尔布的丈夫亲切友好,个头也高,戴着一副眼镜。他是电工,经常帮我倒垃圾。孩子们很敬爱他,他下班回家时,两个小姑娘会跑下车道迎接他。我现在还能想起小姑娘们奔跑时,脑后的辫子甩来甩去的样子。

我是个单身女人。我回答一下弗兰克·内尔里的问题吧(我不知道他是不是我多年前教过的那个学生,如果不是,那他就是个厚脸皮的大骗子),我从没有结过婚,恐怕就像人们说的那样,我对爱情死心了。

但是,我并不感到孤独,也不觉得虚无。我有自己的工作,而且我热爱这份工作,我有朋友,还有"兴趣"。我并不想建立自己的家庭。后来有一天，我听说邻居家的小伙子因为心脏病发作而去世了。我很震惊。他下葬的当日，两个小女孩走出前门时，苍白的小脸上满是泪痕，我永远都不会忘记那幅场景。

有一天，我带了份砂锅去她家里看看，结果发现，巴尔布还是没能从丈夫去世的阴影里走出来，她直接放弃了。她十几岁的时候，父母就去世了，我想她也挺不幸的，这些事情都让她给赶上了。

于是，我渐渐形成了每天下午都去她家看看的习惯。开始的时候，我只是觉得自己应该去，这样做似乎很正确。过了段时间，我发现自己已经爱上那两个小女孩了。

她们似乎都想一夜长大。

爱丽丝想学如何烹饪，我教会了她如何烤猪扒。没过几个星期，她就开始自己试验了，摸索着添加各种香料之类的。伊丽莎白对这个世界的运作方式更感兴趣。她会问我："怎么找工作？""怎么开设银行账户？"

我尽了最大的努力，但是时至今日，我有时候依然在想，那段日子给两个小姑娘造成了怎样的影响。她们现在都在努力创造"完美的家庭"。我不由自主地琢磨着，她们是不是想找回父亲去世前的那段无忧无虑的时光。话又说回来，我们每个人都喜欢完美的事物，不是吗？

我一辈子都不会忘记爱丽丝邀请我去学校参加"祖母日"活动的那一天。

"她是弗兰妮，是我的邻居，也是我的奶奶。"她这样告诉老师，然后，她抬头看着我，好像在说"我这样说对吗"。我记得我当时说不出话来，因为我在竭力控制着情绪，不让自己哭出来。

这是我和伊丽莎白、爱丽丝的合照。拍这张照片的时候，是在圣诞节，她们的父亲已经去世一段时间了。（看我穿的那件70年代的"迷幻风格"长裙！）她俩都很努力地让她们的母亲过一个开心的圣诞节。

她们真是上天赐给我们的礼物。

评论

来自达拉斯的多丽丝：

谢谢你与我们分享这些内容。那两个小女孩真可爱。她们很幸运，能够有你陪伴她们的成长。你自己也是很有魅力的女人！

附言：你介不介意我问一下，你为什么会对爱情死心呢？

伊丽莎白给霍奇斯医生的家庭作业

听到爱丽丝问我有没有试着再要小孩，我都有一种超现实的感觉。她问得很真诚，没有一丝不敬的意思。我差点笑出来，我都怀疑我们俩是不是在演戏。

我已经很久没有好好去想以前的"流产儿"了。你称呼我失去的那些孩子为"流产儿"，你说这个词的时候瘪着嘴，就像便秘了似的。霍奇斯医生，我挺讨厌这个表情的。我敢打赌，你老婆也不喜欢。我总是在想，我在你这花的这150澳元还能换点什么。还记得那次会面时，你想让我谈一谈"以前的流产儿"（瘪着嘴，瘪着嘴），我就像拍戏似的叹了口气，然后说我做不到。真的，我都被你的表情弄烦了。

现在，大多数时候，"流产儿"对我来说，跟病历上的普通条目没有什么区别。如果有医生问起我的病史，我可以把自己经历过的每一个受孕过程、每一项检查、每一次撕心裂肺的失望都说给他听，而且我的说话声音不会有一丝一毫的颤抖，就好像这些事情对我来说根本不值一提，就好像它们全都是发生在别人身上一样。

所以我说"第二次妊娠早期流产"的时候，连眼睛都不会眨一下，我甚至不去想这个术语意味着什么，以及它给我的感受。

我想告诉你，《实习医生格蕾》我一集也没看成。我对这项治疗真的非常投入。我真希望你能给我打分，你应该给我这种寻求认同的病人打分。

还记得当年我第二次怀孕时，我和本有多高兴，因为不知怎的，这一次我们成功实现了自然受孕。宝宝本来应该一月份出生，也就是本过生日的 17 天前：想象一下，两个人如果同一天生日的话，那该多美妙啊！（但是，嘘，不要声张。）我们这次一直把怀孕的事情对外保密。我第一次怀孕后，就把消息公布给了大家。现在回过头来看，那就是新手爱犯的错误。我想等到自己过了前三个月，胎儿稳固之后，再向大家宣布第二次怀孕的消息，语调也要像成熟女性那样举重若轻有自信。似乎这种处理事情的方式显得更安全妥帖一些。"啊，不是啦，这次不是试管婴儿，"我会故意漫不经心地告诉他们，"是自然受孕的。"这次我们也不忙着给宝宝起名字了，本也不会在每天早上吻别我的时候，特意去拍拍我的肚皮。我们会说"如果我圣诞节的时候还没有流产"之类的话，而且说到"宝宝"这个词的时候，声音也会尽量压低，仿佛第一次流产，就是因为我们不该抱有很大的希望，仿佛只要躲过诸神的注意，我们就可以悄悄地生下宝宝了。

这一次，本陪我去做了第一次 B 超检查。我们都很小心地穿上了正式的衣服，好像要去参加求职面试似的，仿佛我们选择什么样的衣服，能够影响生孩子的成功率。给我做 B 超检查的小姑娘很年轻，澳大利亚口音很重，脾气不是太好。我焦虑不安，但是另一方面，这种焦虑是在"镜头"面前装出来的，不知道你明不明白我的意思。表面上看，我的神经一直紧绷着，但是在内心深处，我的另一个自我正饶有兴味地观察着我受煎熬的样子：噢，快看哪，她躺下的时候把指甲都掐进肉里了，这个饱受创伤的可怜女人。这一次肯定能测到胎心的，因为这种事情总不可能连续发生两次吧。我已经可以感觉到一阵如释重负的感觉就要宣泄出来了。我的眼眶里已经噙满了泪水，就等着我一声令下，眼泪就会流出来。我已经准备好要给我的第一个宝宝发出一则饱含爱意的信号，比如"我永远也不会忘记你，我会一直把你捧在心头"，然后，我们就可以全身心地想着这个宝宝了：它已经是真正意义上的宝宝了。爱丽丝的孩子只比它大几个月，我们可以把它们当成双胞胎。

那个坏脾气的小姑娘说："很抱歉……"

本咬紧牙关，后退了一步，仿佛有人在酒吧里挑衅，威胁说要揍他，而他试图不让自己卷进去。

霍奇斯医生，"很抱歉"这种话，我已经听到过太多次了。抱歉，抱歉，抱歉，没错，你在医学界的同事们都很抱歉。我在想，将来有一天，你会不会成为下一个跟我赔罪的人，用你那和气而又伤感的语调对我说："抱歉，我治不好你。也许你应该考虑一下别的方案，比如说把别人的性格移植到你的身体里。"

我很尴尬，同样的事情几乎以同样的方式发生了两次。我感觉自己像是在浪费别人的时间，总是麻烦他们用超声仪器去看死胎。什么？

你竟然以为你肚子里有个活蹦乱跳的胎儿？别傻了，你不行，别再做怀孕这种傻事了，你不适合。外面有的是可以怀孕的女人，她们的肚子才能怀上活泼好动的宝宝。

事后，我觉得自己不该把怀孕的事情瞒着家人，因为我想告诉他们我流产了，如果他们事先不知道宝宝的存在，那么现在突然通知他们流产的消息，会显得很唐突。当我把流产的事情告诉家人时，他们似乎更关心的是，我为什么要把怀孕的事情瞒着他们，他们感觉自己被欺骗了。他们说："噢，难怪那天复活节烧烤的时候，你不愿意喝酒，我当时就纳闷呢，但是你说你只是不想喝酒而已。"言下之意就是，你是大骗子。

本的妈妈被激怒了。我们不得不动用折扣券，请她去 Black Stump 餐厅吃了两顿饭，她才肯原谅我们。他们似乎认为，问题的关键在于我隐瞒了怀孕这件事，而不是我失去了孩子。对于第二个孩子的流产，他们不像第一个孩子流产时那么伤心。他们怎么伤心得起来呢，毕竟他们才刚刚听说这个孩子的存在。对于这个本该在一月份出生的孩子，我感到一种荒唐的保护欲，好像大家都不爱她，好像他们嫌她没有第一个孩子那么漂亮或者聪明似的。

我知道她是个女孩。这次他们送了些"胎儿物质"去检测，他们说，我这次是个染色体正常的女婴，但是抱歉，他们找不到我流产的原因。他们说，对于流产，医学界也有很多地方还不清楚，但是根据统计数据，下一次我生下健康宝宝的几率还是非常大的。他们让我打起精神，再试一次。

我接受了 D&C 手术（刮宫术）。（这么可怕的手术竟然有个这么喜感的名字。在恢复室里醒来时，我从未感到如此凄凉。）一个星期以后，我去看望住院的爱丽丝，想看看她刚生下的女儿。当然，爱丽丝说了我不用过去，本也说他不想让我去，但我还是去了。我也不知道为什么，但是我已下定决心，平时做什么，现在就要做什么。

我去报刊亭挑了一张卡片，上面用粉色的烫金字体写着，恭喜你生了个可爱的小女孩。我去 Pumpkin Patch 童装店买了一条黄色的小裙子，上面绣了很多蝴蝶。"看着这衣服，就让人很想生个小女孩，对不对！"销售员讨好地说道。

我用粉色绵纸将裙子包好，在卡片上写好祝词，开车前往医院，找了个停车位，穿过走廊，一只胳膊夹着礼物，另一只胳膊夹着几本给爱丽丝准备的垃圾名人杂志。我脑海里一直浮现出这样的话："你做得很好，做得很棒。一会儿就完事了，到时候你就可以回家看电视了。"

爱丽丝一个人待在病房里，给奥丽薇亚喂奶。

我的乳房还是火辣辣地痛。真是残忍，我的身体还依然处于怀孕的状态，即使孩子已经被刮出子宫了。

"噢，你看她，多可爱啊！"我对爱丽丝说，准备逗弄一下刚出世的宝宝。

我这几天特别擅长干这种事情。就上个星期，我去拜访了一个刚生下第三胎的朋友，不是自吹自擂，我的表现确实无懈可击。"看她的小手呀！""喔，她的眼睛、鼻子、嘴巴和你一模一样！""我当然想抱抱啦！"呼吸，聊天，微笑。不去想它，不去想它，不去想它。这种表演也应该颁个奥斯卡奖。

但是爱丽丝没有给机会让我表演。

她一看见我，就立马伸出没有抱着宝宝的那只胳膊，脸上的表情扭曲起来，她说："我原本是希望我去看你的。"

我坐在她的病床上，她给了我一个拥抱。她的眼泪直直地落到了奥丽薇亚柔软的小脑袋上，不过奥丽薇亚还是咬着她的乳头不放松，仿佛那就是一根救命稻草。这个小家伙一直都那么爱吃。

我直到现在才想起来，当时爱丽丝的真情落泪对我来说有多么重要，就好像她帮我分担了悲痛。当时我就想，没事，我可以再生孩子的，我可以挺过这一关，一切都会好起来的。

我就是没有意识到，"这种事情"会一而再，再而三地发生。

嗯。我觉得，我们的"写日记疗法"可能已经有了一点小小的突破。不过霍奇斯医生，你也不要太得意。我并没有刻意压抑这段与爱丽丝有关的回忆，我只是有一段时间没有想起它罢了。不过，回想起这件事情，说不定真的会对我的康复有所益处，哪怕我为此错过了一集据说是"爆炸性十足"的《实习医生格蕾》。

我已经打起精神，准备面对下一个"流产儿"了。

伊丽莎白说："你不会是假装不记得，然后借此机会耍花招吧？"

爱丽丝感觉自己就像是肚子上被人打了一拳，之前尼克在电话里朝她大吼时，她也是这个感觉。尼克也说她在耍花招，难道她已经变成了一个耍花招的人？

"耍什么花招？"

"当我没说，我只是有点烦躁。"伊丽莎白起身走进了厨房，她站在冰箱前。冰箱上挂了很多磁贴、通知、照片和孩子们的画作，"我在想，冰箱上面会不会也贴了一张这次派对的邀请函。"

爱丽丝在沙发上扭过身子，望着伊丽莎白。她的头实在痛得厉害。

"丽碧，求你了。什么样的花招？我不明白。有时候听你说话，感觉像是……你不喜欢我了。"

"哈！"伊丽莎白从冰箱上拿起了什么东西，递给了爱丽丝，"就是这个邀请函，'请赐复'那一栏里还有另一个女人的名字。你应该给她打个电话，看看她能不能把派对地点改到别处去。"

她把邀请函递给爱丽丝，但是爱丽丝没有接。

伊丽莎白叹了口气。"我当然还是喜欢你的，别胡思乱想了，没什么好担心的。喏，这个女人的名字叫凯特·哈珀。其实我听你说起过她，我估计你俩是很好的朋友。"

伊丽莎白期待地望着爱丽丝。

爱丽丝呆滞地回答："我从来没有听说过这个人。"

"那好吧，"伊丽莎白说，"呃，那我去给她打个电话好了，你赶紧上楼躺着。你现在看上去已经彻底筋疲力尽了。"

爱丽丝望着伊丽莎白期盼的脸。

我是不是让你失望了？我已经失去你和尼克了吗？

第 *14* 章

　　爱丽丝站在她不熟悉的卧室中间，寻找属于尼克的东西——任何东西都可以，可是什么都没有。没有他床头柜上的书堆和杂志堆；没有他喜欢看的血腥惊悚小说（他俩都喜欢）、战争史，还有商业杂志；没有他每天从裤子口袋里掏出来的一摞摞硬币；门把手上没有挂着的领带；没有脏兮兮的大号旅游鞋；甚至连一件孤零零的皱 T 恤衫或者一只袜子都没有。

　　爱丽丝和尼克都很懒散，两人的衣服经常就胡乱扔在地板上。有的时候，他们会故意请人到家里做客，这样他们才有动力在客人到达之前赶紧把家里收拾干净。

　　但是这条地毯（深栗色款，她不记得自己挑选过它）看着还挺新的，像是刚用吸尘器打扫过。

　　她走到衣柜前（这个衣柜是她和尼克在别人家的院子里找来的，

那家人当时正在折价处理旧家具。那时候和现在一样，也是秋天，衣柜就在院子里横放着，上面覆盖着一层干枯的落叶。他们将落叶拂去，才看到了衣柜上的红木纹理）。结实的木质衣架上挂满了漂亮衣服，应该都是爱丽丝自己的衣服。她翻弄着衣架，抚摸着光泽的面料。尽管面料的手感给了爱丽丝短暂的愉悦，但是她还是渴望看到尼克的衬衫，哪怕一件也好，甚至是上班时穿的那种无聊白衬衫都可以。她会用衬衫袖裹住自己，假装被他的臂膀拥抱着，然后把鼻子埋在衣领里。

爱丽丝合上衣柜门，慢慢地环视整间卧室，她意识到，这个房间无论是从视觉上，还是从嗅觉上，都显得十分的女性化。床上放着一床花边羽绒被，还有一排亮蓝色的小抱枕。爱丽丝认为，这张床看起来美呆了（事实上，这就是她梦寐以求的床），但是尼克可能会说，这些漂亮玩意会让他马上兴致全无。那好吧，如果爱丽丝想要这样，他也会稍稍警告一下。床头挂着一幅玛格丽特·奥雷的版画，上面画着一只插满鲜花的果酱罐。爱丽丝知道，这幅画会让尼克退避三舍，恶心想吐。梳妆台上摆放着一排排五颜六色的玻璃瓶（"摆这些东西，到底有什么意义？"尼克过去会这么说）。梳妆台上还有一只水晶花瓶，花瓶里插着一大束玫瑰花。

如果爱丽丝一个人住的话，她应该会这么布置自己的卧室。她一直都想收集漂亮的玻璃瓶，但是一直以为自己永远不会付诸实践。

只有那束玫瑰是不协调的。她想起昨天在救护车上，她的脑海里也浮现出了玫瑰。她走到梳妆台前，端详着它们。这是谁送她的？她为什么会把它们摆在卧室里？要知道，她明明很讨厌这样的陈设。

花瓶旁边有一张方形的小卡片。这是尼克写的？难道尼克想跟她和好，却又忘记了她不喜欢玫瑰？尼克明明知道她讨厌玫瑰，却给她送玫瑰，这是不是在耍花招？

她拾起卡片。只见卡片上写着：

亲爱的爱丽丝，希望将来有一天我们还可以再做一次那件事情——正大光明的。

多米尼克

噢，天哪，她在约会。

她重重地坐在床头，手指间还夹着那张卡片。简直不敢相信。

对她来说，约会应该是以前才做的事情，不应该是以后要做的事情。况且，她从来就不太喜欢约会。不喜欢第一次与对方坐在汽车里的那种忸怩、拘束的感觉；你总是得担心饭菜有没有卡在牙缝里；有时候，你会突然感到心累、无聊，因为你意识到，接下来轮到你去想一个生硬的话题了：你周末通常喜欢做些什么？

噢，当然，一旦约会成功，那就没有什么事情比它更好的了。她还记得和尼克刚开始约会时的幸福感。有一天晚上，他们在悉尼岩石区的一家酒吧里看澳大利亚国庆日的焰火表演。她正在喝一大杯奶白色的鸡尾酒，而尼克正给她讲他家里几个姊妹的故事。尼克是那么的风趣，那么的性感。而爱丽丝发型很美，鞋也合脚。她的鸡尾酒上浮着几圈巧克力屑，尼克用手抚摸着她的腰，爱丽丝有种无比强烈的愉悦感。她被这份愉悦给吓到了，因为得到这种幸福，是肯定要付出代价的。（那么现在的一切，就是当初得到幸福的代价吗？都过了这么多年，这份代价未免也来得太晚了吧？为了当初的幸福，现在就要忍受远在地球另一边的尼克在电话里冲着她大吼吗？这份迟来的账单会不会太过分了一点。）

与尼克以外的任何一个男人约会，都是无聊、尴尬而又愚蠢的。多米尼克，多米尼克是什么鬼名字？爱丽丝一下子火冒三丈，她拿起卡片，将它撕得粉碎。把别人送的玫瑰花摆在卧室里，她怎么能像这样背叛尼克呢？还有一个男人——那个墨尔本的理疗师——给了她一张卡片，上面提到了"快乐的时光"。他是谁？难道她和尼克分开以后，就开始第二段恋情了？难道她已经变成荡妇了？难道她已经变成一个喜欢耍花招、经常去健身房、伤害了亲爱的姐姐、举办了幼儿园鸡尾酒派对的荡妇？她痛恨自己现在的样子，唯一可取的地方是衣柜里的漂亮衣服。

这些必须马上了结。她要把尼克的硬币、袜子还有旅游鞋统统拿回她的卧室，这些玫瑰必须马上消失。她仰面躺在床上，伊丽莎白正在楼下给凯特·哈珀打电话，试图取消今晚的派对。爱丽丝爬到床的另一头，掀起被罩，连身上的红色连衣裙都没有脱，就钻进了干净的被子里。她望着天花板（天花板已经重新粉刷过，水渍和裂缝都不见了，就好像它们从来不存在似的），想起了自己在医院浴室里的那一刻，当时她似乎就要一头扎进记忆的漩涡里。但是她好像故意抗拒了自己的记忆，从边缘处退了回来，其实她真的应该让自己走过去。要是能够想起自己的生活当中到底发生了什么，她现在就不会这么困惑，这么难受了。她闻了闻手腕上的香水味，之前这个味道似乎很容易唤醒她的记忆，但是这一次，她只能依稀地感觉到某些情感；它们不真切，也难以捉摸，她还没来得及仔细分辨，它们就溜走了。

爱丽丝心想，这不是她经历过的最糟糕的事情，但却是最荒谬的。没多久睡意就渐渐让她停止了思考。

醒来的时候，爱丽丝发现弗兰妮正坐在床头，手里拿着一件礼物。

"你好，小懒鬼。"

"你好。"爱丽丝如释重负地笑了，因为弗兰妮和她记忆中的样子一样，没有变化。弗兰妮穿着一件熟悉的灰粉色纽扣开襟上衣和一条量身裁制的灰色裤子。那件上衣爱丽丝以前见过很多次，就算不是以前那件，那它也和以前那件十分相似。弗兰妮的背挺得笔直，她就像一个小精灵，一头白色的短发捋在小巧的耳朵后面，皮肤呈奶白色，鼻梁上架着一副金链猫眼眼镜。

爱丽丝高兴地说："你一点也没变，你和以前一模一样。"

"你是说我和十年前一样？"弗兰妮调整了一下鼻梁上的眼镜，"我猜，我的脸上已经没有足够的空间可以挤进更多的皱纹了。给你，"她把礼物递给爱丽丝，"你可能不会喜欢，但是我还是想送点东西给你。"

爱丽丝从床上坐起来。"我当然会喜欢的。"她打开包装，里面是一瓶爽身粉，"真好。"她旋开瓶盖，朝手心里倒了一点，闻了闻，香气质朴，如花香一般，但是她什么也没想起来，"谢谢。"

"你现在感觉如何？"弗兰妮问道，"你把我们都给吓坏了。"

"挺好的，"爱丽丝说，"我很困惑。有的时候，我感觉自己马上就要恢复记忆了。而有的时候我又觉得整件事情就像一个巨大的玩笑，你们都只是在假装我今年39了，其实你们心里清楚地知道我只是快到30岁而已。"

"我了解那种感受，"弗兰妮若有所思地说，"就在前几天，我一觉醒来，突然感觉自己像是19岁。我走进浴室，看见镜子里一个老太婆在盯着我，真的把我给吓到了。我心想，那个可怕而干瘪的老太婆是谁呢？"

"你不是干瘪的老太婆。"

弗兰妮不在意地摆了摆手。"好啦，言归正传，我估计你目前可能处于神经崩溃的状态。别用那种眼光看着我！人有时候就是会神经崩溃，你最近压力又那么大。关于离婚这事吧——"

"对了，说起这事，我们为什么会闹崩？"爱丽丝插话道，"离婚"这个词她实在是说不出口。弗兰妮不会藏着掖着，她会直截了当地告诉她的。

但是弗兰妮说："我完全摸不着头脑，这是你和尼克之间的事。我知道的是，你们双方都坚定地要求离婚，似乎已经没有什么可以调和的余地了。所以我们大家也只能闭上嘴，接受这个事实罢了。"

"但是你肯定有自己的想法，你一直是个有想法的人！"

弗兰妮笑了。"是啊，我一直是个有想法的人，对吧？但是这件事情我真的不了解，你还没有跟我谈起。这件事情让孩子们很受伤，特别是监护权之争，我一点儿也不同意，你是知道的。"

"我不知道，我不记得了。"

"噢。好吧，我在这件事情上明确表过态。你可能觉得我当时的表态太直白了。"

爱丽丝说："你觉得我可以把他拉回来吗？"

"把谁拉回来？你是说尼克？但是你不想让他回来啊，"弗兰妮说，"事实上，你星期三还跟我说，有新的男人送你花了。你似乎挺激动的。"

爱丽丝厌恶地盯着那些玫瑰。她酸溜溜地说："你刚才不是还说我压力大吗。"

弗兰妮说："嗯，是啊，你确实压力大，但是收到这些花的时候，你还挺开心的。"

爱丽丝叹了口气，说："你过得还好吗，弗兰妮？你应该还跟我妈是邻居吧？"

"没有，亲爱的，"弗兰妮拍着爱丽丝的腿，"我五年前就搬到养老村去啦，就在你妈和罗杰搬到一起之后。"

"噢，好吧，你喜欢养老村吗？那里好玩吗？"

"好玩。"弗兰妮说，"在人生的最后几年，就属这一点重要了，不是吗？所有的事情都得好玩，轻松。"

"呃，明显不能说是所有的事情吧。"

"你觉得我有幽默感吗？"弗兰妮问道。她看了爱丽丝一眼，眼神里流露出令人意外的敏感神情。

"你当然有幽默感啦！"

"那你说实话，你对安乐死怎么看？"

爱丽丝眨了眨眼。然后她惊慌地坐直了身子。

"弗兰妮，怎么了？你病了吗？"

"没有，没有，我身体好得很，我只是对这个话题感兴趣，我想多了解一些。我是说，我这个年纪，去想这种问题还是说得过去的，探究一下我的选择余地嘛，明白吗？这有什么好大惊小怪的呢？这是个需要辩论的话题！"

她都激动了。

"是的，我同意，但是……你确定你没事吗？如果你没有生病，你何必要去想这种事情？"

弗兰妮叹了口气，又笑了。她不是那种特别爱笑的女人，所以如果看到她笑非常难得。"我向你保证，我完全没有病。我只是对这个问题……感兴趣。好了，我们下楼去吧，你妈在做午饭呢。"

两人下楼时，爱丽丝仔细地观察着弗兰妮。她看起来确实更虚弱了，所以她紧紧地扶着栏杆。

"爱丽丝，我的宝贝！我正打算上来找你呢！"

"罗杰，你好吗？"爱丽丝惊恐地看到，他就站在楼梯脚下。没有尼克，他的出现太唐突了。罗杰应该是那种非请勿来的访客（你必须做好充分的心理准备，才能接待他），而不是可以随意站在你家楼梯脚下、把你家当成自己家的那种熟客。

"我硬朗得很哪！"罗杰用他那浑厚的嗓音说，"我们担心的是你！"爱丽丝一到楼梯脚下，罗杰便扶着她的胳膊肘，把她带进了起居室，一只手殷切地扶着她的后腰。

"爱丽丝，你睡得还好吗？"巴尔布问道。她从厨房里走出来，用抹布擦着手指，"休息对你来说最好不过了，我很确定。我估计你现在所有的记忆都恢复了吧？"她没等爱丽丝回答，就接着说道，"弗兰妮，亲爱的，你坐哪把椅子舒服些？你坐在那里不会吹到穿堂风吧？"

"别磨叨了，芭芭拉！"巴尔布扶弗兰妮坐下时，弗兰妮不耐烦地说道。

谢天谢地，巴尔布现在没有穿昨天那身奇装异服，但是她今天穿了件低胸T恤衫和紧身长裤。头发梳成了高高的时髦马尾。爱丽丝出神地盯着她看，巴尔布正卖弄风情地把头靠在罗杰身上。

"今天的午饭，我准备了上好的金枪鱼沙拉。我这是特意为你选的，爱丽丝，因为吃鱼对大脑有好处。罗杰和我每天都坚持吃鱼肝油，对不对呀，亲爱的？"

亲爱的。她妈妈刚才叫罗杰"亲爱的"。

罗杰过去十年似乎一点也没变。他还是古铜色的皮肤，打扮得整整齐齐，对自己很满意。难道他做整形手术了？爱丽丝觉得有这种可能。他穿了件粉色的马球衫，脖子上挂着一条金链子，这条链子耷拉在灰色的胸毛里。他的短裤太紧了一点，露出了肌肉发达的古铜色大腿。

巴尔布转身又钻到厨房里去了，罗杰往她的屁股上拍了一掌，真是毫不遮掩啊。爱丽丝震惊了，她扭过头去，不好意思再看。（她记得，罗杰有一张水床。有一次他告诉爱丽丝："女人都喜欢这玩意。"）

弗兰妮轻声窃笑，她同情地握住爱丽丝的手。爱丽丝的注意力都集中到了面前这张松木长桌上，她在医院里梦见过这张桌子。尼克坐在桌边，而她则在打扫厨房，他说了些什么，但是爱丽丝听不明白。他说的那句话到底是什么意思？

伊丽莎白走进屋子，手提包挂在肩上晃悠。"我要走了。"

"你要去哪里？"爱丽丝急切地问，她需要有人帮助她一起应付罗杰和妈妈，"你还回来吗？"

伊丽莎白奇怪地看了她一眼，说："我约了人吃午饭。你要是希望我回来的话，我会回来的。"

"谁啊？"爱丽丝问道，她想尽可能让伊丽莎白在家里多待一会儿，"你约了谁？"

"几个朋友罢了。"伊丽莎白含糊地说，"对了，你要注意接电话，因为我给那个凯特·哈珀发了三条留言，跟她商量今晚办派对的事，但是她还没有回电话。"她看着爱丽丝，"你脸色还是不好。我觉得，你吃完午饭就应该回到床上休息。"

"噢，我也觉得！"巴尔布说道。她从厨房里走了出来，手里端着一只玻璃沙拉碗，"别担心，吃完午饭，我就把她弄到床上去。我们得在那些小捣蛋鬼回来之前，让她完全康复。"

爱丽丝盯着妈妈手里那只大号玻璃沙拉碗。不知道为什么，"吉娜"这个名字突然浮现在脑海里。

说来说去还是吉娜的事，对不对？吉娜，吉娜，吉娜。就是这句话，那次在梦里，尼克坐在这张桌子边说的就是这句话。也不知道这个梦究竟是不是真实的记忆。

"吉娜是谁？"爱丽丝问。

屋子里一片死寂。

弗兰妮清了清嗓子；罗杰盯着地板，玩起了脖子上的金链；巴尔布愣在了厨房门口，沙拉碗抵着腹部；伊丽莎白狠狠地咬着嘴唇。

"呃，她是谁？"爱丽丝说。

伊丽莎白给霍奇斯医生的家庭作业

最近，我经常思考一个问题，那就是，假如我失去了十年的记忆，那会是什么样的感觉？有哪些生活现状会让我惊讶、高兴或者难过呢？

十年前，我甚至还没有见过本，所以他应该是个陌生人。这个身形巨大、毛发浓密、令人畏惧的陌生人跟我睡在一张床上。他以设计霓虹招牌为生，平时沉默寡言，最喜欢研究汽车。我怎样才能跟过去的自己解释，我偶然爱上了这样一个男人？认识本以前，我跟一般的女孩子一样，对汽车很不感冒，我只知道看汽车的大小和颜色。一辆大号的白色汽车，一辆小号的蓝色汽车。现在我知道汽车的构造和型号了，我会看国际汽车大奖赛（Grand Prix），有时候，我甚至会去翻阅他买的汽车杂志。

霍奇斯医生，你喜欢汽车吗？你似乎属于那种更偏爱画廊和戏剧的人。我看见你办公桌上有张你老婆和两个小孩的照片。每次我去看病，你给我开处方的时候，我都会偷偷盯着它看。我敢打赌，你老婆怀孕很轻松，对不对？你有没有感谢过你的幸运星，因为你没有像我这样，在求子的路上不断遇到困难？等我走出你的诊室后，你会不会深情地看一看那张相片，心里想着"谢天谢地，我老婆的生育能力挺强的"？就算会也没有关系。我确定人生来就是如此，这是生物本能，因为男人都希望女人可以给他生孩子。有一次，我和本提起了这件事。我说，他背地里肯定恨我，这一点我可以理解，结果他发飙了。我还从来没有见过他这么生气。"这话别再说了。"他说。但是我敢打赌，他之所以这么生气，就是因为被我说中了。

认识本之前，我喜欢的是聪明的成功人士。我从来没有和一个拿着工具箱的男人约会过，而且这个工具箱还用了很久，脏兮兮的，里面装满了——你知道的——螺丝刀这类东西。说来挺丢脸的，第一次看到本从工具箱里翻出一支布满油污的硕大扳手时，我突然被唤起了情欲。我爸也有一个工具箱，所以，说不定我潜意识里就在寻找一个带着工具箱的男人。霍奇斯医生，我敢打赌你没有工具箱，对不对？我觉得你应该没有。

我过去一直以为，我对男人的主要要求就是，他要在派对上表现自如，就像爱丽丝的尼克那样。但是，指望本在派对上表现自如，还是洗洗睡吧。相比他的椅子，他的身形总是显得太大了，他会做出陷在里面的那种表情，我就像带了一头驯化了的大猩猩。有时候，要是有别的男人（女人也行——他不是沙文主义者）跟他一起聊聊车，他就会好过一点，但是大部分情况下，他的表现实在悲剧得很。派对结束后，我们一上车，他就会大口喘气，好像刚刚出狱似的。

真有意思，妈妈和爱丽丝这些年一直惧怕社交活动，我都要给她们逼疯了。"噢，不！"她们说得那么悲惨，我还以为有谁死了呢，闹了半天，其实是她们受邀参加某个聚会，或是去吃顿午饭，不过她们只认识个别与会的人，然后她们就开始计划各种脱身的方法。还有她们的语言和行为方式，就像要去拍戏似的，她俩还会同病相怜。"噢，你太可怜了！太糟糕了！你绝对不要去！"我都受不了了，然而最后，我还是嫁给了一个同样认为社交活动是一种煎熬的男人。他并不像她们那样害羞，他不会紧张，也不会纠结于别人怎么看他。其实我认为，他一点儿也不扭捏作态，他不是一个爱慕虚荣的男人，他只是不那么健谈罢了，他绝对没有那种自来熟的本领。（然而妈妈和爱丽丝都属于健谈的类型，她们其实很喜欢跟别人打交道。事实上，她们比我还擅长社交。但是，她们的害羞阻碍了她们成为外向的人，其实她们很外向。她们就像是被困在轮椅上的运动员。）

后来，我和本都不怎么参加派对了，我受不了那些场合。我也已经失去了交谈的能力，我听别人谈论他们丰富多彩的生活，他们在接受训练，准备参加马拉松，他们在学日语，他们打算带孩子去野营，他们在翻修浴室，我曾也有过这样的生活。我曾经是个有趣、积极、见多识广的人，但是现在，我的生活里只有三件事：工作，看电视，做试管婴儿。我的生活中再也没有什么趣闻了。别人问我："伊丽莎白，你最近都在忙些什么呢？"我不得不克制自己，不要跟他们讲我最近接受了哪些治疗。

我现在理解了，为什么重症病患和老人这么喜欢谈论自己的健康问题。我现在满脑子都是不孕症的问题。

这十年的变化真大。现在，我跟爱丽丝和妈妈反过来了。每当别人打电话过来，兴高采烈地问我下个星期六有没有空的时候，我倒成了恐惧社交的人。而爱丽丝则经常举办鸡尾酒派对，妈妈每个星期都会抽出三个晚上去跳萨尔萨舞。

爱丽丝不敢相信自己生了三个孩子，我不敢相信我一个孩子也没有生出来。我从来没有预料到自己会碰到不孕的问题。当然，这种事情没有人会预料到，我也没什么特殊的。但是我确实预想过许多其他的病症，我爸死于心脏病，所以即使有一丁点烧心感，我都会被吓个半死。我奶奶那一辈有两个人死于癌症，所以我时刻准备着迎接癌细胞的袭击。有很长一段时间，我很担心自己患上运动神经元病，没别的原因，仅仅因为我读了一篇非常感人的文章，那篇文章是一名运动神经元病患者写的。此人第一次注意到自己患病，是在高尔夫球场上，当时他开始感觉到脚痛。看完这篇文章后，每次脚上有痛感，我就会想，这下好了。我把这篇文章给爱丽丝看，结果她也开始担心这个问题。我们脱掉高跟鞋，按摩酸痛的双脚，讨论着以后坐轮椅该怎么办，而尼克则翻了个白眼，不以为然地说："你们两个是认真的吗？"

我没有想到自己会患上不孕症，也是因为爱丽丝的缘故。我们俩的身体状况一直很相似。每年冬天都会出现烦人的干咳症状，要整整一个月才能好。我们的膝盖都不好，视力也不行，都有一点乳糖不耐受，不过牙口都非常好。她怀孕没有任何问题，我自然觉得，我也不会有问题。

所以，就是因为爱丽丝，我才没有投入足够的时间来担心不孕的问题。如果我操心过，说不定就不会有这样的问题了，我不要再犯这种错误了。现在，我每天都会提醒自己，要为本操心，要担心他在上班的路上出车祸身亡；我要确保自己每隔一段时间，就要为爱丽丝的孩子们操心——这样他们就不会患上可怕的儿童疾病；入睡前，我要为亲人操心，要担心他们会在夜里死去；每天早上，我要为认识的人操心，要担心他们在当天的恐怖袭击中丧生。那样就意味着恐怖分子赢了，本告诉我。他不明白，我其实是在通过操心，来与恐怖分子作斗争。这是我个人的"反恐战争"。

这是一个小小的玩笑，霍奇斯医生。有时候，你似乎听不懂我讲的笑话，我不知道为什么想逗你笑。本觉得我很搞笑，他会突然心领神会地大笑起来，反正他以前会这样，那时候我还不是一个满脑子只有不孕症的、无聊的偏执狂。

我觉得，下一次就诊时，我应该花点时间跟你谈谈"操心"这个问题，因为很显然，这种行为只是迷信而已，很愚蠢，也很幼稚——毕竟，我又不是宇宙的中心，事情也不会因为我个人的意志而转移。可是，我已经可以猜到你有哪些睿智的话要说，有哪些敏锐的问题要问，你会循循善诱地引导我开窍。这一切都显得毫无意义，索然无味。我不会停止操心，我喜欢操心，我出生于一个爱操心的家族，它已经深入到我的血液里。

霍奇斯医生，我只是想请求你，不要让它再继续伤害我。正因为如此，我才会付给你那么多医疗费。我只是想回归自我。

我跑题了，言归正传。我一直在想，假如我失忆的话，会是什么样子。想象一下，我撞到了头，一觉醒来，发现现在是 2008 年，我变胖了，爱丽丝变瘦了，我嫁给了这个叫本的男人。

我也不知道我会不会从头再爱上本，那样挺好的。我还记得当年那种爱是如何渐渐占据我的心田的，就像一张慢热的电热毯，它会不知不觉地加热我那冰冷的被窝，让被窝里温度一秒一秒地上升，直到我开始觉得，嘿，我有一阵子没发抖了。其实我身上已经暖和了，暖和得很舒服，我对本的爱就是这样发展起来的。一开始我觉得"我真的不该吊着这个男人，我根本对他没兴趣"，然后演变成"他长得其实不算坏"，再后来就是"我有点喜欢和他在一起了"，最后发展成"其实，我已经为他疯狂了"。

我在想，本会不会为了保护我而刻意向我隐瞒坏消息，就像我们和爱丽丝说话时，会故意绕开某些话题一样。他撒谎的本领实在是太糟糕了，如果我说："我们有几个孩子了？"他就会嘟哝说："呃，我们在这方面的运气不太好。"他会搔搔下巴，清清嗓子，然后向别处看。

于是，我就会执拗地要求他提供所有细节，最终，他在无奈之下，就会说出实情。

"在过去七年里，你做了三次试管婴儿，自然受孕两次。所有这些理论上的宝宝，都没有变成真实的宝宝。你最长的一次怀了 16 个星期，那一次让我俩伤透了心，我们以为，我们永远也恢复不了了。你还经历过八次失败的试管婴儿周期。没错，它改变了你；没错，它改变了我们的婚姻，还有你和家人朋友的关系。你现在易怒，尖酸，坦率地说，你经常表现得怪怪的。你因为在咖啡厅做了件丑事，所以目前正在接受心理医生的辅导治疗。没错，这一切都让我们花费了很多的钱，但是我们还是不要去探究具体的数字为好。"

（霍奇斯医生，事实上，我有六次流产，但是本不知道。多出来的那一次，我只怀孕了五个星期，所以它几乎不能算数。本当时与一位朋友出海钓鱼去了，我前一天晚上做了怀孕测试，接着第二天就开始流血，然后，就没有然后了。他出海回来的时候那么高兴，脏兮兮的，都被太阳晒伤了，我不能扫他的兴。只不过是又失去了一个理论上的小宝宝罢了。又多了一个飘浮在宇宙中的小宇航员。）

那么，本跟我讲了这么一大段不堪回首的往事之后，我还能说些什么呢？

好吧，霍奇斯医生，这就是问题的关键。我想起了曾经那个行事果决的我，我的第一反应是，如果本对我说出那样的话，那么我就会以"就算一开始没有成功"为开头，跟他说一些鼓舞人心的话，作为回应。毕竟，我曾经是一个励志的人，每天早上起床后，都会看墙上挂着的那一张装裱过的图片。这张图片上画着白雪皑皑的山峰，上面附着莱昂纳多·达·芬奇的名言："困难压不倒我，每个困难都会臣服于坚毅的决心。"[①]

说得真好，莱昂纳多。

但是我越想越觉得，或许我根本就不会说出什么鼓舞人心的话。

我很有可能会轻轻地拍着膝盖，对他说："感觉应该放弃了。"

---

① Dbstacles cannot crush me · Every obstacle yields to stern resolve.

第 *15* 章

最后爱丽丝的妈妈打破了沉寂。巴尔布说："吉娜是你的朋友。"
她避开爱丽丝的眼神，把沙拉碗放在桌上。"其实，这只碗应该就是
吉娜送你的礼物，可能你是因为这个想起她的。"

爱丽丝看着碗，闭上了眼睛。她看见皱巴巴的黄纸，她喝了香槟，
可能还听到一阵女性尖利的笑声，然后一切都消失了。

她又睁开了眼睛，大家都在望着她。

"好吧，我真得走了。"伊丽莎白看着手表说。

屋里的气氛一下子轻松了不少。"我停车的时候，好像把你的车
堵在里面了！"罗杰高兴地说。他从口袋里掏出一大串钥匙，猛地站
了起来。

"别忘了，凯特会给你打电话的，注意接听啊，"伊丽莎白走出
房间的时候叮嘱道，"要不然你今天晚上就真的要开派对了。"

"我也出去一下，帮你倒车。"巴尔布跟着伊丽莎白，沿着过道离开了，很明显，她想和伊丽莎白私下里说上几句。

屋里只剩下了爱丽丝和弗兰妮，爱丽丝从沙拉里挑起一颗圣女果，说："那，我是怎么认识吉娜的呢？"

"她以前就住在马路对面，"弗兰妮说，"我记得，他们搬进来没多久，奥丽薇亚就出生了。关于吉娜的事情，你一点儿也不记得了？"

"不记得。那她现在不住在马路对面了？"

弗兰妮顿住了。她似乎在纠结着该说什么。她接着说："不在了，前段时间，她们一家人搬回了墨尔本。"

爱丽丝突然明白了什么。

这个吉娜和尼克之间一定发生了些故事，这样所有的事情才能说得通。这就是为什么大家提到吉娜时，总是表现得很尴尬的原因。

吉娜，对。这个名字肯定和某种生冷的痛感联系在一起。

为什么她过去会认为自己一定不会碰上出轨这种事情呢？出轨的事情从来都不新鲜。当它发生在别人身上时，它就像是一场烂俗的肥皂剧，看起来倒有些搞笑。但是当它发生在自己身上时，却是天崩地裂，非常可怕。

爱丽丝想起了可怜的希拉里·克林顿。想象一下，全世界都知道你的丈夫背着你偷情，而且乱得让人无法接受。如果比尔·克林顿都能被勾引（你可能会觉得，美国总统的工作肯定无比繁忙，哪有时间精力搞这些事情），那么尼克出轨也是有可能的。

毕竟，她和尼克已经结婚超过十年了（她猛然意识到了这一点）。也许尼克也轻微地患上了传说中的"七年之痒"（这其实是个医学现象，并不是尼克的错）。然后一个颇有心机的可恶女人利用了它，勾引了尼克。

这个贱人。

尼克可能喝醉了，也许两人只发生过一次关系，也许尼克是在聚会上吻了她（只是很快地亲了一下！几乎没有亲到），而爱丽丝反应过度，尼克道歉了，爱丽丝不愿意轻易放过他（真蠢），结果现在好了，两个人就因为这种小事闹得要离婚。这都是爱丽丝的错。吉娜也有错。

她肯定很漂亮。

一想到吉娜可能很漂亮，还有尼克可能觉得吉娜很漂亮，爱丽丝的心就像被针扎般痛，她痛苦地呻吟着。

"你想起来了？"弗兰妮急切地问道。

"我想是的。"爱丽丝揉了揉额头。

"噢，亲爱的。"弗兰妮说。爱丽丝抬头望去，看见弗兰妮脸上满是同情，她明白了，尼克的出轨可不仅仅是一个吻那么简单。

你怎么可以这样，尼克？她现在不想在星期天的晚上张开双臂抱住尼克了，她会攥紧拳头，狠狠砸向他的胸口。他怎么可以先把她捧在手心，然后又背叛她，让她觉得自己活像一个傻瓜呢？

但是，就算有人在分析克林顿留在另一个女人裙子上的精斑，希拉里还是准备继续支持自己的丈夫。

爱丽丝突然想起，莫妮卡·莱温斯基与克林顿发生桃色事件，应该已经是十年前的旧闻了，她也不知道克林顿夫妇的婚姻有没有维持下去。

电话铃响了。

爱丽丝下意识地站了起来，走过去接电话。

"你好？"

"爱丽丝？我是凯特啊！我现在事情多得根本忙不过来，我刚听到了你姐姐的留言！昨天早上我在健身房看到你的时候，我真的好担心你。我通知了所有人，本来想给你打电话的，但是你知道的，我现在都快忙死了。后来，梅兰妮说，她在罗斯维尔看见你在一辆车里等红绿灯的时候，跟别人有说有笑的。于是我就想，哎呀，爱丽丝没事儿！但是现在，你姐姐又说你可能不太舒服，没法举办派对了？"

爱丽丝认出了这个扭捏作态的声音。那天在健身房里，她在对着乔治·克鲁尼的鞋子狂吐之前，看到的那个打扮时髦的金发女人就是凯特。

"啊。"爱丽丝一时不知该如何回答。

"当然咯，要是在平常，我肯定会说，没问题！就在我家举办吧！随时待命！但是我家里现在重新装修，而且山姆的妈妈也跟我们住在一起，所以把地点改到我家真的是不可能了。我的意思是，其实你今晚什么也不用干，真的不用，如果你还有点头痛的话。我会帮你把所有事情打点好的。老实说，我自己身体也不是太舒服，但是我没事，只是有点小感冒而已。梅兰妮曾经对我说：'凯特，你真是女超人，你是怎么做到的？'我说：'梅兰妮，其实你说得不对，我不是什么女超人，只不过是一个累到不行的女人，想要做一些力所能及的事情罢了。'山姆说我应该学会拒绝别人，不能别人让我做什么，我就做什么。但是我做不到，我一直都是那样的人。不管怎样，就像我说的，如果你的头还痛，我保证你今晚尽可以放心大胆地去睡觉休息，我们会把一切都安排妥当，酒水也都由我们来负责。你不必特意准备什么。"

凯特说话的时候，爱丽丝渐渐感到一种奇怪的困意。这个女人真的是她的朋友吗？跟她聊上五分钟都是不敢想象的。她宁愿接受简·特纳那种明快锐利的说话风格，也不愿意忍受这个女人的造作甜腻。

她说："噢，好吧，行。"

就算今晚有几百个陌生人出现在家门口，那又怎么样呢？既然她的生活已经变成了一场噩梦，那么让这个噩梦再持续下去也无所谓。

"那就是说，我们不用更改计划了？好啊，谢天谢地。我就知道你这个人靠谱！我就觉得你姐姐可能弄错了。她那个人又刻薄，又扭曲，只知道上班，满脑子都是不孕症，对吧？我猜啊，就算她当了妈，也不知道当妈的人该做什么。好了，我得闪人了，晚上见！好了！拜拜！"

电话挂了。爱丽丝狠狠地砸下听筒，听筒架晃得厉害。这个讨厌的女人怎么可以这样说伊丽莎白？她想起来了，自己说起婴儿心跳的时候，伊丽莎白想避开她的视线。爱丽丝恨不得一拳打在凯特漂亮的鼻子上。

"你没事吧？"弗兰妮说。

不过，这是否意味着爱丽丝曾经对凯特·哈珀抱怨过伊丽莎白？"又刻薄，又扭曲"是不是她这个背叛姐姐的人说出来的？

"爱丽丝？"

弗兰妮的声音里带着老奶奶特有的颤抖。爱丽丝突然发现她瘦小而虚弱，陌生人看见弗兰妮都会这么觉得。

她整理了一下思绪。她快30岁了，不对，快40岁了。她再也不能趴在奶奶的膝盖上哭泣了。

"没事，"她说，"我告诉凯特·哈珀今晚还会在这里开派对。"

"你是这么说的？"她妈妈刚迈进屋里，罗杰跟在她身后，"你确定要这样做吗？"

"嗯，当然，"爱丽丝说，"要不然呢？"

"她想起了吉娜。"弗兰妮说。

"噢，亲爱的。"巴尔布说，罗杰的脸扭曲起来，流露出一副可怕的悲痛表情，想来是想表现他的同情吧。

爱丽丝想起，罗杰和尼克妈妈还在一起时，就出过轨。"恐怕我的前夫是个喜欢玩弄女人的浪荡公子。"尼克的妈妈和爱丽丝说这话的时候，还轻轻地叹了口气。爱丽丝印象很深，尼克的妈妈竟然可以把出轨的老公说得这么优雅和尊贵。

罗杰现在会背叛爱丽丝的妈妈吗？

尼克背叛她，可能根本没什么值得惊讶的。不是有句俗话嘛，龙生龙，凤生凤，老鼠生来会打洞。她应该把这话说给罗杰听，而且要直视着他的眼睛，轻蔑地说出来："罗杰，我发现俗话说得好，龙生龙，凤生凤，老鼠生来会打洞。"但是爱丽丝了解自己，她肯定说不对味，没人听得懂她想表达什么。"亲爱的，你这话是什么意思啊？"她的妈妈会饶有兴趣地说，然后整个语境气氛就被毁了。

其实爱丽丝有种奇怪的感觉，她应该把老鼠说成兔子。兔子生来也会打洞。她觉得喉咙里一股强烈的笑意。她真是个傻瓜。他们应该都会说："噢，爱丽丝。"

"爱丽丝？"她母亲说，"你想喝杯茶吗？还是吃片止痛药？"

"要么来杯酒？"罗杰眉头拧在一起，"一杯白兰地怎么样？"

"喝什么酒啊，罗杰，"弗兰妮有点生气，"你下面是不是就要说，来，大家一起玩把扑克？"

"哈。"罗杰说。

"我没事。"爱丽丝说。

她想过一会儿再来考虑这些事情，到了那个时候，罗杰应该就不会坐在这里，摆出一副可怕的同情表情了。

她不在乎这个世界变了多少。不管是老鼠还是兔子，尼克和他爸绝对一点儿也不像。

伊丽莎白给霍奇斯医生的家庭作业

爱丽丝用哀求的眼神看着我，我几乎想要取消午餐约会了，但是我并不是想把她一个人留给"骗子罗杰"。"骗子罗杰"是本给他起的外号。我觉得挺准的。

不管怎么说，我不想和她讨论吉娜。我对吉娜的感觉很复杂。或许，用孩子气来形容我的感觉比较合适。

我要去和不孕症患者同好会的人吃午饭。

这些人是我在五年前入会的时候认识的。一开始，我们在社区中心开会，我们还有一位辅导人。霍奇斯医生，她和你一样，也是位医学专业人士，她负责引导我们的讨论，确保其不偏离正轨。问题在于，她总是试图让我们保持积极的心态。她会说："大家试着用更积极的方式，再讲一遍吧。"但是，我们不想变积极，谢谢你的好意。我们渴望吐槽，把脑海中积聚的所有酸楚、负面、恶心的东西统统大声说出来。药物、荷尔蒙和生活中无穷无尽的挫折让我们变得恶毒，在公共场合，你不能表现得恶毒，否则人们就不喜欢你了。于是，我们成立了属于我们自己的私密同好会。现在，我们每个月见一次面，地点定在一间时髦的饭店里，在那里，我们可能就不会遇见妈妈同好会和她们围成圈的婴儿车了。我们大吃大喝，把心中的苦闷全部宣泄出来——我们抱怨医生，抱怨家人，抱怨朋友，我们心里最怨恨的，是那些"可孕人士"的口无遮拦。

一开始，我对于把全世界的人分成"可孕"和"不孕"的观念有所抵触，这样感觉像是在拍科幻电影。但是很快，这两个新词就成了我日常用语的一部分。"可孕的人永远不会明白……"我们这样对彼此说。我每次说这些话的时候，本都非常反感。他也不喜欢这个同好会，虽然他从来没见过其中的会员。

　　我把她们描述得很不堪，但是实际上，她们不是那样的人。或许，她们是那样的人，只不过我看不出来，因为我和她们完全一样。我只知道，有些时候，我感觉我之所以还没有发疯，唯一的原因就是我经常和她们一起吃午饭。下个星期天就是母亲节了（电视里每过两分钟就要大声提醒一次）。对不孕的人来说，那是一年中最痛苦的日子了。我总是在羞愧中醒来。并不是太伤心，就是羞愧。有点蠢吧。这种感觉我高中时代也曾有过，那时候我是班上唯一一个不需要穿胸罩的女生。我不是一个正常的女人。我没有发育成熟。

　　今天，我们在曼利（悉尼城区地名）港口的一家餐厅见了面。我到那儿的时候，她们都坐在店外，一切都是那么灿烂——无论是日光、海水，还是蔚蓝的天空。大家都聚在那里，看着桌子中间的什么东西，她们把太阳镜都推到了头顶。

　　"是安娜·玛丽的验孕测试，"克里看到我时说，"我们当然是不认同了，不过看看你是怎么想的吧。"

　　安娜·玛丽每进入一个试管婴儿周期，就要做这个测试。医生会告诉你，完成胚胎移植后，不要在家里做测试，因为结果不准。你可能会拿到阳性结果，但其实你并没有怀孕，因为此时你的身体里还残留有模拟怀孕时诱发注射的荷尔蒙，或者你也可能拿到一个阴性结果，原因仅仅是你测试做得太早了。最好还是等待验血的结果。我从来没做过验孕测试，我喜欢确定的东西，我很听话，但是安娜·玛丽做完胚胎移植的第二天就开始验孕了。她坦言，有一次，她一天之内做了七次测试。我们每个人都有各自独特的强迫症行为，所以，我们也不会嘲笑她。

我瞥了一眼安娜·玛丽的试纸。和往常一样，试纸有三个，都用铝箔包裹着。在我看来，三个都是阴性结果，但是跟她说这些是徒劳的。我说，我觉得其中一张试纸上好像有一条非常浅的粉色直线。她说，她老公说他肯定三张都是阴性结果，结果她朝他发火了，说他很明显在敷衍了事。她告诉他，你必须要有想看的意愿，然后两人大吵一架。安娜·玛丽的试管婴儿周期从来没有成功过，她都试了十年了。她的医生、老公还有家人都不停地劝说她放弃。她才三十岁，是我们当中最年轻的，所以她还有十年的时间可以糟蹋。当然，或许这样说也不对。我们大家都是如此。说不定下一次进入试管婴儿周期时，我们就能迎来那虚无缥缈、皆大欢喜的结局了。

克里尝试了两年试管婴儿，有一次宫外孕差点要了她的命。她对安娜·玛丽说："伊丽莎白接受胚胎移植已经有十天了，我敢打赌，她甚至还没有想过要验孕。"

我们所有人都使用电子邮件互通消息，跟踪我们的试管婴儿周期。安娜·玛丽、克里还有我目前都已进入试管婴儿周期。而另外三人要么正在休养，要么即将开始新的周期。

老实说，我甚至还没有考虑过这次试管婴儿周期能否成功。在早些年里，我还相信意志的力量，做完胚胎移植后，每天早上都会冥想。"请坚持住，小胚胎。"我会这样念诵，"坚持，坚持，坚持。"我还会贿赂它：等你到了五岁，我就会带你去迪斯尼乐园。如果你不喜欢上学的话，你就可以永远不用去学校。求求你，如果你愿意的话，就让我做你的妈妈，好吗？但是，所有这些举动似乎都无济于事。所以现在，我认为试管婴儿不会成功，即使成功，我也会流产。我这样想其实也是自我保护，尽管它并没有达到这个目的，因为成功的希望总是能悄悄地溜进我的脑海中。直到希望消失，我才意识到它的存在。每次我又听到"我很抱歉"的时候，希望就像一条从我脚底抽走的地毯似的，嗖的一下就跑了。

服务生端着我们的酒水走了过来，说："我来猜猜啊——你们是把孩子留在家里让爸爸带，自己溜出来享受生活了吧！"

啊，可孕的人真是无知得可爱呀。他们以为，任何一个中年女人帮都肯定是由当妈妈的人组成的。

"我们他妈的根本不是当妈妈的人，就算看起来像是当妈妈的人，又有什么意思呢？"莎拉说。她是我们的新成员。她才做过一次试管婴儿，就已经对不孕症深恶痛绝了。她让我意识到，我甚至已经对自己的厌倦感到厌倦了。我很钦佩她说脏话的方式。

于是我们开始抱怨自上次聚餐以后，大家各自受过的冒犯。

其中包括：

某老板说："去做试管婴儿只是一个选择，又不是得了流感非得治疗，所以我不能给你签病假条。"

某姑妈说："放松一下，来个按摩吧，你太紧张了，这样肯定怀不上的。"（总有这种人。）

某兄弟说（背景里还有孩子的哭闹声）："你对怀孕的想法真是太天真了。只有作死地努力才能要到孩子。"

某表亲同情地说："我很明白你的感受。我读了六年才拿下博士学位呢。"

"你妹妹怎么样了？"克里对我说，"你在上封电邮里说她做了什么事让你发飙了。"

"就是那个生了三个孩子的超级妈妈，对不对？"安娜·玛丽撇了撇嘴，"就是那个有个有钱的老公，所以不需要工作的家庭主妇。"

所有人都急切地望着我，准备看我说一大堆爱丽丝的坏话，因为老实说，霍奇斯医生，我以前抱怨过她。

但是，我想起了她那次在回家的路上模仿自己穿着拘束衣的样子，想起了她在医院里与尼克通电话时的那种惊惧而受伤的表情，想起了她说"你不喜欢我了"时的神情，还有我今天离开她家前看到的光景——她裙子睡得皱巴巴的，头发也乱糟糟地立在半边。这些都是典型的旧时爱丽丝，她下楼之前甚至不会去照镜子。我还想起了奥丽薇亚出生时，我们在医院里抱头痛哭的样子，想起了她今天向我们无辜地提问："吉娜是谁？"

霍奇斯医生，我感到羞愧至极。我想对她们说："嗨，你们说的是我的妹妹。"

我转而告诉她们，爱丽丝失忆了，她以为自己只有29岁，以这件事情为契机，我思考了很多，我思考了过去那个自我可能会对现在的状态有何看法。我说，要是换作以前那个我，我可能会认为现在应该放弃了。直接放弃。不要再想了。赶紧从这个状态中脱离出来。不要再注射了。不要再抽血检测了。也不要再为此唉声叹气了。

当然，她们一下子警觉起来，就像忠于职守的优秀士兵一样。

"永远不要放弃。"她们告诉我，然后一个接一个地讲述不孕症和流产患者苦尽甘来的可怕故事。这些故事的主人公经历不断的不孕、流产，最终都无一例外地诞下了活蹦乱跳的健康宝宝。

我一边听，一边点头微笑着，看着眼前这帮女人唧唧喳喳地争吵。

我不知道该怎么办，霍奇斯医生。我真的不知道。

吃午饭的时候，罗杰自告奋勇，主动带爱丽丝回顾过去十年发生的每一个历史事件，不过他都是以自己的视角在讲述。而爱丽丝的妈妈则决定同时把过去十年她遇到的每一个人的私生活也都告诉爱丽丝。

"然后，美国入侵了伊拉克，因为老哥们儿萨达姆正在囤积大规模杀伤性武器。"罗杰抑扬顿挫地说道。

"不过那里根本没有什么大规模杀伤性武器。"弗兰妮插话说。

"好吧，但是谁真的敢肯定呢？"

"开什么玩笑，罗杰。"

"然后，玛丽安·埃尔顿——噢，你当然记得她，她过去执教过伊丽莎白的篮网球① 队，她嫁给了强纳森·诺克斯，就是那个年轻友善的水管工，每年复活节那么冷，他都过来帮我们修厕所。他俩在某个热带小岛上结婚了，所以大家都不方便过去，那个可怜的女花童被太阳晒坏了。两年前，他们生了一个女宝宝，叫玛德琳，你可以想象，这让玛丽安非常高兴，我说：'好吧，我从来没指望我的女儿能把他们的孩子起名叫芭芭拉。'我确实没有，但是玛德琳这个名字现在太流行了，可怜的玛德琳最后……"

"……还有，爱丽丝，我来跟你讲巴厘岛恐怖袭击后，政府应该

---

① 篮网球，又称为投球、英式篮球、无板篮球，是一种发源自篮球的团队球类运动，一般被视为以女性为主的运动项目。

做些什么……"

"噢，费丽希蒂家有个儿子就在巴厘岛！"巴尔布说，个人世界突然间就与政治事件有了交集，"他刚好在前一天飞离了巴厘岛。费丽希蒂认为，这说明他是被上帝选中的人，将来肯定要干大事。但是到目前为止，他似乎还没做过什么大事，只不过是天天登录脸书罢了，是那么叫的吗，罗杰？是叫脸书吗？……"

弗兰妮说："爱丽丝，说这些事情能让你想起什么吗？"

爱丽丝只是心不在焉地听他们说话而已。她在忙着思考宽容的内涵。当你不需要容忍一件很过分的事情时，宽容真的是一个喜闻乐见的美德。她是一个宽宏大量的人吗？她不知道。她还从来没有面对过出轨这么过分的事，因而也未曾需要在这个方面表现出气度。最重要的是，尼克希望得到她的原谅吗？

她对弗兰妮说："我不太确定。"

罗杰说的有些事情似曾相识，好比她在学校里学了又忘掉的知识。当他谈论恐怖袭击的时候，她不由自主地感到了恐惧，也许她甚至想起了某些稍纵即逝的往事，一个戴面罩的女人一手捂着嘴说："噢，我都说了些什么啊。噢，我都说了些什么啊。"但是爱丽丝想不起来她何时何地听到这句话的；她当时是和尼克在一起，还是独身一人；这些事情是在电视上看到的，还是在广播节目里收听到的。

比如说，在"被晒坏的花童"这个词组当中，有某些东西让她觉得似曾相识，就像是她以前听过的一个笑话中的点睛之笔。

弗兰妮说："好了，还是带她回医生那里看看吧。这不对劲啊。你们看她，明显不对劲啊。"

"我怀疑他们可以直接把她的记忆移植回大脑里。"罗杰说。

"噢，不好意思，罗杰，我不知道你还当过神经外科医生呢。"
弗兰妮说。

"谁想再来一块吉士蛋挞？"巴尔布兴致高昂地说。

PART 4

失忆前的新生活

"你好像变了。"多米尼克说。

"哪方面变了？"

"我不知道怎么解释。"

他没再说别的。很明显，他不是尼克那样健谈的人。她也不知道自己看上他什么了。她真的有那么喜欢他吗？

"我搞明白了，"他说，"我知道你哪里变了。"

多米尼克靠近了一些。

"你的眉间纹不见了。"他说，"以前，你这里总是有一点眉间纹，感觉你像是在注意，或者操心着什么事情，就连你高兴的时候也有。现在，它……"

第 *16* 章

只剩下爱丽丝一个人了。

大家曾经激烈地争论，吃完午饭后，该不该留下爱丽丝一个人。巴尔布和罗杰星期六下午要上一堂高级萨尔萨舞课。他们说，就缺这么一次课很"容易"，尽管这堂课特别重要，因为弗兰妮的养老村要举行家庭才艺晚会，他们得准备排练，但是，如果爱丽丝需要他们留下来，他们绝对不会推辞，千真万确。弗兰妮在养老村也有一个重要的会议要参加——与圣诞节有关。她是这次会议的主持人，但是她也可以"轻易"地给贝夫或是多拉打个电话，请她们代劳，不过这二位都不擅长演讲，容易紧张。弗兰妮虽然是养老村的新人，但支使起别人来毫不含糊，这是性格使然。贝夫和多拉可能会被迫接受她的请求，但这不会是世界末日，她的孙女还是要摆在第一位的。

"我不会有事的，"爱丽丝一遍又一遍地重复着，"我都快四十岁了！"她故作轻松地补充道。但是她说这话的方式肯定有什么奇怪的地方，因为大家都愣在那儿盯着她看，过了一会又开始新一轮的主动请缨。

"伊丽莎白过不了多久就回来了。"爱丽丝告诉他们，把他们轰出了厨房、过道、家门，"你们都走吧！我不会有事的！"

几分钟后，他们都挤进了罗杰锃亮的小汽车，消失在车道上，只留下了飞扬的尘土。

"我不会有事的。"爱丽丝默默地对自己复述道。

她看见隔壁上了年纪的贝尔根太太走出家门，戴了顶大号墨西哥帽，手里拿着一把园丁剪。爱丽丝喜欢贝尔根太太，她的园艺知识都是贝尔根太太教的。她给爱丽丝出过许多主意，来解决柠檬树的栽培问题（她建议尼克应该经常给柠檬树施一点"农家肥"，尼克照做了，可是他做得太过头了，弄得花园里挺恶心的）。贝尔根太太还经常从自家花园里拿些园艺工具给爱丽丝用，还会礼貌地指出哪里需要浇水，哪里需要修剪，哪里需要除草，等等。贝尔根太太不怎么喜欢下厨，所以作为回报，爱丽丝会用特百惠塑料保鲜盒，装些家里吃不完的砂锅菜，还有乳蛋饼和胡萝卜蛋糕，给贝尔根太太送去。贝尔根太太给爱丽丝的宝宝织过三双毛线靴，现在又开始织婴儿短外套和童帽了。

但是，那都是十年前的事了。

爱丽丝举手示好，但是贝尔根太太低下头，转身向她的杜鹃花走去。

她没有看错。贝尔根太太不想理她。

如果爱丽丝主动走上前去打招呼，那位慈眉善目、体形丰满的贝尔根太太会不会像尼克那样，冲着她大吼大叫，恶语相向？刚才贝尔根太太的表现和电影《驱魔人》里的那个小姑娘扭头时很像。

爱丽丝快速回到屋里，关上门。奇怪的是，她突然有一种想哭的冲动。

或许贝尔根太太已经老了，再也不认识爱丽丝了。这样的解释再合理不过了。是的，这样说得通。至少现在如此。等她恢复了记忆，一切都会回归正轨。到那时候，她会说，噢，当然是这样！

好吧。接下来该做什么？

爱丽丝不知道，每逢周末，轮到"尼克负责带孩子"的时候，她自己都会做些什么。她喜欢这种分居生活吗？她会孤单吗？她会渴望孩子们回到自己身边吗？

现在最明智的做法就是探索这间屋子，找找自己生活的线索。这样的话，等到明天晚上尼克回来的时候，她就可以做好准备了。她可能还会准备做一番很有说服力的说辞：我们不应该离婚的十大理由。

也许，她还会找到一些与吉娜有关的东西。给尼克的情书？但是尼克搬走的时候，应该已经把这些东西拿走了。

又或者，她应该去准备一下晚上的派对？但是，做些什么好呢？很奇怪，这次派对似乎没她什么事。

其实，她根本就不想待在这间屋子里。她蛋挞吃多了，肚子不舒服。"你还要一块？"她妈妈说这话的时候，既高兴又惊讶。爱丽丝猜想，自己以前肯定很少这样。

她想出去散散步。这样也好清醒一下头脑。今天天气很好，为什么非要待在屋子里呢？

她走上楼梯，在过道里停了下来，看着另外三间卧室的门。这现在应该就是孩子们睡觉的地方。她和尼克以前把它们留作空房，以备将来有一天，它们会被用作育婴房。他们会花很多时间待在这几间屋子里，盘腿坐在地板上，计划和畅想未来。他们将油漆的颜色选为海蓝色。就算孩子的性别出乎了他们的预料，是个女孩（她确实怀的是个女孩），这种颜色也可以用。

爱丽丝试探性地推开了育婴室的门。好吧。她在期待些什么呢？当然，那里没有白色的婴儿床或是换尿布的小桌，也没有摇椅。这个房间现在根本不是育婴室。

相反，房间里有一张单人床，被子没叠，上面摊着几件衣服。书架上堆满了书、空的旧香水瓶和玻璃罐。墙上几乎糊满了神秘欧洲城市的黑白海报。爱丽丝看见两张海报之间有一小块蓝色的墙面。她走过去，伸出手指。是海蓝色。

靠墙的地方摆着一张书桌。她看见书桌上有一本活页笔记簿，上面写着麦迪逊·洛夫。笔迹很熟悉，像是爱丽丝上小学时候的字体。她注意到，有一本打开的菜谱面朝下，反扣在桌上。她拿起来，原来是意大利千层面菜谱。麦迪逊要烧饭的话，是不是年纪太小了一点？这么小的孩子，也不会看欧洲城市的海报吧？爱丽丝在这个年纪还在玩洋娃娃呢。她的女儿让九岁时的她相形见绌。

她小心地将菜谱面朝下，放回桌上，蹑手蹑脚离开了屋子。

隔壁卧室的门关着，门上钉了张字条：

走开。未经许可不得入内。

女生禁止进入。

违反者死。

天哪。爱丽丝放开门把手，往后退。毕竟，她也是女生。这肯定是汤姆的房间了。也许他还设置了诡雷呢。小男孩，太吓人了。

下一间卧室的氛围较为友善。爱丽丝得掀起门口的珠帘，才能进门。进门后，映入眼帘的是一张小女孩的梦想之床：带有四根床柱和紫色的薄纱床帐。墙上的一个钩子挂着精灵的翅膀。屋子里摆设着一些口袋蛋糕形状的玻璃小饰品、十几个毛绒玩具、一面饰有小灯泡的化妆镜、多个发卡和发带、一个音乐盒、几个亮晶晶的手镯和长串念珠、一台粉色的手提式音响、一个塞满衣服的换装盒。爱丽丝蹲下来，翻弄着换装盒。她抽出一条熟悉的绿色夏裙，拿在面前。这是当年她为了自己的蜜月专门置办的。这是她最贵的裙子之一。现在这条裙子的领口已经有了棕色的渍斑，裙摆处有锯齿状的剪痕。爱丽丝放下裙子，脑袋有点迷糊。室内空气中的甜香像是草莓味的润唇膏，闻起来有点恶心。新鲜空气，她肯定是需要呼吸新鲜空气了。

爱丽丝回到自己的卧室，很快从五斗橱里找出短裤和 T 恤衫。运动鞋和太阳镜还放在她从医院带回来的背包里。她急匆匆地跑下楼，从衣帽架上取下一顶棒球帽。帽边写着"费城"。

她离开家，锁上了门。她注意到贝尔根太太已经回屋了，这让她松了一口气。

该往哪个方向走呢？她转道向左，迈着轻快的步伐向前走。一个女人推着辆婴儿车从另一个方向靠近，婴儿面无表情，直着身子，很严肃地坐着。爱丽丝逐渐走近，婴儿对她皱起了眉头，同时女人微笑着说道："今天不跑步吗？"

"今天不跑。"爱丽丝微笑着回应，继续前行。

跑步？老天爷啊。她最讨厌跑步了。她还记得自己上高中时，她和朋友苏菲经常在椭圆形运动场的跑道上拖着脚步痛苦前进，两个人一边抱怨，一边相互搀扶，而吉莱斯皮老师还在大喊："哎哟，看在上帝的分上，你们这两个小姑娘能不能跑快点啊！"

对了！苏菲！爱丽丝到家时就想给苏菲打个电话。如果她失忆前没有把自己和尼克的事情告诉伊丽莎白，那么苏菲或许对他们的事情更了解一些。

爱丽丝继续向前走。她发现越向前走，街边的房屋越大，就像是经过烤箱的蛋糕似的。房型由红砖小屋变成了线条光滑的蘑菇色豪宅，这些豪宅带有廊柱和塔楼。

事实上，有意思的是，随着她脚步越来越快，开始在人行道上连走带跳，她发现，跑步这个主意似乎一点也不愚蠢。似乎有点……乐趣。

头部受伤以后，跑步真的好吗？或许很不好。但是，说不定跑步可以帮助她恢复所有的记忆。

她开始奔跑了。

她的胳膊和双腿进入了一种协调的节奏，她开始慢速地深呼吸，鼻子进气，嘴巴呼气。噢，真舒服，就是这个感觉。她好像经常跑步。

她在劳森街左转，加快了速度。枫香树的肥大的红色叶片在阳光下微微颤动。一辆白色的小汽车上载满了半大的孩子，伴着音乐猛地刹车，轮胎摩擦地面，发出尖利的声音。她经过一条车道，车道上有一群孩子正嬉笑尖叫着挥舞水枪打水仗。有人开动了一台除草机。

那辆载着小孩的白色小汽车在前面的国王街街角停了下来。

一阵恐慌感猛烈袭来。这种感觉以前有过，上次伊丽莎白开车把她从医院送回家的路上就出现过。她的腿夸张地发着抖，她不得不蹲在人行道上，等待这种不知所谓的感觉消散。恐惧的尖叫卡在喉咙里，如果她喊出来的话，就太丢脸了。

她环视四周，双手撑着地维持平衡，胸口起伏。她看见拿水枪的那些孩子还在跑来跑去，仿佛世界并没有变得黑暗和邪恶。她回头看了看国王街的街角，那辆白色的小汽车正等待着加入车流中。

这阵恐慌感和停在街角的那辆小汽车有关。

她既觉得冷，又觉得热，仿佛得了流感。天哪，难道她又要呕吐？到时候会把中午吃下去的蛋挞吐得满地都是。孩子们可以用他们的水枪把呕吐物清理干净。她听到一声汽车喇叭响。"爱丽丝？"

爱丽丝睁开眼睛。

一辆小汽车正停在马路对面，一名男子探出车窗。他打开车门，快步穿过马路，向她走来。

"出什么事了？"

他站在爱丽丝面前，把阳光给挡住了。爱丽丝没有说话，眯缝着眼睛，上下打量着。她看不见他的面部特征。他看起来特别高。

他弯下腰，拉着爱丽丝的胳膊。

"你晕倒了吗？"

她现在能看见他的脸了。这是一张普通中年人的脸，和蔼，瘦削。他看起来就像那种可以和你闲聊天气的卖报纸大叔，友好而不招摇。

"加油。站起来，"他说着，就抓住爱丽丝的手肘，把她扶了起来，这样爱丽丝就能直着站住脚了，"我们把你送回去。"

他领着爱丽丝来到马路对面那辆小汽车前，让她坐在副驾驶座上。爱丽丝不知道该说什么，所以她什么话也没说。后座传来了一个声音："你摔伤了？"

爱丽丝回过头，看见一个小男孩，男孩清澈的褐色眼睛正焦急地盯着她。

她说："我没事。我只是有点不舒服。"

男子回到车里，发动引擎。"我们正在去你家的路上，贾斯伯看到你了。你是准备去跑步的？"

"是的。"爱丽丝说。车子在劳森街和国王街的转角处停泊了片刻。这一次，她什么都没感觉到。

"我早上在IGA超市看见尼尔·莫里斯了，"男子说，"他说，他昨天看见你躺在担架上，被人抬出了健身房！我好几次给你留言，但是我没有……"

他的话音越来越小，最后听不见了。

"我上舞步课的时候摔倒了，撞到了头。"爱丽丝说，"我今天没事了，但是我原本不该跑步的。我真傻。"

后座上那个叫贾斯伯的小男孩咯咯地笑了。"你不傻！有时候我爸爸才傻呢。就说今天吧，他有三样东西忘了拿，害得我们不得不总是折返回去。第一样东西是钱包，第二样东西是手机，第三样东西——呃，对了，第三样东西——老爸，你忘了拿的第三样东西是什么？"

汽车开进了爱丽丝家的车道。他们停下车，小男孩也不再纠结于第三样东西是什么了，他推开车门，跑向门廊。

男人拉上手刹，转头看着爱丽丝，目光里满是温柔的关切。他把手搭在爱丽丝的肩上。"我想，你最好先休息放松一下，我和贾斯伯来搞定那些气球。"

气球。应该是为派对准备的吧。

"我觉得有点怪。"爱丽丝开口了。

男人微笑着。他的微笑很可爱。他说："你指的是什么？"

爱丽丝说："我完全不知道你是谁。"

（不过，老实说，他微笑的样子已经透露出了一些信息，他的手搭在她肩上的感觉也让爱丽丝大概知道他是谁了。）

男人的手像皮筋一样，从她的肩膀上弹开了。

"爱丽丝！"他说，"是我，多米尼克。"

老奶奶的老心思！

简单说两句。因为有好多人一直发邮件询问爱丽丝的病情。我很难过地说，爱丽丝现在肯定不是她自己！她对自己的朋友吉娜没有一点印象（关于那些可怕的往事，我专门发过一篇博文，文章在这里）。她的情况有点吓人。

吉娜在爱丽丝的生活中扮演过那么重要的角色，两个人相处的时间又那么长。（爱丽丝确实有轻微的英雄崇拜倾向。）我记得吉娜有一年在孩子的生日派对上评价爱丽丝的衣着。差不多是这样说的："你穿那件短上衣和这条裙子配在一起更好看。"她属于那种对所有事情都有明确意见的人。结果爱丽丝直接回到楼上，把身上的衬衫换掉了。虽然是件小事，但是我记得尼克似乎对此很不高兴。

评论

时尚俏夕阳：

我曾经也有一位霸道的朋友。我老公也不喜欢她！我真心希望爱丽丝能找一位好医生看看。

来自达拉斯的多丽丝：

我确信爱丽丝很快就会好起来的。有没有关于 X 先生的新动态？

伊丽莎白给霍奇斯医生的家庭作业

我与不孕的朋友吃完午饭回家时，发生了一件有趣的事情。呵呵，其实也不算是有趣，就是愚蠢而搞笑，带有讽刺意味。

午饭后，我在开车回家的路上一直在想"放弃"。这个念头在我的脑海里越变越大。突然间，这对我似乎是个明显的提示。我不能再经历一次流产了。我不能。我受够了。我不知道我受够了，但事实证明，我确实受够了。

我们以前总是订立截止日期。不能超过我四十岁生日。不能超过圣诞节。但是每次我们都想，好吧，但是我们还能做什么？我们出去旅游过，我们参加过许多聚会，看过许多场电影，听过许多场音乐会，我们也曾经睡过头。带小孩的人特别想做的事情，我们都做过了。而我们不想再做那些事情了，就想要一个宝宝。

还记得以前，每次想到妈妈为了救孩子，会不惜冲进熊熊烈火中的大楼，我就觉得，我应该再坚持久一点，为了给我的宝宝赋予生命，而再忍受一段时间的痛苦和不便。但是现在，我意识到，我是个疯婆子，我想冲进火场救孩子，可是我的孩子根本就不存在。我的孩子永远不会存在。他们总是在我的脑海里出现。这就是整件事情最令我难堪的地方。每次我为失去的宝宝哭泣时，感觉就像是在悼念一段原本就不存在的恋情。我的宝宝不是真正意义上的宝宝。他们只不过是显微镜下一群细胞，那么小，都还没有成型，而且他们永远也不会变成别的东西。他们仅仅是我自己因绝望而产生的希望罢了。梦想中的宝宝。

人不得不放弃梦想。拥有远大抱负的芭蕾舞演员不得不接受他们的身体并不适合跳芭蕾的现实，甚至没有人为他们感到难过。那么好吧，这些演员只能考虑寻找别的工作。我的身体不适合生孩子，运气太差。

在人行横道上，我看到一个怀孕的女人，一个推着婴儿车的女人，还有一个拉着孩子小手的女人。霍奇斯医生，其实我什么感觉都没有。什么都没有！这可是件大事，一个不孕症患者，看到怀孕的女人，什么感觉都没有。没有心如刀绞的苦涩。没有扭曲脸孔的丑陋嫉妒。

这就是我想说的那件搞笑的事情。

我回到家里。这一次，本并没有在车库里摆弄他的汽车。他坐在厨房的桌边。桌上摊开了许多文件，我注意到他的眼睛有点红肿。

他说："我一直在想一件事情。"

我告诉他我也是，不过他可以先说。

他说，他一直在想爱丽丝上周说过的话，他现在认定爱丽丝的话是百分之百正确的。

噢，爱丽丝。

爱丽丝坐在沙发上，看着多米尼克，他正在用氦气罐给蓝色和银色的气球充气。他和贾斯伯终于因为吸入氦气变得怪怪的，说话的声音活像金花鼠。多米尼克吱吱地唱着"飞越彩虹"，贾斯伯笑得不行，爱丽丝都有点担心他会笑得闭过气去。

现在他在后院里，用一台遥控装置很专业地操控一架直升机模型。

"他真可爱。"爱丽丝说着，看了看正在玩耍的贾斯伯。她已经了解到，贾斯伯和奥丽薇亚在一个班。奥丽薇亚是她的女儿，就是照片里那个梳着金色浓密的猪尾辫的女孩。

"他没有变成疯狂小怪兽的时候，还是挺可爱的。"多米尼克说。

爱丽丝笑了。可能笑得太过头了点。她并不能抓住这个亲子幽默的笑点。说不定他真的是个疯狂小怪兽呢？那可就不好玩了。

"那个，"她说："我俩，呃，约会多久了？"

多米尼克快速地扫了她一眼，然后又避开她的视线。他系上气球，望着它飘到天花板上。

他没有看爱丽丝，说："差不多一个月。"

爱丽丝已经告诉多米尼克，医生说她的失忆只是暂时的。他看起来吓坏了，与她说话又温柔又小心，好像她有轻度智障似的。当然，这也有可能就是他平常与她说话的方式。

"还有，我们，啊，相处得好吗？"爱丽丝大胆地问。感觉怪怪的。她亲吻过他？和他上过床？他个头很高，也不是不帅，就是太陌生了。想到这里，爱丽丝既反感，又有点被挑逗起来的感觉。这让她想起了少年时代那些让人咯咯直笑的对话。噢，天哪，想象一下和他做爱的样子。

"好。"多米尼克说。他正忙着用嘴巴做某种有趣而紧张的事情。他是那种笨拙的极客类型。

他又捡起一个气球，把它挂在氦气罐的喷口处。他正视着爱丽丝的脸，表情认真到近乎严肃。"那个，我觉得挺好的。"事实上，他并非没有魅力。

"噢。"爱丽丝慌了神,感觉自己暴露了,"呃,那就好。"

她渴望尼克现在坐在她身边,将温暖的手放在她的腿上。认领她。这样她就可以用合适而安全的方式与这个好男人谈话,甚至调情。

"你好像变了。"多米尼克说。

"哪方面变了?"

"我不知道怎么解释。"

他没再说别的。很明显,他不是尼克那样健谈的人。她也不知道自己看上他什么了。她真的有那么喜欢他吗?他看起来有点闷。

"你是做什么工作的?"她问。标准的约会问题。这样就能大概了解他的性格类型,虽然这样判断不太公平。

"我是一个会计师。"他说。

厉害。"噢,挺好。"

他笑了。"我只是想测试一下你是不是真的失忆了。我是一个杂货商。卖水果蔬菜的。"

"真的?"她想到了免费芒果和菠萝。

"当然不是啦!"

噢,天哪,这个男人真讨厌。

"我是学校校长。"

"怎么会。"

"我现在没开玩笑,我是学校校长。"

"什么学校?"

"你孩子的学校啊。我们就是那样认识的。"

校长。直达校长室!

"那你今晚会来?参加这次的派对?"

"是啊。我差不多有双重身份，因为贾斯伯在这所幼儿园，而这个聚会又是为幼儿园孩子的家长们举办的。所以我得来……"

他有说话说一半的习惯。越说到后面，声音会变得越来越小，仿佛他认为句子的结尾再明显不过了，所以没必要大声把它说出来。

"我为什么要办这个活动呢？"爱丽丝问。它似乎很不寻常。她为什么会想去做这种事情呢？

多米尼克眉毛一扬。"呃，因为你和你的朋友凯特·哈珀是班级代表妈妈。"

"类似于优秀妈妈的意思？"

他不置可否地笑了。"班级代表妈妈为班上所有学生的妈妈安排社交活动，与老师沟通，组织阅读花名册，还有类似的事情……"

噢，天哪。听起来好可怕。难道她成了那种积极参与公共事务的人？她可能真的很骄傲自大，她知道自己总是有沾沾自喜的倾向。她可以想象自己穿着漂亮衣服四处显摆的样子。

"你为学校做了很多事情，"多米尼克说，"我们很庆幸有你这样优秀的家长。说到这个，大日子就要到了。哇哦！我希望你到时候可以准备好迎接它！"

那天在健身房，跑步机上的那个男人也提到了"大日子"。"我不明白你的意思。"爱丽丝有种不祥的预感。

"你要带领我们创造吉尼斯世界纪录。"

她笑了，为他的下一个笑话做好了心理准备。

"别笑，我说真的呢。你一点也记不起来了？你要在母亲节烤制世界上最大的柠檬蛋白派。这是大事。这次活动募集到的资金有一半会捐给学校，另一半会捐给乳腺癌研究中心。"

爱丽丝想起自己曾经梦见过那个巨型擀面杖。

"那么大一个柠檬蛋白派？"她慌了神，"就我来烤？"

"不是，不是。有一百位妈妈和你一起烤。"多米尼克说，"到时候会非常精彩的。"他又在给气球的气孔打结。爱丽丝抬起头，看着天花板，发现上面已经布满了蓝色和银色的气球。

今晚她要举办一个派对，下个星期她要打破世界纪录。天哪，她变成什么样的人了？

她回过头来，发现多米尼克正盯着她。

"我搞明白了，"他说，"我知道你哪里变了。"

他在爱丽丝身边坐下。坐得太近了。爱丽丝试着悄悄地挪开一点，但是由于她坐在咯吱作响的皮革沙发上，想不弄出声响，实在是太难了。所以，她像女学生一样被动地坐在那里，双手放在膝盖上，当然，多米尼克的儿子就在几米开外，他也不会做什么出格的事情。

他坐得那么近，爱丽丝都能看见他腮上的细小黑色胡须，还能闻到牙膏和洗衣粉的味道。（尼克身上一般有咖啡味、须后水味和昨晚残留下来的大蒜味。）

靠近一看，多米尼克的眼睛和他儿子一样，都是巧克力似的褐色。（尼克的眼睛要么是淡褐色，要么是绿色，这得看光线情况，他的虹膜边是金色的，睫毛颜色很淡，在阳光底下看起来就是白色的。）

多米尼克靠近了一些。噢，天哪，学校校长要亲吻她了，扇他耳光是不行的，因为之前她可能已经吻过他了。

不。他将拇指按在她的眉心。这是在干吗？是中年人的某种怪礼仪吗？她也要回礼吗？

"你的眉间纹不见了。"他说，"以前，你这里总是有一点眉间纹，感觉你像是在注意，或者操心着什么事情，就连你高兴的时候也有。现在，它……"

他拿开了大拇指。爱丽丝松了一口气。她说："我不知道男人应不应该告诉女人她有永久的眉间纹。"这句话说出来，听着像是在调情。

"不管有没有眉间纹，你都是那么漂亮。"他说着，就用自己的手抚摸着爱丽丝的头，然后吻了她。

感觉并不坏。

"我看见啦！"

贾斯伯站在他们面前，拎着直升机螺旋桨，直升机晃悠着。他的眼睛睁得老大，看起来很高兴。

爱丽丝用手指捂住嘴巴，她刚亲了另一个男人。她刚才不仅让多米尼克吻了她，而且她还回吻了。其实只是出于感兴趣罢了，更确切地说是礼貌。（也许有那么一丁点的吸引。）罪恶之花在她的身体里像烧心痛一样开放着。

贾斯伯哈哈大笑。"我要告诉奥丽薇亚，我爸爸亲了她妈妈！"他原地跳起了舞，往空中挥着拳头，小脸蛋扭曲着，流露出狂喜和恶心的表情。"我爸爸亲了她妈妈！我爸爸亲了她妈妈！"

天哪。爱丽丝自己的孩子会是这样吗？有点……精神错乱？

多米尼克轻轻地、尊重地碰了一下爱丽丝的胳膊，站了起来。他抓起贾斯伯的脚踝，把他头朝下拎着。贾斯伯尖叫着大声狂笑，手里的直升机都落在地上了。

爱丽丝望着他们，心中有种奇怪的疏离感。她刚才真的亲吻了那个男人？那个害羞的校长？那个快乐的爸爸？

也许她是因为头部受创才会做出这种事情。是的，她有病。她不是她自己。

然后，爱丽丝想到，她不必为此感到内疚，因为尼克和那个叫吉娜的女人有婚外情。对的。现在他们俩算是扯平了。

贾斯伯注意到他的直升机摔坏了一部分。他大声叫喊着，身体扭来扭去，仿佛遭受了巨大的痛苦。多米尼克说："什么？出什么事了，小伙计？"然后把他翻过来，放在地上。

爱丽丝的头又痛了。

伊丽莎白什么时候回来呢？她需要伊丽莎白。

伊丽莎白给霍奇斯医生的家庭作业

在开车回爱丽丝家的路上，我想起了吉娜。我现在经常想起她。她身上有种神秘的光环。我曾一度觉得她挺烦人的。

我不确定自己为什么从一开始就那么讨厌她。也许仅仅因为她、迈克尔、爱丽丝和尼克显然组成了一个快乐的四人组。他们过去总是经常自由进出各家的房子。连门都不用敲。他们分享很多私密的笑话，互相喂养彼此的孩子。吉娜会穿着泳装，直接从她家走过来——不穿T恤衫，胳肢窝下面也不夹块毛巾，就这么大大咧咧地跑来跑去。她的皮肤呈摩卡色，身体柔软、圆润。一对漂亮撩人的乳房能让男人们盯得目不转睛。我想我记得个故事，一个夏天的晚上，他们几个都喝醉了，在游泳池里裸泳，很有七十年代性解放时代的遗风。

她和爱丽丝都是那种开朗、爱笑的人，就像是纵情喷洒的香槟。我就像是由一块硬纸板切割出来的，僵硬而没有生气，我强颜欢笑。

很快，吉娜就变得比我还了解我的妹妹。

吉娜的孩子也是试管婴儿。她问了很多通常只有专业人士才感兴趣的问题。她会同情地揉着我的手，（摸起来非常有感觉，软软的，每次你见到她时，她都会在你的脸颊上留下甜甜的吻；有一次，我听罗杰对她说："噢，我就是喜欢你们这些欧洲女人见面时行吻礼的方式！"）她告诉我，她完全明白我的感受。她可能确实明白，可是这些事情对她来说已经是过去时了。我能感觉到，她的回忆是玫瑰色的，因为结局皆大欢喜。你可能会觉得我会受到她的鼓舞——她就是个成功的例子。她穿越了不孕的雷场，安全到达了对岸。但是我发现，她总是一副居高临下的姿态。一旦人可以安全地观看其他人在雷场里被炸飞的样子，他们就会很轻易地认为雷区其实没有表面上那么危险。我觉得我不能对爱丽丝抱怨，因为吉娜可能已经和她说过悄悄话了。她借着成功的经历，会说做试管婴儿没有那么糟糕，我只不过是在喋喋不休地抱怨，大惊小怪罢了。

有一天晚上，我给爱丽丝打电话，告诉她我又失去了一个孩子。

那次怀孕，我孕吐非常厉害，每次刷牙的时候都会反胃。看电影的时候，因为旁边一个女人身上的香水（鸦片香水①）味，加上她手里的爆米花味，我干呕不止，被迫跑出了电影院。我当时确信，这是个好兆头，这个孩子将是位幸运儿。呵呵，结果它照样什么都不是。

当我给爱丽丝打电话时，她笑着接了电话。吉娜好像也在，我能从电话里听到，她在那边大声说话，说着什么菠萝之类的。她们在为学校的活动准备创意鸡尾酒。当然，我告诉她消息后，她就不笑了，

---

① 鸦片香水 (Opium) 由法国伊夫·圣·罗兰 (Yves Saint Laurent) 公司于1977年推出。

声音也变得悲伤，但是她也不能一下子打消全部的笑意。我感觉自己就像个无聊的姐姐，又一次无聊的流产，用我那稍微有点恶心的妇产科坏消息，把爱丽丝的美好时光全给毁了。爱丽丝肯定示意过吉娜了，因为吉娜的笑声也停住了，就好像某个开关被关掉了一样。

我告诉她不用担心，我们可以过段时间再谈，于是就匆匆挂掉了电话。然后，我猛地把电话扔到房间另一头，砸坏了一只漂亮的花瓶。那花瓶是我二十岁时从意大利买回来的。我躺在沙发上，头埋在一只靠枕里大声哭号。我现在想起那只花瓶就心疼。

爱丽丝第二天没有给我打电话。第三天的时候，麦迪逊的锁骨断了。所以我们光顾着在医院里担心麦迪逊的伤势，我自己的流产就在吉娜做的鸡尾酒和麦迪逊的事故间被遗忘了。爱丽丝甚至从未提起过这件事。我怀疑她是不是都把它给忘了。

我想，爱丽丝和我就是从那时起开始生分的。

是的，我知道。我斤斤计较，孩子气，但是问题都是这么来的。

第 *17* 章

老奶奶的老心思!

昨天，我的女儿巴尔布问我，母亲节我有没有什么特别需要的东西。你们知道我最先想到的是什么吗?

一个**去世袋**。这是一个特殊的袋子，人可以套在头上睡觉，然后在梦中因为缺氧而平静地逝去。如果换一个东西的话，我想要**安乐死药丸**。这药丸是自杀用的，也不会痛苦。但不幸的是，巴尔布估计得去墨西哥才能搞到这种东西，而且在她看来，开车去悉尼的帕拉马塔就已经够麻烦的了。

嗯，我可以想象，你们现在估计都在电脑显示屏前炸开锅了吧。别担心，我告诉她，我想要一条漂亮的新手巾，还有几块香皂。

我没病。就我现在的感觉而言，我非常健康。不过今年八月份，我就七十五岁了。我亲爱的妈妈就是在这个年纪因为癌症去世的，我一想到经历那样的痛苦死法就吓得不行。不是说有多么疼痛，而是自己完全不能掌控。故作同情的护士会说："今天怎么样啊？"我自己甚至不能选择何时吃饭、何时睡觉或是何时洗澡。天哪，我都发抖了！如果能在我的床头柜抽屉里藏上去世袋或是安乐死药丸，我的精神都能轻松许多，我也就不必成天琢磨这些事情了。这真的是件特别的礼物。

同时，又有八个人退出了我组织的安乐死探索之旅。X先生之前说要组织大家串酒吧，现在看来，那都是胡说八道。事实上，他组织了一次精彩壮观的港口旅行。每个人都为这次旅行激动不已，他们似乎都忘记了我去年圣诞节的时候也组织过一次同样的港口旅行。你们会以为是X先生发明了港口旅行呢。

面对这一切，我必须承认自己的心情有点低落。

说些好点的消息吧，我那漂亮的曾孙女<u>奥丽薇亚</u>要在家庭才艺晚会上表演啦！我会试着记得放些照片到网上的。芭芭拉和她老公罗杰也要表演一段萨尔萨舞。他们问我，养老村的居民们会不会对学习萨尔萨舞感兴趣。那可正对了X先生的胃口了，不是吗？越放荡越好。

评论

贝丽尔：

噢，弗兰妮，我读你的帖子时差点被三明治给噎死！亲爱的弗兰妮，你不觉得你对这事有点太过计较了吗？我有点担心你。

AB74：

这太简单了。找把枪。又快又高效，往脑袋上来颗子弹。砰！你现在还是忘了这事吧，去和别人一起参加港口旅行多好！（如果你想找人帮你弄一把又便宜又可靠的枪，那就给我单独发电邮吧。）

来自达拉斯的多丽丝：

你还没有提到你有没有邀请X先生一起喝一杯的事呢。

附言：还有，你也没告诉我们你为什么会对爱情死心。

再附言：请你千万别给AB74发邮件！听起来他像是黑手党的人！

运动妈妈：

我是这个博客的老读者了，不过从这个博客初创到现在，我从未评论过。但是我今天实在是受不了了，上一篇博文既不负责，也不道德。我都要看吐了。我以后不会再来了。

布里斯班小子：

！！！！！！！！！！

弗兰克·尼尔里：

杰弗里老师，听到有某个白痴让你难过了，我真为你感到遗憾！但是，想爱的话，任何时候都不晚哦！如果能约你出来的话，我会非常高兴的。要不要跳舞？看电影？你喜欢什么呢？

时尚俏夕阳：

也许，爱丽丝忘掉吉娜的事情是神的旨意，只不过它利用爱丽丝的头部受伤，掩盖了自己的高超手法。

"尼克！"

爱丽丝坐得笔直，心脏在狂跳，呼吸又浅又快。她用手在床上摸索，想找到尼克，把他喊起来，告诉他噩梦的事情，虽然噩梦的细节已经流逝了许多，现在说出来会显得很蠢。和什么有关？好像是……一棵树？

一棵大树。黑色的枝条，背景是暴风雨的天空。

"尼克？"

通常，爱丽丝做噩梦的时候，尼克会马上醒来，他的声音会因为睡眠变得粗一些，但这反而会让她安心。"没事的，不过是场梦而已，一场噩梦罢了。"她此时总是会想，"他一定会是一个很好的爸爸。"

她拍了拍床单。尼克肯定下床拿水去了。或者他还没有上床？

尼克不在这里，爱丽丝。他现在住在别处。他明天早上会从葡萄牙飞回来，你不会去见他的。也许吉娜会去机场接他。噢，你今天还亲吻了一个学校校长。记得吗？记得吗？拜托！你就不能想起自己的生活吗？你这个笨蛋！

爱丽丝啪的一声拧亮了床头灯，掀起被子下了床。她现在已经不可能再继续睡觉了。

对。

她的手往下摸着自己的睡袍。这件睡袍用光亮的牡蛎色丝绸制成，没有袖子，应该要花不少钱。她竟然不记得买过这种衣服，实在太蠢了。她受够了。她想回忆起所有的事情，现在就要。

她走进浴室，找到了一瓶她在医院用过的香水。她喷出大团香水，然后深吸了一口气。她想直接跑过去，跳进那记忆的漩涡。

香水攻入了她的鼻孔，爱丽丝有点恶心。她等着过去十年的图景充满自己的脑海，但是，她只能看到今晚派对上那些陌生的笑脸，多米尼克清澈的褐色眼睛，她的母亲对罗杰娇羞的笑容，还有伊丽莎白嘴边那些让人失望的皱纹。所有这些最近的记忆都太新鲜，也令人困惑。这就是问题。已经没有空间留给过去的那些记忆了。

她坐在冰冷的浴室地砖上，紧紧抱住自己的双膝。今晚这些人，快乐地涌入她的家中，自顾自地喝着香槟，从围着白围裙的宴席备办者（这些宴席备办者五点钟就出现了，占领了厨房，效率还挺高）手里拿过鱼子小面包大吃特吃，在她家后院三三两两地站在一起，高高的鞋跟陷到草地里。"爱丽丝！"他们说得那么亲热，亲吻着她的双颊。（2008 年，亲双颊的吻礼可真多。）"你现在怎么样了？"比起 1998 年，现在流行的发型更柔顺，也更平直。很搞笑，这让所有人的脑袋都显得小了一圈。

人们谈论着石油价格（这么无聊的话题能聊出什么名堂）、房产价格、开发应用还有些政治丑闻。他们谈论着各自的孩子——艾米丽、哈利、伊莎贝尔——好像爱丽丝与这些孩子也很亲近似的。有些关于学校郊游的笑话总是能引得大家哄堂大笑，爱丽丝明显也参加过那次郊游，而且事情确实向搞笑的方向走偏了。还有些严肃的、声音也刻意压低的谈话，讲了一些大家都痛恨的学校老师。他们和爱丽丝说了爵士乐芭蕾舞课、萨克斯管课、游泳课、校园乐队、学校游园会、零食店、"天才少年"拓展班。都没什么意思。谈话里太多细节，太多名字、日期、次数还有缩写词——什么 PE 课、WE 老师。有个女人经过她身旁时，爱丽丝两次从不同的人嘴里听到了"肉毒杆菌"这个罕见的词。爱丽丝不确定这到底是鄙视的侮辱还是羡慕的赞美。

多米尼克一直在爱丽丝附近，他向人们解释，她出过事故以后，还没恢复到以前的状态，她应该卧床休息的。"这就是爱丽丝，迎难而上！"他们说。（这是我？好奇怪。通常，她喜欢找个借口躲到床上去。）似乎她一个人都不认识也没什么大不了的。点头和微笑似乎足以让交谈自然展开，爱丽丝还不停地要为自家后院的事情分神。角落那块现在是菜园了？以前那里有架滑梯和一个秋千，晚风一吹就吱呀吱呀地响——小葡萄干顺着滑梯滑下来的时候，有没有落到她的怀里呢？

爱丽丝用指尖摸索着瓷砖缝里的灰泥。（她和尼克为了做这个工程，还专门参加了一个铺瓷砖的课程——在他们那份"不可能完成的梦想"清单上，它是第四十六项。）她不记得自己铺瓷砖的事情了。可能她失去了成千上万件事情的记忆。

尼克和吉娜现在躺在一张床上吗？

吉娜的名字也出现在了派对上，挺尴尬的。爱丽丝一直在说话——或者更精确地说，是在听话。跟她说话的是一个是戴着超大号钻石耳环的女人，还有一个总是想再拿一份萨摩萨炸三角饺①的男人，他的眼睛像老鹰似的，紧紧盯着备办宴席者手中的菜盘。他们谈论的话题是孩子们的家庭作业，以及它们给家长带来了多少压力。

"都凌晨三点了，我还在忙着把扁木棍搭在一起，给艾琳做早期殖民者住的房屋模型，我跟你们讲，我当时都要疯掉了。"戴耳环的

---

① Samosa 即印度三角炸饺，又名萨摩萨三角饺，在巴基斯坦、印尼、缅甸、以色列等多地亦甚受欢迎。传统馅料以素菜为主。

女人打了个响指，她的钻石闪闪发光。

"我可以想象。"爱丽丝咕哝着，尽管她想不到会是这样。为什么那个叫艾琳的孩子不自己做作业呢？或者说，为什么她们俩不一起完成作业呢？爱丽丝想象着自己和甜美的女儿一起，一边配合着用胶水将扁木棍连接起来，一边喝着热巧克力，快乐地笑着。还有，爱丽丝最擅长做的，就是这种小玩意了。她孩子的早期殖民者房屋模型一定是班上最好的。

"呃，他们必须学会遵守纪律，不是吗？难道那不是家庭作业的目的吗？"男人说，"嗨！打搅一下！你那里有萨摩萨三角饺吗？哦，烤串啊。不管怎么说，现在你想搜索什么东西，都能用谷歌找到。"

他刚刚说了"骨骼"？爱丽丝的头痛了。

"你不能把谷歌来的模型变成现实！不管怎么说，我敢打赌，你没有帮助孩子们做过家庭作业，对不对？"女人给爱丽丝传递了一个女人特有的"这帮男人啊"的眼神，爱丽丝也试着回了一个同样的眼神。（她确定尼克会帮忙的。）"劳拉肯定在你下班回家之前就把作业做完了。我记得吉娜·博伊尔有一次说过，她觉得家庭作业应该——"

女人话刚说了一半就打住了，她很尴尬，夸张地避开爱丽丝。"噢，真抱歉，爱丽丝。我这个人说话太不小心了。"

男人给了爱丽丝一个兄长般的简短拥抱。"能熬过来真的不容易。喔！快看！我去给你拿点饺子过来。"

爱丽丝很震惊。人人都知道尼克背着她和吉娜乱搞了？这事情已经在这个陌生的小圈子里成了尽人皆知的消息了？

多米尼克不知道从哪里冒出来了，没费什么事就让爱丽丝从谈话里脱身。她开始有点依赖他了。她甚至发现自己在人群里四处寻找多米尼克，她模糊地想着，多米尼克在哪里呢？与此同时，她想象着把这件事情告诉尼克："喏，这个人就像是我的男朋友一样，陪了我一整晚。你怎么看？"

伊丽莎白和她的老公本也来参加聚会了，因为爱丽丝已经告诉她，如果她不来的话，自己会惊悸而死的。本比爱丽丝记忆里的形象更庞大。他看起来像是从童话小人书里跑出来的伐木工。在一群脸面白净、衣着整齐、肩部健美的男人中，本的形象格外引人注目。他似乎很喜欢爱丽丝。他说他"已经仔细考虑过我们前几天说过的那件事"，然后他说："噢，不过你可能都不记得了。"然后轻轻地拍了自己的脑袋一下。伊丽莎白一直抿着嘴，看着别处。"我们讨论了些什么？"爱丽丝问。"现在不说这个。"伊丽莎白简练地说。

伊丽莎白和本不怎么四处溜达。他们和多米尼克聊了很久，似乎他们以前就认识。看着伊丽莎白端着饮料黏在本身边，爱丽丝觉得很奇怪。她过去参加聚会的时候，总是自顾自地和别人攀谈，仿佛和每个人都说上话是她的义务。

其实，有意思的是，她觉得，就算没有伊丽莎白、多米尼克，乃至尼克前来帮忙，她也可以搞定这次派对。尽管和所有这些陌生人见面显得那么离奇，像是在做梦一样。他们知道她的名字和她健康方面的私密细节（一个女人还试图把她拉到角落里，继续她们几个星期之前的谈话，内容似乎与爱丽丝的骨盆底有关），她还没有体会到她通常会感觉到的那种聚会恐惧。她似乎本能地知道怎么站，怎么使用肢体语言，怎么使用面部表情。她可以感觉到自己既亲切又有活力，她告诉人们她在健身房里如何摔倒，而且认为自己年轻了十岁，正怀着她的第一胎。她吐字流畅，与谈话圈里的每一个人都保持眼神交流。她在讲述一件奇闻趣事。看起来她已经变得非常正常了，很有成就，现在她就快四十岁了。

也许这是因为她看起来很漂亮，所以她感到非常自信。她从衣柜里挑了一条蓝色的裙子，领口和裙摆都绣着精细的花纹。"喔，你总是穿着最出彩的衣服，亲爱的爱丽丝。"凯特·哈珀说。凯特酒喝得越多，她那圆润的元音发音就会变得越圆润，所以到了午夜时分，她的口音听起来就像是女皇。爱丽丝受不了她了。

派对在凌晨一点左右结束了。多米尼克是最后离开的那批人之一。他像个老朋友一样地亲吻了爱丽丝的脸颊，说明天会给她打电话。似乎他晚上留下来过夜也没什么问题，所以也许他们的关系还没有发展到那一步。他是个非常好的男人，爱丽丝会很乐意当红娘，为他和自己朋友牵线搭桥，但是一想到自己在他面前宽衣解带，爱丽丝就想笑。

他也可能就是单纯地慎重起见，因为伊丽莎白和本晚上也留在这里过夜。所以也有可能他们已经有着相当活跃的性生活了。

爱丽丝打了个冷战。

还有不到二十四个小时，她就要看到尼克和孩子们了，最终一切都会回到正轨。

浴室的地板变得冰凉。她站起来，在镜子里检查着自己那张疲惫瘦削的脸。爱丽丝·洛夫，你变成谁了啊？

她回到卧室，想试着入睡，但是她知道，这根本不可能。热牛奶应该能帮上忙。当然，它其实没什么大用。热牛奶从来没有治好过她的失眠症，但是每每遇到这种情况，喝热牛奶已经成了一种习惯，也好让自己感觉到，自己确实按照杂志上常常推荐的治疗失眠症的方法做了一些事情。这样能舒缓情绪，帮助她打发时间。

爱丽丝蹑手蹑脚地沿着过道向前走，通往空卧室的门关着。她为自己能发现一间空屋子感到高兴和惊讶，房间里放着一张双人床，抽屉柜还有备用的毛巾。"我是在期待有人留宿吗？"她曾经这样问伊丽莎白。"你一直是这样归整房间的，"伊丽莎白当时回答，"爱丽丝，你是个爱收拾的人。"

伊丽莎白当时的声音里又带上了那种生硬感。爱丽丝不知道那意味着什么。她现在对伊丽莎白渐渐有点恼火了。

沿着铺了地毯的过道往下走，爱丽丝差点踏空了台阶，还好她抓住了楼梯栏杆。也许，如果她再把脑袋摔上一次，事情会简单许多。搞不好她的记忆也就都回来了。

她抓住栏杆走下楼梯，刚下楼就看到厨房里有灯亮着。

"你好。"她说。

"噢，你好。"

伊丽莎白站在微波炉边上。

"热牛奶，"她说，"来一点？"

"好的，谢谢。"

"其实这东西从来都没能治好我的失眠症。"

"我也一样。"

爱丽丝靠着柜台，看着伊丽莎白把牛奶倒入了第二只杯子里。她穿了一件硕大的男版 T 恤衫，那应该是本的衣服。这让爱丽丝觉得自己穿着长绸布睡袍太花哨了。

"你现在感觉如何？"伊丽莎白问道，"你那个……记忆怎么样了？"

"还是老样子，"爱丽丝说，"无论孩子还是离婚，我还是什么都不记得。不过我已经明白，离婚这件事情和吉娜有关。"

伊丽莎白惊讶地望着她。"你这话什么意思？"

"没事的，你不用保护我，"爱丽丝说，"我已经知道了尼克和吉娜有婚外情。"

"尼克和吉娜有婚外情？"

"啊，难道他没有？似乎人人都知道这事吧。"

"我从来没听过。"伊丽莎白看起来真的很震惊。

爱丽丝冷冷地说道："估计尼克现在就和吉娜躺在一张床上呢。"

微波炉的铃声响了，但伊丽莎白就像没听到一样。

她说："我真的很怀疑，爱丽丝。"

"为什么？"

"因为她已经死了。"

第 *18* 章

"噢。"爱丽丝说。

她顿了一下。"该不会是我杀了她吧？因为嫉妒而一时冲动？那我猜，我应该蹲大牢了吧？但是说不定没有人发现是我杀的！"

伊丽莎白哈哈大笑，那笑声能把周围的人给吓一跳。"你没有杀她。"她皱起了眉头，"你是说，你记得尼克和吉娜有婚外情？"

"没有，也不是记得。"爱丽丝承认。她是推测出来的，要不然为什么每次提起吉娜的名字，大家都表现出很同情的样子。现在看来，原来真正的原因是吉娜死了！根本没有什么婚外情！现在她感到自己已经完全解脱了，也充满了对尼克愧疚的爱。你当然没有背着我出轨，亲爱的，我也从来没有真心怀疑过你，一秒都不曾有过。

而且，既然没有婚外情，那么吉娜说不定是个很好的人。她死了真的挺可惜的。

伊丽莎白从微波炉中拿出盛牛奶的马克杯，端到咖啡桌上，揿亮了台灯。多尼米克吹大的氦气气球还飘在天花板上。窗台上放着两杯半满的香槟，旁边还有一把吃完烤鸡剩下的竹棍。

爱丽丝坐在真皮沙发上，跷着二郎腿，整理了一下睡袍，袍边盖过了她的膝盖。

"吉娜是怎么死的？"她问道。

"事故。"伊丽莎白把手指头伸进杯中，搅了搅牛奶。她避开了爱丽丝的目光。"车祸，大约是一年前的事。"

"我当时很难过吗？"

"她是你最好的朋友哇。我觉得你当时都崩溃了。"伊丽莎白喝了一大口牛奶，很快又把杯子放下，"哈！太烫了！"

崩溃。好夸张的词。爱丽丝啜了口牛奶，舌头也被烫着了。自己会因为这个陌生女人的死而"崩溃"，真是稀奇，但是很显然，失忆前的她倒是痛快地接受了离婚的事实。她从未有过"崩溃"的经验。爱丽丝从小一直很顺，没有遇到过特别糟糕的状况。爸爸在她只有六岁的时候就去世了，她大体上只记得困惑的感觉。

她妈妈有一次告诉她，爸爸去世以后，爱丽丝一连几个星期都穿着爸爸的一件套头衫，不肯脱下来，当弗兰妮最后把衣服脱下来时，爱丽丝又踢又叫。爱丽丝自己倒是一点都不记得了。她反倒记得在葬礼后的一次下午茶，她被妈妈的一位网球球友告发，说她把手指伸进了奶酪蛋糕里。但是这种事情伊丽莎白也做过，而且比她更严重，但是伊丽莎白却没有因此而遇到麻烦。爱丽丝已经忘记了伤痛，却记得奶酪蛋糕事件中的不公。

婚礼前的那个晚上，她发现自己在床上哭泣，原因是爸爸已经不在了，不能在婚礼上陪伴她走红毯了。爱丽丝对这突如其来的眼泪很是困惑，心想，这也许是自己对第二天紧张的缘故。她担心这些都是假眼泪，因为她认为自己应该能感受到这种情感，可事实上，她甚至想象不出有爸爸的生活会是什么样子。与此同时，她感到很高兴，因为也许这意味着她有一部分自我确实还记得爸爸，还在怀念他。她哭得更厉害了，想起了爸爸无论何时在浴室里刮胡子，都会往爱丽丝伸出的小手上挤一大团看起来很好吃、像奶油一样的泡沫，这样她就可以糊得满脸都是，也就没有那么可爱动人了。她真心希望第二天发型师能把她的刘海做好，因为她弄乱刘海的时候看起来就像一头树袋熊——事实就是这样，爱丽丝是个特别迷信的人，其实她担心自己的头发胜过担心去世的父亲。终于，她在情绪的泡沫里入睡了，而这些情绪她也不知道到底是因为她的父亲，还是因为她的头发。

现在，很明显，她为了一个叫吉娜的女人，而切实体会到了那种成年人才有的伤痛。

"你当时在场。"伊丽莎白安静地说。

"你说什么？我当时在哪里？"

"你看见吉娜出车祸了。你的车就在她的车后面。这件事对你影响很大。我甚至无法想象——"

"在劳森街和国王街的转角那里？"爱丽丝打断了伊丽莎白的话。

"是的。你记得？"

"不算记得。我想，我只是记得当时那种感觉。这种感觉已经出现过两次了。我看到那个街角，就感觉到恐惧，就像是在做噩梦一样。"

既然现在她明白了这些感觉的来由，它们还会再次出现吗？

她不知道她是否想要回忆起某人在她面前死亡的场景。

她俩喝着牛奶，沉寂了几秒钟。爱丽丝伸手抓过了悬荡着的气球绳子，拉了一下气球。她望着气球飘来飘去，想起了那一束束的粉色气球，猛烈地飘浮在狂风肆虐的空中。

　　"粉色的气球，"她对伊丽莎白说，"我记得粉色的气球，还有很强烈的悲痛感。这和吉娜有关系吗？"

　　"那是她的葬礼，"伊丽莎白说，"你和迈克尔——迈克尔是她老公——安排了在墓地放飞气球的活动。非常漂亮。也非常悲哀。"

　　爱丽丝试着想象自己与一个叫迈克尔的鳏夫说起气球时的样子。

　　迈克尔。她钱包里那张名片上就写着这个名字。迈克尔·博伊尔——来自墨尔本的理疗师，他肯定就是吉娜的老公。怪不得他在名片的背面提到了"快乐的时光"。

　　"尼克和我分开之前吉娜就死了？"爱丽丝问道。

　　"是的。我想是在六个月前。你今年很不顺。"

　　"听起来是这样。"

　　"我很抱歉。"伊丽莎白说。

　　"没关系。"爱丽丝愧疚地抬头看着伊丽莎白，担心自己看起来好像过于自怨自艾了，"我甚至不记得吉娜了。还有离婚。"

　　"嗯，你要去看看神经科医生。"伊丽莎白说，但她的语气并不确定，仿佛她并不愿意挑明这一点。

　　她们一时无言地坐在一起，只有鱼缸里时不时传来汩汩的声音。

　　"我应该去喂那些鱼吗？"爱丽丝问道。

　　"我不知道。"伊丽莎白说，"其实，我想那应该是汤姆的职责。我想除了他，别人都不允许去管那些鱼。"

　　汤姆。那个浅色头发的小男孩，通电话时还带点鼻音。她一想到会和他见面就感到恐惧。他负责养鱼，他有自己的责任，还有自己的观点。所有三个孩子都会有自己的观点。他们会对爱丽丝有自己的看法。他们甚至可能不那么喜欢她了。也许她过于严厉。又或许她让他们难堪，因为她去学校接他们放学的时候穿错了衣服。或许他们更喜欢尼克。也许他们会因为她把尼克赶走而迁怒于她。

她说："他们是什么样子？"

"你是说鱼？"

"不是，我是说孩子们。"

"噢——好吧，他们都很不错。"

"和我说些他们的事情吧。描述一下他们的性格。"

伊丽莎白张嘴刚想说话，又立刻打住了。"告诉你关于你自己孩子的事情，我觉得很蠢。你比我了解他们多了。"

"但是我连生过他们都不记得了。"

"我知道。这实在是令人难以相信。你看起来没变化啊。我怕你随时都可能恢复记忆，然后你就会说：'够了，别在那里跟我絮叨我孩子的事情了。'"

"至于吗？！"爱丽丝说。

"好了，好了。"伊丽莎白抬起手，"我试试吧。那个，麦迪逊，嗯，麦迪逊——"她打住话头，"妈妈做这个比我在行。她总是看孩子们。你应该问她。"

"但是，你这话是什么意思？你应该了解我的孩子吧？我觉得是这样，我觉得你应该比其他任何人都了解我的孩子。你给我的宝宝买过第一件礼物。小袜子。"

那一次，爱丽丝和尼克把所有的阳性验孕试纸摆在咖啡桌上之后，打电话通知的第一个人就是伊丽莎白。她当时是那么激动,她带着香槟前去拜访(只有尼克和我可以喝,你不行),还拿了一本《孕期完全指导》以及小袜子。

伊丽莎白说:"我买过吗?我不记得了。"她放下杯子,从身边的桌上拿起相框。"我过去倒是常常见到孩子们,那时候他们还小。我很宠他们。当然,我现在还是很宠他们。只不过,你现在太忙了。孩子们也有那么多活动,他们都要上游泳课,奥丽薇亚要学芭蕾和无板篮球,汤姆踢足球,麦迪逊玩曲棍球,还有生日派对!他们经常要去别人家参加生日派对。他们的社交生活真是活跃。我记得,在他们小的时候,我总是清楚地知道应该送他们什么生日礼物,他们会激动地撕下包装纸。现在,我必须给你打电话,你会告诉我去哪里,买什么东西。或者你直接自己买了,我把钱给你。然后你让孩子们给我寄张感谢卡。亲爱的丽碧大姨,非常感谢你给我买啥啥啥礼物。"

"感谢卡。"爱丽丝复述道。

"是的。我知道,我知道,这是为了教育他们学会养成良好的习惯之类,但是我有点痛恨那些感谢卡。我总是想象着孩子们的抱怨,觉得他们是被迫去写的。这让我觉得自己是个年老的阿姨。"

"噢,对不起。"

"不是这个原因!我不敢相信自己竟然在抱怨感谢卡的事。我已经变成一个尖酸刻薄的老妖婆了。你注意到了吗?"

"听起来我更像一些——"爱丽丝不知道该如何形容她现在已经变成了什么样子。不可理喻。

"不管怎么样吧,"伊丽莎白深情地说,"他们是你的孩子,麦迪逊还是那个麦迪逊。"。

麦迪逊还是那个麦迪逊。这句话中饱含着记忆。如果爱丽丝永远失去了这段记忆，那她如何承受得起。

"妈妈总是说：'这么可爱的小孩，我们是从哪里找来的？'"伊丽莎白说。

"嗯。"爱丽丝说。这样的描述对她真的没什么帮助。

"从她还是个小宝宝的时候开始，她的感情总是很炽烈。她对所有事情都很敏感。到了平安夜，她会兴奋得发狂，但是圣诞节一过，她就受不了了。你会发现她躲在墙角哭泣，因为她不得不再等上一年，才能迎来下一个圣诞节。还有什么？她经常出事。去年，她撞碎了玻璃门，不得不缝了 42 针。伤得非常重，流了好多血。很明显，汤姆打电话叫了救护车，奥丽薇亚晕血。我不知道五岁的孩子也会晕血，但是奥丽薇亚怕血倒是真的。嗯，确实是这样。我也不知道她现在还晕不晕血。她不是有段时间很想当护士吗，就是妈妈给她带了那套护士服的时候。"

爱丽丝只是呆呆地望着她。

"对不起。"伊丽莎白慌张地说，"我无法想象这种感觉对你来说有多诡异——我总是把这一点给忘了。"

爱丽丝说："多和我说些小葡萄干的事情吧。我是说麦迪逊。"

"麦迪逊喜欢下厨。"伊丽莎白说，"呃，我想她现在还是这样。我觉得，她最近有点情绪化。她以前会自己发明食谱，做得也很好，就是老把厨房弄得乱糟糟的，好像被炸弹炸过似的。她不太擅长搞清洁工作。麦迪逊总是自我感觉良好，对她的厨艺有点小得意。如果菜品最后做出来不是她希望的样子，她就会哭。有一次我看见她把一个花了几个小时装饰的三层巧克力蛋糕直接丢进了垃圾桶。你立刻就发火了。"

"我发火了？"爱丽丝试着又一次调整了对自己新形象的认识。她以前从来不发火。她更倾向于生闷气。

"显然，为了找齐这个蛋糕的原料，你专门跑了一趟商店，所以我也能理解你那时为什么发火。"

"麦迪逊听起来和'怪胎'们很像。"爱丽丝说。她从未想过尼克的姐姐和妹妹的基因会渗透到自己孩子身上。她一直以为，如果她有一个女儿，那这个女儿会是她自己的缩小版。一个新的爱丽丝，可供她雕琢，说不定她雕琢的时候，尼克还会饶有兴趣地在一边看呢。

"不，她不像'怪胎'，"伊丽莎白肯定地说，"她就是麦迪逊。"

爱丽丝用手掌压在肚子上，回想起她和尼克对小葡萄干的爱有多么的热烈。那种爱干净，纯粹，几乎都赶上自恋了。现在，小葡萄干会撞碎玻璃门，会把蛋糕丢进垃圾桶，还会让爱丽丝火冒三丈。这远比她想象的复杂和混乱。

"还有汤姆？他是什么样的？"

"他很聪明，"伊丽莎白说，"有时候机灵得让人吃惊。这孩子疑神疑鬼的，你可不能随便撒谎来哄他。他会上网把真相查明白。他对很多事情都很着迷，为了了解它们，什么都学。他研究过一段时间的恐龙。后来又是过山车。我不知道他现在又在捣鼓什么了。他成绩真的非常好，拿过奖，现在是班长。差不多就是这样。"

"真好。"爱丽丝说。

"这可能算是有了麦迪逊之后的补偿吧。"

"你这话是什么意思？"

"就是说，麦迪逊在学校里总是惹麻烦，你说她的表现有问题。"

"是这样啊。"

"但我估计，你应该已经把这些问题都控制住了。我有段日子没听说什么大动静了。"

大动静。爱丽丝过着一个有"大动静"的生活。

"后来，你生下了奥丽薇亚。"伊丽莎白说，"她是人见人爱的类型。她还是个小宝宝的时候，我们把她带出去，别人总是会在路上把你拦下来夸。甚至连那些赶着参加会议的严肃中年商人看见奥丽薇亚坐在婴儿车里的时候都会微笑致意呢。她就像个大明星，回头率超高。她现在还是那么可爱。我们一直等着她长残，但是她没有。她非常可爱——也许可爱得过分了。我记得她蹲在厨房里，我说'你好，小朋友。'我们低头一看，原来她正在那里拍蟑螂呢。妈妈当场笑得差点接不上气。"

伊丽莎白中断了一下，打了一个大大的哈欠。

"你对他们的看法可能会不一样，"她说话的语调多了点自我保护的意味，"毕竟你是他们的妈妈。"

爱丽丝正想着她第一次与尼克相遇的情形。那时候，她穿了一件条纹围裙，坐在长工作台前的高脚凳上学习泰国料理。她的朋友苏菲本来要来的，但是她扭伤了脚踝，不得不缺席了第一堂课。尼克和一个女人一起迟到了，爱丽丝本以为那是他的女朋友，后来才知道是他的姐姐多拉——"怪胎"当中最怪的一个。彼时，爱丽丝刚刚悲剧地恢复单身，而他们走进来的时候满面春风地笑着，把爱丽丝惹火了。真是一对典型的情侣，一对幸福、美满、快乐的情侣。爱丽丝还记得她的目光如何对上尼克的，他在班上四处张望，寻找空位（与此同时，多拉又虔诚又奇怪地盯着天花板，不知怎的，被吊扇给吸引住了）。

尼克带着询问的目光，扬了扬他浓密的眉毛，爱丽丝则礼貌地报以微笑，心里想，行，行，就坐这儿吧，小情侣，我们谈点无聊的话题。

教室前面也有一处空位。如果两人的目光没有相遇，如果爱丽丝埋头盯着自己面前的鱼饼食谱，或者如果苏菲走路的时候向左偏了两厘米，而没有在那个小坑里扭伤脚踝，又或者，如果她们决定去报葡萄酒鉴赏课（她们几乎就要做出这个决定了），而不是来学泰国料理，那就不会有现在这三个孩子了。麦迪逊·洛夫。汤姆·洛夫。奥丽薇亚·洛夫。三个小家伙现在已经有了各自的性格、怪癖和故事了。

从尼克向爱丽丝的方向扬起眉毛的那一刻起，这三个孩子就注定要出生。好，好，好，你们将会到这个世界。

爱丽丝兴高采烈。这太神奇了。当然，每一秒钟都会有几个宝宝诞生，所以这也没有那么神奇，但爱丽丝还是有这种感觉。难道说他们每次看到这些孩子时，不会感到喜出望外吗？他们到底为什么要离婚呢？

她说："那，尼克现在正在和我争夺孩子们的监护权？"真是一个遥远的概念，似乎只属于成年人。

"尼克希望带孩子的时间对半分。我们不知道他怎么会觉得自己可以胜任这项任务，毕竟他工作的时间太久了。他们说，你一直都是孩子们的'主要照顾人'。但是，这件事情已经变得——怎么说呢，有点你死我活的架势。我猜这就是离婚的本质吧。"

"但是，尼克是不是觉得——"爱丽丝感到无比受伤，"他是不是觉得，我不是个好妈妈？"她是个好母亲吗？

伊丽莎白抬起头，眼睛一闪一闪的，就和以前的伊丽莎白一样。"呃，如果他那样想的话，那他就大错特错了，我们有太多的证人可以在法庭上证明，你和他所想的不一样。你是一位伟大的母亲。别担心，他不会赢的，他没机会。我不知道他想证明什么，我猜，这对他来说，不过是一场争权夺利的游戏罢了。"

爱丽丝很困扰，因为她虽然很高兴看到伊丽莎白站在自己这一边，但是她也同时感觉到了自己对尼克本能的忠诚。伊丽莎白以前一直都很喜欢尼克。如果爱丽丝和尼克吵架的话，伊丽莎白会站在尼克那一边。她说尼克"值得信赖"。

伊丽莎白继续解释道："我的意思是，让他带孩子实在太愚蠢了，他根本不知道怎么照顾孩子。他不烧饭，我都怀疑他没有用过洗碗机。他总是出差，他就是那么——"

爱丽丝扬起手，示意伊丽莎白不要再说了。她无法忍受伊丽莎白继续批评尼克。"我估计这是因为他受不了像他自己的老爸那样，做个兼职爸爸。他自己小时候就很反感罗杰来接他们几个小孩子出去。他说，罗杰总是努力过头——你可以想象——结果他们在一起相处，感觉很尴尬，也很奇怪。姐姐和妹妹吵个没完，抢着要用罗杰的信用卡。每次我们去餐馆吃饭的时候，尼克只要看到有男人独自一人带着孩子，他总会说'单亲爸爸'，然后不寒而栗。我是说，他十年前是这样的。"

她试图控制自己的音调。"他想每个晚上都陪着孩子们，听他们说学校的事，周末的时候和孩子们一起做早餐。这方面的事情，他说过很多了。就像是他要借此补偿自己的童年，他这样说话的时候，我很喜欢，因为这也是补偿我们的童年，我们小时候爸爸就不在了。他对我们如何开展家庭生活有许多那么可爱浪漫的想法。呃，我俩都有。我不敢相信——我不敢相信——"

她说不下去了。伊丽莎白走过来，坐在她身边，尴尬地抱着爱丽丝。"也许，"她试探性地说，"也许这次失忆从某种程度上来说是件好事，因为它能帮助你更客观地看待过去的事情，你的大脑也不会受到过去十年中发生的那些乱七八糟的事情的干扰。一旦你恢复记忆之后，你就会有一个完全不同的观点，你和尼克不用大吵大闹，就可以把事情解决掉。"

"如果记忆回不来了怎么办？"

"它当然会回来的。你已经断断续续想起不少事情了。"伊丽莎白说。

"也许是以前那个我穿越时空，到未来世界来阻止这次离婚了，"爱丽丝半认真地说，"也许我直到这个任务完成时才会恢复记忆。"

"很有可能！"伊丽莎白心情好了许多。然后她打住了，接着说道："多米尼克看起来也很好。真的很好。"

爱丽丝想起她是怎么让多米尼克亲吻自己的，就在这张沙发上，心中充满了愧疚。"他人是很好，很完美。但是他不是尼克。"

"确实不一样，他和尼克很不一样。"

现在这话又是什么意思？她应该为了尼克而对此感到愤怒吗？但是她不想讨论比较两个人的优缺点，仿佛他俩是相互竞争的男朋友。尼克是她的丈夫。爱丽丝换了个话题："说到男人，我挺喜欢本的。"

"听你这么说他还真是有趣，好像你才认识他似的。"

"本说他'已经仔细考虑过我们前几天说过的那件事'，这话是什么意思啊？"爱丽丝知道这可能是个敏感话题，现在应该对她和伊丽莎白之间的事情刨根问底。

"嗯……"伊丽莎白打了个哈欠，还伸了个懒腰，"你想喝杯水吗？"

"不用，谢谢。"

"我真的很渴。"她站起来走进厨房。爱丽丝看着她走开，心想她是不是假装没有听见自己刚才的话。

伊丽莎白回来了，手里端了一杯水，又在爱丽丝面前的那张单人沙发上坐下。

"现在挺晚了。"她说。

"丽碧。"

伊丽莎白叹了口气。"星期四那天——也就是你出事的前一天——本过来帮你修车。但是很显然，你的车根本没问题。你设了一个小圈套。"

天哪！她都做了些什么啊？爱丽丝坐直了身子。她能感觉到自己涨红了脸。她不会对自己的姐夫下手吧？（首先，本的体型大得吓人。）难道和尼克分手都把她逼成这样了？

"你直接从烤箱里给他拿了香蕉松饼吃。他爱死你的香蕉松饼了。"

噢，我的老天爷啊。

"上面还抹了好多黄油。我一直不让他吃黄油。他胆固醇很高，你知道的。我的意思是，你属于很关注健康的那种人。"

她用黄油勾引了自己的姐夫。爱丽丝的心怦怦地跳得厉害。

"然后你给他做了一番小小的演讲。"

"小小的演讲？"爱丽丝心虚地说。

"是的，你的演讲主要是说为什么我和本应该放弃试管婴儿，去领养孩子。你还有宣传手册，申请表格，网址。你把研究准备工作都给做好了。"

爱丽丝一时间丈二和尚摸不着头脑。她的脑海里还充斥着糟糕的画面：她回到楼上梳妆打扮，然后穿着红色情趣内衣出现在本的面前。

"领养。"爱丽丝疑惑地复述道。

"是的。你认为我们应该去第三世界国家，像安吉丽娜和布拉德一样，领养一个可爱的孤儿。"

"我也太自以为是了吧。"爱丽丝严肃地说，心中轻舒了一口气，她并没有试图勾引本，"这不是多管闲事吗！"

然后，她想，难道领养不正是一个非常不错的主意吗？

"呃，"伊丽莎白说，"我生气了。本回家后告诉了我，我给你打电话，然后我们大吵了一架。你觉得我们是时候'面对现实'了。"

"我当真说这种话了？"

"是的。"

"对不起。"

"没关系。我估计你本意是好的。只不过，你让我觉得，我在你眼里是个傻子。好像如果是你的话，事情就不会发展到这个地步。你永远也不会让事情变得这么离谱，让自己忍受一个接着一个的流产。而我在求子这个问题上太不理智。"

"对不起，"爱丽丝又说了一遍，"真的很对不起。"

"你甚至都不记得了，"伊丽莎白说，"一旦你想起来，你会有不一样的感觉的。不管怎么说，我当时对你说了不少相当难听的话。"

"比如？"

"我不会把它们再说一遍的！我根本就不是真心想那么说的。你忘了倒让我解脱了。"

两人沉默了几秒钟。爱丽丝说："安吉丽娜和布拉德是你的朋友吗？"

伊丽莎白用鼻子哼了一声。"我说的是演员布拉德·皮特和安吉丽娜·朱莉。你把那些明星八卦也给忘干净了。"

"我还以为布拉德·皮特和格温妮斯·帕特洛订婚了呢。"

"那都是八百年前的事情了。后来，他和詹妮弗·安妮斯顿也是结了又离。格温妮斯还生了个小孩，叫苹果。我没开玩笑，就是苹果。"

"哦。"爱丽丝为布拉德和格温妮斯感到莫名的悲伤，"看他们的照片，似乎很幸福啊。"

"看谁的照片都会感觉他们很幸福啊。"

"比尔和希拉里·克林顿怎么样了？"爱丽丝问，"他们还在一起吗？"

"你是说桃色事件以后吗？"伊丽莎白说，"是的，他们还在一起。我估计，现在没有人会去想那件事了。"

爱丽丝看着伊丽莎白。"那，"她无所顾忌地说，"也就是说，你不想领养一个宝宝？"

伊丽莎白露出一丝苦笑。"许多年前，我曾经这样想过，但是本不愿意。他一直很反感领养这个概念，因为他自己就是被领养的，他妈妈一直过得很艰难。他的童年不美好。我婆婆告诉本，他的生母养不起他。于是本从小就自己存钱，他想着，要是有了一百澳元的话，他就可以给生母写信，告诉她他自己现在可以养活自己了，求她把他领回去。他过生日的时候，总是会跑到邮箱去看，心里想着，说不定这一年，他的生母就会突然决定给他寄一张贺卡。"

"他觉得他小时候的照片很丑——他其实是个长相古怪的宝

宝——他怀疑他的生母说不定是因为不喜欢他出生时的相貌才抛弃他的。他总是觉得，他的养父母后悔当初没有选一个更小、更聪明的儿子。整个童年时代，他都时时注意保持自己房间干净整洁，尽量少说话，即使是在自己家里，他也感觉自己就像个大块头、笨手笨脚的外人。我一想到他小时候的遭遇就心碎。你之前也说过，尼克想当一个好爸爸，这样就可以弥补自己小时候的缺憾，其实本也差不多。他想要一个有自己血脉的孩子。他希望孩子长得像他，有一样的眼睛，一样的体型。我特别希望自己能帮助他实现这个愿望。真的特别希望。"

"当然。"

"所以我总是非常尊重本对领养孩子的态度。"

"我能理解。"

伊丽莎白微微一笑，脸都扭曲了。

"怎么了？"

"星期四那天你告诉本，他需要克服这种想法。"

"克服什么？"

"克服他对领养孩子的心理障碍。你说，有很多人都不由亲生父母抚养成人，这就像是买彩票，但是如果任何一个孩子能有本和我做他的父母的话，那就中头彩了。顺便说一句，谢谢你。你能这样说我们心里也好受些。"

"应该的。"至少她说了句正确的话，"但是本肯定不认同我的说法。"

"事情是这样的，昨天我吃完午饭回家，他说他一直在考虑你说的那些话，他觉得你说得对，我们应该领养一个孩子。他很激动。很明显，我要是五年前让他'克服这种想法'就好了。当年的我真是太傻了。何必要小心谨慎地避免触及他的童年阴影呢。"

爱丽丝试着想象自己一边告诉这个魁梧的灰熊男"克服这种想法",一边喂他吃香蕉松饼的样子。(香蕉松饼,她想知道自己用了什么配方。还有,她肯定有个松饼烤盘。)她对伊丽莎白应该怎么生活从来没有意见,不过伊丽莎白倒是喜欢对爱丽丝的生活指手画脚。但那是正常的,因为伊丽莎白是她的姐姐。她的职责就是要保持理智,操持日常事务,准时提交纳税申报单,按时保养汽车,创造自己的事业,而爱丽丝则可以天马行空,毫无追求,借着那些励志海报上的山峰和日落来取笑伊丽莎白。其实,现在爱丽丝回过头来想想,是伊丽莎白逼着她和苏菲一起去参加泰国料理课程,而不是浪费生命,抱怨那个什么都看不惯的 IT 咨询师。

现在,爱丽丝反过来逼别人做事了。

"那,如果本现在考虑领养的话,也许,那不是一件好事吗?"她满怀希望地说。

"不,不是那样。"伊丽莎白的声音变得生硬。她坐直了身子。又来了,爱丽丝心想。"那根本不是什么好事。你不知道你在说什么,爱丽丝。"

"可是——"

"现在太晚了。现在放弃太晚了。你似乎没有意识到领养孩子需要花多少时间,你不知道要走哪些流程。那不是上网去下个订单就可以的。我们也不是布拉德和安吉丽娜,我们必须按部就班,花上成千上万澳元,而且这笔钱我们还掏不出来。要耗费很多年的时间,压力很大,而且经常出差错,我已经没有精力来应付这些工作了,我受够了。等我们领养到孩子的时候,我们夫妇都快五十岁了。我太累了,不想再去和政府工作人员打交道，说服他们相信我会是个优秀的母亲，告诉他们我们收入有多少，还有诸如此类乱七八糟的东西。我不知道你为什么突然对我的生活这么感兴趣，但是太迟了。"

"突然感兴趣？"爱丽丝很受伤，急切地想要为自己辩护，但是她也说不出什么事实来帮助自己。这话她不信，她永远不会对伊丽莎白的生活漠不关心。"你是说我以前从来不感兴趣吗？"

伊丽莎白大声呼出了一口气，像是一只泄了气的皮球似的，瘫坐在椅子里。

"当然不是。"

"那你为什么要那么说？"

"我不知道。有时候我就是有这种感觉。这样吧，我收回刚才那句话好了。"

"我们又不是在当庭对质。"

"我其实根本没那个意思。当然咯，你也可以说我对你的生活漠不关心。我现在不像以前那样经常看你的孩子了。吉娜去世后，我应该为你多做点事情的，还有尼克跟你分居后，也是一样。但是你总是那么的……我也说不上来。只能说是忙。不需要别人。"她打了个哈欠，"就当我没说。"

爱丽丝低头看着她的手，上面有些奇怪的皱纹。"我们之间出了什么问题？"她静静地问道。

没有回答。爱丽丝抬起头，看到伊丽莎白闭上了双眼，仰头靠着沙发。她看上去又累又伤感。

最后她开腔了，但眼睛还是闭着的。"我们真的应该睡了。"

PART 5

现实中的家庭跟踪

洛夫一家围坐在餐桌边。爱丽丝先是坐在了奥丽薇亚的位置上，搞得大家都很尴尬。还是尼克来救场，他朝爱丽丝努了努嘴，让她坐到了奥丽薇亚对面的椅子上。

孩子们都坐得不大老实，扭来扭去的，仿佛喝醉了一般。看起来他们现在安静不下来。他们调整椅子的位置，总是把餐具落在地板上，说话的嗓门尖利，一个高过一个。

"我就知道你不会记得要做意大利千层面的事。"麦迪逊厌恶地戳着她的汉堡。

"她得了失忆症，你这个蠢货。"汤姆含含糊糊地说，他的嘴里塞满了食物。

第 *19* 章

现在是星期天下午五点半，再过半个钟头，尼克就要带着孩子们回家了。

爱丽丝很激动，甚至有些腹痛，就好像第一次和男生约会一般。

她化了妆，穿的裙子也有点花哨，头发弄得蓬松，看起来更像"当妈妈的人"，不过爱丽丝自己也觉得可能有些过火了。回想以前，就算是参加时髦化装舞会，她也不会穿成五十年代妈妈的样子。于是，爱丽丝又火急火燎地冲回楼上，匆匆卸了妆，脱下裙子，找了一条牛仔裤、一件白色 T 恤，然后捋直了头发。身上的珠宝首饰只保留了尼克送她的手镯，还有她的婚戒。这婚戒还是她从一个抽屉里翻出来的，当时它和洛夫奶奶的订婚戒指放在一起。她还琢磨着为什么当初她没有把订婚戒指还回去。通常离婚的时候，戒指不都是从手指上扯下来，然后扔到男方的脸上吗？

她端详着卧室镜中的自己。重新打扮后，整个人看起来好多了，休闲，不做作——不过脸色看起来有些灰暗，显得很老。虽然这里描个眉，那里扑个粉，效果会很神奇，能够让她焕然一新，但爱丽丝还是抗拒着那股强烈的欲望，她不愿意去涂脂抹粉。因为星期天的晚上，她在自己家里通常不化妆。

不久前，也就是伊丽莎白和本回家以后，爱丽丝突然想到，她应该为三个孩子做饭。她给妈妈打了个电话，想知道晚餐应该准备哪些饭菜，她说，她想为孩子做他们最喜欢吃的东西。巴尔布详细地回顾了每个孩子饮食方面的独特偏好，两个人在电话里足足聊了二十分钟。"还记得麦迪逊只吃素的那段时间吗？当然了，在同一时期，汤姆不是什么蔬菜都不吃吗？然后奥丽薇亚一直犹豫不决，搞不清楚自己到底应该像麦迪逊那样只吃素呢，还是像汤姆那样只吃肉！对了，你当时每到茶点时间都急得团团转呢！"爱丽丝琢磨了半天，改了很多主意，最后还是决定给孩子们做些家常汉堡。"我记得，你在心脏基金会发的菜谱里找到了一份健康的食谱。你上个星期还在说你烦死那本菜谱了，可是孩子们总是吃不够，他们喜欢那些口味。亲爱的，我觉得你应该还记得这事，对不对？因为这就是上个星期的事情啊。"

爱丽丝找到了那本菜谱，菜谱正翻在她需要的那一页，上面还沾了些饭菜汤水。所需的食材都在储藏得异常丰富的冰箱和食品室里。存货多得看起来足够喂饱几百个孩子。在为汉堡准备剁肉馅时，她意识到自己并没有翻看菜谱。似乎一切尽在掌握，她磨碎了两根胡萝卜和一根西葫芦，现在她打了两个鸡蛋。全部就绪后，她把肉馅放回冰箱，把面包卷拿出来解冻，准备开烤，她还做了一道蔬菜沙拉，孩子们会吃这个沙拉吗？谁知道呢？她和尼克会吃的。他应该会留在这里吃晚饭吧？他不会只负责把孩子送过来，然后立马就走吧？她有一种离过婚的父母都有的痛苦感觉。她可能会请求尼克留下来。如果有必要的话，她得恳求尼克。不能让她和孩子们独处，这样不安全。她不知道照顾孩子需要做些什么。比如，他们可以自己洗澡吗？她要给孩子们读故事吗？唱小曲？什么时候该打发孩子们上床睡觉呢？具体每件事又是怎么做的呢？（她妈妈答应过来帮忙带孩子，但是爱丽丝没有必要把这个也告诉尼克。）

她穿着牛仔裤回到楼上，环顾着亮堂堂的屋子。中午的时候两个清洁工带着拖把和水桶来到了家里，他们一边插上真空吸尘器的插头，一边询问派对的情况。他们忙活的时候，爱丽丝在家里漫无目的地闲逛，她感到很惭愧，她不知道自己具体应该做些什么。她要帮忙吗？还是歇在一旁不要碍事？需要监工吗？需要把值钱的东西藏起来吗？爱丽丝早就把钱包准备好了，工人要多少她就给多少。但是他们到最后没有要钱，工人告诉爱丽丝，他们还会过来，就在下个星期四，老时间。两人友好地挥手与爱丽丝告别，然后消失在门外。爱丽丝合上门，嗅着空气中的家具抛光后的味道。她想，我是一个有游泳池、中央空调和清洁工的女人。

她巡视着厨房，目光落在了酒水架上。她应该为尼克准备一瓶葡萄酒。她选了瓶酒，找来了开塞钻，然后她才意识到，这瓶酒并没有橡木瓶塞。瓶盖很普通，旋下来就可以了。真有意思。酒香扑鼻，她给自己倒了一大杯，将鼻子埋在杯中。爱丽丝的部分自我在想，你在做什么啊，真是废物；另一部分自我想着，嗯……黑莓味。

酒顺着喉咙滑进了肚子里，爱丽丝想着，自己是不是已经变成了一个酒鬼。现在还不到六点。她以前根本算不上会是喝酒的人。然而，这次喝酒的经历却很舒适，很熟悉，虽然觉得有点奇怪，还有些负罪感。也许就因为这样，尼克才会离她而去，而且还想把孩子们的监护权拿走。她已经是个酒鬼了，除了尼克和孩子们，其他人都不知道这件事情。这真是个可怕的秘密。好吧，她不能寻求帮助吗？爱丽丝呷了一大口酒。要不要参加戒酒互助小组，照着十二步戒酒方法做？从此滴酒不沾？她又抿了口酒，手指敲着台面。过不了多久，她就能见到尼克了，然后所有的谜团终将解开。虽然这不符合逻辑，但是她有种强烈的感觉——只要她看到尼克的脸，所有的记忆都会回来，完好无损地回来。

多尼米克下午又来了。他带着一个托盘，里面有一杯外带的热巧克力和几块玉米面小蛋糕（爱丽丝感觉这些东西应该是她爱吃的，于是表现出很感激的样子）。她看到多米尼克出现在家门口时，感到很快乐，这样的快乐让爱丽丝有些惊讶。也许这是由于他的举止看起来有些紧张，爱丽丝觉得自己好像受到了宠爱一般。尼克一直宠着她，不过她对尼克也很体贴温存，这样两人就扯平了。与多米尼克对话，让她感觉自己说的每一句话都是那么美妙。

"你的那个，呃，记忆，今天怎么样？"他礼貌地问道。两个人坐在后阳台上，一边喝热巧克力，一边品着小蛋糕。

"噢，也许好了一点。"她回答道。一般讨论到健康问题时，人们会倾向于认为你在不断地恢复。

很明显，贾斯伯和"他的妈妈"在一起。她意识到，多米尼克一定是个离过婚的爸爸。这一切都很奇怪，如果每个人都与他们第一次结婚的人共度余生，事情不就简单多了吗？

离婚符合多米尼克和爱丽丝的共同利益。这让爱丽丝有了个灵感，她对多米尼克说："我们以前谈过尼克的事吗？我有没有告诉过你我们为什么会分居？"

多米尼克奇怪地斜眼看了她一眼。"谈过。"

啊哈！

"你可不可以大概跟我讲讲，我当时是怎么说的？"她轻描淡写地提出了这个要求，试图避免表现出她多么迫切地想要知道这个问题的答案。

"你一点也不记得你和尼克分手的原因了？"多米尼克缓缓地说道。

"一点也记不得了！我自己都不相信！我都被这事儿搞蒙了！"

在爱丽丝意识到不妥之前，这几句话已经像连珠炮般脱口而出。她能感觉到多米尼克想与她开启一段恋情，听到这些话他可能会非常沮丧。

多米尼克搔了搔鼻子。"呃，我显然不清楚所有的细节，但是，呃，问题好像是他——尼克——太忙于工作了。他经常出差，工作时间很长，差不多就是这些事情，我记得你说过，你觉得感情就是这样变淡了，疏远了。后面的事情都是顺理成章。那个，嗯，我猜，也许还有些男女关系方面的问题。你提过……"他剧烈地咳嗽起来，没有继续说下去。

性？她和这个男人谈过性的问题？这可是对尼克的背叛啊，不可原谅的背叛。先不考虑这个，到底是什么问题能够和性扯上关系呢？高尚、趣味十足、温情满满、非常美满，这些才是形容她和尼克性生活的词语。

从多米尼克的口中听到"性"这个字，实在是太令人尴尬了。他人太好了，成熟稳重。即使是现在，当爱丽丝一个人想着那些问题时，她也能感觉到自己的脸红得发烫。

多米尼克看起来也很尴尬。他不停地清嗓子，爱丽丝给他倒了杯水。没过多久，他就起身离开了，告诉爱丽丝，要好好照顾自己。送到前门的时候，他突然将爱丽丝揽入怀中，给了她一个快速又温暖的拥抱。他对着爱丽丝的耳朵轻声说道："我很在乎你。"说完多米尼克就离开了。

不过多米尼克提供的信息并没有帮上太大的忙。因为尼克工作太忙，所以感情淡了。实在太扯了，这种理由都被人说滥了。这种事情只会破坏其他夫妇的感情。如果尼克需要长时间工作，那他们一定会充分利用仅有的时间，弥补聚少离多的缺憾。

她盯着酒杯，酒已经下去一大截了。如果她的嘴唇和牙齿都被染成了葡萄酒的紫红色，那该怎么办？这样一来，她给尼克和孩子们开门的时候，不就成了吸血鬼的样子吗？她冲到门厅的镜子前，端详着镜子，检查自己的形象。她的嘴唇还是好好的，眼神看起来倒是有些野性、疯狂，而且她的样貌还是老得厉害。

她走回厨房的路上，停在了"绿色房间"门口，不过"绿色房间"里现在一点绿色也没有。这是个连着门厅的小房间，最初被粉刷成了亮青色。现在，墙壁被刷成了雅致的米黄色。爱丽丝靠着门口，发现自己突然有些怀念绿色。绿色让人高兴，而且绿色是一种护眼的颜色。只是，颜色虽然变了，曾经的美好时光却还历历在目。房子现在简直完美，不像最初那样惊悚——猛然一看让人感到压抑。

"绿色房间"已经被改造成了书房，她和尼克原本就是这么计划的。书桌上摆放着一台电脑，墙边靠着几个书架，电脑主机直接放在地板上。她走进房间，坐在电脑前。紧接着，她不假思索地弯下腰，按下了黑色主机箱上的圆形银色按钮。电脑嗡嗡作响，有了反应。她又按下了显示器上的另一个按钮，显示屏变成了蓝色。白色的字母命令她"使用前，请点击你的用户名"。上面显示着四个图标：爱丽丝、麦迪逊、汤姆和奥丽薇亚。（这是不是说明孩子们也在用这台计算机呢？他们的年纪是不是还太小了点啊？）她点击了自己的名字，一张彩色照片填满了整个显示屏，照片上是三个孩子。大衣和围巾把他们裹得严严实实，三个人挤在一架雪橇上从雪道上飞驰而下。麦迪逊坐在最后，汤姆夹在中间，最小的奥丽薇亚坐在前面。麦迪逊手里握着操纵绳。他们的嘴巴都张得很大，像是在笑或是尖叫，眼睛也睁得很大，眼里满是兴奋。

爱丽丝用一只手摩挲着喉咙。照片上的三个孩子异常可爱，她极力寻找着那天游玩的记忆。她紧紧地盯着照片，有那么一秒钟，她觉得自己仿佛听到了孩子们模糊的叫喊声，想起了被冻得冰凉的鼻子和指尖……正当她试图抓紧这些记忆的碎片时，它们又灵巧地从她的指缝间溜走了。

爱丽丝点击了一个显示为"电子邮件"的图标。系统要求她输入密码。

她当然已经忘了密码是什么。但是她的双手悬停在键盘上，手指机械地动着，令人难以置信地打出了一个单词：OREGANO①。

怎么回事？她的身体似乎比大脑记得更多事情，因为屏幕上的图像顺从地消失了，换成了一个跳动的信封图像，一条消息提示道："您

---

① 即牛至，薄荷科芬芳植物，干燥的叶子可做调味料。

有 7 封未读邮件。"

她怎么会拿一种香料的名称来做密码呢？

有一封邮件是简·特纳发来的，标题是"你的头现在怎么样了？"，另一封邮件的发件人是多米尼克·戈登（他是谁？噢，是他呀。她的男朋友），标题是"下个星期？"，另外五封邮件的发件人她完全不记得了，不过邮件标题都是一样的——"超大柠檬蛋白派母亲节"。

超大蛋白派母亲节，爱丽丝对这种活动嗤之以鼻。这些都像是伊丽莎白——以前那个精力旺盛的伊丽莎白——会举办的活动，而不是她。

邮箱里还有一封尼克·洛夫以前发来的邮件，她应该已经读过了，邮件也没有标题，发件时间是星期五那天，也就是她出事的那一天。她点开邮件，看到：

"很多老传统现在都应该改一改了吧，难道不是吗？全是废话！无论我们做什么，圣诞节都会与以往不同。你不能早上见了他们，晚上还要见，这不合理。你他妈就只给我留了五分钟的时间来见他们，就中午那么一小会儿。对他们来说，在多拉那儿过圣诞前夜再合理不过了。他们喜欢和表亲们在一起玩。你就不能替他们想想？都是你的问题！一直都是！

"附言：麻烦让他们周末过来的时候务必带上泳衣。我星期天从葡萄牙回来以后，要带他们去水上运动中心玩。

"再附言：我两个姐姐昨天晚上在电话里声泪俱下，就是为了洛夫奶奶的戒指。你就不能讲点道理吗？你平常又不怎么戴那枚戒指。如果你盘算着把戒指卖掉，那你的下限真的是降低到了一个新的水平，即便你的下限已经很低了。"

爱丽丝努力喘着气，好像自己被人上紧了发条一般。这封信的字里行间透露出来的都是冰冷、恶毒还有憎恶。

当初爱丽丝答应尼克求婚的时候，他的眼里噙满了泪水；尼克会像美式足球里的擒抱一样将她狠狠压在床上，撩起她的秀发，亲吻她脖颈后的皮肤；尼克会在看电视的时候保护她，告诉她血腥的镜头已经放完了，可以安全地继续观看节目；尼克还会在她洗澡时唱着《住在爱丽丝的隔壁》（Living Next Door to Alice）这首歌。她不可能相信，这样一封邮件竟然出自尼克的手笔，尼克绝对说不出这么恶毒的话。

还有，为什么她会拒绝交还洛夫奶奶的戒指呢？这枚戒指是他家的传家宝，于情于理，洛夫家拿回戒指都是应该的。

她向下拖动滚动条，发现尼克的这封邮件只是一系列信件往来中的一部分，最初的信件往来发生于几天前。

有一封她自己发出的邮件也在信箱里，时间是在三天前。

"今年圣诞节，孩子们应该睡在他们各自的床上。这个话题我不想再多废话了。很明显，我想保留以前的老传统——把圣诞老人背包放在床头，诸如此类。离经叛道的事情已经够多了，今年就到此为止吧。你又把这件事情看成了争权夺利的游戏。你只在乎自己有没有赢。其实我对你胜利与否根本没有什么兴趣，只要孩子们不因所谓的胜败而受苦就行了。顺便说一句，我之前至少和你说过两次了，不要给孩子们——特别是奥丽薇亚——在周末的时候吃那么多垃圾食品。无论孩子们要什么，你都惯着他们，我肯定你特别享受这种当'好爸爸'的感觉。但是他们每次和你过完周末，星期一总是很疲惫，脾气还很暴躁，这些烂摊子全都撂给我来收拾了。"

这才五月份呀！圣诞节还远着呢，为什么他们会为了圣诞节的事情吵成这样？

这封邮件的作者肯定不是她，应该是某个冒牌货。爱丽丝被信中那种道貌岸然、居高临下的口气震惊了。

她接着往下看，刻薄的词句扑面而来。

"我得提醒你一下……"

"你这个人心胸狭隘得很……"

"你一定是疯了，竟然以为……"

"你到底是哪根筋搭错了啊？"

"我们就不能冷静一点，心平气和地讨论这个问题吗？"

"你才是那个……"

门外响起了砂石路面的摩擦声，汽车前灯的灯光从窗户上一闪而过。一辆汽车停在了车道上。爱丽丝站起身来，她的心跳快得像个手提钻。她穿过门厅，走向前门，用手捋了捋头发。她又有些后悔了，觉得自己是个傻瓜，这种场合还是应该化点妆才妥当。她马上就要与那个恨她的男人见面了。

车门砰的一声关上了。一个孩子带着哭腔嚷道："但是，爸爸，这样不公平！"

爱丽丝打开前门。她的腿抖得厉害，她觉得自己都快站不住了。也许瘫在地上倒是件好事。

"妈咪！"一个小女孩冲上台阶，用力抱紧爱丽丝，小脑袋狠狠撞入她的怀中。她对着爱丽丝的 T 恤衫说话，声音不是很清晰。"你的头痛好点了吗？你收到我的卡片了吗？在医院睡觉感觉怎么样？"

爱丽丝也紧紧抱住小女孩，一时语塞。

我甚至都不记得自己怀过你。

"奥丽薇亚？"她的嗓子有些沙哑，手放在小女孩缠结的白金色鬈发上。小女孩的发质很软，头骨很硬，当她抬起头时，小脸仿佛天使般美丽：光滑的皮肤点缀着些淡黄棕色的雀斑，黑色长睫毛下蓝色的眼睛闪闪发亮。

爱丽丝感觉，看着奥丽薇亚的眼睛就像看着自己的眼睛，当然，奥丽薇亚的眼睛更大，也更美丽。她有点眩晕。

"对了，妈咪，"奥丽薇亚柔声说道，"你还觉得有点难受吗？亲爱的妈咪好可怜。我懂的！我要听听你的心跳，做你的护士！太好了！"

她砰地关上纱门，咚咚咚地穿过门厅，一溜烟跑远了。爱丽丝抬起头，看到了一辆漂亮的银色小汽车，尼克正弯着腰，从汽车行李箱里往外拿行李。

尼克站直了身子。两只胳膊上都挂满了背包和湿透了的沙滩毛巾。

"嗨。"他朝爱丽丝打招呼。

他的头发似乎都不见了。直到他走近了，爱丽丝才看清楚，他的头发已经全部变成了灰色，而且剃得很短，紧贴着头皮。脸变瘦了，但是身体比以前更加厚实了，肩膀比以前更宽，肚子也大了不少。眼角边多出了许多皱纹。他穿了套绿色的T恤衫和短裤，爱丽丝以前从未见过这身衣服。好吧，这其实不奇怪，只是还是有些揪心。

他走上台阶，站在她的面前。爱丽丝抬头望着他。他的样貌变了，陌生了，但他还是尼克。之前在电脑上读到的邮件，还有前两天他在电话里与她交谈的口气，都被爱丽丝抛到了九霄云外了。爱丽丝现在充满了单纯的喜悦，她高兴的是，尼克出了趟远门后终于回家了。她对他灿烂地微笑着："你好。"

她朝前走，想要靠近尼克，尼克却向后躲了一步。这似乎是个下意识的动作，仿佛她是一只令人讨厌的虫子一般。他的目光牢牢盯住她的前额，眼神却很茫然。

　　"你还好吧？"他说。语气冷冰冰的。以前，他被蹩脚的销售员惹火了的时候，就会用这种语气和他们说话。

　　"妈妈！水上中心新装了一台造浪机，你应该看看我碰到的大浪！差不多有十米高，有屋顶那么高呢！看，不是那边啦。看，妈妈，就是那个屋顶。对，就是那儿。浪头就是那么高。或者，也许比那个屋顶矮个几厘米。爸爸把我和波浪都照下来啦！爸爸拍照技术最好了！爸爸，快给妈妈看看那张照片吧，就在你的照相机里呢，爸爸。你能给妈妈看下照片吗？"

　　这位应该是汤姆了。他穿了条冲浪短裤，戴着帽子，他把帽子脱下来了，使劲地揉揉头顶。他的发色和奥丽薇亚一样——很浅的金色，几乎变成了白色。尼克的头发小时候也是这样的颜色。汤姆的四肢干瘦，被太阳晒黑了。不过却很有力气，活像一个冲浪少年的微缩模型。天哪，他有着罗杰的鼻子。太像了，这肯定是罗杰的鼻子。爱丽丝差点笑出来。罗杰的鼻子出现在一个活力四射的小男孩脸上。她想拥抱他，但是她不确定这样做是否合适。

　　她说道："好啊，尼克，让我看看照片吧。"

　　尼克和汤姆盯着她。她的语气是不是错了。太轻浮了？

　　汤姆说："妈妈，你的话听起来有点儿奇怪。你是不是住院的时候头上缝针了？我问了丽碧大姨是不是脑瘤，她说肯定不是。我给她测了谎。"

　　"肯定不是脑瘤，"爱丽丝说，"我只是摔了一跤而已。"

"我快饿死了。"汤姆叹了口气。

"我准备做汉堡包当晚餐。"

"不，我是说我现在就饿死了。"

一个女孩走到阳台，把一条湿毛巾丢在地板上，双手插进屁股后面的口袋里，说道："你刚才说晚饭给我们做汉堡包？"

"是啊。"爱丽丝回答。

麦迪逊，我的小葡萄干。还记得当初怀她的时候，所有的验孕试纸上都出现了两条蓝线；还记得做检查的时候，心电仪上出现了闪烁的心率线；还记得尼克拿着卫生纸卷当传声筒，对着爱丽丝的肚子里的神秘小不点说话。

麦迪逊皮肤白皙，吹弹可破。脖子上有处张扬的红色晒斑，晒斑上还有白色的指印，好像某人马马虎虎抹防晒霜留下的印记。她一头棕黑色的直发，刘海盖住了眼睛，还有一口健康美丽的洁白牙齿，她的眼睛和尼克很相似，不过颜色更深、更特别。眉毛倒是像另一个人——小时候的伊丽莎白！眉角稍稍向上挑起，就像《星际迷航》里的斯波克先生。她没有奥丽薇亚和汤姆那么可爱。她的身材偏矮胖，下嘴唇阴郁地突了出来。但是总有一天，爱丽丝心想，我觉得你总有一天会变得光彩照人，我亲爱的小葡萄干。

"你答应过的。"小葡萄干对爱丽丝发火，眼神都能杀人了。她看起来很恐怖，爱丽丝对她充满了畏惧。

"我答应过什么？"

"你答应过要买好配料，这样今晚我就能做意大利千层面了。我就知道你不会兑现承诺的。既然你知道你根本不会去兑现，那你为什么还要装模作样地承诺呢？"她在说最后一句话的时候，有节奏地跺着脚，以加强气势。

尼克发话了："麦迪逊，不要这么没有礼貌。你妈妈刚刚出了事故，她也是不得已才在医院过夜的。"

听着尼克严肃的父亲式声音，爱丽丝想笑。麦迪逊撇了撇嘴，眼里依旧冒着火，头也不回地冲进屋子，狠狠地关上身后的纱门。

"不要砸门！"尼克喝道，"回来！把你的毛巾拿进去！"

没人应声，她没有回来。

尼克咬着下嘴唇，鼻翼气呼呼地翕动着。爱丽丝从未见过他扮出这样一张脸。他对汤姆发号施令："汤姆，你也进去。我要和你妈妈说几句话。你能把麦迪逊的毛巾也拿进去吗？"

汤姆站在屋子的墙壁前，用指尖划着墙砖。他问道："爸爸，你估计盖这座房子要用多少墙砖呢？"

"汤姆，听话！"

汤姆夸张地唉声叹气，拾起麦迪逊的毛巾，走进了房间。

爱丽丝深吸了一口气。她无法想象和这样三个孩子一天二十四小时生活在一起是什么状态。她从未想过他们说话的样子。他们活力四射，却也破坏性十足。他们个性鲜明，毫不掩饰，不像成年人那样总是戴着伪装的面具。

"小葡萄干。"爱丽丝话说了一半就卡住了，她不知道该说什么好。麦迪逊无法用语言描述。

"你说什么？"尼克问道。

"小葡萄干。我从未想过她长这么大了，脾气也成了现在这样。她……我也不知道该怎么形容。"

"小葡萄干？"尼克有点摸不着头脑。

"你还记得吗，我怀麦迪逊的时候，我们给她起了小葡萄干这个外号。"

尼克皱了皱眉头。"我不记得了。不管怎样，我想知道我们能不能把圣诞节的事理出个头绪。"

"噢，那个事情啊。"她想起了那些恶心的电子邮件，嘴里的味道很苦涩，"为什么我们要讨论圣诞节的事情呢？现在才五月份啊！"

他盯着她，好像她已经疯了似的。

"你说什么啊？拜托，是你天天摆弄你那宝贝的电子表格，你说要把明年的所有事情都白纸黑字写清楚。每个人的生日。每场音乐会。你说这样都是为了孩子好。"

"我说的？"她还知道怎么做电子表格？

"是你说的！"

"嗯。好吧。这次你要做什么我都答应。圣诞节就按照你的意思做好了。"

"我说什么你都答应？"他狐疑地重复道，还有点紧张，"我是不是做错了什么？"

"没有。嘿——葡萄牙怎么样？"

"还好，谢谢你。"他礼节性地回答。

她得把指甲嵌进掌心，这样才能防止自己身体前倾，把脸贴在尼克的胸口。她其实想说："用你正常的声音和我说话吧。"

"我得走了。"他说。

"什么？不行。你不能走。你必须留下来吃晚饭。"她很慌张，差点要把尼克一把抓住。

"我觉得留在这吃晚饭不合适。"

"啊哈！爸爸，留下来吃晚饭吧！"奥丽薇亚开心地帮腔。她的肩上披了件红色斗篷，脖子上挂了个玩具听诊器。她扯着尼克的胳膊，这让爱丽丝有些嫉妒，她竟然可以随意地触碰尼克。

"我还是觉得得走。"尼克说。

"留下来吧。"爱丽丝接着挽留，"我们晚上吃汉堡包。"

"看看，妈咪想让你留下来。"奥丽薇亚高兴地在走廊上跳起了踢踏舞。她大声喊道："汤姆！猜猜发生了什么好事？爸爸留下来吃晚饭哦！"

"老天爷，爱丽丝。"尼克压着嗓子低声说道。这一次他的眼神总算变正常了。

"我还开了瓶好酒，咱俩喝。"爱丽丝微笑着对尼克说。

这一次，她不需要口红，也能把老公留下来了。

第 20 章

尼克看起来一片茫然，他不知道自己进了屋子能做些什么。他把双手插进短裤的口袋里，在客厅里晃悠，停停走走，看着屋里的陈设，好像是参观别人家的住宅一般。

"那个游泳池你控制住了吗？"他问了一句，朝后院努了努嘴。

爱丽丝站在厨房里，给两人各斟了一杯葡萄酒。她不知道他在说什么。你怎么才能把游泳池控制住呢？

"游泳池一直很平静，"她说，"很安静。我想我应该已经完全控制住它了。"

尼克本来看着窗外，听到回答后，他扭过头盯着爱丽丝，目光如炬。

"那就好。"他说。

爱丽丝走出厨房，把酒杯递给尼克。她留意到他拿酒杯的动作很小心，这样两人的手就不会碰在一起。"谢谢。"他说。她继续站在他的面前，他却后退避开，好像她患了传染病似的。

汤姆在厨房里闲逛，翻找橱柜。他站在冰箱前，把冰箱门晃来晃去。

"妈妈，有什么可以吃的东西吗？"他说。

爱丽丝茫然地四处张望，她在找她的妈妈。

"妈妈。"汤姆又喊了一声。

爱丽丝猛地回过神。她就是那个妈妈。

"那个，"她试图让说话的声音听起来愉悦，富有爱心，"你想吃什么呢？来个三明治？"

"汤姆，你可以等到晚饭再吃东西。"尼克说。

哦，这话才是正确的回答。

"对，"她用了与尼克类似的语气，"你爸爸说得对。"然后她就咯咯地笑了起来。她忍不住。她给尼克扮了个鬼脸。难道他不觉得这很搞笑吗？他俩一个当妈妈，一个当爸爸？

尼克只是紧张地回望着她。她看见尼克的目光扫到了自己手中的酒杯。他是不是觉得她喝醉了？

小男孩猛地关上了冰箱门，门被砸得嘎吱作响。他说："我想如果我再不吃点东西的话，我可能会营养不良。你看，我的胃都支出来了，就像一个快饿死的人那样。看到了吧。"他一边说，一边挺着肚子。爱丽丝笑了。尼克依旧严厉："别傻里傻气的了。快点去把那身湿衣服换了。"对，好吧，鼓励小孩把自己的快乐建立在别人挨饿的痛苦之上，的确不是什么好主意。

最小的孩子出现了。奥丽薇亚。她用亮红色的口红涂抹自己的嘴唇，连牙齿都被涂上了颜色。这样可以吗？爱丽丝望向尼克想获得些帮助，但是他却站在后门口看着门外的游泳池。"这颜色我看着有点偏绿，"他说，"上次你把他找来是什么时候？"

"好啦，妈咪，我已经预备好做你的专职护士啦。坐下吧，我来给你量体温。"奥丽薇亚抓住爱丽丝的手。她被温热的小手触碰身体的感觉陶醉了，让奥丽薇亚引着坐在了沙发上。

"躺下，这很重要哦。"奥丽薇亚说。

爱丽丝躺在沙发上，奥丽薇亚把她的玩具体温计伸进了爱丽丝的嘴里。她拨开爱丽丝前额的头发，说道："患者，现在我要听听你的心跳。"她戴上听诊器，把听筒贴着爱丽丝的胸口。她学着职业医生那样皱了皱眉头。爱丽丝憋着笑。这孩子实在太可爱了。

"好了，患者，你心跳正常。"她说。

"呼。"爱丽丝装着松了口气。

奥丽薇亚收走体温计看温度。她张大了嘴巴。"患者，你烧得厉害。人都要烧起来啦！"

"啊！不会吧！我该怎么办啊？"

"你得看着我翻一个跟斗。这样就能把你的病治好啦。"

奥丽薇亚完美地翻了个跟斗。爱丽丝鼓掌，奥丽薇亚弯腰致谢。她准备再翻一个跟斗。

"奥丽薇亚，别在家里翻！"尼克生气了，"你知道规矩的！"

奥丽薇亚撇着嘴。"求求你了，爸爸。求你了。就再翻一个嘛。"

"她能像这样抹你的口红？"尼克问道。

"呃，那个，"爱丽丝说，"我也不是很确定。"

"让妈妈去烧晚饭吧。"尼克的表情和前晚的伊丽莎白一模一样，精疲力竭，灰心丧气。2008 年，每个人都是那么疲惫，像鞭炮似的一点就着。

"对不起，亲爱的爸爸。"奥丽薇亚抱着尼克的腿认错。

"快去把你的游泳衣换了吧。"尼克说。

奥丽薇亚蹦蹦跳跳地离开屋子，身上的红色斗篷旋了起来。

现在屋里只剩下他们两个人了。

"顺便提醒下，我还没有弄完奥丽薇亚的家庭作业。"尼克说。他听起来像是在自卫，就像在坦白什么似的。

"你是说你替奥丽薇亚做家庭作业？"爱丽丝有些糊涂。

"当然不是！天哪。在你眼里，我就是这么没用？是不是？"

爱丽丝坐直了身子。"没有，我从来没有这样想过。"

"她只剩下八道题没做了。这么多人挤在一间小公寓里，做作业很明显要更麻烦些。还有，汤姆的阅读作业也没做完。今天我们花了三个小时和麦迪逊做科学实验，汤姆想帮姐姐做。"

"尼克。"

他没有接着往下说，喝了一口酒，望着爱丽丝。

"怎么了？"

"我们为什么会离婚？"

"这是什么问题？"

"我只是想知道原因。"

想要站起来抚摸尼克的愿望如此强烈，爱丽丝必须把手摁在大腿上，防止自己一跃而起，把头埋进尼克的胸膛。

"我们为什么离婚其实不重要，"尼克说，"我不想讨论这个话题。有什么意义呢？爱丽丝，今天晚上我不想陪你瞎搅和，我累了。如果你试图让我说一些日后可能被当做把柄的话，还是省省吧。"

"噢……"爱丽丝闷了。

她是不是耐性已经耗尽，不能接受惊人的事实了呢？她意识到，自从伊丽莎白第一次在医院说出"离婚"这个词的时候，她就一直等待与尼克见面的那一刻。这样尼克就可以救她于水火，让流言飞语彻底离开他俩的生活。

"也许我应该回家了。"尼克说着就把酒杯放在了咖啡桌上。

"你曾经告诉我，如果我们之间出现了什么问题，你都会竭尽全力解决它们。"爱丽丝说，"你是在一家新开的意大利餐厅对我说这句话的，我们当时正在剥蜡烛上的蜡油。我记得非常非常清楚。"

"爱丽丝……"

"你当时说过我俩会一起渐渐变老，脾气也会变坏。我们要一起坐游览车观光，玩宾果游戏。蒜香面包都冷了，但是我俩实在太饿了，根本顾不上抱怨。"

尼克的嘴微微张开，看起来有些傻。

"有一天晚上，我们站在莎拉·奥布莱恩家的车道等出租车，我问你觉得当晚的莎拉是不是比平日里更漂亮，你说：'爱丽丝，我爱你超过任何人。'当时我笑了，说'我问的不是这个问题啊'，但其实我的问题正是出自这个原因，因为莎拉很漂亮，我需要你给我安全感，你说的话就是我要的答案。当时天气很冷。你穿了那件大号羊毛套头衫，后来你在卡通巴把它弄丢了。你难道都不记得了？"

她感到鼻子有点堵。

尼克慌乱地抬起手，好像面前燃起了一团火，自己却找不到称手的工具将它熄灭。

爱丽丝大声地吸鼻子。"对不起。"她低着头望着地板说道，因为她承受不住看着那张如此熟悉却又陌生的脸。

她说："这些瓷砖的颜色简直是太完美了。我们是从哪里买的？"

"我不知道，"尼克说，"应该是十年前买的。"爱丽丝重又抬起头看着尼克。他垂下双臂，眼睛睁得很大。突然他好像明白了什么。

"爱丽丝，你恢复记忆了吗？我只是假设——我的意思是，你刚从医院回家。你不会还是认为现在是 1998 年吧，是吗？"

"我知道现在是 2008 年，我相信这是真的，只是感觉起来不像是 2008 年。"

"我明白，但你记得这十年的事吧？你是不是因为这个才问了那些稀奇古怪的问题？"

爱丽丝说："你和住在街对面那个女人有婚外情吗？她好像死了？就是那个叫吉娜的女人？"

"婚外情？和吉娜？你开什么玩笑。"

"噢，太好了。"

他说："你连吉娜都记不得了？"

"是的，不过我记得她葬礼上的那些气球。"

"但是爱丽丝，"尼克身体前倾，好像有什么重大的紧急情况要说明。他朝四周张望了一番，确定屋里只有他们两个人。他压低了嗓音说："那你还记得孩子们吧？"

爱丽丝迎着他的目光，无言地摇了摇头。

"一点儿也不记得了？"

"我只记得我怀小葡萄干的事情，我是说麦迪逊。"

尼克把手掌拍在膝盖上。（成年人的暴躁举止他都有。）"看在上帝的分上，你为什么不接着住院呢？"

"除了吉娜，你和别的女人有过婚外情吗？"爱丽丝接着问道。

"什么？没有，当然没有。"

"那我呢？"

"据我所知没有。我们能别越扯越远吗？"

"那就是说，根本没有婚外情？"

"没有！老天爷。我们没时间去搞婚外情。我们也没有精力去瞎搞。好吧。我没有。也许你有。你参加那些宝贝有氧健身班或是去美容院什么的，搞不好就和别人擦出火花来了。无论怎样，祝你好运。"

爱丽丝想起了她亲吻多米尼克的情形。

她说："你现在有女友吗？噢，别回答这个问题了。如果你有女友的话，我会受不了的。别回答了。"她双手捂住耳朵，又拿开双手问道："有吗？"

尼克没有直接回答："爱丽丝，看来你的头肯定撞得很厉害。"

有那么一会儿，爱丽丝觉得，真正的尼克又回来了。以前，爱丽丝总是会做出一些傻事情，比如为了一则人造黄油广告而哭泣；因为脚指头踢到了洗衣机而跳来跳去，痛得骂娘；或者跪在地上，发疯似的把冰箱里的所有东西都掏出来，目的仅仅是为了找到一根忘在里面的巧克力。每到这时候，尼克就会难以置信地摇头，看上去挺滑稽的。

然而，尼克真正的样子转瞬之间就消失了，仿佛他刚好回忆起了某件特别令他反感的事情，他说："不管怎样，听奥丽薇亚说，你找了个男朋友。是贾斯伯的爸爸，还是学校校长。你记得他吗？"

她的脸热了："我不记得他，但是我昨天见到了。"

"对吧，"尼克不耐烦地说，"嗯，他说话声音很好听。我记得我在学校见过他，高个子，瘦瘦的家伙。不管怎样，很高兴看到你诸事顺利。问题是，你现在的状态有没有恢复到足以照顾孩子们的程度呢？如果没有的话，他们是不是应该回去跟我住呢？"

爱丽丝说："如果我们两个都没有婚外情，那我们为什么不能继续呢？有什么事情严重到要让我们一拍两散？"

尼克重重地吐了口气。他吃惊地环视房间，仿佛想从同样吃惊的观众那里获得某种提示。"我感觉你头部受伤挺严重的。我不敢想象他们竟然让你出院了。"

"他们做了 CT。没有什么物理损伤。还有，我告诉他们，我已经恢复记忆了。"

尼克翻了个白眼。这又是一个高傲的神情。"噢，你厉害，真聪明，向医生撒谎。干得漂亮，爱丽丝。"

"你为什么要对我这么刻薄呢？"

"什么，我们现在是五岁小孩吗？我没有对你刻薄。"

"你有。你说话的方式甚至都不像原来的你。你现在变得喜欢讽刺，翻来覆去地炒冷饭，还有……像个陌生人。"

"谢谢你。非常感谢你。翻来覆去地炒冷饭，像个陌生人。是的，我们的婚姻为什么会终结，确实是个大大的谜团。"

他环视四周，又扮出一副得意洋洋的嘲弄神情给他那些无形的观众欣赏，仿佛在说："看看我都要忍受些什么。"

"对不起，"爱丽丝说，"我不是那个意思……"她声音渐渐小了，因为她想起了和某人分手时的样子。交谈变得纠结，根本无望解开。你不得不表现得礼貌，说话也不能出岔子。你再也不能安全地提出批评了，因为你没有这个权利。

"噢，尼克。"她无助地说。

她正经历一段感情破裂时的所有熟悉的症状。恶心。巨大的块垒郁结在胸中。就是那种令人颤抖，潸然泪下的情感。

她不应该再有这种感觉的。感情破裂应该只属于年轻时的回忆，痛苦的回忆。不过其实也没有那么痛苦，因为时过境迁的感觉也不错，回首过去那个年轻的自己时，她会想，噢，你这个傻姑娘，竟然为那个混蛋流眼泪。

她现在已经成熟了。她和尼克的感情应该至死不渝才对。

她把酒杯放在咖啡桌上，转过脸看着尼克。"你就告诉我，为什么我俩现在要离婚吧。拜托了。"

"这个问题我无法回答，原因太多了。而且说不定你还可以列举出一百万个不同的理由。"

"那你就大概总结一下吧。"

"不超过 25 个字。"

"好，你说吧。"

他微微一笑，现在这是真实的尼克了。他真实的样子总是时隐时现。

他说："呃，我猜——"尼克突然把下半句咽了回去，低下头。"唉，爱丽丝。"他的脸上写满了愁苦。

爱丽丝心软了。她的第一反应是上去抚慰尼克，她自己也想让尼克抚慰。拜托，这可是尼克呀。

她冲过屋子，冲进尼克的怀抱，把脸靠着尼克的胸膛，深呼吸。还是尼克。他身上的味道还是和记忆中的那个尼克一模一样。

"无论是什么问题，我们都把它解决掉。"她含糊不清地说道，"我们去咨询婚姻顾问，我们去好好地度假！"她一下子有了灵感，"带上孩子们！他们也可以一块儿去！我们的孩子！那样多有趣啊！或者我们就在家里玩，在游泳池里游泳。游泳池！我爱死那个游泳池了！我们怎么有钱修它的？我估计是因为你现在的工作薪水很高。你喜欢这份工作吗？我不敢相信！你都有自己的私人助理了。她对我不是很好，但是没关系，我不介意。"

"爱丽丝。"

他没有拥抱爱丽丝，作为回应。爱丽丝像竹筒倒豆子似的不停地说。她可以凭借三寸不烂之舌走出困境。

"我现在瘦了，不是吗？我可能甚至太瘦了。你怎么看？我怎么会变得这么瘦的？我不吃巧克力了？我把整间屋子都找遍了也没发现巧克力。我的密码是'OREGANO'，好奇怪啊。嗨，为什么贝尔根太太不和我说话了？我惹她发脾气了吗？伊丽莎白似乎也对我很生气。但是你还是爱我的，对不对？你肯定还爱我。"

"别闹了。"他抓着爱丽丝的肩膀，轻轻地推开她。

"因为我们有三个孩子。还有，我依然爱着你。"

"不，爱丽丝。"他坚定地摇着头，好像她是个就要碰到电源插座的婴儿。

"你俩这次又在吵什么？"爱丽丝和尼克回过头，看见麦迪逊靠在门框上。她肯定刚洗了个澡。她穿着睡袍，脸上被用力洗过，头发还是湿的，都捋在了后面。

"噢，你看起来真漂亮。"爱丽丝不自觉地说。

麦迪逊变了脸色，因为愤怒而变得面相丑陋。"你为什么总是说这些愚蠢弱智的话？"

"麦迪逊！"尼克爆发了，"不许这样对你妈妈说话。"

"好吧，可她就是那样的！那天我听你和艾拉姑姑说，妈妈是个贱人。那你为什么还要装做喜欢她呢？我知道你恨她。"

爱丽丝屏住呼吸。

"我不恨你妈妈。"尼克说。爱丽丝能看到他嘴角的皮肤收紧了。他看起来那么老。

"你非常恨她。"麦迪逊说。

"他不恨妈妈！"这是汤姆说的。他捶了麦迪逊胳膊一拳。"我恨你。"

"汤姆！"尼克怒道。

"啊！"麦迪逊撑着胳膊，膝盖一软，倒在地板上。"他打我。你不应该打女孩子。这是家庭暴力。这是针对女人的暴力行为。"

"你又不是女人，"汤姆讥笑道，"你不过是个蠢女孩罢了。"

麦迪逊猛踹汤姆的腿，汤姆回过头号叫。他看着爱丽丝，满脸通红，充满了正义的愤怒。"妈妈，你看到她踹我有多狠吗？我只是稍微捶了她一下！"

"稍微？"麦迪逊卷起睡袍的袖子，"这是什么？这是个印子！很快就会变成瘀斑！一个大瘀斑。"

"天哪！"爱丽丝吁了口气。她拿起酒杯，环视四周，希望有个大人来控制住局面。

"我想我应该走了。"尼克说。

"你开玩笑吗？"爱丽丝说，"你不能丢下我和孩子不管！"

麦迪逊和汤姆现在似乎都要杀了对方。他们像是发狂的猫咪一样在地板上扭打着。又是蹬腿又是扯头发，还发出震耳欲聋的怒吼声。真厉害。

"他们经常这样干吗？"爱丽丝问，她用手指塞住耳朵，"也许带他们去度假就没那么好玩了。"

尼克笑了，突如其来的大笑，不过他很快又不笑了。

爱丽丝说："你真的和艾拉说我是个贱人吗？"她顿了一下，"我是个贱人？"

尼克走到孩子那边，一只手抓住汤姆的 T 恤衫背面，把汤姆拎到空中，放到沙发上。然后他回过头，对麦迪逊说："回你房间去。"

"我？是他挑事的！他先捶我的！这不公平！妈妈？"麦迪逊坐直了身子，背靠着墙，哀求似的看着爱丽丝。

这时候，奥丽薇亚跑了进来。她只穿了一件 T 恤衫和点缀着草莓图案的内裤。"妈咪，我的短裤放在哪里？我是说那条牛仔短裤。不要问我看过抽屉了没，因为我已经看过了。翻了老半天，真的，我确实仔细找过了。"她把胳膊优雅地举在头顶，踮起脚尖旋转起来。

"你很擅长这个。"爱丽丝说，她很高兴有事情可以分散注意力。

"是啊，我是挺擅长的。"奥丽薇亚叹了口气，仿佛这是项重大的职责。她抬起一条被晒黑的小瘦腿，欣赏着自己绷紧的脚尖。她突然想到了什么。"妈妈，谁带我去参加弗兰妮的养老村举办的家庭才艺晚会呢？是你还是爸爸？那天晚上我睡在哪里？"

"我不太确定。"爱丽丝说。

"我们只有周末才去爸爸那儿睡，"麦迪逊严厉地盯着爱丽丝，"弗兰妮的晚会是在星期三晚上，对吧？"

"嗯，那肯定是这样的，麦迪逊。"爱丽丝说。

"我好饿啊，"汤姆坐在沙发上叹气，"什么时候可以吃晚饭啊？妈妈，求你了，什么时候吃晚饭啊？我想我的血糖降低了。"

"好，汤姆——"

"你为什么总是说我们的名字？"麦迪逊插嘴道。

"噢，对不起，我只是——很抱歉。"

麦迪逊说："你不记得我们了，是吗？"

汤姆在沙发上坐直了身子，奥丽薇亚也不再转圈了。

"她甚至不知道我们是谁。"麦迪逊告诉他们。

第 *21* 章

爱丽丝闭紧嘴，装出严肃、心烦意乱的妈妈模样，试图避免流露出慌乱的神情。"我当然知道你们是谁，"她对麦迪逊说，"别傻了。"

"妈妈怎么会不记得我们？"奥丽薇亚手放在臀部，挺着腰，"麦迪逊，你刚才的话是什么意思？"

麦迪逊烦躁地瞟了妹妹一眼。"妈妈在健身房摔了一跤，撞伤了头。我听丽碧大姨对本姨爹说，妈妈失去了十年的记忆。你知道吗？我们十年前还没有出生呢！"

"是没有出生，那又怎么样？她还是知道我们是谁！我们是她的孩子！"奥丽薇亚看起来很激动。

"你们这些小家伙怎么不去看会儿电视，"尼克说，"或者玩会儿 PlayStation？麦迪逊，也许你以后该收敛一下，别再偷听大人之间的谈话了。"

"我没有偷听！我只是恰好在那里而已！就在厨房里！当时我是去冰箱拿点功能饮料的。我还能怎么办？像这样？"她边说边比画，把手指塞在耳朵里。

"失忆症，"汤姆说，"那叫失忆症。妈妈，你得了这个病吗？"

"你妈妈非常好，没有失忆。"尼克回答。

"妈妈？"汤姆不依不饶。

"我们可以做个测试。"麦迪逊在边上出主意，"随便问她点问题吧。"

"什么问题？"奥丽薇亚接着询问。

"我知道了！"汤姆把手举了起来，好像在学校回答问题一样，"我知道了！好了，妈妈，我最爱吃什么？"

"炸薯条，"尼克接口道，"够了，别闹了。"

"回答错误！"汤姆嚷嚷着，"是炸鸡排，有时候是；其他时候爱吃寿司。"

"好了，被你说中了，爸爸也得失忆症了，到此为止吧。"

"我最爱吃的也是炸鸡排。"奥丽薇亚跟着瞎掺和。

"不可以，"汤姆说，"你自己再想一个！你老是抄我的答案。"

"妈妈，我老师的名字叫什么？"麦迪逊说。

"够了，别闹了。"尼克又重复了一遍。

"噢！我知道那个老师！"爱丽丝差点也把手举起来。她见过贴在冰箱门上的一张便条，便条上写了五年级的郊游活动，还附有一位老师的姓名。"奥拉韦太太！我是说阿洛韦。奥拉韦？反正名字差不多和这很像。"

屋子里陷入一阵不祥的沉默。

"霍洛韦太太是副校长。"麦迪逊安静地说，口气像是指出了一个愚蠢得无以复加，甚至具有相当危险性的错误。

"噢，是的，当然，我就是那个意思。"爱丽丝语气很谦卑。

"你不是这个意思。"麦迪逊说。

"妈妈，我生日是几号？"汤姆问道，他指着父亲警告说："你不可以替她回答这个问题！"

"好了！"尼克拍了拍手，发出很响的啪啪声，"你们的妈妈出了事故，现在对有些事情有点糊涂，仅此而已。妈妈需要你们比平时更多的支持和安静，她不需要接受你们的审问，所以现在我要你们三个去把餐桌上的餐具摆放整齐。"

奥丽薇亚走近爱丽丝，站在她的身边，把一只小手放进她的怀里。她小声说道："你知道我的生日是在六月二十号吧？"

"我当然记得，亲爱的。"爱丽丝说着，突然间觉得自己像个母亲了，"那是你出生的日子，我永远也不会忘记的。"

爱丽丝抬起头，看见麦迪逊站在门厅里紧紧地盯着她。

"你撒谎。"

伊丽莎白给霍奇斯医生的家庭作业

霍奇斯医生，你知道吗？我不再坚持了，以后就直呼你的名字好了。我记得你在我今天首次就诊时强调了这个问题。每次我叫你"霍奇斯医生"的时候，你都会坚定地纠正我："杰里米。"可能你并不喜欢自己的姓氏。我不怪你。霍奇斯听起来像是用来形容胖墩的，而你不是个胖墩。事实上，你挺帅的，害得我老是被你分散注意力。你帅气的脸总是提醒我，你是个真实的人，而我不希望你是一个真实的人。真实的人不会解决实际问题，他们会犯错误。他们说的时候信誓旦旦，但实际上却是错的。

但是无论如何，以后我不再称呼你的职位头衔了。

杰里米，你现在怎么样了？星期天晚上打算做些什么呢？你要和你的漂亮老婆喝红酒吗？她负责烤肉大餐，你负责辅导你家几个金发小朋友做作业？屋子里一定温暖又舒适吧？空气中还有大蒜和迷迭香的味道？

我家的烤箱里可没有烤肉大餐，也没有任何交谈。唯一的声音还是电视机声，这里总是有电视机声。我不敢关掉电视机，我无法忍受寂静。"我们就不能放点音乐吗？"本说的。不能，我要看电视。我想听枪声，录制好的笑声，还有狗食广告。听着嘈杂的电视声，你就不会觉得太凄凉了。

扯远了，我想告诉你什么呢？噢，对了。是本的事情，我和本吵架了。

今天我们从爱丽丝家回来的路上，本开始跟我谈论他昨晚在派对上遇到的人。我看到他们聊天了，当时我在和爱丽丝的新男朋友说话。她的新男朋友，怎么说呢，又温柔又害羞。这让我感觉有点怪异。好像是我对尼克不忠似的。但是我喜欢这个人。言归正传，本跟我提起昨晚的派对时，我心里想，噢，很好，本终于找到可以陪他聊汽车的人了。

但是我错了。

他们在谈不孕症和领养的问题。突然之间，本变成了那种会在幼儿园鸡尾酒派对上跟陌生人大谈私生活的人。这么多年来，我都想错了。他根本不是那种沉默寡言、内心强大、受过创伤的人。

跟本聊天的那个人有个妹妹，他妹妹做了十一次试管婴儿都没有成功，最后从泰国领养了一个女婴。女婴长大后成了一个天才小提琴手，他们全家从此过上了幸福的生活。

本要了他妹妹的号码，他打算给她打电话。我老公眼里放射着光芒，就像皈依了宗教一样。从前的"绝不领养先生"变成了"迫不及待要领养先生"。

我问他，这个过程需要多少年，但是他不知道。

我就换了个话题。

然后今晚，我们正在收看新闻，电视上放了缅甸的飓风。镜头里有一个穿着红裙子的女人，爱丽丝有一条裙子和她穿的有点像。她站在一堆瓦砾前，那里原本是她女儿的学校。她手里拿了张照片，上面有一个表情严肃的女孩，年纪看起来和奥丽薇亚差不多。女人礼貌地用熟练的英文和记者交谈，说当地政府正在全力救灾。她看起来状态很好，就像是商务代表参加谈判似的。镜头移开了，等到镜头再转回来的时候，这位妈妈正痛苦地在地上翻滚，号哭，咬着指头。记者向观众解释，她刚刚听说学校的抢救行动不再继续，因为情况太危险了。

当时我正在吃玉米片，看着电视里这个女人经历着她一生中最痛苦的时刻。

我没有权利为任何事情难过，没有权利因为自己失去了根本不存在的孩子而接受您这样要价不菲的医生的治疗，世界上有血有肉的悲伤故事很多，有很多真正意义上的妈妈失去了她们真正意义上的孩子。我为自己感到恶心。

本这个时候却说："很多孩子一定失去了自己的双亲。"他的语气很沉重，但是我敢肯定，这其中还夹杂着一丝欣喜。就好像，嗨，太方便啦！死了这么多父母！剩下的孤儿随便挑！搞不好现在正有一个可爱的小提琴家从瓦砾堆里爬出来呢。老天保佑啊。

我呛了他一句："是呀，这场飓风来得太棒了！"

他说："别这样。"

突然之间，我就开始大喊大叫："我原来是想要领养的！我原来是想要的！我原来是想要的！但是你！你说不行！你说你自己是被领养的，内心受过伤害，你说——"

他打断了我的话，说："我从来没有说过'内心受伤害'这种话。"

他是没有说过。但是他就是这个意思。

我说："你说过。"杰里米，我的意思是，他过去还不如直接把话说出来。

他说："扯淡。"

我真的痛恨这个词，这个词让我很恶心。他知道的。而且这词字面也讲不通啊。"淡"怎么"扯"？

然后他倒开始埋怨我了。杰里米，他说："我以为是你不想领养孩子的。"

我肺都快被他气炸了，稍微缓过劲后，我说："你为什么会这样想？"

他说："每当人们问我们这件事情的时候，你总是很恼火。你会说，我们要亲生的孩子。"

我说："但是我说这些还不全是因为你？因为你从一开始就特别反感领养的事情。"

他说："我以前是反对，但是后来我们一直没要上孩子，领养就是顺理成章的事了。但是我不想提它，因为你似乎很抵触这个想法。"

现在一切都清楚了。从这件事情上，你就可以知道婚后的良好沟通到底有多重要了吧？

这让我想起了调查空难的电视节目。有的时候，大空难其实就是一些最微小、最愚蠢的错误导致的。

我说："不管怎样，现在说这些都太迟了。"

他说："现在不迟。"

我说："我不打算领养，我太累了。"

杰里米，我说的是真心话。我最近曾经想过，过去的几年里，我一直都处于疲惫的状态。一遍又一遍地要孩子，把我搞得身心俱疲。我什么都没剩下来，我彻底完了。我都想要是能睡上个一年半载，该有多好。

我说："我们当不了爸爸妈妈了，这事到此为止。"

他嚼了一会玉米片后（他嚼得可起劲了，和小白鼠似的），说："那我们是不是下半辈子就这样天天坐在这儿看电视？"

我说："我没意见。"

他站起身，离开了房间。

现在我们俩正在冷战。自从那晚吵架以后，我再也没见过他。但是我知道，他回来以后，我们俩还是不会说话。或者，即使我们说话了，说话的方式也是那种礼貌，但是冰冷的样子，和冷战没什么区别。

现在，我什么都感觉不到。

什么都没有。

现在，我正在用玉米片和《澳大利亚最搞笑的家庭录像》来填补内心空阔无边的虚无。

第 *22* 章

洛夫一家围坐在餐桌边。爱丽丝先是坐在奥丽薇亚的位置上，搞得大家都很尴尬。还是尼克来救场，他朝爱丽丝努了努嘴，让她坐到了奥丽薇亚对面的椅子上。

孩子们都坐得不大老实，扭来扭去的，仿佛喝醉了一般。看起来他们现在安静不下来。他们调整椅子的位置，总是把餐具弄掉到地板上，说话的嗓门尖利，一个高过一个。爱丽丝不知道这是否正常，总之肯定不是放松状态下的举动。尼克牙关紧咬，好像晚餐是一次他不得不忍受的可怕医学检查。

"我就知道你不会记得要做意大利千层面的事。"麦迪逊厌恶地戳着她的汉堡。

"她得了失忆症，你这个蠢货。"汤姆含含糊糊地说，他的嘴里塞满了食物。

"注意礼貌。"爱丽丝下意识地说出了这句话，然后她愣住了。她刚才说了"注意礼貌"，这到底是什么意思？

"是哦。"麦迪逊说。她扭过头，深色的眼睛望着爱丽丝。"对不起。"

"没关系。"爱丽丝说完就低下了头。这孩子可能会有点吓人。

"妈咪，今天吃什么甜点？"奥丽薇亚问道。她一边吃饭，一边有节奏地踢着桌腿。"也许是冰激凌？我知道了，也可能是巧克力粥？"

"巧克力粥是什么东西？"爱丽丝不解地问。

"噢，真笨，你知道的！"奥丽薇亚说。

汤姆拍着自己前额。"你们这些女孩子！她失忆了！"

"亲爱的妈咪，"奥丽薇亚说，"现在病好了吗？你那个失、失什么的病？你也许要吃一粒必理痛[①]？我可以拿给你。我现在就拿给你！"

她推开椅子，转身就要去拿药。

"奥丽薇亚，吃你的饭。"尼克说。

"爸爸，"奥丽薇亚嘟囔着说，"我想帮忙都不行吗？"

"说得好像必理痛能有什么效果似的，"汤姆说，"她可能要开刀呢，做脑部手术。由脑科手术师来做，我前天晚上在电视上见过一个脑科手术师。"他好像一下子想起了什么，"嗨！我想解剖一只老鼠，看看它的脑子是啥样，再看看肠子！用手术刀解剖，那样就完美了。"

---

① 澳大利亚最常用的止痛药。

"噢，我的老天爷，"麦迪逊放下刀叉，将头抵在餐桌上，"我都要被说吐了，我真是恶心得想吐。"

"别说了。"尼克说。

"这就是老鼠的大脑，麦迪逊你快看。"汤姆拿着餐叉挤压汉堡里的肉馅，"老鼠的脑子，我切，我切，我切切切！"

"让他别搞了！"麦迪逊哀号道。

"汤姆！"尼克叹了口气。

"好了！"爱丽丝说，"今天在水上中心玩得快活吗？"

麦迪逊抬起头对爱丽丝说道："你记得你和爸爸要离婚吗？你撞到头之后，还记得这件事吗？"

尼克发出一声压抑、无助的叹息。

爱丽丝考虑了片刻。"不，"她说，"我不记得了。"

没人说话了。奥丽薇亚的餐叉当啷落在了盘子里。汤姆背过手，愤怒地对着胳膊肘上的什么东西皱着眉头。麦迪逊的脸开始涨红了。

"那，你现在还爱爸爸吗？"麦迪逊小心翼翼地问道，声音有点颤抖，听起来年幼了许多。

"爱丽丝。"尼克的话充满了警告的意味。与此同时，爱丽丝说："爱，我当然还爱他。"

"那么爸爸可以回家住吗？"奥丽薇亚高兴地抬头问道，"还可以再睡在他自己的床上？"

"好了，该换个话题了。"尼克说。他避开了爱丽丝的目光。

"他们以前吵架太多次了。"汤姆说。

"我们吵些什么？"爱丽丝问道，她急切地想要了解这些事情。

"噢，我不知道。"汤姆生气地说，"你说就是因为经常吵架才不能继续一起生活的，因为你们吵架太多次了。就算我和我的蠢姐姐、笨妹妹一天到晚都在吵架，可我还是得继续和她们住在一起，所以你的话根本不符合逻辑。"

"你们因为吉娜的事情吵架。"麦迪逊说。

"别提吉娜！"奥丽薇亚说，"我听着难受，那绝对是个悲剧。"

"RIP，"汤姆说，"你提到去世的人时，就要说这句话。意思是'愿逝者安息'。无论什么时候，你听到他们的名字都要说这句话。"

"我们为什么要为吉娜而争吵呢？"爱丽丝问。

"RIP！"汤姆叫了起来。

"那个，水上中心还是很好玩的，"尼克说，"对不对呀，孩子们？"

麦迪逊说："我估计爸爸认为，比起他，你更喜欢吉娜。"

"RIP！"汤姆和奥丽薇亚异口同声地喊道。

"闭嘴！"麦迪逊有些生气，"有人去世这件事可不是拿来开玩笑的！"

爱丽丝看了一眼尼克。他满脸通红，好像被冷风吹了一样。她看不出来这到底是因为生气还是窘迫。天哪！难道她和吉娜有某种炽烈的同性婚外情？

"你们为'美国运费'吵了很多次。"汤姆说。

"那叫'美国运通'。"麦迪逊说。

"美国运费我也听得懂。"尼克开玩笑似的举起酒杯致意，但是他还是没有看爱丽丝。

"有一次，你们俩为了我而大吵特吵。"奥丽薇亚还挺得意的。

"为什么？"爱丽丝问道。

"啊，你记得嘛。"奥丽薇亚看起来很谨慎，"就是那一天，在海边。"

"我说过几十亿次了，她失忆了！"汤姆说。

"奥丽薇亚走丢了。"麦迪逊说，"警察都来了，你在那儿哭。"她不怀好意地望了爱丽丝一眼，"就像这样：'奥丽薇亚！奥丽薇亚！我的女儿！我女儿去哪里了？'"她用手捂着脸，假装大声哭泣的样子。

"我是那样的？"爱丽丝觉得自己被麦迪逊的表演愚弄和伤害了。

"给你提个醒，"麦迪逊说，"奥丽薇亚是你最喜欢的孩子。"

"你妈妈没有偏爱你们当中的任何一个。"尼克说。

她有吗？她希望自己没有。

"麦迪逊，我怀你的时候，"爱丽丝说，"我和你爸爸叫你'小葡萄干'。你知道这件事吗？因为你和小葡萄干一样小。"

"你们从来没有和我说过。"麦迪逊有些怀疑。

"那你们叫我什么呢？"奥丽薇亚问道。

"真的吗？我从来没有和你说过？"爱丽丝说。

麦迪逊转过头问尼克。"她说的是真事吗？你们叫我'小葡萄干'？"

"你爸爸拿厕纸筒当话筒，隔着我的肚皮对你喊话，"爱丽丝说，"他说：'里面注意了，小葡萄干！是我！你爸爸！'"

麦迪逊笑了。爱丽丝怔怔地看着她，她头一次见到麦迪逊如此美丽的笑容。她感到自己被爱的子弹击中了，子弹的威力如此强大，让她的胸口有些疼。

她低头看着餐盘，一桩往事直接浮现在脑海里。

她坐在一辆小汽车里，车厢内洒满了朦胧的金色光线，她闻到了盐和海草的味道。她的脖子痛，她回头看了看宝宝，真是个奇迹。宝宝她睡着了。肥嘟嘟的粉色脸蛋，长长的睫毛，脑袋歪拉在车座的一侧。爱丽丝望着她，一束光线落在宝宝的脸上，宝宝的眼睛扑簌地睁开了，她打了个哈欠，睡眼惺忪地伸个小懒腰。然后她看见了爱丽丝，整张小脸浮现出惊讶的笑容，好像在说："嗨！不敢相信！你也在这里！"突然，驾驶座上传来了如雷的鼾声，震耳欲聋，宝宝看起来吓呆了。"没事的，"爱丽丝说，"是爸爸。"

"宝宝不肯睡，"爱丽丝望着尼克，"我们不开车，她就不肯睡觉。"

尼克不停地往嘴里塞食物，直视着前方。

爱丽丝盯着麦迪逊，眨了眨眼睛。桌子对面那个愤怒的陌生小女孩就是那个宝宝。而车里那个咯咯笑的宝宝就是小葡萄干。

"我们开车开了一个通宵，"爱丽丝对麦迪逊说，"我们每次停车，你都要尖叫。"

"我知道，"麦迪逊说，她又变阴沉了，"你们带着我一直开到了曼利，你们把车停在了停车场，然后你、爸爸，还有我都在车里睡着了。然后你们带我去了海滩，我第一次翻身。不就这些么。"

"是的！"爱丽丝激动地说，"宝宝在野餐布上翻身了！我们从那个支着蓝色遮阳棚的地方买了外带咖啡，还有烤火腿和奶酪三明治。"

这件事情感觉就像昨天发生的一样，又像是百万年前那么遥远。

"我八周大的时候，要睡上一整晚呢。"奥丽薇亚说，"是不是，妈妈？论睡觉，我可是金牌睡神哦。"

"嘘。"爱丽丝说，她举起手，试图不被岔开话题。她脑海里那天的场景如此清晰。宝宝的条纹衫。尼克没刮胡子的脸和通红的眼睛。白色的海鸥在蔚蓝的天空中发出嘹亮的叫声。他们都累得有点头重脚轻，还有咖啡因进入血流后的舒畅感。他们当爸爸妈妈了，他们的生活中有惊喜，也有恐怖。这就是为人父母的快乐和辛苦。

"妈咪。"奥丽薇亚带着哭腔。

她要是记得那一天的话，那就应该可以想起麦迪逊出生的时刻。她就可以想起尼克收拾行李离开家的那个日子。

"妈咪。"奥丽薇亚又说。噢，求求你了，安静点。她在黑暗中摸索着，但是什么都没有找到。

她只想起了那个早晨。

"但是尼克。"她开口道。

"什么？"他沉着脸，不高兴地说。他真的不喜欢她。他不仅仅是再也不爱她了。他甚至不喜欢她了。

"我们那时候是那么的快乐。"

伊丽莎白给杰里米的家庭作业

现在是凌晨三点。

你好，杰。本开车出去了。我不知道他现在在哪里。

我好累。

嘿，你知道吗？如果你不停地复述某个词，这个词听起来真的会很奇怪。

比如，我们说个词吧，不孕症。

不孕症。不孕症。不孕症。不孕症。

绕来绕去的，卷在一起，恶心的词。好多音节。

不管怎么说，杰里米，我亲爱的治疗师（奥丽薇亚是这么说的），我观点是这样的，如果你观察什么东西太久的话，它们就会变得奇怪，毫无意义。我想要孩子太多年了，以至于整个求子理念似乎都变得奇怪了。我想当妈妈，我想当妈妈，我想当妈妈。现在我甚至都不确定自己当初是不是真的想当妈妈了。

看看爱丽丝和尼克。他们有孩子以前是那么的快乐。当然，他们爱他们的孩子，但是说实话，养育孩子要花很大的工夫。你没有办法"保存"那些可爱的宝宝。宝宝们会消失，他们会成长。他们长大以后就不一定那么可爱了。

麦迪逊曾经是最美丽的宝宝，我们都宠她。但是现在的麦迪逊似乎和那个宝宝毫无关联，她的脾气那么暴躁，那么奇怪，她能让你觉得自己是个弱智。（是的，杰里米，一个九岁的小孩能让我感到自己低人一等。这是不是表示我情感上不成熟？）

汤姆过去喜欢把脸埋在我的脖子上，现在，如果我试着碰他，他反而要挣脱。他会事无巨细地把电视剧的情节全都告诉你，其实那些细节根本就没必要说。有点无聊。有时候听他说话，我就会去想别的事情。

奥丽薇亚依旧很漂亮，但是她也有很强的控制欲。有时候好像她知道自己在卖萌。

还有，打架。你应该来看看他们打架，你会大吃一惊的。

看到了吧，我是个糟糕的大姨。我对那三个可爱的孩子竟然做出这样恶毒的评价，其实我平时几乎见不到他们。那么，我能成为什么样的妈妈呢？一个可怕的妈妈，甚至也许还会虐待孩子。他们可能会把我的孩子带走，把他们交给别人抚养。这样一来，一个不孕的女人就能领养他们了。

你知道吗，杰里米，奥丽薇亚还在学走路的时候，有一次，我带了她一整天。当时，爱丽丝和吉娜出去参加学校的活动了。奥丽薇亚特别乖，又那么可爱，她应该可以得一个"最可爱宝宝奖"，但是你知道吗，那天快要结束的时候，我无聊得快要死了，因为我围着她转了一整天，我需要不停地跟她说，不要碰这个，不要碰那个，喔，对了，你看那道亮光。

我感到无聊，疲惫，而且还有点想发火。爱丽丝回家后，我把她交给了爱丽丝，总算轻松了，感觉自己像是一片羽毛那样轻。

怎么样？我这么想当妈妈，当不成还整天唉声叹气"噢，我真可怜"。可是我才带了一天的孩子就烦了。

我总是暗想，我在不孕症患者同好里的那个朋友安娜·玛丽，也不会是个好母亲。她太没有耐心，太脆弱了。但是也许她们也都是这样看我的，也许我们都只能成为糟糕的母亲。本的妈妈可能说得没错，她说："大自然最了解我们。"大自然知道我会是一个糟糕的母亲。所以每次我一怀孕，大自然都会说："其实这个孩子与其遇上像她这样的母亲，还不如死掉来得好。"

毕竟，本的妈妈也不能生育。现在看看她，她确实是一位糟糕的母亲。

最重要的是我们不应该领养孩子。

我不再想当母亲了，杰里米。

母亲。母亲。母亲。母亲。

听起来像是"窒息"①。奇怪的词。

———————————————

① 对应原文 smother。

我甚至不知道我为什么在哭。

老奶奶的老心思!

好吧,来自达拉斯的多丽丝,我也不知道我为什么就是想接受你的建议,但是我确实接受了!我已经邀请X先生过来吃晚饭了。我正在做我的独门**奶酪洋葱乳蛋饼**。

我不确定我希望实现什么,但是我再也受不了了。每个人都为我感到难过,一群可悲的老女人不停地告诉我要"轻松一点"。

你问我如何对爱情死心的,这是个简单而愚蠢的故事。我在二战初期的时候爱上了一个叫保罗的男孩。我当时想,我俩是奔着结婚去的。后来他参军了,我去车站为他送行。他另一个女朋友也来了,我现在还记得她的样子。很漂亮,黑发。他脚踩两只船,一个金发,一个黑发。他是个"玩家"。当看见我们俩同时出现的时候,他竟然笑了。这就是个大笑话,也许我就是那时候失去幽默感的。

后来他死在了日本战俘营里。可怜、自私、英俊、年轻的保罗。他怎么就这样死了呢?还有那么多年轻女孩的心没来得及糟践呢。

另一个女孩挺了过来。她和别人结婚了,生了六个孩子。我没有那么坚强。每次有男孩对我表示出任何一点兴趣的时候,我都说:"不,谢谢你。"也许这是错误的,也许不是,但是据我观察,经营婚姻并不容易!我不用专门准备晚饭,不用洗衬衫,更不会有男人对我发号施令!我有一个精彩刺激的职业生涯,可以四处旅行。这个生活并不坏。

评论

时尚俏夕阳：

　　弗兰妮，婚姻是种恩赐。你要是个男人就好了！开个玩笑。你的博文让我有点想法了。艾德和我八月份就要庆祝我俩的结婚五十周年纪念日了。五十年的时光，有快乐也有悲伤。很难想象如果我选择了另一条路，我的生活会是什么样子。当然，我不会改变什么。（尽管我确实希望，在提到钱的问题时，他不要那么小气！）

AB74：

　　婚姻是爱，爱是盲目的。因此，婚姻是盲人机构。哈哈哈哈哈。这是我最喜欢的笑话之一。我喜欢在婚礼上说这个，总是能让人大笑不已。（我自己一辈子都是单身汉。）

弗兰克·尼尔里：

　　要是你和一个合适的男人相遇的话，你就不会这样说了！一个更年轻的男人。一个愿意把你当成公主侍候的男人！我不害臊地说，我一想到你在那个火车站，我心里全是泪。

来自达拉斯的多丽丝：

　　看到你试着破除和 X 先生之间的坚冰我很欣慰！你做得很好！要及时发博文告诉我们后续情况哦！顺便说一下，你谈及生活的口气就好像生活快要结束了似的！你享福的日子还多得很呢，弗兰妮，我知道的。

PART 6

照 片 里 的 亲 密 朋 友

照片上有些人爱丽丝并不认识，但是有张脸一而再，再而三地出现，她渐渐想起，这个人一定是吉娜。她俩看起来非常亲近，这对爱丽丝来说很不寻常。她从来没有和谁有过这样的友谊，搂搂抱抱的，十分亲密。爱丽丝盯着照片上的吉娜看了半天，她看起来挺有趣的，尽管她不是爱丽丝会选作朋友的那种女人，她看起来像是那种有点傲慢专横的人。

但是也许不是。事实上，爱丽丝自己在某些照片里显得有点像是这种类型，说话有点大声，荒唐可笑。也许她失忆前确实是这样的人，所以她才会瘦得这么厉害，还喝这么多咖啡。

第 *23* 章

"好了。安全带都系上了吗？"爱丽丝说。她转动钥匙点火，手微微颤抖。她真的每天都要开这么大的汽车吗？感觉像是一辆硕大的半拖车。不过很明显，这种车叫 SUV。

"你确定明天你可以安全地把孩子们送到学校吗？如果你觉得有任何危险，我可以开车送他们的。"尼克前晚临走之前说了这番话。爱丽丝其实想说："我当然不在状态，你这个笨蛋！我甚至不知道学校在哪儿！"但是尼克的腔调怪怪的，爱丽丝觉得脖子后面的汗毛都竖起来了，她突然产生了一种强烈的感觉，这种感觉既陌生又熟悉，似乎可以用……暴怒来形容？尼克现在和她说话的时候总是有种讥讽的意味。急躁的声音又在爱丽丝的脑海里响起：这个道貌岸然的混蛋，把我说得像个坏妈妈似的。"我没事。"她说。尼克也没好气地叹了一声。爱丽丝看着尼克走向他那辆铮亮的小汽车，感到如释重负。但是她转念一想，为什么你不直接和我上床睡觉呢？

现在，她的三个孩子就坐在她身后的车座上。他们的情绪都很糟糕。如果他们昨天晚上喝酒了，那么现在正承受这严重的宿醉影响，脸色苍白，脾气暴躁，还有青紫色的眼袋。他们是因为她的缘故才睡不好的吗？她怀疑是自己让孩子们错过了正常的就寝时间以至于熬到了很晚。爱丽丝也问过孩子晚上一般什么时候睡觉，可是他们回答得实在太含糊了。

爱丽丝调整了一下后视镜。

"你还记得怎么开车吗？"汤姆问道。

"当然记得了。"爱丽丝的手紧张地悬在手刹上。

"我们要迟到了，"汤姆说，"你可能得超点速。"

这个早上不仅奇怪，而且让人紧张。汤姆七点钟就跑到爱丽丝的卧室门口说："你恢复记忆了吗？""还没有。"爱丽丝一边回答，一边试图把昨晚所有关于尼克朝她大喊大叫的梦都忘掉。"她还没有恢复！"她听到汤姆的尖叫声，然后又听到了打开电视机的声音。她下床时，发现麦迪逊和汤姆穿着睡衣，吃着麦片，在电视机前晃悠。"你们上学前会看电视？"爱丽丝问道。"有时候会。"汤姆回答得很小心，眼睛却没有从电视上移开半寸。二十分钟后，汤姆又变成了热锅上的蚂蚁，大声喊着，他们必须在五分钟之内出发。这时候爱丽丝才发现，奥丽薇亚还躺在床上睡大觉，很明显，爱丽丝应该喊她起床。

"我想奥丽薇亚可能生病了。"爱丽丝话音未落，奥丽薇亚又倒回枕头里，头偏到一边，睡意蒙眬地嘟囔着，"不用了，谢谢你，我再待一会，谢谢你，再见。"

"妈，她每天早晨都是这个样子。"汤姆反感地说道。

最后，爱丽丝把半睡半醒的奥丽薇亚拖起来套上了一件校服，喂了几勺麦片。与此同时，麦迪逊在浴室里花了半个钟头的时间，用吹风机弄头发。按照汤姆的说法，他们离开家出发的时间"晚得令人不敢相信"。

爱丽丝把手放在手刹上。

"妈，你早上是不是没梳头啊？"麦迪逊问道，"我没有不敬的意思，只是你看起来有点……恶心。"

爱丽丝用手理了理头发，想把头发弄平顺些。她一直以为，自己只不过是送孩子上学而已，应该不需要专门打扮。她也就懒得打理头发或是化妆什么的，只是穿了一条牛仔裤和一件T恤，外面再套上一件从抽屉里面翻出来的西瓜色无袖套衫，就这样出门了。这件无袖套衫褪色了，线头也露在外面。这件衣服帮爱丽丝稍稍理清了点头绪，因为她意识到，自己记得这件衣服，这是她和伊丽莎白几个星期前才买的。

只不过所谓的几个星期前，也是十年前的事了。

"不要对妈妈那么刻薄。"奥丽薇亚对麦迪逊说。

"不要对妈妈那么刻薄！"麦迪逊用蜜糖般的语调模仿道。

"不要学我！"奥丽薇亚说。爱丽丝感觉她在踢车座。

"我们出发得太晚了。"汤姆抱怨着。

"你们三个怎么就不能安生一会呢！"爱丽丝火了，声音一点也不像她，同时她拉下手刹，倒车出了车道，左转，手利落地搭在裹着皮革的驾驶盘上，就好像她曾经无数次地说过相同的话，做过同样的驾驶动作一样。

她驾着车向红绿灯驶去，手已经放在右转信号灯按钮上了。

车后座立马安静下来，气氛阴沉。

"今天学校都有什么新鲜事呢？"她说。

麦迪逊夸张地叹了口气，就好像她从来没有听过更愚蠢的话似的。

"火山，"汤姆答道，"我们在讨论是什么原因导致了火山喷发。我已经写了一些问题，准备交给巴克利太太。用漂亮的花体字写的。"

巴克利太太真可怜。

"我们在准备一个母亲节惊喜礼物。"奥丽薇亚说。

"你说出来了不就不惊喜了吗？"麦迪逊说。

"还是惊喜！"奥丽薇亚分辩道，"妈妈，还是惊喜，对不对？"

"是，当然啦，还是惊喜，我不知道你们准备了什么。"爱丽丝说。

"我们在做特殊的蜡烛。"奥丽薇亚说。

"哈！"麦迪逊说。

"好吧，不过我还是不知道蜡烛是什么颜色。"爱丽丝说。

"粉色的！"奥丽薇亚回答。

爱丽丝笑了。

"笨蛋。"麦迪逊说。

"不许这样说妹妹。"爱丽丝说。她和伊丽莎白也是用这样糟糕的方式交谈的吗？好吧，记得有一次伊丽莎白朝她扔指甲剪。爱丽丝头一次对当年的妈妈感到同情。她记得当初她们姐妹俩吵架时，妈妈从来没有朝她们大吼大叫过，只是不停地唉声叹气，悲伤地说："要友善啊，孩子们。"

车在红灯前停了下来。过了一会，绿灯亮了，但是爱丽丝不知道该朝哪个方向拐。

"嗯……"她说。

"一直向前。第二个路口左拐。"汤姆从后座上简洁地发出指令，语气和他爸爸尼克像极了，爱丽丝想笑。

爱丽丝开着车。这辆汽车挺大的，陌生感再次袭来。

她看见前面那辆大车和自己这辆很相似，上面坐着一个女驾驶员，后座上两个小脑袋晃来晃去的。

爱丽丝现在是一个母亲，开车带着三个孩子去上学。她每天都在做这件事，简直令人难以置信，太刺激了。

"和学校里其他小朋友的妈妈相比，"爱丽丝说，"我对你们严格吗？"

"你简直是个法西斯，"麦迪逊说，"你就是个盖世太保。"

"你也就是平均水平，"汤姆说，"比如，我举个例子好了，布鲁诺的妈妈甚至不让他参加学校的郊游活动，她能刻薄到这个程度。但是也有像阿利斯泰尔的妈妈那样的，她允许他晚上9点钟再睡，他随时可以去吃肯德基，而且他家吃早饭的时候还能看电视。"

"好了！"爱丽丝说。

"行，我不说了。"汤姆干巴巴地笑了两声，"妈妈，对不起。"

"我什么时候像盖世太保了？"爱丽丝说。

"别多想了。"麦迪逊叹了口气，"你就是那样的人，没办法。"

"我不觉得你严格，"奥丽薇亚说，"只是有时候，你有点爱发脾气。"

"什么事情会让我生气？"爱丽丝说。

"我，"麦迪逊说，"光是看到我就能让你发飙。"

"上学走晚了的话通常会让你非常生气，"汤姆说，"嗯，让我想想，还有，摔门。你受不了摔门，这时候你的耳朵真的很灵。"

"爸爸让你生气。"奥丽薇亚说。

"噢，对的。"汤姆表示赞同，"爸爸是让你最生气的。"

"为什么？"爱丽丝试图不让自己表现得太过感兴趣，"他做了什么让我对他如此生气？"

"你恨他。"汤姆说。

"那肯定不是真的。"爱丽丝说。

"是真的，"麦迪逊疲惫地说，"你都忘记你做过些什么了。"

爱丽丝从后视镜里望着那三个无与伦比的孩子。汤姆正皱着眉头看自己手腕上那块硕大的塑料手表，奥丽薇亚迷迷糊糊地盯着前方，麦迪逊的前额抵在车窗上，眼睛闭着。她和尼克对孩子做过些什么？连这种家常谈话都能扯上仇恨。爱丽丝觉得自己实在很羞愧。

"对不起。"她说。

"对不起什么？"奥丽薇亚说，她似乎是唯一一个还在听的人。

"关于你们爸爸和我的事情，我对不起你们。"

"噢，没关系的。"奥丽薇亚说，"我们放学后可以吃热巧克力吗？"

"前面是绿色箭头信号。"汤姆言简意赅地说。

爱丽丝转进一条街道，路旁停满了像卡车一样的汽车，和她现在开的这辆很相似。看起来像是在过节，女人和孩子们，到处都充满了节日的气氛。女人们三三两两地站在一起，太阳镜推在头顶，围巾随意地搭在脖子上。她们都穿着牛仔裤和靴子，搭配着剪裁精湛的麂皮夹克。妈妈们都是这样苗条漂亮的？爱丽丝试着回想自己上学时看到的家长形象。那时候的妈妈们不是有点胖，看着挺普通的吗？有点不起眼，丢进人堆找不着的那种？

有几个女人看见了爱丽丝，还向她招手致意。她记得其中一个人还在幼儿园鸡尾酒派对上喝得醉醺醺的。噢，天哪，她出门前应该做一下头发的。

孩子们穿着蓝色的校服，在周围欢叫着跑来跑去，就像一群群小鸟。天真无邪的光洁小脸蛋真好。

"我们没有迟到。"爱丽丝说。

"我迟到了，"汤姆咕哝道，"我的间谍俱乐部有个会议要开。没有我，他们都不知道该干什么。"

他们找到了一处停车位。

"小心。"汤姆紧张地说，因为爱丽丝倒车撞上了路缘石。

她拔下钥匙的时候松了口气。孩子们马上解开安全带，"咔啦"一声打开沉重的车门，从车上溜了下去，背包挂在肩上晃来晃去的。

"嗨，等等我！"爱丽丝说。她还在担心流程和吻别的事情。

下车的时候，她看见了多米尼克。他戴着领带，衬衫袖子整齐地挽在胳膊上。此时多米尼克正蹲在地上，面前的三个小男孩给他解释着什么，似乎是一件关于足球的事情。多米尼克严肃地点着头，好像在处理一桩高端商务会谈似的。两个母亲站在边上，等着和他说话。多米尼克看见了爱丽丝，朝她挤了挤眼，爱丽丝不自觉地笑了。他人挺好，毫无疑问，他人非常非常……好。

"你和他上过床了？"一个优雅的声音传进了爱丽丝的耳朵里，只有美容院里才有的浓重甜香扑鼻而来。

又是那个可怕的女人，凯特·哈珀。

"噢，你好。"爱丽丝后退了一点。凯特披了件非常合身的大衣，皮肤一看就是磨过的，还有闪亮的嘴唇。早晨送孩子上学打扮成这样有点过分了。

凯特没等爱丽丝回答。"天哪，我都嫉妒了。我们都快一年了。"

"一年？"

"我们已经一年没有做爱了。我下面肯定都结蜘蛛网了。"

陌生人会和你说这种事情吗。

凯特还在看多米尼克。"顺便说一句，魔掌已经伸向多米尼克了。米丽娅姆·戴恩觊觎他很久了。很明显，她告诉费丽希蒂，她觉得你刚和尼克分居就去追求多米尼克，真是太不像话了。我向她保证不会把这个消息透露给你，但是，我当然知道你想知道了！"她压低了嗓音，美丽的脸变得狰狞，"你听到这个一定会捧腹大笑。很明显，那天晚上聚会的时候，米丽娅姆喝了几杯酒就开始骂你了，你知道她骂你什么吗？"

爱丽丝不解地望着凯特。

凯特压低声音耳语道："荡妇！"然后又扬起声调，尖声说道："搞笑吧。太有八十年代的感觉了！我当时就想，我一定要告诉爱丽丝，她肯定乐意听！那个女人嫉妒得眼睛都红了！当然，汤姆踢球得分的时候她都恨死了，你知道的，她给哈利搞了一大堆课外训练，她一直认为哈利是个天才，哈哈，那头小猪崽！"

爱丽丝感到恶心。她向四周看了看，想找到自己的孩子，然后找个借口脱身。汤姆坐在一条长凳上，正在给另外两个小男孩发表讲话，小听众们都挺专注，其中一个甚至还做了笔记。奥丽薇亚在表演侧手翻，一群小姑娘忙着鼓掌。她没看到麦迪逊在哪。

"好吧，"她说，"你可以告诉米丽娅姆大可放心。尼克和我要复合了。"

凯特死死抓住爱丽丝，胳膊都被她给抓痛了。"你开玩笑呢。"

"没有。"她想起了昨晚尼克道别时的冷峻表情，"呃，不管怎样，我们在努力。"

"可是，究竟出什么事了？我的意思是，你上个星期才跟我说过这事——感觉已经无法挽回了！你说过，你现在看见他就烦，他真的让你恶心！你说过，你永远都不会原谅他！你还说——"

"原谅他什么呢？"爱丽丝打断了凯特的话头。

"太令人惊讶了！"凯特将一缕卡在她泛着光的黏糊糊的嘴唇上的金色发丝择起。她激动之余，原来的时髦嗓音也丢失不少。

"我需要原谅他什么？"爱丽丝强忍着用双手卡住凯特·哈珀的完美脖子，将她掐死的冲动。

"嘿。"

一只手搭在了她的肩上。

爱丽丝抬起头，看到多米尼克站在她身旁。

"凯特，你好哇。"多米尼克说。他的手还是搭在爱丽丝的肩上，暗暗抚摸着她。很舒服，但是尼克都是公然抚摸她的。"恭喜你们俩，星期六晚上的派对很成功。"

既权威又害羞，他可真是个奇怪的混合体。

"你还好吧，多米尼克？"凯特问道。她的神色中不仅有同情，还有掌握新鲜八卦消息的得意劲儿。

"星期一嘛，当然要奋起一搏咯。"多米尼克挪开那只搭在爱丽丝肩上的手（爱丽丝还挺怀念的），滑动脚步，摆出一个怪怪的、傻乎乎的拳击架势。

他对爱丽丝微笑了一下，又拍了拍她的胳膊："我待会和你说。"

爱丽丝回笑致意。他看着她的样子和尼克刚和她约会时看她的样子一模一样。那目光让她非常满意，极有兴味。她想，尼克现在是如何看她的呢？

"嗯，好的。"她说。

"噢，多米尼克，我们这里需要你！"一个女人颤声说道。

他马上大步流星地走了过去。

"我估计你还没有告诉他吧，关于你和尼克的事？"凯特贪婪地问道。

"噢，没有。还没来得及说。"

"但是这件事情已经定了？"

"我想是的，我希望如此。差不多算个秘密吧。"

"懂了，我会严守秘密的。"凯特在嘴唇上做了一个拉上拉链的动作。

"我需要原谅尼克什么呢？"

"嗯。你说什么？"凯特看起来注意力不大集中，"噢，好吧，你知道的，我们聊过吉娜的事。"

"吉娜怎么了？"在爱丽丝的脑海里，凯特总是在她身边，不停地摇晃她，直晃到牙齿都打架了。

"你知道的，你说他甚至连葬礼都不愿意去参加。你好像对此特别的……呃，所以事情就是发生得这么突然。"

也就是说，爱丽丝最好的朋友下葬时，尼克没来。为什么不来呢？肯定有个非常充分的理由。他们肯定不是因为这种事情闹离婚的。

"我就说一件事好吗？"凯特说。她摆弄着夹克衫上的一颗纽扣，抬起头看着爱丽丝，表情很尴尬。"呃，你要想清楚，如果只是为了孩子们的话，还是别复合了。我爸妈也是为了孩子而将就过的。"说到"为了孩子"的时候，凯特用手指在空中比画了一对引号。"我这样和你说吧，当爸爸妈妈互相鄙视的时候，孩子们心里一清二楚。这样不好。这样对成长没有好处。你知道，多米尼克不能错过，他人真的很好。所以，不管怎么说，今天凯特的意见就是这样，亲爱的！我得走了！忙，忙，忙！"

凯特踩着她的高跟鞋，咔哒咔哒地走开了，肩上的手提包摇摆着，一边走，一边收紧了风衣的腰带。

或许，她也不是那么可怕。

伊丽莎白给杰里米的家庭作业

我真的觉得自己不该为早上的验血发愁的，不去不就行了，就像逃课一样。

但是，我当然还是在早上八点整准时出现在了那里。在笔记板上签名，在护士面前伸出前臂，完事后检查一下试管上我的名字和出生日期是否正确，在针口位置按住棉球止血。

"祝你好运。"我离开的时候护士说道。

她老是说"祝你好运"，有点居高临下的味道。去你妈的祝你好运，我说，然后我照着她鼻子就是一拳头。

哈哈，杰里米，上当了吧！我没那样说话，我当然不会那样说。

我说："谢谢！"后来我回到办公室，莱拉也在那儿。她眼睛发着光，梳着蓬松的马尾辫。她说我离开后，周五剩下的那堂课开展得很顺利，学员们都给出了积极的评价，已经有十二个学员报名参加高级课程了。

我说：“你都不打算问我为什么那么早离开吗？知道吗，就是为了我那个躺在医院里的妹妹。”

杰里米，听到这句话之后，她那张诚挚的脸立刻现出了皱纹。她看起来很尴尬，我感觉自己就像是踢了一只猫咪。她赶紧向我反复解释道歉。她说她以为我不喜欢讨论私人事务。

我不喜欢！我从来都不喜欢！可怜的女人。

这进一步说明我就是个可怕的人。

秋日的阳光下，爱丽丝坐在门廊前的台阶上，吃着妈妈留下的剩蛋挞，心里琢磨她待会儿是不是要去什么地方。她今天的日记里写着：“L——早上10点。”“L”是个人吗？在某个地方等她见面？“L”重要吗？她想自己应该先给伊丽莎白或是妈妈打个电话搞清楚，但是她似乎又不想这样做。也许她该打个盹。

打盹！你开玩笑吗？你的事情都做不完了啊。

又是那个急躁的声音。

“滚开，”爱丽丝大喊，“我不记得要做哪些事了啊。”

她闭上眼睛，享受着阳光照在脸上的感觉。除了远处个别摩托车的轰鸣声音外，周围安静极了。郊区大白天的，竟然有这般令人赞叹的寂静。她通常只有在生病休假时才体验过这种感觉。

爱丽丝又睁开眼睛，打了个哈欠。她现在大可以先解决剩下的蛋挞。只剩下一块银色的蛋挞了。从坐的地方，她可以看见对面屋子门口那块“此屋出售”的标牌。那里就是以前吉娜住的地方，“令人称奇的翻修版个性家居",爱丽丝以前可能进去过许多次,借点糖什么的。如果说爱丽丝之前考虑过这件事的话,她觉得自己三十多岁的时候应该不会去结识什么新朋友,她的朋友够多了。除此之外,她只想和尼克和伊丽莎白待在一起,而且她想做一个母亲,她认为光是做母亲就已经够费神了。

然而,她和吉娜的友谊似乎是她生活中重要的一部分。吉娜死后,她"崩溃了"。这让爱丽丝觉得有点傻,好像她在这个问题上太过大惊小怪了。

摩托车的声音越来越近。

天哪。它正朝她家的车道开过来。这就是"L"?

爱丽丝用手抹了抹嘴,把盘子放在身边的台阶上。

男人穿了一件黑色皮夹克,戴着滤光的黑色头盔,没法看清他的脸。他一边举起戴着手套的手打招呼,一边将摩托车停在了爱丽丝面前。他停下摩托车,蹬了脚刹,关掉发动机。

"嘿,哥们。"他说着就摘下头盔,解开夹克拉链。

"嘿。"爱丽丝干咳了一声,因为她之前从来没有对任何人说过"嘿"。他英俊得像是从偶像剧里走出来的一样。宽阔的肩膀,发达的肱二头肌,锐利的目光,满是胡楂的下巴。爱丽丝发现自己在四处寻找另一个女人,有这样出挑的男人站在面前,她没有道理不和自己的朋友或是姐妹交换一下眼色。

当然,她没有和这个男人约会吧?这不太可能。他俩不是一个世界的人,这个男人是个卡通人物。爱丽丝感到胸膛里正在积蓄一波傻笑。

"你马上就要开始训练了,怎么还吃东西呢?"男神问道。

"训练？"爱丽丝问，她的大脑飞速运转。噢，天哪，说不定他是个男妓，是来这里为自己提供服务的。毕竟她是个中年妇女，家里还有个游泳池。

"这不像你。"

他脱掉皮夹克，卷起的白T恤衫下露出结实的小腹。

好吧，这也不算是世界末日。

不，先生。万一她已经预付款了呢……

爱丽丝开始止不住地咯咯笑。

他小心地微笑了一下。"什么事情那么好笑？"他把头盔挂在摩托前面，向她走来。她还能说什么呢？就说"你长得真帅，我觉得很搞笑"？

她笑得太厉害，腿都笑软了。他看起来很紧张。天哪，这么帅的人竟然是真的，他也有感情。爱丽丝控制住自己。

"我出了事故。"她说，抬头看着他，"上个星期，就在健身房，我撞到头了，现在有点失忆。所以，很抱歉，我不知道你是谁，或者，啊，你为什么在这里。"

"你开玩笑呢。"他低下头，怀疑地看着爱丽丝，"今天不是愚人节吧？"

"不是。"爱丽丝叹了口气。她不笑了，她现在其实有点头痛，"我不知道你是谁。"

"是我，"他说，"卢克。"

"我很抱歉，卢克。我还需要更多的信息。"

他笑了，目光紧张地往四周扫来扫去，仿佛有人可能在盯着他搞恶作剧。"我是你的私人教练，我每个星期一早上都会来给你上一堂训练课。"

噢，天哪。怪不得她瘦成这样。

"那就是说，我们要锻炼，对吗？我们具体做些什么呢？"

"呃，我们很灵活。一点有氧，一点负重训练。最近我们做无氧间隙训练，很有成效。"

爱丽丝根本不知道他在说什么。

"我刚吃了三块蛋挞。"她说，手里还拿着盘子。

卢克在她身边坐下，拿起最后那块蛋挞吃了起来。"我不会告诉你你刚刚摄入了多少卡路里。"

"噢，上千吧！"爱丽丝说，"上千个美味的卡路里。"

他狐疑地看了爱丽丝一眼。"好吧，如果你头部受伤的话，我想我们今天就不必训练了。"

"是的。"爱丽丝说。她不想在他面前锻炼，这想法让她有些扭捏。"当然，我还是会付钱的。"

"没关系。"

"不，不，钱还是要付的。"

"好吧，那就只收一百好了。"

天哪。那他平时收费是多少啊？

"那，我猜这个记忆问题是暂时的？"他说，"医生怎么说的？"

爱丽丝急躁地摆了摆手，她不想和他说这些。一百澳元啊！"你做我的私人教练有多久了？"

卢克伸直长腿，靠着手肘牵拉身体。"噢，哇哦，那就是说，你至少失去了三年的记忆。你和吉娜，呃，也许是我的第二个客户。真该死，她开始的时候总是让我发笑。记得我们每次在公园里跑楼梯的时候，她都能搞出些花头。'不要跑楼梯，卢克，我们除了楼梯什么都跑。'她练得不错。你俩的身材都练得很好。"他不说话了，爱丽丝这才意识到他正克制着眼泪。

"对不起，"他忍住哭腔说，"只是，我还从来没有经历过认识的人死去。我有点吓坏了。每次我过来指导你的时候，我都会想到她。我的意思是，很明显，你对她的怀念比我深多了。我说的话可能听起来很傻。"

"我不记得她了。"爱丽丝说。

卢克看着她，震惊了。"你不记得吉娜了？"

"是的。我的意思是，我知道她以前是我的朋友，我知道她死了。"

"哇哦。"他似乎不知道该说什么才好，最后他冒出一句话，"真吓人。"

爱丽丝活动着脖子。她有种特别想吃或者想喝某种东西的欲望，只是她一时不知道这是什么东西。坦白地说，这让她相当不爽。

"卢克，"她突然暴躁地说，"我曾经和你说过尼克的事吗？"

如果她要付他一百澳元聊聊天的话，她倒不妨收集些有用的信息呢。

卢克笑了，露出洁白的大牙齿。他简直就是复合维生素的活广告。"你和吉娜总是想从我这里了解男人们怎么看待你们的婚姻问题。每次我都会说：'嘿，姑娘们，你们人多啊！我吵不过你们！'"

"好吧，"爱丽丝说，她惊讶地发现自己突然特别的暴躁，"我就是不记得我跟尼克怎么会闹离婚的。"

"噢。"卢克说。他腹部朝下，开始在门廊的台阶上做俯卧撑。"我记得有一次你说，你之所以想离婚，其实归根到底就是因为一件事。

那天晚上回家后我告诉了女朋友，我就知道她会对这个问题感兴趣。"

他将一只手背在身后，单手做俯卧撑。真的有这个必要吗？

"那……"爱丽丝说。卢克换手的时候哼了一声。"那是什么事？"

"我不记得了。"他翻过身，乐呵呵地看着爱丽丝脸上的表情，"你想让我给女朋友打电话吗？"

"可以吗？"

他从口袋里掏出手机，按了一个按键。

"嘿，宝贝。是我，没事，没出什么问题。我现在和客户在一起呢。你还记得我那天跟你说，那位女士说她离婚是因为一件事吗？是的，不，我只是想知道，那件事是什么？"

他听着电话。

"真的？你确定？好的，爱你。"

他挂了电话，盯着爱丽丝。"睡眠不足。"

"睡眠不足，"爱丽丝重复道，"这说不太通吧。"

"我女朋友是这么说的，但是我记得吉娜似乎能够理解。"

爱丽丝叹了口气，搔了搔脸。她讨厌听到吉娜的事情。"我真的很不舒服，我想吃巧克力或者……别的什么东西。"

"你可能犯瘾了。"卢克说。

"犯瘾？"还有什么？难道她成了瘾君子了？难道她送孩子上学后，马上就回家里，鼻子吸上几口可卡因？肯定是的！要不然她怎么知道要用鼻子吸几口呢？

"你想去咖啡厅，你的身体在渴望来一杯白咖啡。"

"但是我不喝咖啡的啊。"爱丽丝说。

"你对咖啡因可上瘾了，"卢克说，"每次见你，你手里都拿着一杯外带咖啡。"

"我出事故以后就再也没喝过咖啡了。"

"那你头痛吗？"

"呃，痛，但是我想那是受伤的缘故。"

"也可能是咖啡因的戒断反应，这可能是戒掉这个习惯的好机会。我劝了你很多年，要你少喝咖啡。"

"那不行。"爱丽丝说，因为现在她明白自己的欲望是什么了。她仿佛能闻到咖啡豆的味道，品尝到它的口感。她想现在就喝。

"你知道我是从哪里买咖啡的吗？"

"当然知道，迪诺咖啡厅。你觉得他家的咖啡是全悉尼最好喝的。"

爱丽丝茫然地看着他。

"就靠着电影院，高速公路边上。"

"好的，"爱丽丝站起来，"呃，谢谢。"

"噢。完事了？好吧。"卢克也站了起来，他的身材比爱丽丝高大许多。他似乎在等着什么。

爱丽丝一下子意识到他在等自己的课时费。她走进屋里，找到了钱包。递出去两张五十澳元的钞票让爱丽丝觉得肉痛。其实他一点都不帅。

卢克的大手高兴地攥住钞票。"我希望你下个星期能恢复记忆。我们到时候得做个魔鬼训练，把这周落下的训练给补上！"

"好！"爱丽丝满面笑容地说。

难道她每个星期都会付给这个人超过一百澳元，就是为了让他告诉自己如何锻炼？

看着他骑着摩托车呼啸着驶离了车道，她摇了摇头。对了，咖啡。

她看着卢克做俯卧撑的台阶，突然她也趴下身子，手掌平放，身体保持水平，绷紧腹肌，弯曲肘部，胸口慢慢地接近台阶。

一个，两个，三个，四个……

天哪，她在做俯卧撑。

她数到三十下的时候，终于支撑不住了，胸口火辣辣的，胳膊酸痛，喊道："谁能战胜我！"她得意洋洋地环视四周，看着不存在的观众。

周围一片寂静。

爱丽丝蹲坐在地上，抱着膝盖，看着马路对面那块"此屋出售"的标牌。

她感到自己寻找的那个人就是吉娜。

吉娜。

怀念一个自己甚至不认识的人，实在是太奇怪了。

第 *24* 章

伊丽莎白给杰里米的家庭作业

我不知道该说什么。你今天早上心情好像不太好。这是可以的吗？治疗师也可以流露感情吗？杰，我觉得不能吧。你还是在自己就诊的时候再流露私人感情吧。不要耽误我的时间，哥们。

我真的想多得到些赞扬。你也看到了我写家庭作业有多认真，写了多少页。你作为治疗师难道看不出来吗？我的意思是，我知道你不打算读它，但是我一直带着作业本的原因不就是能让你夸上几句吗？比如："哇哦！要是我其他的病人也能像你这样认真对待治疗就好了！"或者你也可以赞美我的字写得好看啊。只是我个人的一点建议，你才是那个应该与人为善的人。相反，你看起来有些惊讶，好像你根本不记得自己交待过我要写家庭作业似的。以前学校老师明明布置过家庭作业，却忘记收上去批改，这总是让我很烦躁。感觉整个世界似乎都不靠谱。

言归正传，今天，你想谈的是咖啡厅的那起事件。

我个人认为，你只是好奇而已。你只是星期一早上有点无聊，觉得听这个故事可能会让人精神点。

我说我想谈谈本，谈谈领养问题，可是你似乎很不爽。杰里米，别忘了，顾客是上帝。

如果你非要知道咖啡厅的那起事件，我就告诉你吧。

星期五早上，我在上班的路上，顺道去了迪诺咖啡厅。因为我没有怀孕，也不在经期，就要了份大杯的卡布奇诺。我旁边的席位上有个女的，带了两个小孩，其中一个还是婴儿，另一个估计有两岁大，刚会走路。

那是个小女孩，有着棕色鬈发。本也是棕色鬈发，好吧，他不太一样。因为他头发理得很短，都贴着头皮了，像偷车贼似的。但是我看过本在认识我之前拍的照片，我曾经老是幻想着我们的孩子会有一头棕色鬈发，就像本一样。

而现在，这样的小孩就在我面前，但是她并不是特别可爱。她的脸脏兮兮的，而且她好像有点烦躁。

她妈妈在打电话，还抽着香烟。

其实，她根本没有抽烟。

但是她看起来像是个烟民，长着一张瘦削的、棱角分明的脸。她一直在跟电话里的人讲，她是怎么灭别人威风的。她不停地说："太好玩了。"杰里米，有什么事情会是太好玩的？

不管怎么说，反正她没有看着小女孩，好像她已经忘了孩子的存在似的。

迪诺咖啡厅在太平洋高速公路旁边。这里人进人出，门也不停地开开合合。

所以，我就盯着那个小女孩。别乱想啊，虽然我没有孩子，但是也不是那种非生孩子不可，瞧见别人的孩子就有变态想法的人。我就是盯着她而已，反正也挺无聊的。

这时候店门开了，进来一个妈妈小组。带着婴儿车，阵仗不小。

我想，该走了。

我站起身，那些妈妈们推着巨型婴儿车，好像推土机似的，把桌椅都挤开了。我看见小女孩从店门口溜到了大街上。

小女孩的妈妈还在电话里喋喋不休。我说："打扰一下！"结果没人听见。两个母亲已经坐下来了，一边高声点着咖啡，一边忙着解开衬衫上的纽扣，掏出乳房给婴儿喂奶（如果你要问我的意见，我觉得母乳喂养当然可以，可她俩这样做也太随便了点）。

我走出咖啡店的时候，小女孩正摇摇晃晃地走向路边。高速公路上的半拖车还有四轮驱动的汽车呼啸而过。我马上跑过去，在她就要走到排水沟的时候，一把将她抓了回来。

我救了这孩子的命。

我回头看了下咖啡店，那个瘦脸妈妈还在打电话。另外两个母亲正聊天聊得火热，我怀里的小女孩闻起来像糖蜜一样，可能隐约还带了一丝烟味。胖乎乎的小手搭在我的肩上，她信任我。

我接着走。就这样带着她离开了咖啡厅。

我什么都没想。我没有计划将她的头发染成金黄色，开车带她去北领地，住在海边的旅行拖车里，在那里我们可以做日光浴，晒出古铜色的皮肤，天天海鲜、水果伺候，我在家里教她看书写字，等等。

开玩笑呢！我根本没有想这些。

我只是漫无目的地向前走着。

小女孩咯咯直笑，好像在做游戏一样。如果她哭了，我会立刻把她送回去，可是她在咯咯地笑着，她喜欢我。也许我救了她的命，她很感激。

正走着呢，就听见后面沉重的脚步声，那个瘦脸的女人抓住我的肩膀，尖叫道："喂！"她的脸上写满了恐惧，把小女孩从我手里夺了过去，指甲都划到了我的皮肤。小女孩吓着了，哭了起来。她的妈妈说："好孩子，没事了，没事了。"然后用极为厌恶的眼神看着我。

噢，上帝，我真是又羞愧又害怕。

一些妈妈也跑出了咖啡厅，静静地站着，抚摸着怀里的婴儿，死死地盯着我，好像我是一场车祸似的。咖啡厅的老板迪诺——我猜是他——也出来了。我只看过他的上半身，以前下半身都被柜台挡住了。他个子比我预想的要矮一些。这令我有些惊讶：就好像看见全身版本的电视新闻播音员。这是我唯一一次看见他严肃的时候。通常他整天都乐呵呵的，笑个不停。

所有人都在望着我，打量评判，好像是我在当着众人的面流血。我感到脑子里什么东西开始崩落。我真实地感觉到自己就要发疯了。杰里米，是不是有个词专门形容这个的？

我瘫软地跪在了人行道上，其实完全没必要，而且钻心地痛。擦伤的膝盖过了几个星期才愈合。

就在这个时候，爱丽丝来了。她穿了件夹克，我以前没见过，急匆匆地走进了咖啡厅，手包晃来晃去，人也皱着眉头。当她认出我的时候,我看见了她脸上的表情。她向后退了一步,好像看见了一只老鼠。她肯定当场石化了。我怎么就选了她家附近的咖啡厅来演这出悲剧。

她人真的没话说。我必须承认,她人真的很好。她走过来,跪在我身边。我俩眼神相遇的时候,让我想起了我俩小时候在学校操场上见面的样子,我突然觉得那一天我都是在舞台上演戏,因为只有爱丽丝知道我真正是谁。

"什么情况?"她轻声问道。

我哭得太厉害了,一时半会没法回答。

她帮我把事情摆平了。她认识那个小女孩的母亲,还有其他两个母亲。我跪在人行道上的时候,她们之间交流得很激烈,就是母亲和母亲之间的那种对话。她让大家都消了气,人群也散了。

她扶着我站起来,带到她的车里,让我坐在副驾驶座上,把安全带扣好。

"你想谈谈刚才的事吗?"她说。

我说我不想谈。

"你想去哪儿?"她说。

我说我不知道。

然后,她直接开车把我送到了弗兰妮家。我们坐在她家的小阳台上,喝茶,吃奶油竹芋饼干,谈论新南威尔士州的公共交通问题,还有那些还在超市里用塑料袋的人到底有什么毛病。(我也是其中之一,但是我没有向弗兰妮承认。)谈话很平静,很普通,也很舒心。

我知道,弗兰妮觉得我应该放弃要孩子,她至少两年前就说过这个问题了。她说,有时候你得足够勇敢,告诉自己"生活应该向一个新的方向前进"。我当时听了这话就火大。我说,要孩子不是什么"方向"。除此之外，就我所了解的，她也没有给自己的人生指一个新的方向。只不过父亲去世后我们顺势进入了她的生活。

谢天谢地，我们能遇上弗兰妮。可是谁知道呢？也许我们当地恰好就要死人呢！心态要积极一点！我家隔壁的隔壁那个老汉，每次修建草坪的时候，总是一副快要挂掉的样子。

不管怎么说，咖啡厅的那起事件发生后，我第二天就去找了我的全科医生，请求他能给我介绍一个优秀的精神科医生。我都不知道你是不是给他付了好处费呢。

我就是这样进入你生活的，杰里米。

当爱丽丝走进迪诺咖啡厅时，她的感官就被一种熟悉感所充盈。扑鼻而来的是咖啡和面点的香气。店里传出意式浓咖啡机那有节奏的撞击声和蒸汽声。

"爱丽丝，我亲爱的！"一个黑发矮个男人站在柜台后朝她招呼着。他的双手正忙着操作咖啡机，一看就是专家，动作优雅，仿佛在弹奏乐器。"我听说了些小道消息，说你出事故了！失忆！但是你不会忘记迪诺的，对不对？"

"呃，"爱丽丝小心地说，"我想我记得你家的咖啡。"

迪诺大笑起来，就好像爱丽丝说了个特别有趣的笑话似的。"你当然记得啦，我亲爱的！你当然记得！我不会耽搁你的时间。我知道你很忙。忙碌的女士。来，你的咖啡。"

没等爱丽丝点单，他就递给爱丽丝一个外带杯。"那么你现在感觉如何？完全好了？所有的事情都想起来了吗？你已经准备好星期天的大日子了？巨大蛋白派母亲节终于就要来了！我女儿现在就激动得不行了！天天在那里吵吵：'爸爸，爸爸，那块蛋白派会是世界上最大的蛋白派！'"

"嗯……"爱丽丝说。她觉得到了星期天，自己的记忆应该也恢复了，因为她真的不知道如何去烤制世界上最大的柠檬蛋白派。她突然想起来那个巨型擀面杖的梦。啊，原来擀面杖其实根本就不是什么带有象征意义的符号，它就是一根巨型擀面杖。她的梦总是这么平铺直叙，太令人失望了。

爱丽丝揭开杯盖，啜了一小口咖啡。唔，没加糖，味道很冲。她又啜了一口，味道还真挺棒的。她不用再加糖了，她一口又一口地喝着。她想仰起脑袋，把这杯咖啡顺着喉咙直接倒下去。咖啡因沿着血管在体内蔓延，让她的头脑清醒，心跳加快，视力也更敏锐了。

"也许你今天要喝两杯？"迪诺大笑道。

"也许是的。"爱丽丝表示同意。

"顺便问一下，你姐姐怎么样了？"迪诺问话的时候还在大笑。他似乎是个乐天派。迪诺突然停了下来，打个响指。"哎哟，瞧我这记性！我总是忘事——我老婆让我给你姐姐带点东西。"

"我姐姐？"爱丽丝用手指把杯沿抹干净，舔掉浮沫，一边猜想迪诺有多了解伊丽莎白。"我想，她还好。"她现在跟以前完全不一样了，她好像很不幸福。我也不确定我是怎么惹她生气的。

"那次我回家后，把整件事情都告诉了我老婆，我说伊丽莎白带走了一个小孩，然后，当她瘫倒在地，痛哭流涕时，我们都不知道该怎么办！我给她拿了杯咖啡！但是好像帮不上什么忙，对不对？连迪诺家的咖啡也不管用了！那些傻女人还想打电话报警。"

天哪。伊丽莎白试图绑架一个小孩？爱丽丝一方面感到同情（可怜的伊丽莎白，她得有多难受才会在光天化日之下违背常理，做出这等事情），一方面感到奇耻大辱（太丢脸了！这可是犯法的啊），一方面又很内疚（她姐姐明显受了莫大的委屈，她一个做妹妹的怎么能光顾着别人的看法呢）。

迪诺接着说道："我对那些女人说了：'没造成什么伤害啊！'你能出现真是太幸运了，这样她们就都相信了，还有你对我说的关于她的那些事，真的很惨！不管怎么说，我老婆给了我这个东西。这是一件非洲主孕神的小雕像。谁要是有了这样一个求子娃娃，谁就能生一个漂亮的宝宝。传说是这样的。"

他递给爱丽丝一件木制黑色小娃娃，上面贴了张纸条，写着"爱丽丝"。神娃看起来像是一个非洲妇女，穿着部落裙装，脑袋挺大的。

"你老婆太贴心了。"爱丽丝毕恭毕敬地接过了求子娃娃。也许迪诺的老婆是非洲人？这件小东西或许是某种神秘部落的传家宝？

"她从网上买的。"迪诺很直白，"她侄女过去也怀不上。送了这个东西后，才九个月就有了！不过老实说，她那宝宝不怎么漂亮。"他拍了下膝盖，脸上满是欢乐的皱纹，"我对我老婆说：'那小家伙真丑！有颗大脑袋，和这求子娃娃倒是挺像！'"他笑得上气不接下气，话都说不下去了，"'大脑袋，'我说，'和这求子娃娃一样！'"

爱丽丝笑了。迪诺又给她拿了一杯咖啡，表情又严肃了起来。

"尼克前几天也来过，"他说，"他看起来不怎么好。我说：'你应该回去和你老婆复合。'我还说：'你那样不对。'我记得我这小店刚开张的时候，你俩每周末都带着小麦迪逊过来坐坐。你们三个都穿着工装。麦迪逊过去常常帮着你们搞粉刷。你俩说起麦迪逊可自豪了。从来没见过比你们更自豪的父母！还记得吗？"

"嗯。"爱丽丝说。

"我告诉尼克，你们俩应该复合，重新做家人。"迪诺说，"我说：'你们之间到底有什么过节是无法修复的？'这事不该我管，对吗？我老婆总说：'迪诺啊，那不是你该管的事情！'我说：'我不在乎，我想到什么就说什么，我这个人啊，就这样。'"

"尼克说什么了？"爱丽丝问道。第二杯咖啡她已经喝掉一半了。

"他说：'哥们，我要是能修复的话，就修复了。'"

在爱丽丝开车回家的路上，尼克的话一直在她的脑海里回响。他要是能修复的话，就修复了，那么……为什么不修复呢？

她把外带咖啡杯放在方向盘附近的一个方便的水杯槽里。爱丽丝发现，自己可以一只手驾驶着这辆庞然大物，另一只手拿着咖啡杯喝咖啡。这是多么有用的新技巧！咖啡因让她精神抖擞。她觉得，自己的眼睛好像有点凸出。红灯变绿灯的时候，前面那辆车没有马上启动前进，她立刻抵上去急躁地按喇叭。

那个尖利的声音又回到了她的脑海里，在下午三点接孩子之前，她必须搞清楚所有需要做的事情。"妈妈，你必须准点来啊，"汤姆已经告诉她了，"星期一下午的时间很紧张的。"

好了，你不能瞎晃悠吃蛋挞了，要不然你就穿不下那些漂亮衣服了，不是吗？说到要做些什么，洗衣服怎么样？你到家的时候可能得去洗衣服。当妈妈的人，不是老在抱怨有好多东西要洗吗？

当妈妈的人还会抱怨些什么？买杂货！你什么时候去买东西？先看一下食品储藏间吧，写个清单。你可能把清单放在什么地方了，你似乎是属于那种爱列清单的人。今天晚餐吃什么呢？他们从学校放学回来有什么小点心可以吃的呢？孩子们以前到家时常吃新鲜出炉的饼干吗？

可以给苏菲打个电话。她可能会提供一些有用的信息。

你的日记上说："巨大蛋白派筹备会，下午一点。"可能你还是主持会议的人呢。太棒了！要是迟到了，人家肯定会起哄的。赶紧找找在哪里开会！怎么找？给某人打个电话。如果必要的话，就给那个凯特·哈珀打电话。或者联系你的"男朋友"。

我要是能修复的话，就修复了。我要是能修复的话，就修复了。

洗衣服。

是的，你已经说过了。

洗衣服！

好了，冷静一下。

她原本不应该喝两杯咖啡的，她现在的心跳实在太快了。爱丽丝深吸了几口气，想稳定一下自己。她不知道自己能不能跟上身体的速度。她感觉自己就像是要疯狂地跑，穿越一大片草地，让自己的身体像一只脱了缰绳的小狗一样撒欢地跑。

回到家后，她跑进屋里，仿佛在参加某种奇怪的比赛，从洗衣篮里、孩子们卧室的地板上，还有浴室里收集了成堆的衣服。真的不少。她咚咚咚地走下楼梯，来到洗衣房。不出所料，洗衣房有一台大号的亮白色洗衣机，有半间屋子那么大。正当她掀起机盖，准备把衣服都丢进去时，爱丽丝有一种特别的感觉。尴尬，背叛，震惊。

这是什么意思？记忆就像是一张整洁的索引卡，翻到了爱丽丝大脑的前面。当然，这里发生过什么事情，就在这间无比干净的洗衣房里。那是一件可怕的事情。

对了，那是一次派对。

那是在夏天，晚上依然还有太阳的余温。洗衣房的地板上放着几个冰盆。一瓶瓶的啤酒、红酒、香槟插在冰块里。爱丽丝去拿一瓶新的香槟，她推开门的时候还在大笑，结果撞见他们时，却像傻瓜似的下意识地说了一句："你们好！"她明白了他们在做什么，明白了自己看到了什么。一个娇小优雅的女人，红色的齐耳短发，坐在洗衣机上，两腿分开，尼克站在她的前面，手平放在女人大腿两侧的洗衣机上，低着头。她老公在洗衣房里亲吻另一个女人。

爱丽丝盯着机器里的一大堆衣服，她可以清楚地看见那个女人脸上清晰的颧骨，她甚至能听到她的声音，蜜糖一般甜腻的娃娃音，与她娇小的身材很配。爱丽丝牙齿咬得生疼。

她往洗衣机里加了一勺洗衣粉，狠狠地关上了机盖。她问尼克有没有出轨的时候，尼克怎么可以大笑？那个吻比捉奸在床更恶劣，因为这是一个开始阶段的吻，所以它的性质更恶劣，早期的吻比早期的性爱更色情。一段感情早期的时候，性爱既笨拙又愚蠢，而且像是搞妇科检查似的。但是两人还没有上床的时候，穿着衣服的亲吻却非常美味和神秘。

尼克第一次亲她是在他们看完电影《致命武器4》之后，当时他把她压在车上，给了她一个吻。当时他的嘴里有爆米花味，还夹杂着一丝巧克力味。他上身穿着白色 T 恤衫，外面搭了件黑色无袖套衫，下身穿着牛仔裤，嘴巴下面的胡楂有点扎人。那一刻还未结束，爱丽丝就已经在小心翼翼地把它保存到记忆库里了。她知道，她第二天会坐在电脑屏幕前，重温今天的这一幕。她会把它从记忆里调取出来，就像老电影一样，一遍又一遍地反复播放。她把那天的吻事无巨细地告诉了苏菲，苏菲已经谈了五年的恋爱，听到爱丽丝的事，她嫉妒地长吁短叹，尽管杰克才是她生命中的挚爱。

苏菲是她认识最久的朋友，是她婚礼上的伴娘。

她现在要给苏菲打电话。发生了洗衣房之吻这样恐怖的事情，她不可能没有打电话告诉过苏菲。她应该首先会给伊丽莎白打电话，然后就是苏菲，爱丽丝会把这件事情添油加醋地说给她们听。跟伊丽莎白说的时候，她应该会侧重自己的感受，她应该会用颤抖的声音问："他怎么能对我做出这种事情？"而跟苏菲说的时候，她应该会把事情夸大，以期达到最大的震撼效果："我走进洗衣房拿香槟，你打死也猜不出我看到了什么。你接着猜。"从伊丽莎白那里，她能得到同情以及关于下一步怎么做的清晰指示。而苏菲则会异常震怒，她会邀请爱丽丝马上过去，一醉方休。

她翻出地址簿和苏菲的手机号码。苏菲现在似乎住在德威。北海岸。不错的地方。苏菲一直想住在海边，但是杰克更喜欢住在离城市近的地方。最后肯定是苏菲占上风了。他们现在应该已经奉子成婚了，当然，爱丽丝也不能想当然。她希望苏菲不会有像伊丽莎白那样的不孕症。或许她和杰克已经分手了？不会。不可能。

"我是苏菲·德鲁。"

天哪。怎么每个人的声音都变得那么职业化，那么成熟了呢。

"苏菲，你好，是我，爱丽丝。"

电话那头顿了一下。"噢，你好，爱丽丝。你还好吗？"

"呃，你绝对不敢相信我遇到了什么事情。"爱丽丝说，她意识到自己有种怪怪的感觉。几乎可以用紧张来形容。为什么？明明只是在和苏菲打电话啊。

电话另一头又了顿一下。"出什么事了？"

有点不对劲，苏菲的声音太礼貌了。爱丽丝想哭。噢，天哪，我不会连你也失去了吧？我还能和谁倾诉呢？

她也懒得添油加醋编故事了。她说："我出事故了。撞到了头。我现在失忆了。"

这一次，电话那头停顿的时间更长了。她听到苏菲在和背景里的某个人说话："一会儿就好了，你就告诉他们等一下。"

她的声音回来了，而且更响了。或许其中有一丝不耐烦的意味。"对不起，爱丽丝。呃，你出事故了？"

"我们还是朋友吗？"爱丽丝绝望地问，"我们还是朋友，对不对，苏菲？"

"当然还是了。"苏菲马上回答，话音很温暖，只是她的声音里有种潜台词："发生了怪事。要小心应对！"

"我记得的最近一件事情还是在怀着麦迪逊的时候。现在我发现我已经有三个孩子了，尼克和我不在一起了，我不知道为什么，还有伊丽莎白——"

"不是，不是，不是那个！是绿色的那个！"苏菲高声说，"对不起，我现在正忙着，这里乱死了。"

"噢，你在做什么？"

又是一个停顿。"你好好看看，那个是绿色吗？我看那个东西肯定不是绿色的。爱丽丝，对不起，我能回头给你打电话吗？"

"噢，当然可以。"

"呃，我知道这话我们经常说，但是我还是得说一下，我们得时不时保持联系。"

"好的。"也就是说，她们再也不是朋友了，起码不是真正意义上的朋友。她们属于"得时不时保持联系"的朋友。

"上次我看见你的时候，我们和你那个朋友一起喝了点东西。那个人好像是你的邻居？吉娜，她怎么样了？"

吉娜，吉娜，吉娜。爱丽丝突然想到，发生了洗衣房事件后，她应该不会给伊丽莎白或者苏菲打电话，而是会给吉娜打电话。

"她死了。"

"抱歉，她怎么了？绿色！绿色！你是色盲吗？噢，爱丽丝，我真的得挂了。我会给你打电话的，好吗？"

"就告诉我一件事好吗？"爱丽丝说，但是电话听筒里只剩下嘟嘟的响声。苏菲把电话挂了。

似乎和路人没什么两样了。

手中的电话又响了，爱丽丝一下跳起来，仿佛又充满了活力似的。

"你好？"

"喔，你听起来好多了。"是她的母亲。爱丽丝放松了。虽然巴尔布已经变成了罗杰的那个跳萨尔萨舞、露着乳沟的老婆，但是再怎么说，还是她的母亲。

"我刚刚给苏菲打了电话。"爱丽丝说。

"噢，那很好啊。她这些日子可出名了，不是吗？就在那篇文章发表以后。我前几天和谁谈过她，谁啊？哦，我知道了！是来给罗杰做推拿的那位女士，按摩师。不对，不对，说错了，是足疗师。她说她女儿想要一个苏菲·德鲁手提包做生日礼物。我说，好吧，苏菲十一岁的时候我就已经认识她了。我差点就提出要帮那个足疗师争取折扣了，因为在那种情况下，我不得不这样说。罗杰的脚毛太多了，所以我确实对这个足疗师有歉意，但是然后我又想，你和苏菲现在都不怎么见面了，对不对？就互相寄点圣诞贺卡，不是吗？所以我很快就换了个话题。聪明吧，我怕她问起来呢，因为我想她是那样的人，喜欢试着利用人脉搞点便宜货。吉娜也有点像这样，对不对？我猜这种方式也没什么错。这种生活方式其实相当聪明，噢，亲爱的，这绝对是场悲剧，真是的，我怎么会想起吉娜呢？噢，对了，是人脉。言归正传，我打电话有三个原因，我其实把它们都给写下来了，这些天我的记忆力不太行了，说了这么多，你现在还好吗，亲爱的？"

"我很好。"爱丽丝终于能插上话了。

"噢，那就好，我太高兴了。弗兰妮也太大惊小怪了。我说：'你等着看吧，她星期一之前就会恢复记忆。'"

"我现在想起一些事情了。"爱丽丝说。她应不应向妈妈询问尼克和洗衣房之吻的事呢？

"太棒了！"母亲犹豫了一下，然后明显决定采用乐观的态度，"太棒了！现在，亲爱的，我在想，你在医院不是说你和尼克可能复合吗，我是不是不应该把这件事情说给别人听？因为我今天在商店碰巧遇到了詹妮弗·特纳。"

"詹妮弗·特纳？"这个名字爱丽丝一点印象也没有。

"对，你知道的，就是那个有点凶的姑娘。那个律师。"

"噢，你说的是简·特纳。"嗯……那天她撞到头后，醒来时看到的第一个人就是简，简正忙着帮助她和尼克离婚呢。

"是的，简。她想知道你怎么样了，她说你一直不回她的短信。"

短信。短信是什么意思？

"不管怎么样，我说你很好，然后我提到了你和尼克正在复合。呃，她似乎大吃一惊。她说她告诉过你，在任何情况下，千万不要签署任何东西。然后说了一大堆。我想也许我什么都不应该说？我是不是捣乱了？"

"当然没有，妈妈。"爱丽丝不假思索地回答。

"谢天谢地，因为罗杰和我都兴奋极了。真的太兴奋了！我们一直在想，我们可以抽一个周末带孩子，你和尼克可以去个地方过你们浪漫的二人世界。那是我心愿清单上的第二件事，我刚把它划掉。只要你提出来，我们愿意带孩子，罗杰说他甚至愿意请他们出去吃大餐，我们掏钱。他对这些事总是很慷慨。"

"听起来真不错。"

"真的吗？噢，我太高兴了，因为我对伊丽莎白提过这事，她说她认为你一旦恢复记忆，就会'唱反调'。但是，你知道的，她这些日子一直都是那种悲观论调，可怜的孩子，这是我给你打电话的第三个原因。你听说她的事了吗？我急着想知道她有没有拿到结果。我一直给她打电话，但是没有人接。"

"什么结果？"

"今天血检结果出来了，你知道的，就是要看上一次的卵有没有移植成功。噢，等一下，我一直把这个词弄错。是胚胎。"她妈妈说话的口气变了，"噢，爱丽丝，我一直在祈祷，有时候我必须承认，我对上帝有点生气。伊丽莎白和本都那么努力了。要一个宝宝又不是什么过分的要求，你说对吧？"

"不过分。"爱丽丝说。迪诺的送子娃娃正摆在案台上。为什么伊丽莎白不告诉她今天有血检呢？

她妈妈叹气道："我对罗杰说：'我现在很幸福，为什么我的女儿不能得到幸福呢？'"

伊丽莎白给杰里米的家庭作业

　　今天有很多人给我留言了。

　　妈妈给我打了五个电话。

　　我刚看见爱丽丝给我打了个电话，我没接到。

　　噢，护士给我打过两次，她想告诉我今天的血检结果。

　　莱拉也打过，可能是不知道我在哪里，因为我午饭时分出去了，不知怎的，我也没有力气回办公室了，她可能以为是她惹我生气了的缘故。

　　本打过三次电话。

　　我似乎没办法给任何人回电话。我只是坐在汽车驾驶座上，车就停在你的办公室外，我正在给你写东西。

　　现在电话铃又响了。丁零零！丁零零！丁零零！丁零零！伊丽莎白！快和世界重新接轨！滚开，所有人都是。

　　爱丽丝正在往晾衣绳上晒衣服（太耗时间了），这个时候，电话铃又响了。她跑过去接电话。

　　"你好？"她说得上气不接下气。

　　"噢，你好，是我。"尼克说，他顿了一下，"尼克。"

"我知道，我其实认得你的声音。"

你在洗衣房里吻了别的女人！我不敢相信你竟然做出了这种事！她应该提到那个吻的事情吗？不能。她首先得想个法子把话题向那个方面扯才行。

他说："我只是想，我应该打个电话过来看看你的，呃，你的头，你的伤势，现在怎么样了。今天开车送孩子们上学还顺利吗？""就算不顺利，你现在打电话过来也有点晚了。"爱丽丝刻薄地回答，昨晚她得熨平孩子们所有的校服，做好一切清洁工作，给每个孩子都准备一份特制午餐（因为汤姆礼貌地指出，她星期天晚上通常都会这么做）。

"噢，那就好。"尼克说，"那我估计你的记忆差不多恢复了？"

"是啊，至少有一件事情我想起来了。"爱丽丝脱口而出，她似乎就是想提起洗衣房事件，不提那件事情根本就不可能，"我记得你在洗衣房里吻了别的女人。"

"在洗衣房里吻了别的女人？"

"是的，在派对上。当时我正好去洗衣房里拿酒。"

电话那头沉寂了片刻，接着，尼克发出尖利的大笑。

"坐在洗衣机上，对吗？"

"是的。"爱丽丝说，她不明白为什么尼克说话的声音那么自大。这件事情明明对她有利，怎么尼克说得像是这件事情对他有利似的。

"你记得我吻了一个坐在我家洗衣机上的女人？"

"对！"

"你知道吗，我们俩在一起时，我甚至从来没有正眼瞧过别的女人。我从来没有吻过别的女人。我从来没有和别的女人上过床。"

"但是我记得——"

"是的。我当然知道你记得什么，我觉得这一点非常有意思。"

爱丽丝被弄糊涂了。"可是——"

"真有意思。听着，我得走了，但是很明显，你的记忆还没有完全恢复，你得去看看医生了。如果你不能照看孩子们，你就告诉我，你对他们是要负责任的。"

噢，他明明知道她甚至认不出孩子谁是谁，更不用说知道要如何照顾他们了，但是昨晚却还放心大胆地把孩子留给她带。这不合逻辑，还有他说话时那股盛气凌人的腔调，"我最理性，你就是胡搅蛮缠"的腔调，每个字都代表他是正确的。爱丽丝记得那种声音也曾出现在过去的争吵中，比如那天早餐时没有牛奶了，还有那晚他们参加他姐姐第一个孩子的洗礼迟到了，还有那一次，两人都没有带够钱所以没能坐上轮渡，还有每次尼克用这种腔调说话的时候。那种腔调高高在上，一个字都懒得多说，公事公办，还带点唉声叹气的意思，这会让爱丽丝发狂。

每次尼克用那种腔调说话时，都会让她联想起不愉快的往事。她会想，对了，我就是无法忍受你这种说话的样子。

"你知道吗，"她说，"我很高兴我们正在闹离婚！"

就在爱丽丝狠狠地挂电话时，她听见电话另一头传来尼克的大笑声。

第 *25* 章

巨大蛋白派筹备会的成员在下午一点准时出现在了爱丽丝家门口。

她已经把他们忘得一干二净。

门铃响的时候，她还坐在客厅地板上，相册摆放得满地都是。她已经在那儿待了好几个小时了。一页页地翻下去，从相册里小心地拣出照片，这样她就能把照片拿得更近一些，便于自己从中寻找线索。

照片记录了过去的野餐，林间徒步，海滨旅行，生日派对，还有复活节和圣诞节。她错过了那么多圣诞节！爱丽丝看到照片上的孩子们站在一棵装饰华美的大圣诞树下，头发乱糟糟的，还穿着睡衣，表情也很严肃，正聚精会神地拆礼物包装。她突然觉得心口好痛。

也许她应该去问问医生，看看能不能把她的记忆全部恢复，但不要恢复悲伤的部分。

照片大部分都是孩子们和尼克的。爱丽丝估计多半都在负责拍照。尼克给别人拍照的时候，看起来挺厉害的，表情严肃，很有职业范，但是实际上他的摄影技术很菜，全身像也能照成大头贴。

爱丽丝很小的时候就发现自己挺擅长照相的。爸爸去世后，就没人给他们照相了。爸爸生前是个摄影师，母亲连电灯泡都要让父亲去换，更不用说照相了。爸爸去世后，妈妈的自闭症越来越严重，因此隔壁的杰弗里奶奶就成了她们的荣誉祖母弗兰妮。爱丽丝自学成才，她很小就会换灯泡，修厕所，烧肉排和蔬菜，伊丽莎白则学会了怎样退货退款，付账单，填表格，与陌生人打交道。

每当看到照片有尼克的时候，她总是会试着读出尼克眼中的表情。能从这里读出他俩婚姻坠落的轨迹吗？不可以。她可以看到尼克逐渐向上收缩的发际线，但是相片上的笑容看起来一如既往地真诚和快乐。

照片上只要出现了她和尼克，两个人总是搂在一起，身体紧贴着。如果让一个肢体语言专家来研究这些相册，然后再来判断两人的婚姻质量，他肯定会说："这是一个欢乐，恩爱，祥和的家庭，这对夫妇劳燕分飞的可能性为零。"

照片上有些人爱丽丝并不认识，她并未受此困扰。但是有张脸一而再，再而三地出现，她渐渐想起，这个人一定是吉娜。她的胸很大，长着龅牙，一头浓密的深色鬈发。相片里，她和爱丽丝举着香槟或是鸡尾酒杯的样子好像托着奖杯似的。她俩看起来非常亲近，这对爱丽丝来说很不寻常。她从来没有和谁有过这样的友谊，搂搂抱抱的，十分亲密。但是爱丽丝和这个女人总是把头靠在一起，把脸颊贴在一起，嘴唇上都涂了厚厚的口红，对着镜头纵情大笑。爱丽丝看着照片有些尴尬。"够了，你甚至不认识她。"她对着自己的一张照片大声说道，照片里的她在吉娜的脸上留下了一个大大的唇印。

爱丽丝盯着照片上的吉娜看了半天，等待着似曾相识的感觉——还有悲痛？可是，什么感觉也没有。她看起来挺有趣的，尽管她不是爱丽丝会选作朋友的那种女人。她看起来像是那种有点傲慢专横的人。说话大声，荒唐可笑，令人疲惫的类型。

但是也许不是。事实上，爱丽丝自己在某些照片里显得有点像是这种类型，说话有点大声，荒唐可笑。也许她失忆前确实是这样的人，所以她才会瘦得这么厉害，还喝这么多咖啡。

爱丽丝和尼克的合影里还有吉娜和一个男人，他应该是吉娜的老公。迈克尔·博伊尔，就是那个搬到墨尔本去的理疗师，这些就是他在名片上提到的"快乐时光"。这些照片拍到了餐馆、烧烤，还有晚宴派对（地点是在一个陌生房间里，桌上放着很多空酒瓶，这肯定是在吉娜和迈克尔的家中）。

爱丽丝从照片中逐渐了解到，吉娜和迈克尔有两个女儿（也许是双胞胎），都有一头漂亮的黑发，和汤姆同龄。有些照片上，孩子们在一起玩耍，啃着大块的西瓜，在游泳池中扑腾玩水，在沙发上蜷缩着睡觉，两家人会一起出去野营。看起来，他们经常会去某处坐拥靓丽海景的别墅度假。

友谊和假日，游泳池，香槟，日光和笑声。梦想中的生活。

但也许你只看相册的话，每个家庭的生活都会显得非常美满。人们照相的时候总是乖乖地微笑，歪着脑袋。也许快门刚刚按下，她和尼克就会分道扬镳，避开对方的眼睛，咆哮代替了微笑。

她正在研究伊丽莎白和本的婚礼照片（他俩那时候真是又年轻又纯真，脸蛋都是红扑扑的，伊丽莎白身段婀娜，光彩照人）时，门铃响了。她跳起来，把承载着那些记忆的相册留在了地板上。

门口站着两个女人，还有三个正沿着车道走来。对爱丽丝来说，这两人完全是陌生的，但是她认出了其他几个，早上送孩子上学时有印象。

"巨大蛋白派筹备会议？"爱丽丝一边为她们开门一边猜测着。她们都拿着文件夹和笔记本，看起来超级有效率。

"还有六天就要开始了！"一个优雅的灰发高个子女人说着，扬起眉毛。眉毛在她方形镜框的眼镜上拱了拱。

"你好吗？"另一个脸上有酒窝的女人说道。她热情地吻了爱丽丝的脸颊。"我周末一直打算给你打电话的。当时比尔在跑步机上，看见你躺在担架上被人抬走。比尔说他都不敢相信这事，他说他从来没想到会看见爱丽丝·洛夫倒下。噢，天哪，这消息听着就不好。"

爱丽丝想起了跑步机上那个红脸男人，他说他会给"玛吉"打电话。

"玛吉？"她试着说出这个名字。

女人掐了掐她的胳膊。"对不起！我今天老是犯傻！"

爱丽丝还没来得及招呼，这群女人就全都涌进了餐厅，围着桌子坐下，把笔记本放在面前。

"喝茶还是喝咖啡？"爱丽丝虚弱地说，她在想自己是不是要把这群人喂饱。

"我想你做的松饼都想了一个早上了。"扬眉姐说道。

"我也来，帮你把吃的拿进来。"玛吉说。噢，天哪，她们似乎已经习惯把这里当成自己家了。

爱丽丝留意到玛吉见到厨房状态后很惊讶。昨晚的餐盘还有孩子们的早饭盘都还堆着。爱丽丝本打算洗好衣服后再回来收拾的，但是相册让她分心了。板凳上溅得到处都是牛奶渍和汉堡碎肉屑。

爱丽丝匆忙地检查冰箱，看看还有没有剩余的松饼，玛吉把一大壶水烧上后说："我今天早上看到凯特·哈珀了，她说你和尼克要复合。"

"是的！"爱丽丝找到了一个标签为"香蕉松饼"的容器，上面的日期显示为两个星期之前。爱丽丝对自己很满意，哈哈，啥都难不倒你，爱丽丝。

"呃，我有点惊讶。"玛吉说。

爱丽丝发现玛吉说话的语气变了，不由得抬起头看着她。听起来她似乎有委屈。

"就我所知，多米尼克很执着。"玛吉接着说，她似乎试着让自己的语气变得中立些。

"你和多米尼克是朋友吗？"爱丽丝问。

玛吉歪过头，惊讶地打量着爱丽丝。"我只是随便说说，他是我哥哥，他有点容易受到伤害。如果你俩最终不能走到一起，也许你应该告诉他？"

噢，天哪，她是他的妹妹。爱丽丝现在仔细看，确实可以看出两个人的眉眼有点相似。那个凯特·哈珀可真行，这种事也到处说。

"爱丽丝，我不知道是怎么回事。"玛吉接着说道，"前几天，你说尼克从来不尊重你的意见，让你觉得自己是个傻瓜。你还说，你和多米尼克的关系更平等，你喜欢他跟你聊学校工作的方式，因为尼克从来不会和你聊他工作上的事情。那你当初何必说这些呢？我并非有意说得这么直白难听，但是我想，这是不是可能和你头部创伤有关？我是说，我知道这话听起来像是：'我哥哥这么好的人你都不要，你肯定是脑子进水了！'但是，我只是这样想，你不要那么急着做决定……"

她的声音渐渐小了，和多米尼克一样。

尼克不尊重她的意见？可是他当然尊重了！有时候他觉得她处理问题有点傻，但是傻得可爱。

爱丽丝开了口，却不知道自己该说些什么，这时候门铃又响了。

"稍等一会。"她一边说，一边向玛吉举手示意。

她沿着门厅小跑过去，经过餐厅时听到了一群女人在叽叽喳喳地聊天。她打开家门。

"真对不起，我来晚了。"一个红头发的娇小女人说道，一口甜甜的娃娃音。

她就是那个在洗衣机上亲吻尼克的女人。

伊丽莎白给杰里米的家庭作业

于是我打了电话，知道了血检结果。

"进来！"爱丽丝说。

她的身体肯定记得这个女人。说实话，她那蜜糖般甜腻的声音让爱丽丝有点恶心，就像是鳄梨通常给她的感觉一样，因为有一次她吃过鳄梨酱后吐得十分厉害。

"我听说你在健身房摔倒了，"这个女人说，"我早就和你说了，锻炼对你不好。"噢，天呀，她靠过来吻了她的脸颊。这个吻脸颊的事情已经失控了。现在在开巨大蛋白派筹备会呢！她们就不能表现得稍微职业一点吗？

这个女人从脖子上解下围巾，随意地绕在爱丽丝的衣帽架上，坦然地望着爱丽丝，没有一丝一毫的负罪感。如果她能这样亲吻爱丽丝，那她会不会在这间房子的洗衣房亲吻爱丽丝老公的脸颊呢？"我甚至从来没有正眼瞧过别的女人。我从来没有吻过别的女人。"尼克是这样说的。那么为什么她记得如此清晰？还有，为什么他知道那件事发生在洗衣机上呢？

"你迟到了，霍洛韦太太！"餐厅里传来了说话的声音。

霍洛韦。霍洛韦。爱丽丝脑海中打了个响指，这是副校长。作为一个副校长，她实在是太过娇小、漂亮和甜腻了。

霍洛韦太太轻快地走进餐厅，好像她是这家的主人似的。爱丽丝回到厨房，多米尼克的妹妹已经把爱丽丝的松饼放进了微波炉，香蕉味充满了厨房。

"是霍洛韦太太。"爱丽丝解释道。

"又是她。"玛吉说。她正在往一排咖啡杯里冲开水，没抬头就做了个鬼脸。她放下开水壶，朝爱丽丝眨眼睛。"如果霍洛韦夫人试图夺权的话，你一定要让她知道你的底线，这是你的会议，你是负责人。"

"关于这件事，"爱丽丝说，"我现在不能主持这次会议。"

"为什么不行？"

"很明显，多米尼克没有告诉你——"

"多米尼克什么都没告诉我。你知道当哥哥的就是这样。噢，对了，你不知道，兄妹之间的关系跟姐妹之间不一样。"

爱丽丝又一次解释了她失忆的事情，她说她会去看医生，她觉得自己不应该卧床休息，这不是开玩笑，她的头的确撞得相当厉害。

有人在餐厅高声呼唤："你们在做什么？我们都闻到松饼味啦！"

"别急啊，稍等一会就好了！"玛吉喊道。她回头对着爱丽丝，高兴地说，"所以你说要和尼克复合，就是这个原因咯！你把过去十年的事情都给忘了！天哪！那种感觉再诡异不过了。让我试着想一下，我二十六岁的时候都在干些啥呢？"

爱丽丝这才意识到，玛吉其实比她小了四岁。事实上，今天来做客的这些女人和她都是一个年龄层的。

玛吉笑了。"要是让过去的我看到我现在这个样子，她就会说，噢，天哪，你怎么会和那个胖乎乎的家伙结婚啊？他不过是个给你修车的家伙嘛。然后，我会低下头，看着自己的屁股，心想，这是怎么了？"

她拍了一下自己的屁股，在爱丽丝看来，她的屁股真紧实，真完美。

"我在那边都待闷了。"高个的灰发女人拿着玻璃杯走进厨房，跳到柜台上坐着，穿着蓝色牛仔裤的细腿轻松地晃着。

她压低声音说道："爱丽丝，你得快点过去，再等的话，怕是霍洛韦太太要搞政变了。别担心，我一直在不露声色地拆她的台。"她的声音更低了，"如果她以为我们会轻易地放过洗衣房事件的话，那她就大错特错了。那个邪恶的小坑货。"

"你知道洗衣房事件？"爱丽丝正准备切松饼，听到她说的话，不由得攥紧了刀子。

"爱丽丝失忆了，"玛吉说，"她可能甚至不知道你是谁。爱丽丝，这是诺拉。"她顿了一下，"其实，你说不定连我是谁也不知道！我是玛吉！你真的不知道？"她脸上呈现出不敢相信的扭捏神情。这种神情爱丽丝现在已经见过很多次了。人们总是不太相信你会忘了他们。

"有传言说你失忆了，"诺拉说，"我不相信。我在迪诺咖啡厅里听人说了，但是我想，那只不过是以讹传讹罢了。天哪，那医生是怎么说的？"

"尼克是不是在洗衣房里吻了霍洛韦太太？"爱丽丝问。她觉得自己和这个优雅的灰发女人谈论亲吻的事情很幼稚。

"尼克？"诺拉说，"不是，亲爱的。是迈克尔，吉娜的丈夫。吉娜当时正好撞见了。"她看着玛吉，"她真的失忆了。"

"她什么都不记得了，"玛吉激动地说，咬了一大口松饼，"她就像是格林童话里那个侏儒怪。"

"我想你的意思是瑞普·凡·温克①。"

"是吗？"

"但是我的记忆那么真切，"爱丽丝缓缓地说，"就像是亲身经历的一样。"

"呃，那是因为你对吉娜的事情太感同身受了。"玛吉说，"噢，天哪，我还是不敢相信吉娜现在不在我们身边了，快拿着另一瓶香槟酒。我一听到香槟酒瓶塞砰的一声打开的时候，我就想起了吉娜。我想我现在还是没有接受她已经不在了的事实。"

"当然，还有一种可能就是，那个坑货也亲过尼克。"诺拉若有所思地说。

---

① 小说家华盛顿·欧文作品《Rip Vin Winkle》中的人物，因为喝了一种奇妙的饮料，倒头便睡，一睡就是 20 年。

"我能拿点东西进来吗？"走廊里传来了银铃般的娃娃音。

"霍太太！"诺拉镇静地说，"我们刚刚还在说你呢。"

"希望说的是好话。"副校长抬头看着诺拉，蓝色的眼睛是那么单纯。

"当然！我敢肯定你没有任何的脏衣服要洗。"诺拉说。

玛吉差点被松饼呛到了。

"给你，"诺拉说，"你帮爱丽丝把这些杯子拿过去。"

"当然可以。"霍洛韦夫人似乎不慌不忙，"我们很快就要开始了，对吧，爱丽丝？"她看着手表，"只不过，我得准时赶回学校。"

"不会很久的。"诺拉轻快地说，眼神依然犀利。

霍洛韦夫人拿着杯子离开了厨房。

她刚走出房间，玛吉就拍了诺拉的后脑勺，把她柔顺的头发都给弄乱了。"你吓死我了。"

感觉她们就像学校里的小女生，只不过她们都有了皱纹，长了白头发，谈论的也都是孩子的事。爱丽丝感到很宽慰，这似乎说明长大后依然可以保持傻气的一面。

"但是我不明白，"她说，"这个霍洛韦夫人怎么能当上副校长？如果她——"

"在洗衣房里亲吻别人家小孩的爸爸？"诺拉接过话头说，"只有我们几个人知道这事。吉娜让我们保证不要把它传出去。霍夫人自己家小孩也在学校念书。吉娜说她不想为破坏另一桩婚姻负责。"

"你不知道，每次多米尼克说起她的时候，我多少次话到嘴边都咽了回去。"玛吉说，"他认为她那么职业。但是说实话，我猜她那晚也就是喝多了，我们都会犯错误。"

"别想让我们原谅她，玛吉，"诺拉说，"她不值得我们原谅。我说'脏衣服'的时候，这贱人竟然脸皮那么厚。"

"她可能都把那事给忘了，"玛吉说，"都三年了。"

"霍洛韦夫人和迈克尔有婚外情吗？"爱丽丝问。她意识到自己已经准备接受这个答案了。尽管她知道，这不关尼克的事情，但是那种生疼的被欺骗，被背叛的感觉还在。

"据我们所知，那个吻不过是喝醉酒后乱来的罢了，"玛吉说，"但是那件事也是导火索，吉娜和迈克尔的问题彻底爆发了。现在回头再看，这事一点都不公平。吉娜和迈克尔掰了，而霍洛韦夫妇看起来还是那么甜蜜。就在前段时间，我还在酒吧的益智猜谜晚会上看见他们夫妇俩牵着手，我当时就想，谁赶紧给我拿个桶，恶心得都要吐了。"玛吉摇着头，"不管怎么说，我们最好赶紧过去开会吧。"

"也许我应该留在这里，"爱丽丝说，"告诉她们我病了。"她完全不知道应该怎样开会。

"我来负责搞定流程的事情，"诺拉说，"你只要点头就可以了。不管怎么说，你已经提前把所有的事项都安排妥当了，我们都知道各自应该做什么。你是我认识的所有人里最有效率的，爱丽丝。"

"我都不知道我怎么会变成这样子的。"爱丽丝叹了口气，她舔了舔手指，用手指蘸着盘子里的松饼屑。她看到两个女人都在盯着自己，仿佛她的表现很怪异。

爱丽丝没有吸吮手指，她把手放下，说道："我们为什么要做世界上最大的柠檬蛋白派呢？为什么不是奶酪蛋糕或是别的什么东西？"

"那是吉娜的拿手点心，"玛吉说，"还记得吗？你是为了纪念吉娜而准备的这次活动。"

原来如此。到最后，所有的事情还是回到了吉娜的身上。

等她想起吉娜的时候，所有的事情应该都会想起来。

伊丽莎白给杰里米的家庭作业

我觉得，我可以轻而易举地从下面两种方案中做出选择。

方案一，我可以开车离开悉尼。或许可以沿着南海岸蜿蜒曲折的高速公路前行，路边有茂密葱绿的小山，还有时隐时现的绿松石色的大海。这段旅程会让人身心愉悦。

然后我可以找一段空旷无人的路，路边得有一根合适的电线杆。一根适合挂上纪念十字架的电线杆。

我可以开着车，全速朝它撞去。

但是还有方案二！

我可以开车回到办公室，让莱拉帮我买一份恺撒沙拉，对了，还有凤尾鱼，再拿一罐健怡可乐，或者香蕉沙冰也可以。这样我就可以一边吃午饭，一边准备在下个月澳大利亚直销协会的大会上将要做的主题演讲。

我可以选择方案一，或者方案二。

撞电线杆，或者回办公室。

看起来，这个决定并不比要不要点健怡可乐或者香蕉沙冰更重要。

"噢，爱丽丝，终于找到你了。我在想，我完事之后的那个周末有事，你也跟我说过你要去那个地方吃午饭，要不这样吧，我替你去哈利的派对上接汤姆，然后在足球比赛之前，我可以一直照看他们，等到比赛结束后你再来把他们接走？"

"打扰一下，妈咪。打扰一下，妈咪。打扰一下好吗，妈咪。"

"爱丽丝，奥丽薇亚决定好要穿什么衣服去参加阿米莉娅的化装舞会了吗？你听说了吗？舞会上要演一出剧目。有七个孩子想当汉娜·蒙塔娜，很明显，阿米莉娅也想当汉娜·蒙塔娜，毕竟她过生日嘛，所以没办法，其他人都不许当汉娜！"

"大日子就要来了，爱丽丝！"

"妈妈，我说了打扰一下了，你怎么还是无视我！"

"妈妈，克拉拉今天下午可以过来玩吗？求你了，求你了，求你了，求你了？她妈妈都说同意了！"

"妈咪？"

"妈妈？"

"就快了，爱丽丝！"

"洛夫太太？"

"我能和你说件事吗，爱丽丝？"

爱丽丝站在学校操场上，这些乱七八糟的事情就像陀螺一样绕着她旋转。

她什么都不记得了。

然而，这一切又似曾相识，真是诡异。

伊丽莎白给杰里米的家庭作业

我怕你担心，所以还是告诉你，我最后决定去办公室了。

我对撞电线杆不是认真的。

我永远不会做那样的事情。我太理智了，太无趣了。

顺便说一下，我已经取消了我们下次的诊约。我对给你造成的不便深表歉意。

老奶奶的老心思！

唉，今晚真是不寻常，坦率地说，真够折腾的。X先生准时出现了，穿得很得体，头发整齐地梳在一边，手里拿着一瓶酒还有一束花，你们可别介意。

我也没犹豫，先安顿他坐下。切乳蛋饼的时候我问他，为什么要破坏我安排的安乐死探索之旅。我说，他似乎和我有某种宿怨，我不明白他为什么要把港口旅行和我的计划安排在同一时间。

他说，原因是他八岁的时候，见证了自己母亲自杀的场景，他对安乐死很抵触。

好了，你们可以想象我感觉有多么糟糕！我肠子都悔青了。我不知道该说什么。眼泪在我的眼眶里直打转。

他大口地吃着乳蛋饼，这时他抬头看着我，眼睛亮晶晶的，告诉我，事实上他的母亲是90岁的时候在床上平静地去世的，但是她其实有自杀倾向，因为有时候，她的情绪相当低落。

我差点把沙拉碗砸在他的脑袋上。

所以，我们俩后来一直在就这个话题展开非常激烈的辩论，或者说是阐述观点吧，这样可能更准确一点。我们俩说了好几个钟头，互不相让。他最后也没什么新鲜玩意可说了。他相信"生命的每一刻都是上天赐予我们的宝贵礼物，哪怕只丢掉一秒钟，都是极坏的行为"。

最后我指出，就算他反对安乐死，他原本也完全可以把他的港口旅行安排在别的日子。

他说："你知道吗，当一个小伙子喜欢上一个小姑娘的时候，他会扯她的辫子，把她的发带扯下来。"

我说我应该知道。

他说："哎，我从来就没有真正长大过。"

万能的网友，告诉我，他到底是什么意思？

评论

来自达拉斯的多丽丝：

弗兰妮，你是故意这么迟钝的吗？他想说他喜欢你！

你对他感觉如何？我感觉他这个人挺有趣的。属于那种爱耍嘴皮子，但是心肠很好的人呢。

布里斯班小子：

我同意多丽丝的观点，但是你们年纪都多大了啊，还搞这些。真受不了！

弗兰克·尼尔里：

嗨！看来有人和我抢啊。我比这个叫 X 的家伙年轻多了啊！给我个机会啊！

时尚俏夕阳：

说老实话，我感觉 X 先生滑头得很，如果是我的话会让他马上离开。告诉我，爱丽丝恢复记忆了吗？

有人在尖叫。

"妈妈！快停下！快让它停下！妈咪！"

爱丽丝还没有完全醒，就像弹弓一样弹起来，冲下床，快步沿着门厅循声摸去。她的嘴里干干的，脑海里还萦绕着做了一半的梦。

是谁在叫？是奥丽薇亚？

歇斯底里的尖叫来自麦迪逊的房间。爱丽丝推开门。黑暗中，她只能大概看到床边有个人影，那个人影正挥舞着什么东西，大声喊道："把它搬走！把它搬走！"

爱丽丝的眼睛逐渐适应了黑暗的环境，她现在能大概看清麦迪逊床边书架上的台灯。她把灯打开了。

麦迪逊的眼睛闭着，脸拧得紧紧的。她裹着被子，枕头放在胸口。她使劲要挣脱这个枕头。

"把它搬走！"

爱丽丝拿走枕头，坐在麦迪逊的身边。

"亲爱的，这只是一个梦而已，"她说，"只是一个梦罢了。"

她自己经历过噩梦，所以她知道麦迪逊会心跳加快，真实世界的声音会缓缓渗入梦境中，再让噩梦逐渐消失。

麦迪逊睁开眼睛，投入爱丽丝的怀抱，紧紧抓住她，还把头埋进她的胸口，撞得爱丽丝都有些痛了。

"妈妈，把它从吉娜身上搬走！把它从吉娜身上搬走！"麦迪逊抽泣道。

"这只是个梦，"爱丽丝说，她将了将麦迪逊前额上几缕湿漉漉的发丝，"我向你保证，这只是一个噩梦而已。"

"但是，妈咪，你得把它从吉娜身上搬走！把它从她身上搬走！"

"把什么从她身上搬走？"

麦迪逊没有回答。她松开手，呼吸也放平缓了，更放松地投入爱丽丝的怀中。

她又睡着了？

"把什么从她身上搬走？"爱丽丝轻声说道。

"这只是一个噩梦而已。"麦迪逊睡眼蒙眬地说。

PART 7

也许应该再试一下

他说："我常常在想，我们四个人的关系太过亲密了。我们卷入了迈克尔和吉娜的婚姻问题。他们的离婚就像病毒一样感染了我们。"

"那我们就努力让病情好转吧。"爱丽丝说。该死的迈克尔和吉娜竟然敢闯入他们的生活，散播致病的婚姻病毒。

尼克笑着摇了摇头。"你说起话来这么……"他找不到合适的词，最后他说，"年轻。"

"你不觉得我们应该再试一次吗？为了他们？为了孩子们？其实，不仅仅是为了他们，也为了我们，为了以前的我们。"

第 26 章

　　"爱丽丝舅妈！爱丽丝舅妈！"一个三岁左右的小男孩扑进爱丽丝的怀抱。

　　她条件反射地将他小巧的身子举起来，抱着他转圈，而他就像考拉一样，用双腿缠着她的腰部。她将鼻子埋进他的黑头发里，吸入了酵母般的气味。这种气味很强烈，很好闻，也很熟悉。她又吸了一口，她是不是快要想起这个小男孩或者别的小男孩了？有时候，她觉得堵住鼻子可能会轻松些，免得这些恼人的记忆突然涌入，但是却又很快消失得无影无踪，以至于她来不及弄清楚自己想起来的到底是什么。

　　小男孩用肉乎乎的手掌捧着爱丽丝的脸颊，嘴里喋喋不休地说着一些不知所云的话，眼神很严肃。

"他在问你要聪明豆①，"奥丽薇亚说，"你每次见他，都会给他带聪明豆。"

"噢，天哪。"爱丽丝说。

"你不知道他是谁，对不对？"麦迪逊得意而鄙夷地说道。

"她记得。"奥丽薇亚说。

"他是我们的表弟，比利，"汤姆说，"艾拉姑姑是他的妈妈。"

尼克最小的妹妹已经有孩子了！这真是丑闻！她才 15 岁——还在上学！

你真的很迟钝，对不对，爱丽丝？现在是 2008 年！她已经 25 岁了！说不定她现在已经完全变了个人。

只不过，变化其实没有那么大，因为她现在来了，正不苟言笑地从人前经过。艾拉依然一副哥特式的妆容，皮肤白皙，眼神深邃忧郁，眼周画着很重的黑色眼线，黑色的头发从中间分开，剪成了边缘很尖的波波头。她身着一袭黑色长裙，黑色紧身衣，黑色芭蕾平底鞋和黑色高领毛衣，脖子上似乎挂着四五串长度各异的珍珠项链。只有艾拉才适合这样的打扮。

"比利，过来。"艾拉厉声说，她没能将儿子从爱丽丝身上扯下来。

"艾拉，"爱丽丝说，比利将腿夹得更紧了，还把头埋进她的脖子里，"我没想到会在这里遇见你。"如果非得在五个"怪胎"当中挑选一个最喜欢的，她会选择艾拉。她是一个热情、爱哭的少女，时不时会发出歇斯底里的笑声，她也喜欢跟爱丽丝谈论衣服，向爱丽丝展示她在二手店买的复古礼服，只不过这些礼服的干洗费比衣服本身

---

① 雀巢推出的一种巧克力豆。

还要贵。

"你对我来这里有什么意见吗？"艾拉说。

"什么？没有，当然没有。"

她们这是在弗兰妮的养老村参加家庭才艺晚会。来宾们正置身于一间铺有木地板的大厅里，红彤彤的加热器高高地堆在房间的两侧，向屋子里辐射出巨大的热量，引得来宾们纷纷脱下了身上的开襟羊毛衫和外套。

一排排塑料椅呈半圆形，摆放在一座舞台前。舞台上那支孑然而立的麦克风在磨损的红色天鹅绒幕布前显得莫名其妙地可怜。台下整整齐齐地摆放着一排各种型号的助行器，有的助行器上扎着缎带，以示区别，就和机场的托运行李一样。大厅的一侧支着长长的支架式桌子，桌子上铺着白桌布，摆放着咖啡壶、摞得高高的泡沫塑料杯以及纸盘。纸盘里装着鸡蛋三明治、林明顿蛋糕①和小圆面包，上面的果酱和奶油正在屋子的高温中渐渐融化。

前排的座椅已经被养老村的居民占满了。瘦小干瘪的老太太们将胸针别在了自己最好的衣服上，佝偻的老爷爷们将稀疏的头发精心梳好，在 V 领套头毛衣下打上了领结。老人们似乎并不觉得热。

爱丽丝看到，弗兰妮就坐在中间那一排，她似乎在跟一个笑嘻嘻的白发老爷爷热烈地谈论着什么。那个老爷爷特别显眼，因为他在白衬衫外面穿着一件闪亮的圆点马甲。"其实，"艾拉说着，终于设法把比利从爱丽丝的臂弯里扯出来了，"是你妈妈打电话邀请我们过来的。她说我爸会怯场，我觉得不太可能，但还是过来了。我姐姐她们

_____

① 澳大利亚著名甜点之一。

都不肯来。"

好奇怪，巴尔布竟然会给尼克的姐妹打电话，要求她们做些什么，好像巴尔布和她们是平等的一样。

爱丽丝惊异于自己会有这样的想法。

嗯，巴尔布和她们当然是平等的。我怎么会有这么奇怪的想法。

但是，说真的，在内心深处（其实也不一定潜藏得那么深），她总是觉得自己的家庭不如尼克的家庭。洛夫家庭来自东部郊区。"我很少过桥。"尼克的妈妈曾经告诉爱丽丝。到了星期五晚上，她有时候会去看歌剧，而爱丽丝的妈妈则会在教堂大厅里度过机智问答之夜（说不定能赢下一盘肉或者一箱水果）。洛夫家族认识很多人，很多重要人物，比如国会议员和女演员、医生、律师或者一些你觉得你应该听说过的人。他们是圣公会教徒，只有在圣诞节的时候，才懒洋洋地去一趟教堂，仿佛这是一个很有吸引力的小活动。尼克和姐姐妹妹从小就读于私立学校，后来又上了悉尼大学。他们知道最好的酒吧和合适的餐厅。感觉有点像他们是悉尼的主人。

而爱丽丝的家族来自不起眼的西北，家族成员都是一些喜欢在宗教仪式上拍手唱歌的基督徒、中层管理人员、注册会计师和经办财产转让事务的律师。爱丽丝的妈妈也很少过桥，但那是因为她不认识城里的路。赶火车进城是一件大事。爱丽丝和伊丽莎白从小就读于当地的天主教女子学校，那里的学生将来都会成为护士或教师，而不是医生或律师。她们每个星期天都会去做弥撒，在做弥撒的时候，当地的孩子会弹吉他，而信众则会用微弱而似芦笛一般的声音唱颂歌，颂词写在神父光秃秃的头顶上方的墙面上，光线透过彩色玻璃，从神甫的镜片上反射出来。爱丽丝常常会觉得，出身于西部郊区会比较好。这样一来，她就会成长为一个性格勇敢、说话强硬的西部时髦女郎。说不定她还会在脚踝上文身。再或者，要是她的父母是移民，有口音就好了，这样一来，爱丽丝就会说两种语言了，而她的妈妈也能自己做意大利面。然而，她们只是乡下普普通通的琼斯一家。就和Weetbix[①]即食麦片一样平淡无奇。直到尼克走进她的生活，她才感到自己的家庭是有趣而独特的。

　　"那你在忏悔的时候，其实会忏悔些什么？"有一次他这么问她，"你方便说吗？"他看着爱丽丝穿着天主教学校的过膝百褶裙拍下的照片，附在她耳边说，"我现在欲火焚身。"他坐在她妈妈家里的碎花长沙发上，旁边支着一张方形的棕色咖啡桌（那是组合咖啡桌中最大的一张），桌面上铺着刺绣装饰餐垫。他吃着一块表面饰有亮粉色糖霜，且裹了厚厚一层黄油的小圆面包，喝着茶，说道："这套房子是什么时候修建的？"仿佛她家的红砖平房配得起这样抬举它的问题。"1965年，"巴尔布说，"我们买这套房子花了五百英镑。"[②]爱丽丝以前根本不知道这回事！尼克给她家房子赋予了历史。他一边看着房子里的陈设布置，一边点头，并对灯具发表了自己的看法。他妈妈家里的条件要好很多——他坐在仿古餐桌边，吃的是新鲜的无花果和山羊奶酪，喝的是香槟，但是他没有因两家条件不同而表现出不同的态度。爱丽丝对他隐隐心生倾慕。

---

① 澳大利亚的"国粹"麦片——正如那句老话 Aussie Kids are Weet-Bix kids，澳大利亚的孩子是吃这种麦片长大的。

② 根据新浪网上的一则新闻，在20世纪60年代，一套普通房子的价格也不过300英镑。现在房价翻了大约600倍。(http://finance.sina.com.cn/consume/xfqqsh/20071203/14034244183.shtml)

"爸爸到这里来的时候，我们会不会和他坐在一起？"奥丽薇亚扯了扯爱丽丝的衣袖，"你们可不可以坐在一起？这样，我跳舞的时候，你们就可以跟对方说：'噢，那就是我们的宝贝女儿。真了不起！'"

奥丽薇亚穿着紧身衣、薄纱泡泡裙和芭蕾舞鞋，准备上台表演。爱丽丝帮她化了妆，只不过据奥丽薇亚说，她化的妆远远不够。

"我们当然会坐在一起。"爱丽丝说。

"你是最令人尴尬的活人，奥丽薇亚。"麦迪逊说。

"不，她不是。"艾拉说着，将奥丽薇亚抱起，然后她拉着麦迪逊那件长袖暗红色上衣的下摆，"你穿这件上衣很漂亮，我就知道它很适合你。"

"这是我最喜欢的衣服，"麦迪逊凶狠地说，"但是妈妈总是要花几百年来洗它。"

爱丽丝观察着艾拉看麦迪逊的样子，发现她的脸色柔和了下来。看来，尼克的妹妹喜欢爱丽丝的孩子。而且，比利依然满怀希望地想要抓住爱丽丝的手提包，寻找聪明豆，看来爱丽丝也喜欢她的小儿子。两个人分别是对方家小孩的姑姑和舅妈，爱丽丝对她充满了好感。

"你长大了，长得真漂亮，真优雅。"爱丽丝对艾拉说。

"你在跟我开玩笑吗？"艾拉板直身子，收紧了下巴。

"艾拉姑姑，你可能会发现妈妈今晚有点怪。"汤姆说，"她有颅脑损伤。我已经从网上打印了一些背景资料，你要是想看的话，可以 FYI。FYI 的意思是'供你参考'（for your information）。一般你想告诉别人什么事情的时候，就可以说 FYI。"

"亲爱的爸比！"奥丽薇亚大叫道。

尼克刚走到大厅的门口，正在扫视着人群。他穿着一件看上去很名贵的西装，衣领敞开着，没有打领带。他一看就是那种成功、性感的熟男，是重要的决策者，知道自己在社会上的地位，已经不再是当年那个会把吐司掉到衬衫上的冒失鬼了。

尼克首先看到了孩子们，脸上溢满光彩。过了片刻，他看到了爱丽丝，脸色一下子沉了下去。他走向他们，奥丽薇亚扑到他的怀里。

"噢，我想死你们了，三只小鸟儿。"尼克隔着奥丽薇亚的脖子说，声音比较含糊，他伸出一只手抚弄着汤姆的头发，另一只手拍着麦迪逊的肩膀。

"嘿，爸爸，你猜，从我们家到这儿有多少公里？"汤姆说，"猜猜看，猜猜看嘛。"

"呃，15 公里。"

"很接近！13 公里。FYI。"

"嘿，小孩。"尼克对艾拉说，他总是叫她"小孩"。艾拉含情脉脉地看着他。这倒是一点也没变。"还有，小孩的小孩！"他将比利揽入怀中，这样他就同时抱着奥丽薇亚和比利。比利哈哈大笑着，不断地说道："小孩的小孩！小孩的小孩！"

"你还好吧，爱丽丝？"他看着孩子，没有看她。爱丽丝是他最后一个打招呼的人。她是最不受欢迎的人。他用客气的口气跟她说话。

"我很好，谢谢你。"无论如何，千万不要哭。她发现自己有种奇怪的渴望，渴望多米尼克能陪在身边，渴望身边有一个最喜欢自己的人。被人鄙视是一件多么可怕的事。感觉自己可鄙，是一件多么可怕的事。

一个熟悉的、颤巍巍的声音从麦克风里传了过来："女士们，先生们，女孩们，男孩们，我很荣幸地欢迎大家来到寂静林养老村家庭才艺晚会。下面请大家入座。"

"弗兰妮!"奥丽薇亚说。

站在台上的是弗兰妮,她穿着宝蓝色礼服,看起来很美。她对着麦克风,沉着冷静地说着话,她使劲儿地想表现出优雅的腔调。

"她看起来并不紧张,"麦迪逊说,"换做是我的话,当着这么多人的面说话,我可能会紧张得昏过去的。"

"我也会。"爱丽丝附和道。

麦迪逊撇了撇嘴。"不,你不会的。"

"我会的!"爱丽丝抗议道。

大家落座的时候,场面有点乱。麦迪逊、汤姆和奥丽薇亚都想坐在爸爸旁边,但是奥丽薇亚必须坐在走道旁边,以便叫到她的名字时,可以随时上台;她又想让尼克和爱丽丝坐在一起;而比利想坐在爱丽丝的大腿上,艾拉显然不愿意。她最终让步了,爱丽丝发现自己一边挨着麦迪逊,一边挨着尼克,还有比利那暖和的小身体依偎在她身上。至少他喜欢她。

伊丽莎白去哪儿了?爱丽丝在座位上左顾右盼地寻找她。她今晚应该会过来的,但是也许临时改变了主意。妈妈曾经打电话说,伊丽莎白的血液检测结果为阴性,她看上去不错,只不过有点怪怪的。"老实说,我怀疑她是不是喝醉了。"巴尔布说。迪诺的送子娃娃还放在爱丽丝的手提包里,准备给她。这时候给她送子娃娃,会不会反而让她心烦?但是,万一这个娃娃真的有神奇的力量,不给她岂不是可惜了?爱丽丝打算问问尼克的想法。

她瞟了一眼尼克严肃的侧脸。她还可以在这种事情上征求他的意见吗?或许不行了。说不定他不在乎。

等到来宾们落座后，弗兰妮拍了拍话筒，说："首先，请大家欣赏玛丽·巴博尔的曾孙女给大家表演《我心永恒》。"

一个小女孩身上穿着闪闪发光的亮片礼服，大步走上舞台，她的脸上化着很浓的妆。（"你看吧，妈咪！"奥丽薇亚越过尼克，凑过来轻声说道，满脸嗔怪地看爱丽丝。）她像夜总会的成年舞女一样抖着胸。"天哪。"尼克压低声音说。小女孩双手紧握话筒，展开了歌喉。她声音颤抖，表情夸张，以至于她每一次唱高音时，台下的观众都捏了把汗。

接下来的表演分别是踢踏舞，魔术和体操。表演魔术的那个小孩子戴着大礼帽，拄着手杖。（"FYI，我知道他是怎么做的。"汤姆"悄悄"地大声说道。）艾拉的儿子看腻了，开始自顾自地玩起了游戏。他在几个人的大腿上来回爬，每爬到一个人身上，就摸着他的鼻子说"下巴"，要么就摸着他的下巴说"鼻子"，然后就被自己的机智逗得哈哈大笑。最后弗兰妮说："接下来上场的是奥丽薇亚·洛夫，我的名誉曾孙女，她给大家带来的是她自己编排的舞蹈——《蝴蝶》。"

爱丽丝吓坏了。她自己编排的？她还以为奥丽薇亚会表演她在芭蕾舞学校里学到的舞蹈。开什么玩笑，说不定会出洋相的。她的手心满是汗，好像要登台的人是她自己似的。

"嗯哼。"奥丽薇亚说着却没有动。

"奥丽薇亚，"汤姆说，"轮到你了。"

"其实我觉得有点恶心。"奥丽薇亚说。

尼克说："凡是最出色的表演者，在上台之前都会感到恶心，亲爱的。这是一个预兆，这说明你会表现得很好。"

"你不必——"爱丽丝开口了。

尼克一手抓着她的胳膊，爱丽丝赶紧住了口。

"你只要一开始表演，就不会有恶心的感觉了。"他对奥丽薇亚说。

"你保证？"奥丽薇亚抬起头看着他，眼里充满了信任。

"我发誓，要是我说的是假话，就天打五雷轰。"

奥丽薇亚翻了个白眼。"你太傻了，爸爸。"她从椅子上滑下来，沿着过道，从容不迫地走向舞台，薄纱裙随着她的步伐上下摆动着。爱丽丝感觉到心头一惊。她是那么的小，那么的孤立无援。

"你有没有看过她排的舞？"尼克一边悄声说着，一边给一台小巧玲珑的银色相机对焦。

"没有……至少我不记得了。你呢？"

"没有。"他们看着奥丽薇亚爬上舞台的楼梯。尼克说："其实我自己都觉得有点恶心想吐。"

"我也是。"爱丽丝说。

奥丽薇亚站在舞台中央，她低着头，抱着双臂，紧闭着双眼。音乐开始了。奥丽薇亚慢慢睁开一只眼睛，然后是另一只。她夸张地打了个大哈欠，扭动着身子。她在表演一只睡意蒙眬、破茧而出的毛毛虫。她隔着一侧的肩膀看了看身后，假装发现了一只翅膀，于是惊愕地张大了嘴，那副表情看上去很滑稽。

观众笑了起来。

他们笑了。

爱丽丝的女儿很搞笑！公认的搞笑！

奥丽薇亚隔着另一侧肩膀看了看身后，神情又惊又喜。她变成一只蝴蝶了！她试图拍打自己的新翅膀，想要翩翩飞舞。第一次，她摔倒，后来终于找到了窍门。

诚然，她可能不太跟得上音乐，而且有一些舞蹈动作……只能说是非比寻常，但是她的面部表情是完美的。按照爱丽丝的观点（她觉得自己已经很客观了），从来没有一只蝴蝶能表演得这么有趣，这么可爱。

　　等到音乐声停止之后，爱丽丝心里充满了骄傲，脸上的肌肉都笑痛了。她环顾着四周的观众，看到人们都在微笑鼓掌，显然是被迷住了，说不定他们还在克制着自己，不想让气氛变得太热烈呢，以免伤了其他表演者的心。（要不然他们为什么不站起来鼓掌呢？）爱丽丝很震惊地看到，有个女人正在查看手机短信。她怎么舍得把目光从舞台上移开？

　　"她是个喜剧天才。"她小声对尼克说。

　　尼克放下相机，当他转过头来看她时，脸上洋溢着同样的自豪和欣喜。

　　"妈妈，我帮了她一点忙。"麦迪逊试探性地说。

　　"是吗？"爱丽丝一手搂着麦迪逊的肩膀，把她拉了过来，低声说，"我敢打赌，你帮了她很大的忙。你是个好姐姐，就像丽碧大姨是我的好姐姐一样。"

　　麦迪逊惊讶地呆立了一秒，然后绽放出甜甜的笑容，整个脸色都变了。

　　"我怎么会生出这么多才多艺的孩子？"爱丽丝说，她的声音颤抖着。为什么麦迪逊看起来如此惊讶？

　　"都是从他们的老爸那里遗传的。"尼克说。

　　奥丽薇亚手舞足蹈地穿过过道，走到尼克旁边的座位上坐了下来，她忸怩地咧嘴笑着。"我的表现好不好？精不精彩？"

"你是最棒的！"尼克说，"大家都在说，我们还是收拾行李走吧，奥丽薇亚·洛夫已经表演过了，还有什么可看的。"

"真傻。"奥丽薇亚咯咯地笑着。

他们又坐着看了四个节目，其中包括某位村民的中年女儿表演的喜剧，这台喜剧无趣得令人发指，以至于反而带了点搞笑的意味。有位小男孩在台上朗诵班卓·帕特森[①]的一首诗，结果太紧张，朗诵到一半就慌了，最后他的爷爷颤颤巍巍地走上了舞台，握着他的手，和他一起朗诵起来，这让爱丽丝哭了。

弗兰妮再次走到麦克风前。"女士们，先生们，男孩们，女孩们，今夜真是一个特殊的夜晚，你们很快就能享用晚餐了，但是我们还有最后一个节目要带给大家，希望大家能够海涵，接下来的表演者也是我的家庭成员。请大家一起鼓掌，欢迎巴尔布和罗杰表演萨尔萨舞！"

舞台上的灯光暗了下来。有一盏聚光灯将光线打在爱丽丝的妈妈和尼克的爸爸身上。他们穿着拉丁舞的服装，在舞台上一动不动。罗杰单膝顶在巴尔布的两腿之间，搂着她的腰。巴尔布身体后仰，露出了脖子。罗杰向她低着头，他表情夸张，眉头紧皱。

尼克如鲠在喉地咳了一声。

艾拉也同情地咳了一声。

"爷爷奶奶看起来就像电视上的人一样，"汤姆高兴地说，"他们看起来就像是名人。"

"才不是呢。"麦迪逊说。

---

① Andrew Barton "Banjo" Paterson OBE（1864—1941），是澳大利亚诗人、记者、作家。他著有很多关于澳大利亚生活的诗歌和民谣。

"就是的。"

"嘘！"爱丽丝和尼克异口同声地说。

音乐声响了起来，他们的父母开始起舞。从令人咂舌的角度来说，两个人都跳得很好。他们熟练地扭着臀部，时而搂在一起，时而分开。这场表演真是性感到让人羞愧——而且还是给这么多老年人看的节目！

经过五分钟折磨人的表演后，罗杰停在麦克风前，巴尔布则以他为中心，继续起舞，她时不时掀开裙子的两侧，挑逗地踩着舞步。爱丽丝感觉自己快要咯咯地笑出来了。

"乡亲们！"罗杰用他最浑厚的、电台播音员般的嗓音说道。聚光灯照亮了他那晒黄的额前浸出的点点汗珠。"你们可能已经听说过，我和我亲爱的老婆将在每个月的第二个星期二开办萨尔萨舞蹈课。这是一种很好的锻炼方式，也很好玩！现在，任何人都可以跳萨尔萨舞，为了证明这一点，我想从现场观众当中邀请两位没有跳过萨尔萨舞的人到台上来。现在，让我们看看。"

聚光灯开始在观众当中扫射。爱丽丝看着灯光，希望罗杰能够长点脑子，不要选出一对连路都走不了的夫妇。

聚光灯停在了爱丽丝和尼克身上，两个人都举起手来，护着自己的眼睛。

"看哪，那对夫妇在聚光灯下就像兔子一样眨着眼睛，拿他们来做'小白鼠'最完美了，你不觉得吗，巴尔布？"罗杰说。

奥丽薇亚、汤姆和麦迪逊就像中了彩票一样，从自己的座位上跳了起来。他们扯着父母的胳膊，尖叫着："太好了，太好了！妈妈和爸爸，跳舞！快跳舞！"

"不，不！找别人吧！"爱丽丝恐慌地挣脱了他们的手。在这种事情上，她从来不会毛遂自荐。

"罗杰，我觉得找他们最好。"巴尔布在舞台上说，她像游戏节目的主持人一样，露出了灿烂的笑容。

"我要杀了他们。"尼克静静地说。然后，他喊道："对不起！我背痛！"

老人们不肯买账，他们才是有关节炎的人。

"你背痛，我还脚痛呢！"一位老太太喊道。

"上去露一手，你这孬种！"

"不要搅了大家的兴致！"

"别担心，恶心的感觉很快就会消失的，爸爸。"奥丽薇亚甜甜地说。

"跳舞，跳舞，跳舞！"老人们一边喊，一边跺脚，精力惊人地充沛。

尼克叹了口气，站起身来。他低头看着爱丽丝。"我们快点应付过去吧。"

他们走上舞台，爱丽丝忸怩地扯了扯裙子，害怕背后的裙子掀起来了。弗兰妮坐在前排耸了耸肩，摊了摊手，仿佛在说"这不关我的事"。

"好了，请你们面对面站着。"罗杰说。

罗杰站在尼克身后，巴尔布站在爱丽丝身后。在两人父母的操纵下，爱丽丝一手搭在尼克的肩上，尼克则一手搂着爱丽丝的腰。

"站近点，"罗杰用低沉的声音说道，"别害羞。现在，看着对方的眼睛。"

爱丽丝痛苦地抬头看着尼克，只见他满脸呆滞，表情客气，仿佛他们只是两个从观众当中随机挑选出来的陌生人。这真的很残忍。

"主动点，你是男人还是老鼠？"罗杰拍了拍儿子的肩膀，"男人必须领舞！你是主导者，她是跟随者！"

尼克的鼻孔抽搐了一下，这说明他非常恼火。

他突然将手伸向爱丽丝的后腰，将她向自己的身体拉近，然后夸张地模仿着他爸爸的样子，盛气凌人地皱着眉。

全场的观众沸腾了。

"乡亲们，看来我们找到了一个天才！"罗杰说。他与爱丽丝四目相对，似乎是在向她传达某种善意的信号。他是一个自负的老头，但是他本性不坏。

"好了，身体放轻松！"巴尔布说着，给尼克做了个示范。

"右脚向前，左脚向后，右脚退后，左脚退后。将重心集中在左脚，右脚退后。就是这样！就是这样！"

"接下来，让我们把屁股扭起来！"罗杰喊道。

爱丽丝和尼克没有在公开场合跳过舞。爱丽丝总是太害羞，尼克不怎么爱跳舞。但是，有时候在家里，如果他们晚餐喝了葡萄酒，而且在收拾碗筷时播放了合适的 CD 音乐，那么他们就会在厨房里跳舞。跳一支愚蠢而夸张的舞。每次都是爱丽丝先开始跳的，因为事实上，她很喜欢跳舞，而且老实说，她跳得不差。

她开始学着妈妈的样子扭屁股，同时努力保持上半身不动。观众们连连喝彩，她听到有个小孩——很可能是奥丽薇亚——在大喊："加油，妈咪！"尼克笑了，他踩到她的脚趾了。巴尔布和罗杰都像柴郡猫①一样笑开了花。她能从人群中听到孩子们的喊声。

---

① 柴郡猫，是英国作家路易斯·卡罗创作的《爱丽丝梦游仙境》中一种拥有特殊笑容的猫，即使它身体消失，仍能留下露齿的笑容。

他们之间仍然有感觉。她能从他的手中感受到这一点，她能从他的眼神中看出这一点。即便这种感觉只是回忆。他们之间仍然有情分。爱丽丝晕乎乎的脑子里充满了希望。音乐声停止了。"看到了吧！任何人都可以学跳萨尔萨舞！"罗杰大喊着。尼克从她的腰部垂下了手，转身走开了。

伊丽莎白给杰里米的家庭作业

我们开着车，本来要去参加家庭才艺晚会，结果我在半路上突然很想看电视。

《豪斯医生》开播了。我需看到豪斯医生那副说话带刺的样子，他在诊断不可能的疾病时，就会这样。对于我的病，豪斯医生会说些什么？杰里米，我希望你能更像豪斯医生一点。你太友善，太礼貌，这很烦人。光凭友善是不能治愈任何人的，你何不干脆让我直面一些残酷的真相？

"你是不孕的。克服它。"豪斯医生会冷笑一声，挥舞着他的拐杖说。这样我会感到震惊和振奋。

"我们能不能掉头？"我问本。

他没有试图改变我的想法。他这段时间对我非常温柔而细心。领养申请表已经从厨房的工作台上消失了，他把它们拿走了，暂时拿走了。我从他的眼神里可以看出，这个想法仍然停留在他的脑海里。他依然抱有希望，这正是问题的所在，我不能再抱有希望了，我承受不起。

我拿到血检结果以后，给他打了电话。我正要开口，却发现自己无话可说，当他一言不发时，我知道他在努力不让自己哭出来。每当他克制自己想哭的欲望时，你总是能看出来。感觉他就像是在和某个看不见的东西做斗争，以免大脑被它占据。

　　"我们会好起来的。"他最后说。

　　不，我们不会的，我想。"对。"我说。

　　我差点把真相告诉他了。

　　看完《豪斯医生》后，我看了《灵媒缉凶》、《波士顿法律》，还有《Cheaters》！《Cheaters》是一个电视节目，它窥探出轨的人，然后将他们曝光在电视镜头前。这个节目很低级、很灰暗、很垃圾。杰里米，我们确实生活在一个低级、灰暗、垃圾的世界里。

　　我现在的心理健康状况可能很糟糕。

　　表演结束了，成年人都到处站着，端着纸杯，一边享用茶点咖啡，一边隔着餐巾纸，把玩着手里的甜面包。一大群小孩子快活地大叫着，在大厅前面坐着轮椅赛跑。

　　"让他们玩那些，真的好吗？"爱丽丝问弗兰妮，试图表现得像一个负责任的成年人。她看到麦迪逊推着一辆轮椅，而奥丽薇亚和汤姆并排挤在里面，将双腿在面前伸直。

　　"当然不好，"弗兰妮叹了口气，"但是我估计，这些孩子是被我们的一个村民带来的。"她指了指先前一直跟她说话的那个穿着闪亮圆点马甲的白发老头。他正坐在轮椅上跟孩子们一起赛跑，他双手推着轮环，大喊着："你们抓不到我！"

　　弗兰妮的嘴唇抽动了一下。"他都85岁了，还跟5岁小孩一起疯玩。"她沉吟了片刻，"不过，我可以拍些照片放在简讯上。"她匆匆忙忙地走了。只留下尼克、爱丽丝和艾拉在一块。

"你俩表演得真不错啊。"艾拉抱着比利，比利的脑袋耷拉在她的肩膀上，把大拇指塞进了嘴里。她隔着他的脑袋，眯起眼睛打量着尼克和爱丽丝，好像他们是科学标本。"我做梦也没有想到会看到你俩上台表演。"

"只是想陪爸爸而已。"尼克说。他用两根手指夹起一块甜面包，将它整个塞进了嘴里。

"你饿了吗？"爱丽丝问道。她扫了一眼餐桌，"要不要去拿一份三明治？他们加了咖喱蛋。"尼克喜欢吃咖喱蛋三明治。

他清了清嗓子，有些不自在，看了看艾拉。"不用，没关系，谢谢。"

艾拉现在毫不掩饰地盯着他们。

"艾拉，今晚怎么只有你一个人在这里，你姐姐她们呢？"爱丽丝问道。通常情况下，"怪胎"们总是一起行动。

"爱丽丝，实话跟你说吧，"艾拉说，"她们不想跟你共处一室。"

爱丽丝畏缩道："天哪。"她不习惯别人对她抱有如此强烈的敌意，但是话又说回来，她并不介意自己对"怪胎"们具有这么强大的威慑力。这有点令人陶醉。

"艾拉。"尼克抗议道。

"我只是实话实说而已，"艾拉说，"我在努力保持中立。当然，爱丽丝，如果你能把奶奶的戒指还给我们，我们会对你另眼相看的。"

"噢！这倒提醒了我。"爱丽丝拉开手提包的拉链，拿出了一个首饰盒，"我把它带过来了，打算今晚给你。拿着吧。"

尼克缓缓地接过戒指。"谢谢你。"他把首饰盒握在掌心，仿佛不知道该怎么处置它，最终把它塞进了裤子口袋里。

"好吧，早知道这么省事的话，"艾拉说，"也许我应该再提一点条件，比如，就比如说财务状况吧。"

"艾拉，这实在是不关你的事。"尼克说。

"为什么你在监护权的问题上那么尿？跟头奶牛似的。"

"艾拉，你这么说我可受不了。"尼克说。

"哞。"爱丽丝说。

艾拉和尼克瞪着她。

爱丽丝背起了儿歌："谁在'哞哞'叫？奶牛'哞哞'叫！"她笑了。"对不起。你刚才说到'奶牛'的时候，我只是突然想起了这个。"

比利的头原本耷拉在艾拉的肩膀上，这会儿抬起来了，把大拇指从嘴里拔出来，叫道："哞！"他满怀好感地朝爱丽丝咧嘴笑了笑，然后又把大拇指伸进嘴里，继续把头耷拉在了艾拉的肩膀上。艾拉和尼克似乎讲不出话来。"我猜它肯定来自我们给孩子们读过的一首儿歌。"爱丽丝说。

这种事情发生过很多次。她的脑海里经常蹦出奇怪的单词、短语和歌词。看来，她内心深处的那个小"储藏柜"已经装不下这十年的庞杂记忆，时不时就会有一些毫无意义的片段逃逸出来。

现在，那个储藏柜的柜门随时都有可能被冲破，到时候，潮水般的记忆将在她的脑海里泛滥。谁也说不清楚这段记忆当中，除了幸福和悲伤以外，还掺杂着怎样的情感。她也不知道自己是否期待那一刻的到来。

"前几天，我不小心把东西掉在地上了，"爱丽丝说，"当时我说：'噢，我的小天爷。'这话听起来好耳熟。噢，我的小天爷。"

"奥丽薇亚小时候经常说这句话，"尼克说，他笑了，"我们有段时间都这么说话。噢，我的小天爷。我把这事给忘了。噢，我的小天爷。"

"我是不是错过了什么事情？"艾拉说。

"也许你应该带比利回去睡觉了。"尼克说。

"好吧，"艾拉说，"那我们星期天见。"她亲了亲尼克的脸颊。

"星期天？"

"母亲节呀。不是说要跟老妈吃午饭？她说你会来。"

"噢，对了。当然要去。"

没有爱丽丝，尼克是怎么打理社交生活的？以前都是爱丽丝告诉尼克周末该做什么，这是她的职责。现在，他肯定总是忘这忘那。

"再见，爱丽丝。"艾拉说。她并没有上前吻别。这是 2008 年唯一一个不肯跟爱丽丝吻脸颊的人。她沉吟了片刻。"谢谢你把戒指还回来了。这对我们家意义很大。"

换句话说，你不再是我们家的一员了。

"不客气。"爱丽丝说。我非常乐意归还那枚可怕的戒指。

等艾拉走后，尼克看着爱丽丝。"看来你还是没有恢复记忆呢？"

"基本上没有。快了。"

"孩子们的事情，你应付得怎么样？"

"还好。"爱丽丝说。不需要提及她每天焦头烂额的生活：忘了签同意书，忘了洗校服，忘了检查家庭作业，而且孩子们争着玩电脑和 PlayStation 的时候，她不知道该怎么办。

"他们真可爱，我们生了三个可爱的孩子。"

"我知道，"尼克说，他的神情似乎崩溃了，"我知道。"他沉吟了片刻，仿佛在犹豫该不该把心里话说出来，接着他说："所以，一想到只有周末才能看到他们，我就难受得要死。"

"噢，这样啊，"爱丽丝说，"好吧，要是我们不复合的话，那我们当然应该把带孩子的时间对半分，你带一个星期，我带一个星期，怎么样？"

"这不是你的真心话。"尼克说。

"这当然是我的真心话，"爱丽丝说，"让我签字也可以！"

"好吧，"尼克说，"我会让律师帮我起草一份文件。我明天把文件快递给你。"

"没问题。"

"等你恢复了记忆，你就会改变主意了。"尼克说，他刺耳地笑了起来，"而且你不会希望复合的，我可以跟你打赌。"

"赌二十澳元。"爱丽丝说着，伸出了手。

尼克握了握她的手。"就这么定了。"

她依然喜欢和他握手的感觉。如果她真的恨他，难道她的身体不会告诉她吗？

"我发现，那次在洗衣房里跟别的女人接吻的人，是吉娜的老公，"爱丽丝说，"不是你。"

"噢，对了，臭名昭著的洗衣房事件。"尼克对着一个挂着拐杖的老太太笑了笑，他在一盘三明治中挑选着，"噢，没事，你把我的胳膊都拧断了！"他拿起一个三明治。爱丽丝注意到这是咖喱蛋口味的。

"为什么你说你觉得我很搞笑，竟然会认为那个人是你？"爱丽丝问道，她看到有个三明治快要掉到地上了，于是赶紧拿了起来。

"因为我总是跟你说：'我不是迈克尔·博伊尔。'"尼克说，即使他的嘴里塞满了三明治，她还是可以从他的声音中听出残留的愤怒，"你跟吉娜太同仇敌忾了，感觉就像是你自己被人背叛了一样。我跟你说：'我不是博伊尔那种人。'可是你就认定了：'男人没一个好东西。'"

"对不起。"爱丽丝说。她的三明治是火腿芥末口味的，芥末的味道让她想起了什么。这种稍纵即逝的似曾相识感不停地袭来，就像有只蚊子在你睡着的时候嗡嗡直叫，你知道，等你开灯的时候，蚊子就不见了，等到你重新躺下来，闭上眼睛之后，过了一阵……嗡嗡的叫声又响起来了。

尼克用餐巾擦了擦嘴。"你不必道歉。事情都过去了。"他沉吟了片刻，眼神茫然地回顾着两人共同拥有，但是爱丽丝已然忘掉的过去。

他说："我常常在想，我们四个人的关系太过亲密了。我们卷入了迈克尔和吉娜的婚姻问题。他们的离婚就像病毒一样感染了我们。"

"那我们就努力让病情好转吧。"爱丽丝说。该死的迈克尔和吉娜竟然敢闯入他们的生活，散播致病的婚姻病毒。

尼克笑着摇了摇头。"你说起话来这么……"他找不到合适的词，最后他说，"年轻。"

"不管怎么说，"经过片刻的沉默，他说，"不仅仅是因为迈克尔和吉娜，要不然就太过简单化了。也许我们俩在一起的时候都太年轻……嗯。你觉得奥丽薇亚是不是想出名想疯了？"

爱丽丝顺着他的目光，看到奥丽薇亚回到了舞台上。她把嘴凑近麦克风，正煞有介事地演唱着一首曲子，他们听不见她在唱什么，因为麦克风的声音已经关掉了。在她的旁边，汤姆正在地上爬。他沿着麦克风的导线爬回了插座边。麦迪逊坐在台下前排的空位上，旁边坐着那位之前组织了轮椅比赛的白发老头。他们深入地讨论着什么。

"跟我讲讲过去十年中的一些美好回忆吧。"爱丽丝说。

"爱丽丝"。

"讲讲嘛。你想到的第一件事情是什么？"

"噢……天哪。我不知道。我估计是孩子们出生的时候吧。这个答案会不会太明显了？只不过，我说的不是孩子出生的过程。我不喜欢孩子出生的过程。"

"你不喜欢？"爱丽丝失望地说。她想象着自己和尼克又哭又笑地抱在一起，同时画面中响起了电影配乐。"为什么呢？"

"我估计，你生孩子的时候，我自始至终都处于极度恐慌的状态，我什么都控制不了，我不能帮你。我一直在做错事情。"

"我敢肯定你没有做错事情。"

尼克看了一眼爱丽丝，然后再次将目光迅速移开。

"而且到处都是血，你扯着嗓子尖叫，那个不称职的产科医生就是不肯露面，等到麦迪逊都生下来了，他才过来。如果不是助产士拦着，我就上去揍他了。那个助产士很好，就是我们说长得像'辣妹'（Posh Spice，指维多利亚·贝克汉姆）的那个。"

他心烦意乱地低下头，看着自己的手。爱丽丝在想，他知不知道自己在拧手指上的皮肤。这已经成了他的习惯：每次思考问题时，他都会把玩手上的婚戒。现在即使手上没有戴婚戒，他也依然会这么做。

"你生奥丽薇亚的时候，他们不得不做紧急剖腹产，"尼克猛地将双手插进口袋里，"我当时真的觉得我心脏病要发作了。"

"你受苦了。"爱丽丝说。只不过，她估计，生孩子的过程对她自己也不好受。

尼克笑了，他感叹地摇了摇头。"我记得，我不想转移医生对你跟宝宝的注意力，你懂的，电影里不是有些当爸爸的男人会在医院里晕倒吗，我不想那样。我告诉自己，要死就默默地死在一个不为人知的角落里。我以为你也会死，然后孩子们会成为孤儿。我有没有跟你说过这件事？我肯定说过。"

"我以为我们在谈美好的回忆。"爱丽丝感到恐惧。如果没有美好的回忆，那么等待她的，似乎就只有满地的鲜血和撕心裂肺的尖叫，等到她恢复记忆时，还得把这些可怕的过场再走一遍。

"美好的部分是，等到生产的过程结束了，一切都安静下来之后，他们把宝宝安安稳稳地裹在襁褓里，跟我们单独留在病房。我们就可以讨论一下那些令人讨厌的医生和护士，喝一杯茶，要么就呆呆地看着宝宝，数一数宝宝的小手指。那个刚出生的小不点，真的是——很神奇。"他清了清嗓子。

"你这十年里最悲伤的回忆是什么？"爱丽丝说。

"噢，有很多。"尼克奇怪地笑了笑。她也分辨不出他的笑容里流露出来的是厌恶还是悲伤。"我讲几个，任你选吧。比如我们跟孩子们说要分居的那一天；我搬出去的那一天；还有那天晚上，麦迪逊打电话给我，撕心裂肺地哭着要我回家。"

周围人来人往，大家都有说有笑地喝着茶。爱丽丝感觉到取暖器的热浪从头顶袭来。她感觉自己的头顶好像在融化，就像融化的巧克力一样。她想象着麦迪逊在电话里哭着求她爸爸回家的样子。

他当时就应该放下电话，马上赶回来的。然后，他们应该一起看部家庭电影，全家人依偎在沙发上，吃着炸鱼和薯条。幸福应该是很容易得到的。可怜的伊丽莎白和本还在拼命建立一个家庭，而尼克和爱丽丝却任由自己的家庭分崩离析。她走近尼克。

"你不觉得我们应该再试一次吗？为了他们？为了孩子们？其实，不仅仅是为了他们，也为了我们，为了以前的我们。"

"打扰一下！"又是一位老太太，她烫着一头蓝灰色的头发，满脸皱纹，却满面春风，"你们是尼克和爱丽丝，对不对？"

她神秘兮兮地凑过来，说："我看了弗兰妮的博客，我还留言评论过你俩的事！你们想知道我说了些什么吗？"

"我们的事？"尼克显得很惊恐，"弗兰妮有博客？我都不知道。你的意思是，弗兰妮会写我们？"

"噢，也不是非常私人的事情啦，亲爱的，别担心。"老太太善意地拍了拍尼克的胳膊，"但是她确实提到过你俩分居了。我只是留言说，IMHO——这个缩写在网上的意思是'依敝人之见'（in my humble opinion），你俩是天生一对。我从照片上就可以看出你俩是真爱！"

"她把我们的照片放到网上？"尼克说，"怎么从来没有人告诉过我？"

"啊哦，"老太太一手捂着嘴，"希望我没有多嘴！"她转向爱丽丝。"洛夫，你的记忆恢复了吗？1954年，类似的事情发生在了我一个朋友身上，我们无法说服她战争已经结束了。当然，她最终忘记了自己的名字。我估计你肯定不会忘了自己的名字。"

"不会的，"爱丽丝说，"我叫爱丽丝。爱丽丝。爱丽丝。"

"你可千万不要告诉我，她把我孩子的照片也放到网上了。"尼克说。

"噢，你的孩子漂亮极了。"老太太说。

"太好了。这简直是对杀人犯和恋童癖者发出了赤裸裸的邀请。"尼克说。

"她肯定不会真的邀请别人来谋杀小孩的，"爱丽丝说，"她总不可能跟别人说，杀人犯，来看看这些小鲜肉！"

"这个问题很严重。为什么你总是觉得不好的事情不会发生在我们身上？那次你在海滩上把奥丽薇亚弄丢的时候，就是这个反应。你太麻木不仁了。"

"真的吗？"爱丽丝困惑地说。她真的把奥丽薇亚弄丢了？

"我们对悲剧不是免疫的。"

"我会记住这一点。"爱丽丝说，尼克气得脸上抽搐了一下，好像刚刚被蚊子咬了似的。

"怎么了？"爱丽丝说，"我说什么了？"

"你姐姐在这儿吗？"老太太对爱丽丝说，"我想告诉她，我觉得她应该领养一个小孩。缅甸遭受了那次飓风袭击后，肯定有很多可爱的小宝宝等着被领养。当然，在我们那个时代，有很多弃婴被留在教堂门口，但是现在，这种事情似乎没那么常见呢，真是遗憾。噢，那不是你妈妈么！"老太太看到了巴尔布。巴尔布依然穿着演出服，还没有卸妆，她正拿着笔记板，被一大群热心的老太太包围着，"我要报名学萨尔萨舞！你们两个激发了我跳舞的欲望！"

她蹒跚着走了过去。

"麻烦你告诉弗兰妮，我不喜欢她在博客上写我和我的家人。"尼克说。他又恢复了那种客气而高高在上的语气。

"你自己跟她说！"爱丽丝说。尼克以前很崇拜弗兰妮。要是换做以前，尼克就会引诱弗兰妮跟他来一场激烈辩论。在家里，他们经常一起讨论政治，一起打牌。

尼克深深地叹了口气。他按摩了一下脸颊，仿佛是想缓解牙痛。他把脸部肌肉往眼周方向推，挤出了奇怪的皱纹，弄得整张脸就像怪兽一样。

"别这样。"爱丽丝说，拉了拉他的胳膊。

"干吗？"尼克说，"天哪，你干吗？"

"噢，我的老天爷，"爱丽丝说，"我们的关系怎么变得这么闹心了？"

"我得走了。"尼克说。

"乔治和米尔德里德怎么了？"爱丽丝问道。

尼克只是面无表情地看着她。

"那两只石狮。"爱丽丝提醒他。

"我不知道。"尼克说。

第27章

“噢，爱丽丝。”爱丽丝自言自语道。

家庭才艺晚会已经结束了，现在是第二天早晨。孩子们都已经被安全地送到了学校。爱丽丝坐在书房的书桌前，希望找些旧物来唤起对过去的回忆。她偶然发现了贝尔根太太不肯跟她说话的原因。

她靠着椅背，把脚翘在书桌上，仰着头，望着天花板出神。“你那段时间在想些什么？”

看来，爱丽丝似乎是某个居委会里的活跃分子，这个居委会正在游说当地议会，将把他们的街道重新规划，兴建一个五层公寓林立的街区。贝尔根太太则领导着另一个居委会来反对这项提议。

她把脚从桌上放下来，抽出了文件里的第二张纸。爱丽丝咬了一口特趣巧克力棒，以补充能量。（她在食品间里储藏了点巧克力，孩子们觊觎这玩意很久了，虽然他们都会摆出一副“不就是巧克力嘛”

的样子。）

这是一张剪报，是从当地报纸上剪下来的，标题上写着"劳森街的居民冲突"，配图是贝尔根太太和爱丽丝。照片里的贝尔根太太站在自家花园的蔷薇边，戴着园丁帽，端着水杯，看起来很伤感，倒有点梨花带雨的意思。

"这项提议简直是骇人听闻！这条美丽的街道原有的风情韵味和历史遗迹会被破坏得一干二净。"贝丽尔·贝尔根太太如是说。她在劳森街已经住了四十年，是五个孩子的母亲。

"肯定会被破坏的。"爱丽丝出声地说。

照片上的爱丽丝就坐在她现在坐的这把椅子上，表情严肃，一看就属于那种喜欢发号施令的类型，年龄起码也有四十岁了。

她读到自己的话时，不由得大声叫苦。

"这是必然的，"爱丽丝·洛夫太太说，她十年前搬家来到这里，"悉尼需要建造靠近公共交通的高密度住宅，当年我们买下这套房子时，就被告知五年内这个街区就会重新规划。我们把这一点看作是这套房产的投资潜力之一。议会不能出尔反尔，把民众当猴耍。"

什么？她在说什么？她和尼克事先根本就不知道这里可能会重新规划。他们还说，要在这里一直住到老。他们没有说过要把房子卖给开发商，让开发商推倒重建，打造成那种可怕的现代公寓楼群。

她接着往下看，不知怎的，她读到最后一段时，并不觉得意外。

爱丽丝·洛夫已接任居民重新规划委员会的会长一职。原会长兼创始人吉娜·博伊尔在一场事故中不幸丧生。

好嘛。又是吉娜。该死的吉娜。

她果断站起身来，走进厨房。新烤的一盘巧克力布朗尼正在放凉。

"以前我给你们做过这种蛋糕吗？"昨晚，她对着食谱问孩子们。"我有一次让你做这种蛋糕，"奥丽薇亚说，"但是你说它的含糖量太高了。""好吧，但是那又有什么关系呢？"爱丽丝说。奥丽薇亚咯咯地笑了起来，汤姆和麦迪逊相互交换了一下大小孩特有的担心神色。

她拿了一个特百惠保鲜盒，装上巧克力布朗尼，然后不假思索地走到隔壁，按响了门铃。

贝尔根太太来应门时，脸上挂着好客的微笑，但是当她看到来客是爱丽丝时，脸上的笑容瞬间消失了，她并没有打开纱门。

"贝尔根太太，"爱丽丝说，她把手按在纱门上，好像是在探监似的，"我真的非常非常抱歉。我犯了个严重的错误。"

伊丽莎白给杰里米的家庭作业

今天，我给零售肉店协会上了一天的课，课程名称叫做"通过直邮手段，提高你的销售额"。

真的，我没有开玩笑。任何一个生意人或是职场人士都可以通过直邮手段，来增强自己的竞争优势。杰里米，连你都行。比方说，你可以这么写：

您是否恨不得开车撞向路边最近的电线杆？

治疗师杰里米·霍奇斯医生可以将您引向更好的方向。

前十名预约的患者将得到一瓶免费的抗抑郁药。

我玩得有点过火了。

言归正传，肉贩们是一个友善而专注的群体。他们经常用行话插科打诨，有时候还能出人意料地提出一些精辟的问题。（我原以为肉贩都是一些头脑简单、脸色潮红、性格活泼的大块头，但是现在，我觉得那些都是假象，都是他们为了卖出更多的香肠而故意演的戏。）课程进展得很顺利。当你忙着解释怎样将推销羊排的邮件写出自己的特色时，你根本不会想到自杀这回事。

这时候，我看到观众当中有个人的长相跟肉贩们格格不入。

那位观众是爱丽丝。她最近看起来跟以前不一样了，我感觉她的妆变淡了。她的发型变乱了。衣服还是以前的衣服，但是穿法跟以前不一样了。而且她还拿出了一些我很多年没有见过的旧物。今天，她穿了条长裙，一件褪色的奶白色套头毛衣，腰上系着一根宽腰带，脖上围着一条亮闪闪的流苏围巾。这条围巾我在奥丽薇亚的换装盒里看到过。杰里米，她看起来很可爱，我还是头一次不嫉恨她有时间、有金钱把自己的身材保养得那么好，而且还不需要每晚在肚子上扎针。我看到她的时候，她朝我笑了一下，招了招手，然后用手掌捂着脸，意思是"你就当我不在这里"。

不知怎的，看见她，我有种奇怪的情绪波动。因此，当莱德鲜肉店的比尔问我邮资费用的问题时，我回答他的声音有些发颤。

在早茶休息时间，她找到我，呼吸急促地说："我好紧张，感觉像是在跟明星说话！"我觉得她不是在讽刺，这是一种友善的表示。

她说："你昨晚为什么不来参加弗兰妮的活动呢？"

我差点把真相告诉她了。真相在我的舌尖跳了会儿舞，差点就蹦了出来。只可惜它不能解答她的疑惑。不管怎么说，我知道她会做出完全错误的反应。

这不是她的错。凡是听了这个消息的人，都会做出错误的反应。

但是，一旦看到她的反应，我自己就会被推向疯狂的深渊，而我好不容易才保持住理性的一面。

杰里米，我觉得，我可以预约一个时间，把真相告诉你。

但是还是算了。我不想说出来。我就打算……等着看结果。

假装它没有发生，然后等着必然的结局，而不要让它影响我的生活。

老奶奶的老心思！

今天，我自己一个人去了安乐死讨论会，其他人都去港口游船了。

这次讨论会非常有趣，信息量很大。有太多的问题需要考虑。

真希望今天不是这样一个美好的艳阳天。一想到他们现在正在水上吹着凉爽的清风，我就有点气恼。

但是我很高兴我去参加了讨论会！

我已写了<u>这封信</u>给当地成员。跟我说说你们是怎么想的。

与此同时，关于你们对 X 的评论，我感觉特别尴尬，特别无聊。我敢保证，他不是想追我。如果他真的想我，那我会苦恼死的！这太荒谬了，我们都这么大把年纪了，早就过了谈恋爱的年龄！

顺便说一句，家庭才艺晚会取得了极大的成功！<u>这里有一些照片</u>。我的小曾孙女奥丽薇亚凭借一支蝴蝶舞蹈而受到了热捧，她拿到了三等奖。（而且，我还不是评委会的成员！）我就不说那么多好话了，我不想显得自己太虚荣。

X 花了相当长的时间跟我最大的曾孙女麦迪逊聊天，他说她是一个"聪明的小家伙",这是肯定的。

他还从我的曾孙汤姆那里打听到,我很擅长玩 PlayStation。他向我发起了一个游戏挑战。他跟他的孙子玩过一段时间的游戏。他说,他到时候会"轻而易举地把我打垮"。我今晚会去他的住处。

他把一台 PlayStation 都设置好了!他还说,下午茶时要烤蛋糕给我吃。

我不得不承认,他不是一个老恶棍。

顺便说一句,我很担心我的孙女**伊丽莎白**,昨天的家庭才艺晚会她没有露面,她平常不会这样子的。有句话我很不想说,但是还是得说,那些没完没了的求子尝试正在毁掉她的生活。

噢,爱丽丝还是没有恢复记忆,你们应该已经看到她跟**尼克**跳舞了!如果不是因为我了解更多的内情,我会觉得他们还是有复合的机会。

评论

AB74:

这家伙正企图上你,弗兰妮!

时尚俏夕阳:

上一条评论真是太恶心了。

Good Egg:

嗨,你好!我刚刚才发现你的博客,我把你所有的博文都看完了。写得太好了!但是,我不得不说,我觉得第一个评论者说得对。那个 X 喜欢你!为什么不接受呢?!我奶奶 83 岁的时候疯狂地爱上一个人，结了第三次婚。这种事情，不到最后关头，谁也说不准。

来自达拉斯的多丽丝：

弗兰妮，要是 X 试图亲你，你会怎么做？你会回吻他吗？

弗兰克·尼尔里：

杰弗里老师，我认为我该退出了，你已经让我心碎了。嘿，您跟帕斯科太太还有联系吗？她是教地理的。我寻思着，您可能会有她的联系方式？

"快看，汤姆，警车！"爱丽丝叫道，只见一辆警车鸣着警笛、闪着蓝色的灯呼啸而过。

她转过头，准备看后座上那张兴奋的小脸，结果意识到她是独自一人坐在车上，而且汤姆都是个大小孩了，不可能因为看到警车就激动得要命，况且她也不记得他小时候是什么样子。

也不知道这些究竟算不算是不自觉的记忆闪回，反正它们现在几乎每隔几分钟就会出现一次。感觉就像是奇怪的神经抽动。就在先前培训课的早茶休息时间，她看到有个肉贩一次吃了两块巧克力饼干，她差点就要上去抓住他那毛茸茸的手腕说："一块就已经够多了！"

她不断地发现自己总是有意无意地前往某些地方——走进书房、厨房或洗衣房，然后意识到她也不知道自己为什么会在那里。有一次，她径直穿过马路，来到吉娜以前住的地方，沿着车道往前走，走到半路，她停下来，出声地说道："噢。"有时候，她拿起电话，拨打了某个号码，然后又赶紧挂掉电话，因为她完全不知道自己在给谁打电话。有一次，她在学校门口等孩子，突然发现自己在把手提包当成婴儿一样摇晃着，拍着它，哼着一首陌生的歌。那天晚上，她吃饭的时候，舀起一勺食物就要喂奥丽薇亚，嘴里说着："乖乖吃饭，喷香喷香。啊呜大口，吃光吃光！"

"我觉得你可能变得有点疯狂了，亲爱的妈咪。"奥丽薇亚睁大了眼睛说。

现在，她的记忆随时都会恢复。她能感觉到它在匍匐逼近，这就好比精神不振、喉咙发痒预示着感冒一样。她只是不确定自己是该抵制它，还是欢迎它。

现在，她刚听完伊丽莎白的培训课，正开车去学校的图书馆帮忙。显然，失忆之前的她每逢星期四，就会做这件事情。她觉得自己这样做似乎太过大方了。

开车时，爱丽丝想到了伊丽莎白，感觉伊丽莎白在讲台上真的是游刃有余，她与肉贩们自如地交流，让课堂充满了欢笑，左右逢源地指导着肉贩们该怎么做。她在麦克风前表现得那么自然，完全是本色发挥。这让爱丽丝想起了那些名人，他们接受记者采访时总是表现得轻松随意，就像摄像机不存在一样。但是，当伊丽莎白在课间休息时间跟她说话时，她有一种奇怪至极的感觉，觉得跟她说话的那个人并不是真的伊丽莎白，而只是在假装伊丽莎白。伊丽莎白跟爱丽丝说话时，反而没有在讲台上那么自然。

爱丽丝还是没能开口过问她的试管婴儿周期不成功的问题。昨晚，爱丽丝参加完家庭才艺晚会回到家以后，给她家里打了个电话，但是本说，伊丽莎白正在看她最喜欢看的电视节目，等看完了之后就会回电话。但是后来，她未曾回过电话。当然，在她工作的时间，爱丽丝很难开口跟她谈这个问题。爱丽丝觉得很可笑：她竟然连自己的姐姐心里在想什么都不知道。她甚至无法根据经验来猜测伊丽莎白现在是什么感受。是生气？不知所措？还是对整个求子过程感到厌倦？

她今晚会再给伊丽莎白打电话试试，但奇怪的是，一旦开始照顾孩子，她就很难腾出时间了。她得开车送孩子参加各种各样的活动，帮助他们完成家庭作业（功课太多了！爱丽丝很头疼。上次汤姆从书包里掏出一大堆工作表的时候，她就开始叫苦了，这样显得不太专业），给他们做晚饭，将案台清理干净，给他们做便当，说服他们不要抢着玩电脑、看电视。等到一切都打点好了之后，她已经精疲力竭了。

2008 年的时间太紧了，它已经成了一种有限的资源。而在 1998 年，她的日子要悠闲自在得多：每天早上醒来之后，这一天的时光就像一条长长的走廊，展现在她的面前，她可以闲庭信步地向前走，而且还可以徘徊在风光最好的角落，细细品赏。现在的日子太紧张了，时间被平均分割成细碎的小块。它们像呼啸而过的汽车一般。嗖！等她每天晚上躺到床上，盖上毛毯时，她感觉自己才刚刚把孩子们从床上叫起。

也许这只是因为她还不习惯这样的生活，不习惯做一个带着三个孩子的单亲妈妈。

她现在做事情的方式跟以前不一样了，她试图把生活节奏放缓。她隐隐感觉到，新的爱丽丝，就是失忆之前的那个说话暴躁的爱丽丝，可能不会同意她所做出的一些改变。

昨天，她在学校接孩子时，奥丽薇亚发牢骚说：“我不想去上小提琴课。"爱丽丝本来就不知道奥丽薇亚应该去上小提琴课,她说:"好吧,那行。"于是带着三个孩子去了迪诺咖啡厅,让他们围坐在一张圆桌边,一边喝热巧克力,一边做功课。迪诺很擅长辅导汤姆做数学作业。

有个很难缠的人打电话给爱丽丝,说她仍然需要支付当天小提琴课的费用,因为她没有提前 24 小时告知对方今天不上课。"噢,好吧。"爱丽丝说,对方陷入了震惊的沉默中。

他们参加完家庭才艺晚会,回到家之后,她允许麦迪逊熬夜到了11 点以后,因为麦迪逊想要烘烤一个巨大的黑森林蛋糕,以便参加学校的"饮食文化节"。

"我不想要你帮我,"爱丽丝还没开口说要帮忙,麦迪逊就坚持道,"我想自己做。"

"好呀。"爱丽丝说。

"你每次都说好,"麦迪逊说,"结果还是过来帮忙。"

"我跟你赌一千块澳元,我绝对不会插手。"爱丽丝说着,伸出了手。

麦迪逊瞪大了眼睛,她突然绽放了甜美的笑容,然后跟爱丽丝握了手。

"我也想跟你赌一千澳元,"汤姆说,"跟我赌嘛!"

"我也想!"奥丽薇亚喊道,"妈妈跟我赌!"

"不行,我要下一个大赌注,"汤姆说,"妈妈,我跟你赌……嗯……等等,我来想个非常好赌的东西。"

"我跟你打赌,我可以倒立五分钟!"奥丽薇亚喊道。

"不对,两分钟!不对,我们还是定在一分钟吧。"

"我跟你赌一千澳元，就赌我不能数到一百万！"汤姆说，"我的意思是，我能数到一百万！是这样的，如果我可以数到一百万，你就给我一千澳元。"

"没有人能数到一百万。"奥丽薇亚郑重地说，"真要数的话，估计得花一个星期。"

"不会的，用不了那么久。"汤姆说，"要不我就跟你赌，我可以在六十秒之内数到六十。或者，等等。好吧，或许六十秒之内可以数到九十。那么，呃，计算器在哪儿？妈妈，你知道计算器在哪儿吗？妈妈，你在听吗？"

"你们这些小孩子是不是总是这么烦？"爱丽丝问。有时候，她感觉他们可以把她大脑里的所有想法都抽空。

"差不多。"汤姆说。

伊丽莎白给杰里米的家庭作业

就在肉贩们组队讨论怎么写肉贩软文（哈哈）的时候，我坐在那里，想着上一次胚胎移植的事。那是在两个星期以前。

我们的胚胎已经被冷冻保存了一年。

一个被冰封的潜在小生命。

当年我们第一次做试管婴儿的时候，我会站在胚胎冷冻仪的门边，用指尖刮下一点冰屑，然后幻想着我那些冰封的潜在小生命。他们的成长包含各种各样的可能性。我们一次就冷冻了七个胚胎，它们蕴含着一个充满可能性的巨大宝库。这个小不点可能会是个游泳健将，那个小不点可能会是个音乐天才；这个小不点可能会长得高一些，那个小不点可能会长得矮一些；这个小不点可能会变得娇羞，那个小不点可能会变得幽默；这个小不点可能会长得像你，那个小不点可能会长得像我。

我和本成天都会讨论这件事。我们会用心灵感应信号向他们传递支持。"孩子们，坚持住，"我们说，"希望你们不会太冷。"

但是，随着时间推移，我们渐渐不再以那种方式说话了。我们对这个过程越来越冷漠。它只不过是一种科学手段、一种讨厌的医疗流程罢了。我们甚至对这项技术已经不以为意。没错，他们能在试管里培育婴儿，确实很了不起，但是这项技术对我们没用。

这次接受胚胎移植时，我们迟到了，我们因为开车违规右转而吃了张罚单。违规右转赶时间是我的主意，本因为听了我的话而深深自责，因为我们吃了罚单，不仅没能赶时间，反而还在路上拖得更久。"你们怎么可能看不见那个标志？"警察问道。本撇着嘴，憋了一肚子的气，或许他是想说："都是她害的！"警察开罚单的速度超乎想象的慢，仿佛他知道我们要赶时间，所以故意借这个机会来惩罚我们违章驾驶。

"我们还是回家吧，"我对本说，"反正也不会成功，这就是预兆。我们还是别浪费钱停车了。"

我想让他说些积极的话来安慰我，但是他当时的情绪也很糟糕。他说："你这态度真积极。真积极。"他平常不喜欢讽刺人的。

不管怎么说，我现在算是知道，他也觉得试管婴儿不会成功了。过了一个星期，他吃着爱丽丝做的香蕉松饼，一下子对领养孩子的事情兴致很高，而那个时候，我们上一次做胚胎移植的结果都还没有出来。

那一次接待我们的科学工作者是个年轻姑娘，看起来比麦迪逊大不了多少。我们走进治疗间的时候，她绊到了什么东西，我当时就觉得这不是什么好兆头。噢，你们的胚胎没了！

我坐在椅子上，两腿优雅地分开，等着那根巨型针头。那位科学工作者说了些什么，我们都没有听清楚。

"那儿就是你的胚胎。"小姑娘又说了一遍，她面露尴尬之色。也许这是她第一次处理这种情况。从投影屏上可以看到我们未来的小宝宝。

它看起来跟我们之前的胚胎毫无二致。就是一堆泡沫。一个放大版的水滴。

我懒得一惊一乍，懒得说出"哇，好神奇"之类的话。我也懒得记住眼前的影像，以便日后可以跟孩子描述它："乖孩子，你还是个胚胎的时候我就见过你啦。"

那次给我们做胚胎移植的医生我不认识。我相熟的那个医生去了巴黎，她女儿嫁给了一位法国律师。现在这位医生是个男人，长了张严肃的马脸，让我想起了我们的税务会计师，这个预兆尤其不祥。（我们从来没有拿到过退税。）原来那个医生总是畅所欲言地跟我聊天，但是现在这个男医生直到流程结束为止，一句话都没说。接着，他在B超机上向我们展示了胚胎的状态。

"很好，位置对了。"他平淡地说，仿佛我的子宫就是一台工业仪器。

在B超显示器上，我的胚胎看起来没什么特别的。它就像一颗巨大的星星在闪烁。

我知道它不会闪烁很长时间。

我将目光从 B 超显示器上移开，看了看本，发现他在盯着自己的手看。

全都是不祥的兆头。

吸气。呼气。吸气。呼气。

肉贩们完成头脑风暴后，我走上讲台，宣布我的助手莱拉会接替我上完今天的课，仿佛这就是原定计划似的。

在肉贩们热烈的掌声中，莱拉站起身来，脸上一副困惑的表情。

我走了出去。那颗闪烁的星星在我的脑海里挥之不去。

爱丽丝正朝着学校图书馆走去（她的身体似乎知道，去图书馆要穿过操场角落里的一道红色双扇门），多米尼克突然出现了。他眉头紧锁，满脸担忧。

"爱丽丝，"他说，"我从办公室的窗口看到你了。我一直在给你打电话。"

"抱歉，"爱丽丝回答，"我一直忘了充电。记忆问题！"

他没有笑。"我也给尼克打电话了，"他说，"他已经在路上了。"

"你给尼克打电话了？为什么？"难道为了争夺她他要跟尼克打架？发起决斗？（只不过，尼克已经不想要她了。所以你懂的，也许打不起来。尼克会说，哥们，你想追她尽管追，让给你了。）

"出事了，"多米尼克说，"麦迪逊出了严重的问题。"

伊丽莎白给杰里米的家庭作业

离开课室后，本给我打了个电话。他的声音听起来就像砂纸。

"你为什么不告诉我？"他说。

我直接把电话挂了。

我不喜欢他那种语气。

第 *28* 章

"她没事吧？"恐惧如洪水猛兽般涌入爱丽丝的血液，这使她的双腿抖动得厉害，她不得不扶着多米尼克的胳膊来稳住自己。

"噢，没事，对不起。"多米尼克心烦意乱地笑了笑，拍了拍爱丽丝的胳膊，"她的身体没事。只是，又发生了一起事件，我觉得这次的事件必须引起重视。"

"又发生了一起事件？"

"又发生了一起欺凌事件。"

"有人欺负麦迪逊？"她恨不得把欺负麦迪逊的人掐死，她会要求跟对方的父母对峙。竟然有人伤害"小葡萄干"，她要把那个肇事者生吞活剥。她气昏了头。

"爱丽丝，"多米尼克说，他看起来有点严厉，是校长特有的那种严厉，"欺负人的是麦迪逊。"

"麦迪逊不会欺负任何人。"她了解她的女儿,虽然她跟麦迪逊只相识了五天,但是她了解麦迪逊。

当然,麦迪逊有时候会闷闷不乐,当她被激怒的时候,可能会对弟弟妹妹有点,怎么说呢,有点冲,但那只是正常的同胞竞争(希望如此)。她的心性是好的。她不是还帮助奥丽薇亚编排了蝴蝶舞吗。前几天,她不是还给汤姆辅导了地理功课吗。好吧,汤姆说她烦人,到头来,惹得麦迪逊泪眼滂沱地直跺脚,而汤姆则像他爸一样,用手拍着额头,直翻白眼,但是怎么说呢……爱丽丝的女儿不会、不可能是一个恃强凌弱的人。

"你是不是还——没有恢复?"多米尼克谨慎地问。

"没有完全恢复。"爱丽丝说。

"好吧,这已经不是麦迪逊第一次闯祸了。前几天,有个小男孩跟她吵架,结果被她打得要去医院缝针了。"

啊,爱丽丝心想。这就是凯特·哈珀曾经在健身房里提到的"小事件"。

"我知道她最近情绪不好,因为吉娜去世,而你跟尼克又要离婚。"多米尼克继续说道,他关切地皱着眉头,"但是爱丽丝,我很抱歉,这次真是——噢。"他的声音变了,因为他隔着爱丽丝的肩膀,看到了某个人。"那是你的,呃,你的……"

爱丽丝转头,看见尼克正在向他们走来。他穿着西装,打着领带,正在用手机与人交谈。他的商业风范、精明决策和不可打扰的重要会议与这片阳光明媚的操场格格不入,附近的教室里传来了孩子们琅琅的读书声。

多米尼克注意到了她的眼神。"有点尴尬。"

"是的。"

尼克走近时，他们听见他说："那我们就把利息定为两厘。你觉得怎么样？太好了。再见。"他一手合上了手机。爱丽丝想说："噢，尼克，亲爱的，别这么傻乎乎的好不好。"

"你是多米尼克吧？"尼克说着，伸出了手，仿佛多米尼克是来给他们推销东西的。

"是的。嗨，你好吗？"多米尼克说。他大约比尼克高出一个头，站在尼克的旁边，感觉就像是一个身材瘦长的学生。爱丽丝想拥抱他，但是她也想拥抱尼克。他们两个就像是打扮成成年人的小男孩。

"你把我们两个人都叫来了，看来真的是有很重要的事情呢。"尼克说，他的语气中包含着讽刺。

"是的。"多米尼克说，他的回答带有针锋相对的意味，"麦迪逊扬言要用一把剪刀刺伤克洛伊·哈珀。她还剪断了克洛伊的头发，把克洛伊的脸摁进蛋糕里。我将不得不给她休学处分，至少要等这个学期结束。我觉得，她需要看心理医生。"

"我明白了。"尼克说，他似乎泄了气。主导权都到了多米尼克手中。

"这其中肯定有内情，"爱丽丝说，"她这么做肯定是有原因的。"

"什么理由都不行。"多米尼克说（爱丽丝觉得他这样说有点不讲情面，毕竟他是想追求她的人），"这样的行为是不允许的。你可以想象凯特·哈珀对这件事情会是什么反应。她现在已经在往学校赶了。"

也就是说，克洛伊是母夜叉凯特·哈珀的女儿。好了。这就能解释一切了。

"我们必须得——我不知道——提供某种形式的补偿。"尼克叹了口气。

"我不认为钱可以解决这个问题。"多米尼克说。迎头一击。

"我不是这个意思——"

"总而言之，我已经让两个小孩在我的办公室里等了。"多米尼克打断他。

爱丽丝和尼克跟在他身后，就像调皮的孩子。爱丽丝用面部表情示意尼克"你不觉得这很可怕吗"，尼克面露苦相。

在多米尼克的办公室里，麦迪逊和另一个小女孩坐在办公桌前。那个小女孩愤怒地抽泣着，仿佛在说"我真是受了天大的委屈"，她的怀里抱着什么东西。爱丽丝惊惧地发现，那是一根很长的金色发辫。小女孩的脸上和校服上到处都糊着巧克力蛋糕、奶油和樱桃，剩下的半截发辫悬在她的校服后领上方，令人触目惊心。

"噢，麦迪逊，"爱丽丝不由自主地说，"你怎么可以这样？"

麦迪逊脸色煞白，眼里闪着怒火。她一动不动地正襟危坐着，双手握拳，放在腿上，俨然一个小变态杀手被带到了派出所问话。

"小姑娘，你得跟我们解释解释。"尼克说。爱丽丝差点笑了出来，感觉他就像在一出蹩脚的业余戏剧里表演生气的老爸。

麦迪逊什么也没有说。

"你想不想告诉爸爸妈妈，这是怎么回事？"多米尼克说，他说话给人的感觉更真实一点。

麦迪逊使劲地摇摇头，仿佛她是在拒绝向刑讯逼供者透露国家机密。

"她还没有说过一句话。"多米尼克对爱丽丝说。

小女孩在她面前晃动着那根金发的发辫，眼泪不断地从她的脸颊滚落。"你看看我的头发。麦迪逊·洛夫，我妈妈会杀了你。我的头发很漂亮。我得花很长很长的时间才能把它长回来。怎么也得花上，四十年。你就是因为嫉妒，就把我的头发剪了，而且你甚至连……"她的声音颤抖着，仿佛是为了克服巨大的恐惧。"你甚至连一句'对不起'都没有说。"

"好了，克洛伊，"多米尼克说，"我们先冷静下来。"

"麦迪逊，给克洛伊道歉，"爱丽丝用她自己也认不出来的严厉语气说道，"快点。"

"对不起。"麦迪逊嘀咕道。

"她不是真心的！"克洛伊哭道，抬头看着爱丽丝和尼克，"她只是说说而已！等我妈妈过来了再说！"

"其实，"多米尼克说，"我们不会再等了。我认为洛夫先生和太太可以把麦迪逊带走了。"

他在麦迪逊面前蹲下来，以便跟她面对面地说话。

"麦迪逊，我从现在开始要勒令你休学，"他说，"你不可以在学校里做这种事情，你明白吗？这件事情非常非常严重。"

麦迪逊点点头。她的脸色现在已经从惨白变成了火红。

"好了，"多米尼克站了起来，"去拿你的书包吧，你的爸爸妈妈会在校门口等你。"

麦迪逊从屋里飞奔出去，克洛伊再次泪如泉涌。

"好了，克洛伊，"多米尼克疲倦地说，"你妈妈马上就来了。你就在这里等着。"

他把尼克和爱丽丝送了出去，关上了门。

"现在让你们见凯特可能也没有多大的意义，毕竟大家都还没有冷静下来，"他说，"我觉得你们应该把麦迪逊带回家，跟她谈谈，看看她在想什么。我强烈建议你们找心理医生。我可以给你们推荐几个人。"远处传来匆匆的脚步声，有人穿着高跟鞋正往这边赶，"我敢打赌那是凯特。你们快走。"

他挥手示意他们离开，仿佛是在帮助他们躲避秘密警察的追捕。"快逃！"

尼克和爱丽丝跑过操场。他们在校门口停了下来。尼克气喘吁吁。爱丽丝则气息平稳。她比他要健康得多。

"这太可怕了，"爱丽丝说，"我感觉是我自己剪了那孩子的头发。还有那个蛋糕！她花了那么长时间做的蛋糕。小可怜。"

"你在说克洛伊？"尼克说。

"没，我在说麦迪逊，"爱丽丝说，"谁在乎克洛伊？"

"爱丽丝，我们的孩子扬言要用一把剪刀刺伤她。"

"嗯，我知道。"爱丽丝说。

尼克从口袋里掏出手机，将机盖翻开。"我不觉得休学会对她有什么帮助，"他一边说着，一边皱着眉头，看着手机屏幕，"感觉他们这样做就像是两手一摊，直接告诉你：'我们不知道该拿她怎么办了。'完全就是推卸责任。"他抬头看着爱丽丝，"我这么说不是要批评你的男友啊。"

"我估计这是学校的规定吧。"爱丽丝说，她一方面觉得自己有必要维护多米尼克，另一方面又感觉自己像是被他出卖了。既然你跟校长接过吻，为什么你的女儿就不能免除勒令休学的处罚呢？

"总而言之，"尼克看了看手表，"我得回办公室了。我觉得，我们最好过段时间好好谈谈。我不知道你打算怎么惩罚她，但是显然必须严惩——"

"你这么说是什么意思？"爱丽丝说，"我觉得我们应该马上跟她谈谈。就现在。我们俩都要在场。"

尼克似乎吓了一跳。"现在？你想让我也在场？"

"当然啦，"爱丽丝说，"我认为我们应该带她去兜兜风。而且我们不能一上来就惩罚她。我讨厌'惩罚'这个词。"

"噢，对不起。我觉得我们应该奖励她。我们应该跟她说：'干得好，亲爱的，也许你应该考虑将来去当理发师。'"

爱丽丝咯咯地笑起来。尼克也笑了。阳光直射在他的脸上。他一手护着眼睛说："等你恢复记忆的时候，我会看出来的。"

"怎么看？"

"从你看我的眼神当中，就能看出来。等你恢复了记忆，我第一时间看你的眼神就知道了。"

"我的眼睛会向你发射死亡射线吗？"爱丽丝说。

尼克悲伤地笑了笑。"类似吧。"他又看了看手表，"我中午有一个会议。但是我估计可以改时间。"他似乎无法确定，"也就是说，你的意思是让我们俩带着她去某个地方兜风？"

爱丽丝说："这样做真的有那么反常吗？"

"通常情况下，你全权负责，并且明确表示不需要我的帮助。"

"现在来了一个新的爱丽丝。"爱丽丝说。

"你说得没错。"尼克似乎正要说些什么。他停了下来，透过她的肩膀，看着她身后。"我们的小暴徒来了。"

麦迪逊正向他们走来，她耷拉着脑袋，书包松松垮垮地拿在一只手上，几乎拖到了地上。

"我跟谁走？"她走到他们面前说，根本不看他们的眼睛。

"我们两个。"爱丽丝说。

"你们两个？"麦迪逊抬起头，皱着眉头。她好像受到了惊吓一样。

"过来。"爱丽丝说。

麦迪逊跺着脚，走到她面前，眼睛依然盯着地面。爱丽丝将她拢到怀里。

"我们一起把这个问题解决，"爱丽丝对着她的头发，轻声说，"你，爸爸和我，我们一起坐在沙滩上，吃着冰淇淋，把问题给解决掉。"

麦迪逊惊讶地深吸一口气，大哭起来。

伊丽莎白给杰里米的家庭作业

他不停地说："把电视关掉。"

我不停地说："还没到时候。"

不久前，他自作主张把电视关掉了。他一关电视，我就不停地尖叫，好像他在伤害我一样。

我做得有点夸张。日后我自己会觉得不好意思的。

但是它确实伤害了我。关掉电视以后，屋里的沉默变得刺耳，它真的让我的耳膜感到刺痛。

他可能担心邻居会报警。毕竟，他看起来完全就像那种会因为施加家暴而被警察押走的人。于是，他耸耸肩，把电视重新打开了。

我现在在看奥普拉的脱口秀。奥普拉正在谈论一个令人振奋的新饮食方式。观众们兴奋。我也很兴奋，杰里米，我可能会尝试一下。我在记笔记。

他们坐在曼利海滩，靠近轮渡站。就在麦迪逊还是个小宝宝的时候，他们曾经开车带着她走夜路，第二天清晨坐在同一个地方喝咖啡。就连那块蓝白相间的格子野餐毯都是一样的。它就放在尼克的汽车后备厢里。野餐毯上的蓝颜色没有爱丽丝记忆中的那般鲜亮，但是她的手掌还记得它那凹凸不平的手感。

"这个地毯我们是从哪儿买的？"他们坐下来之后，爱丽丝问。

"我不知道，"尼克说，他一副防备的口吻，"你要是想要的话，可以拿去。我都不知道它在我车里。"

噢，有没有搞错。她并不是想要这块毯子。这再次说明，他们的生活已经乏味到不堪设想。她真的会在野餐毯的归属问题上跟他争吵吗？

麦迪逊一屁股坐在地毯上，双手抱着膝盖，耷拉着脑袋，平直的头发从脸颊两侧垂落下来。（爱丽丝很想剪短它。麦迪逊要是留短发的话，会好看得多。事实上，这可以算是完美的"惩罚"！孩子，你剪短了她的头发，我要剪短你的头发。）

自从在学校里哭过之后，麦迪逊就再也没有说过一句话。在到达海滩之前，尼克驾驶着他那台拉风的汽车，他在路上花了很长时间用免提手机跟别人通话。他时而放声大笑；时而凝神静听；时而做出一些简短而犀利的指示；时而陷入思索，他说"让我想想"；时而感慨，"好吧，那真是糟透了"，同时瞟一眼后视镜，以便切换车道；时而告诉对方"干得好。真是个好消息"。他真是有做老板的派头。

"你喜不喜欢现在这份工作？"爱丽丝有一次趁着他打电话的间隙问道。

尼克瞟了她一眼。"喜欢。"他在几秒钟之后说，"我喜欢这份工作。"

"那就太好了。"爱丽丝说着，心里为他感到高兴。

尼克嘲弄地扬了扬眉毛。"你真的这样想吗？"

"当然。"爱丽丝说，"我为什么不这么想？"

"没什么。"尼克说。爱丽丝感觉到麦迪逊正在后座上仔细听着。

尼克现在已经关掉了手机，将夹克和领带留在了车上。他正在脱鞋袜。爱丽丝看着他光脚踩在沙子里。她对他的脚就像对自己的脚一样熟悉。他的脚很大，并不是特别好看，脚趾上的毛发长而浓密。既然他的脚都能够让她觉得亲切，那么她怎么能不与他长相厮守呢？

"真美。"尼克说着，指了指周围。只见海滩上的黄沙光滑而坚硬，绿松石色的天空渺远空阔，渡轮发出突突声，从港口驶向了城市。尼克用赞叹餐厅美食的口吻赞叹着美景，就好像有人特意为他准备了这样的天气和海滩，把它们放在盘子里，献了上来。太好了，谢谢。这一切都符合他的高标准、严要求，于是他会给一笔慷慨的小费，作为回报。这真是尼克的典型作风。他抬起头，面对着阳光，闭上了眼睛。

爱丽丝脱下靴子（硬要说的话，她的品位是无可挑剔的），然后脱下了袜子。

"那是汤姆的足球袜。"麦迪逊说着，抬起头来。

"我出门的时候太赶了。"爱丽丝说。

麦迪逊带着异样的眼神看着她。"还有你戴的围巾是从奥丽薇亚的换装盒里拿的。"

"我知道，但是它太美了。"爱丽丝捧起那薄纱般的面料。

麦迪逊又给了她一个难以捉摸的眼神，然后再次低下了头。

尼克睁开了眼睛。"嗯，麦迪逊——"

"你说过有冰激凌的。"麦迪逊说着，瞪着爱丽丝，仿佛爱丽丝出尔反尔过很多次，而这一次又开了空头支票。

"对，我说过。"爱丽丝说。

尼克叹了口气。"我去买。"他重新穿上鞋，低头看着麦迪逊。"你在沙滩上吃冰激凌的事情不要告诉弟弟妹妹，好不好？要不然洛夫家的所有小孩都得休学了。"

麦迪逊咯咯地笑了起来。"好的。"

尼克走了，麦迪逊说："这件事情我不想在爸爸面前说。"

那肯定是女孩子之间的事。"好吧，告诉我就行了。"

麦迪逊再次用膝盖支撑着下巴，用含糊不清的声音说："克洛伊说，你和戈登先生已经——"

爱丽丝没听清楚最后一个词。

"你说什么？"她说。

"做爱！"麦迪逊哽咽道，"她说，你和戈登先生可能是在他的办公室里做过爱。可能有，一百次。"

戈登先生？噢，多米尼克。

"宝贝。"爱丽丝开了口，心里琢磨着从何说起。一方面，她也不确定这是不是真的。他们肯定不会在他的办公室里发生关系吧？对不对？

"我差点吐了。我不得不做深呼吸，用手捂着嘴。你没有做过，对不对？你没有在戈登先生面前脱过衣服，对不对？”

好吧，就算她做过，克洛伊也肯定不会知道。想必多米尼克也不会当着全校同学的面宣布这件事吧。

“克洛伊·哈珀是一个可怕的骗子。”爱丽丝果断地说道。

“我知道，”麦迪逊松了口气，说道，“我就是这么说的！”她遥望着海面，将头发拢到耳后，“然后她说，我是全校最丑的女生，但是这不是撒谎，这是真的。”

爱丽丝为她感到心碎。“这肯定不是真的。”

“我有一种感觉，”麦迪逊说，“我感觉我的脑袋就要爆炸了。她站在我面前，我拿起美术课要用的剪刀，剪掉了她的辫子。就那么喀嚓一声！它直接掉到了地上。然后，等她转过身来，我把蛋糕扔到了她身上。好好的蛋糕都给毁了，都没有人尝过它的味道。那是我做过的最好的蛋糕。”

“你有没有威胁说要用剪刀刺她？”

“没有！那是她瞎编的，就是为了让我陷入更大的麻烦。”

“真的吗？”

“真的。”麦迪逊说。

“好吧。”爱丽丝说，这很能说明问题。

爱丽丝说：“麦迪逊，你要知道，在人生的道路上，总会有人对你出言不逊。如果你总是做出那样的反应，到头来你会坐牢的。”

麦迪逊似乎在考虑这个问题。“其实，我还没有到坐牢的年龄。”她说。

“好吧，你现在是没到年龄，但是等你长大了——”

“等我长大了，那就没有关系了。”

"你的意思是，你不会在乎坐牢？我想你会在乎的。"

麦迪逊翻了个白眼。"不是，我的意思是，我长大之后，就不会介意别人对我出言不逊了。我可以轻描淡写地说：'管他呢，我要去法国了。'"

啊。当然。爱丽丝记得，自己小时候也有类似的想法。一旦你长大了，就没有人能伤害你的感情了。毕竟，如果你可以开着汽车，想去哪儿就去哪儿，那么还有什么事情会让你难过呢。

爱丽丝还没有想好怎么回答她才不会戳破她的幻想（毕竟除此之外，还有什么值得期待的呢），这时候，一道阴影逼近了她们。

"冰激凌来了。"尼克站在她们面前，举着三个雪糕筒。

"我估计你还是喜欢朗姆葡萄干口味的吧。"他对爱丽丝说。

"当然。"这种事情还需要问她，真是稀奇。

他们坐在沙滩上，吃着冰激凌，欣赏着海景。

"麦迪逊刚刚把克洛伊跟她说的话告诉我了，"爱丽丝说，"那话确实不堪入耳，而且不是真的。"

"这样啊。"尼克谨慎地说。他舔了舔冰激凌，看着她们两个。

"所以我觉得，我们需要帮助麦迪逊寻找更好的方法来排解愤怒。"

"我生气的时候，一般会在说话之前做十次深呼吸。"尼克说。

"你才没有呢，"麦迪逊说，"你会直接大吼。妈妈也是一样。妈妈那次朝你扔比萨饼的盒子，又该怎么解释？"

噢，天哪，他们真是给自己的孩子树立了好榜样。爱丽丝清了清嗓子。"好吧，是这样的——"

"你可以回家吗，爸爸？"麦迪逊说。"我觉得你应该回家，变回妈妈的老公。我敢肯定，我不会再生气了。而且，我一生都不会再做一件坏事了。我可以跟你签一份合同，把这一点写进去。这就意味着，比方说如果我做了坏事，你就可以起诉我，而我永远不会做坏事。"

她带着极度恳切的目光看着她爸爸。

"宝贝。"尼克开口了，他的脸紧紧扭曲着，仿佛正在遭受牙痛的折磨。接着，他停了下来，被海滩上的什么情况分了神。有人在尖叫，有人在奔跑。爱丽丝看到一小群人聚集在水族馆上方的悬崖绝壁之上，朝着海水指指点点。

"海里有座头鲸！"一个男人朝他们大喊，他奔跑着，相机挂在胸前晃来晃去。

尼克随即一跃而起，手里依然拿着他的冰激凌。麦迪逊和爱丽丝抬起头，看着他。

"你们还在等什么呢？"他说，接着，三个人气喘吁吁地沿着海边跑起来，他们跑上浅滩，跑过人行道，冰激凌拿在身前，摇摇欲坠。

他们不得不跑上一排陡峭的混凝土台阶。爱丽丝跑在前头，她一手拿着自己的雪糕筒，另一手托着裙子，毫不费力地一次跳上两个台阶。

到了台阶顶上，她刚好看见一股巨大的水柱从底下的海面升腾起来。

"那是一只雌性座头鲸带着它的小宝宝，"一个女人对爱丽丝说，"你看，就在那里。你待会儿还能看到的。"

尼克和麦迪逊在她身后吃力地爬上了台阶。尼克喘着粗气。（他的体力怎么这么差了？）

"在哪里？在哪里？"麦迪逊说。她脸色粉红，表情焦虑。

"仔细看着。"爱丽丝说。

有那么几秒钟，海上什么动静也没有。海面在微风的吹拂下泛着涟漪，一只海鸥哀怨地叫着。

"它们已经走了，"麦迪逊说，"我们已经错过了它们。每次都是这样。"尼克看了看手表。

来吧，座头鲸，爱丽丝心想。给我们一个惊喜。

一个巨大的生物破水而出，直冲云霄。感觉就像一个史前巨物穿过了一道无形的屏障，闯入了普通人的生活。爱丽丝瞥见它的白肚皮上附着着藤壶。它似乎在空中盘旋了片刻，然后重重地砸入水里，溅起了大量的咸味儿水珠，雨滴般打在他们的脸上。

麦迪逊抓住了爱丽丝的胳膊。她喜不自胜，脸上挂着点点水滴。"看哪，妈妈！看！"

鲸鱼华丽丽地翻滚着，露出了一大截天鹅绒般的黑皮肤，它的尾巴正拍打水面，感觉它就像在享受一次热水澡。

"麦迪逊，爱丽丝，看那边——那是鲸鱼宝宝！"尼克喊道，听他的口气就像一个 16 岁的小男孩。

鲸鱼宝宝正在它的母亲旁边戏水。爱丽丝几乎可以想象它在咯咯地笑。

"哈！"尼克傻傻地叫道，"哈！"

周围人的脸上都充满了喜悦和惊奇。海上的空气很凉爽，清风吹拂着他们的脸颊。阳光洒在他们的背上，感觉暖融融的。

"再来一次！"麦迪逊说，"再跳一次，鲸鱼妈妈！"

"对！"带相机的男子附和道，"再跳一次。"

它真的响应了他们的要求，又跳了一次。

伊丽莎白给杰里米的家庭作业

本威胁说要给你打电话，他觉得我的行为像个疯子。

老奶奶的老心思！

我跟他比赛玩 PlayStation，把他打败了。

他真的试图亲我。

评论已关闭

　　在他们走回野餐毯的路上，麦迪逊一直围着他们跳舞。她欣喜若狂，蹦蹦跳跳，一会儿荡着尼克的手，一会儿荡着爱丽丝的手，一会儿同时荡着两人的手。路过的人都看着她微笑。

　　"这是我见过的最神奇的景象！"她不停地说，"我要把那张照片做成海报，贴到我床头！"

　　那个带相机的男子已经记下了尼克的电子邮件地址，打算把他拍的照片发给尼克。

　　"但愿他不会忘了这事。"尼克说。

　　"不会的，他记下了，"麦迪逊说，"他肯定记下了。我可以去水浅的地方戏水吗？我就感受一下海水好不好？"

她看着爱丽丝，爱丽丝看着尼克。尼克耸了耸肩。

"当然可以，"爱丽丝说，"有何不可？"

看着麦迪逊向海水奔去，两人在野餐毯上坐了下来。

"你觉得她需要看心理医生吗？"爱丽丝说。

"她经历了很多事情，"尼克说，"吉娜的事故，你和我的问题，她对事情的体会总是很深切。"

"你说'吉娜的事故'，是什么意思？"爱丽丝想起了麦迪逊的梦魇。把它从她身上搬走。

"麦迪逊当时和你在一起，"尼克说，"她目睹了一切。你不记得了，对吧？"

"不记得了，"爱丽丝说，"只记得当时的感觉。"只不过，在今天这个有阳光、海洋、冰激凌和鲸鱼的日子里，那种恐惧感似乎离她很遥远。

"那天来了一场风暴，"尼克说，"一棵树倒在了吉娜的车上。你的车就在后头，你当时开着车，带着麦迪逊。"

一棵树。她的脑海里曾经浮现出一棵光秃秃的黑树在暴风雨中猛烈飘摇的情形，现在看来，这是真的。

"这对你们俩来说，一定是个可怕的经历。"尼克静静地说，他抓起一把沙子，让沙粒从指缝间落下，"而我并没有——"

"什么？"

"我并没有给你应有的支持。"尼克说。

"为什么？"爱丽丝好奇地问。

"老实说，我不知道，"尼克说，"我就是有种置身事外的感觉。我觉得你不需要我的同情。我觉得——我觉得，你要是可以选择的话，你更希望死去的人是我，而不是吉娜。我记得我试图拥抱你，而你却把我推开了，感觉就像我让你恶心似的。我应该更努力一点的。对不起。"

"但是，为什么你会觉得我宁愿死去的人是你，而不是吉娜？"爱丽丝问道。感觉这真的是一个愚蠢、幼稚而且错误的想法。

"我们当时相处得不是太好，而你们又是那么要好的朋友，"尼克说，"我的意思是，你有朋友确实是件好事——但是……"他难为情地动了动嘴唇，"你怀上奥丽薇亚的时候，先把消息告诉了吉娜，然后才告诉了我。"

"真的吗？"为什么她要这么做？"对不起。"

"噢，呃，这只是一件小事。"他停了下来，"还有，有一次我偶然听到你跟她聊我们的性生活。或者说缺乏性生活。我的意思是，我知道女人总是一起谈论性生活。但是我在乎的是你的语气。感觉对我是一种极大的蔑视。后来，她和迈克尔分手了，你经常陪她去酒吧，帮她挑男人。我有种感觉，觉得你在羡慕她。你想和她一样，变成单身女人。而我挡着你的路了，让你放不开手脚。"

"真的很抱歉。"爱丽丝说。她感觉就像是别的女人曾经苛待了尼克。感觉他就像在描述一个曾经让他心碎的、讨厌的前女友。

"后来，吉娜死了。你变了，你的心冷了，就是这样的感觉。你的心冷得像冰一样。"

"我不明白我为什么会这样。"爱丽丝说。要是她的好朋友苏菲死了，她就会躲在尼克安稳的臂弯里哭好几个小时。

"这就是你没来参加葬礼的原因吗？"她问。尼克叹了口气。

"我得去纽约。那是一个非常重要的会议。我们已经筹划了好几个月，但是我跟你强调一百万次了，我很乐意取消。我一直在问你，需不需要我参加葬礼。而你只是说：'你想做什么就做什么好了。'于是我想，也许你其实不希望我在场。我想去参加葬礼，她也是我的朋友——以前是，你似乎总是忘记了这一点。她让我抓狂，因为她总是让你围着她团团转，但我还是关心她的。只是，她跟迈克尔分手之后，一切都乱了。我也想跟迈克尔继续做朋友，而你觉得这是对吉娜的背叛，吉娜也是这么想的，她对我很生气。每次我见到她时，她都会说'见到迈克尔了吗'，然后你们都会带着鄙视的眼光看我，好像我是个小人。我不明白为什么我一定要背弃一个好哥们，就因为一次醉酒——总而言之，我们在这个问题上已经谈了一百万次了。我只是想说，吉娜死的时候，我觉得很——我不知道怎么形容——我觉得很为难。我不知道该怎么做，我只是想让你跟我说：'你当然应该取消行程。你当然应该来参加葬礼。'我觉得我需要你的许可。"

"也就是说，我们所有的问题都是因为吉娜和迈克尔。"爱丽丝说。这两个陌生人毁了他们的婚姻。

"我不觉得我们可以把所有问题都归咎于他们，"尼克说，"我们平时会吵架。会为了最琐碎的事情吵架。"

"比如说？"

"比如说，樱桃。有一天，我们准备去妈妈那里吃饭，我吃了一些我们准备带过去的樱桃，结果就好像犯了世纪大罪一样。你不肯善罢甘休。那些樱桃你念叨了好几个月。"

"樱桃。"爱丽丝思索着。

"在工作场合，大家都尊重我的意见，"尼克说，"但是回到家之后，我就像个乡巴佬。我收拾洗碗总是收拾不好，给孩子拿衣服总是拿错。于是我不再主动帮忙了，免得找骂。"

有那么一会儿，他们什么也没说。旁边有一家人带着一个蹒跚学步的幼儿和一个襁褓中的婴儿。这家人铺好了地毯。那个幼儿表情果决地抓起一把沙子，准备向他妹妹的脸上撒。只听见他母亲大喊："看着他！"他父亲及时把他拉住了。那位母亲翻了个白眼，那位父亲嘀咕着什么，他们没听清。

"我并不是说我是完美的，"尼克说，"我对工作太投入了。你会觉得我对工作着了魔。你总是提起我做古德曼项目的那一年。那时候我经常出差，你不得不自己照顾三个孩子。有一次，你说我'抛下了你'，我一直认为，那是我事业腾飞的一年，但也许……"他停了下来，眯着眼看着海景，"那是我们婚姻破裂的一年。"

古德曼项目。这个词组让她感到恶心。该死的古德曼项目。"该死的"这个词似乎天生就适合放在"古德曼"的前面。

爱丽丝叹了口气。这一切都显得那么复杂。既有她犯的错误，也有尼克犯的错误。她第一次觉得，也许他们的婚姻已经无法挽回了。

她看了看那个带着两名幼子的家庭。现在，那位父亲正抱着小男孩转圈，而那位母亲正大笑着，拿着数码相机给他们拍照。等他们回首这一天时，他们会想起转圈的事，还是扔沙子的事？

麦迪逊从海里向他们走来，手里捧着什么东西，容光焕发。

在野餐毯上，尼克的手挨着爱丽丝的手。

她感觉到他的指尖在轻轻触碰她的手。

"也许我们应该再试一次。"他说。

第 *29* 章

星期五，乔治和米尔德里德出现了。

爱丽丝在车库后面发现了它们，乔治侧卧着，好像被踢翻了似的。曾经威严的狮子脸上现在长满了绿霉，这让它看起来很落魄，就像一个满脸都是食物的老人。米尔德里德正坐在一个架子上，旁边放着一堆旧花盆。它的一只爪子上出现了一个巨大的破口。它看起来神情哀伤，心有不甘。两只石狮的身上都很脏。

爱丽丝把它们搬到屋后的阳台上，并用兑了漂白剂的水来擦洗它们。这个方法是隔壁的贝尔根太太推荐的，由于爱丽丝在开发房屋的问题上转变了立场，她高兴得要命。这回见面时，她又开始挥手致意，笑脸相迎，而且还邀请爱丽丝随时送孩子去她家里弹钢琴。

"我们都不是五岁小孩了，"汤姆疲倦地说，"她不知道我们有一台PlayStation吗？"

麦迪逊休学的第一天，巴尔布提出要带麦迪逊出去购物旅行。"别担心，我不会宠坏她的，"她告诉爱丽丝，"不会买新衣服之类的。除非她看中了非常特别的东西，当然，如果是这样，我会留着等她下一次过生日的时候送给她。"

爱丽丝在擦洗石狮时，心里想着，乔治和米尔德里德会不会再也无法恢复往日的光彩了？现在擦洗它们会不会太迟了？多年的疏于照料会不会让它们积累了太多的伤痕？

她和尼克会不会也是一样？是否每一次吵架、每一次背叛、每一次伤人的恶语都积聚成了丑陋的硬壳，裹住了曾经如此甜蜜的柔情？

好吧，若真如此，那就把这硬壳慢慢剥离，直到它消失好了。一切都会好起来的。完好如初，就像新的一样！她使劲擦洗着米尔德里德的石鬃毛，牙齿咬得格格作响。

电话铃响了，爱丽丝放下板刷，松了口气。

来电话的人是本。他在电话里的声音低沉而缓慢，澳大利亚口音很重，就像来自内陆的人在打电话。他说，伊丽莎白过去24个小时一直坐在床上看电视，要是他敢去关电视，她就会尖叫，他不知道该这样放任她多久。

"那肯定是因为上一次试管婴儿周期失败了，她太伤心。"爱丽丝说着，看了看冰箱上贴的孩子照片和校园简讯，心里想着，要是她能跟姐姐一起分享膝下有子的生活就好了。

本沉默了片刻，然后说："噢，好吧，那是另一码事。我发现，它其实没有失败。我接到诊所打来的确认电话，说是她预约了去做第一次B超检查。她怀孕了。"

伊丽莎白给杰里米的家庭作业

我听见他在隔壁房间里打电话给爱丽丝。我让他保证过,不要把我怀孕的事情告诉任何人。

我就知道他会说出去的。骗子。

你不知道我心里有多生气。我恨他,恨他妈妈,我妈妈,恨爱丽丝。还有你,杰里米。我恨你们所有人。没有特别的原因。

我估计我之所以气愤,是因为你们的同情,怜悯和理解,但最重要的是,我恨你们抱有希望。我不想听到你们说:"这一次可能会成了!""这一次我有很好的预感!"

炽热的怒火在我的心头不断地升腾起来。我试图驾驭它们,就像产妇可能会驾驭阵痛一样。我感觉浑身不舒服,乳房疼痛,而且嘴里有股奇怪的味道,而我们已经无数次走到过这一步,我不能再忍受这样的折磨了,我不能。

杰里米,最让我气恼的是,就算我这么说了,这么想了,也全心全意地相信,我会失去这个孩子,正如我之前失败过很多次一样,但是我知道,在我内心深处,依然有一个积极到无可救药,却也可悲到无可救药的声音在说:"但是,说不定……"

爱丽丝开车前往伊丽莎白的家。

她不得不向本问路,整个地区的所有街道她一点也不熟悉。难道她以前不怎么去伊丽莎白家?毕竟她总是在没完没了地忙,忙,忙。

伊丽莎白和本的住处是一座红砖平房，带有修剪整齐的草坪。其所在社区家庭氛围很浓。隔壁家的前院有一个儿童秋千，马路对面有一位女子靠在车边，她正在帮汽车座椅上的孩子解开安全带。这让爱丽丝想起了自家街道在十年前的样子。

本一开门，她就听到屋里传来喧嚣的电视声。"她就想把电视声开得特别大，"本说，"你做好心理准备。如果你想去关电视，她就会像困兽一样大吼。我真的被吓到了，昨晚不得不睡在客房里。我都不知道她有没有睡。"

"那你觉得这是怎么回事？"爱丽丝问道。

本耸了耸硕大的熊肩。"我猜她是害怕再次失去肚子里的孩子。我也是。之前我以为血检结果是阴性的。老实说，那时候我真的是松了口气。"

爱丽丝跟着本穿过厅堂（屋子里非常干净整洁，家具很少，一点也不乱），进入卧室。只见伊丽莎白正坐在床上，一手拿着遥控器，腿上放着一本练习簿和一支笔。

她依然穿着那天给肉贩讲课时穿的那身衣服，只不过头发已经是一团糟，她的睫毛膏晕开了，所以眼底留下了厚厚的黑色印记。

爱丽丝什么也没说，只是蹬掉鞋子，跳上了床，坐到伊丽莎白身边，将毯子盖在腿上，把枕头枕在背后。

本不知所措地徘徊在门口。"好吧，"他说，"那我去修车了。"

"好的。"爱丽丝对他笑了笑。

爱丽丝看了看伊丽莎白的侧脸。只见伊丽莎白面无表情，两眼盯着电视屏幕。

爱丽丝保持着沉默。她想不出该说什么。也许只要陪在伊丽莎白身边就足够了。

电视上正在放映一部老电视剧——《陆军野战医院》[①]。熟悉的人物和不时爆发的背景笑声让爱丽丝仿佛回到了1975年。那一年，她和伊丽莎白放学回家后，经常坐在米色的旧沙发上一边看电视，一边吃德文蛋奶羹和番茄酱白面包三明治，等着妈妈下班回家。

爱丽丝神思缥缈。她反思了一下人生中这一小段奇妙的时期，一切都始于上周五的早晨，当时她醒来后，发现自己置身于健身房里。感觉过去的这个星期就像是在异域旅行，需要她学习一些非同寻常的新技能。这个星期发生了太多的事情。和孩子们见面，看到妈妈和罗杰在一起，家庭才艺晚会。

最后，她感觉到伊丽莎白在她身边动了动。爱丽丝屏住了呼吸。

伊丽莎白不耐烦地说："你没事干啊？"

"没有什么事情比这更重要。"

伊丽莎白皱了皱眉，把毯子从爱丽丝腿上拉开。爱丽丝又把毯子拉了回来。

《陆军野战医院》放完了，伊丽莎白换了个频道。满屏都是奥黛丽·赫本眉清目秀的面庞。伊丽莎白又换了个频道，开始看一个烹饪节目。

爱丽丝想喝咖啡，但是她怕破坏了气氛（且不论当下是什么气氛），所以不知道该不该去厨房里给自己泡一杯咖啡，然后拿回床上来。噢，

---

① 《陆军野战医院》是一套美国电视连续喜剧，此剧改编自1970年的同名美国电影，是一套混合了黑色幽默的军事医务剧，内容描述朝鲜战争期间，美军当中一班战地医生的经历。开播时间为1972年，剧终时间为1983年。

要是有迪诺的大杯双份脱脂拿铁就好了。

迪诺。

手提包刚才被她放到了床边的地板上。她伸手去拿，开始翻找起来。她掏出送子娃娃，将它小心翼翼地放到她和伊丽莎白之间的毯子上。娃娃正瞪着大眼睛，用难以捉摸的眼神看着她们。

爱丽丝调整了一下它的朝向，使它正对着伊丽莎白。

又过了一段时间，伊丽莎白说："好吧，那是什么东西？"

"这是送子娃娃，"爱丽丝说："咖啡厅的老板迪诺让我把它给你。"

伊丽莎白把它拿起来，仔细查看着。"我猜他是不想让我再去店里拐走顾客的孩子吧。"

"也许吧。"爱丽丝附和道。

"我该拿它做什么呢？"

"我也不知道，"爱丽丝说，"你可以给它献点祭品？"

伊丽莎白翻了个白眼。脸上有了一丝笑容。她把娃娃放在身边的床头柜上。

"预产期是在一月份，"她说，"如果它——"

"噢，那时候生孩子正好啊，"爱丽丝说，"这样你晚上起来喂奶的时候，就不会太冷了。"

"不会有孩子的。"伊丽莎白恶狠狠地说。

"我们可以让爸爸保佑你，"爱丽丝说，"他在那边肯定能帮你找找关系的。"

"你以为我没求过爸爸还有那些送子神灵吗？"伊丽莎白说，"我向很多人祈祷过。我求过耶稣、玛利亚，还求过圣热拉尔，他应该是生育的守护神。没有一个神明显灵过,他们都不理我。"

"爸爸不会不理你的。"爱丽丝说,爸爸的面孔在她的脑海里忽然变得清晰起来。她以前往往只记得他照片里的样子,不记得他生活中的样子。"也许他得和天堂里的许多官僚打通关系。"

"反正我本来就不相信有来世,"伊丽莎白说,"我曾经幼稚地幻想着爸爸可以照顾我那些失去的孩子,但是后来就一发不可收拾了。他现在都可以开一家托儿所了。"

"至少这样一来,他就不会去想妈妈和罗杰跳萨尔萨舞的样子了。"爱丽丝说。

这一次,伊丽莎白真的笑了。

她说:"妈妈记得我所有原本可以有的预产期。她早上起来第一件事情就是打电话,也不提预产期的事,就是随便聊聊。"

"她好像跟孩子们相处得很好,"爱丽丝说,"他们很喜欢她。"

"她是一个好外婆。"伊丽莎白叹了口气。

"我想我们已经原谅她了。"爱丽丝说。

伊丽莎白转过头,眼神犀利地看着爱丽丝,但是她没有说"原谅她什么"。

她们从来没有好好谈过这件事情(好吧,至少在爱丽丝的记忆里,她们从来没有谈过)——自从爸爸去世后,巴尔布就不再对她们尽一个母亲的职责了。她直接放弃了。这很令人震惊,一夜之间,她成了一个不负责任的母亲,不再在乎她们出门时有没有穿御寒的衣服,不再在乎她们有没有刷牙,不再在乎她们有没有吃蔬菜——这是否意味着,她以前对她们的在乎都是装出来的呢?即使过了几个月之后,她依然整天都神思漂移,握着她们的手,对着相册以泪洗面。也就是在这时候，弗兰妮介入了进来，让她们的生活重新有了规律。

从那以后，在爱丽丝和伊丽莎白的眼里，巴尔布已不再是一个母亲，她更像是一个心思稍微单纯点的小妹妹。即使到了后来，巴尔布最终从伤痛中恢复过来，想要夺回她的权威时，她们也没有真的把她当成母亲。这是一种微妙而明确的复仇。

"是的，"过了一会儿，伊丽莎白说，"我想我们最终确实原谅她了。我也不知道具体是在什么时候，但是我们原谅她了。"

"心结就这么解开了，真是奇怪。"

"是啊。"

她们看了一则地毯销售广告，伊丽莎白再次开口了："我真的很生气。我都不知道该怎么跟你说我有多生气。"

"好吧。"爱丽丝说。

两人再次陷入沉默。

"我们已经浪费了七年的时间来创造一个属于自己的小生命，我们只是想过一个标准的郊区生活，带着2.1个孩子①。这就是我们生活的全部——我们都没有真正地享受过生活——现在怀了孕，这一切都要搁置几个月的时间，直到我流产，然后我就得抚平自己的伤痛，然后本就会催着我填写领养文件，大家都会表现得很热心，很支持：噢，对了，领养，多好的事啊，真够多元文化的！他们会以为，我会忘了这个孩子。"

"你可能不会失去这个孩子，"爱丽丝说，"你可能真的会把它生下来。"

---

① 目前发达国家妇女平均生育2.1个孩子就可以维持人口的世代更替。

"我当然会失去它。"

烹饪节目的主持人朝锅里浇入了蜂蜜。"你必须使用无盐黄油，这是秘诀。"

伊丽莎白说："我现在应该假装自己没有怀孕，这样一来，流产的时候就不会那么难过了，但是我好像没有办法假装。然后，我就在想，好吧，那就抱着希望吧！就当这次会成功。但是随后的每一刻，我都非常害怕。每次去洗手间，我都害怕见红。每次去做B超检查，我都害怕看到他们脸上的表情发生变化。本来怀孕的人就不应该成天操心，因为有压力对孩子不好，但是我怎么能不操心呢？"

"也许你可以委托我来替你操心，"爱丽丝说，"我可以成天为你操心。我在操心这方面很在行，你知道的。"

伊丽莎白笑了，她回过头，看着电视。烹饪节目的主持人从烤箱里拿出了什么，正如痴如醉地闻着它的气味。"瞧！"

伊丽莎白说："吉娜死的时候，我应该马上赶过来的，但是我没有。对不起。"

真奇怪，爱丽丝心想。为什么每个人都得因为吉娜的死而向她道歉？

"为什么你没有呢？"

"我不知道你需不需要我在那里，"伊丽莎白说，"我感觉我会说错话。你和吉娜那么亲密，而你和我，我们已经……疏远了。"

爱丽丝靠近伊丽莎白，两人的大腿碰在了一起。"那，就让我们再重新走到一起吧。"

烹饪节目的嘉宾正在打分。

"我会失去这个孩子。"伊丽莎白说。

爱丽丝把一只手搭在伊丽莎白的肚子上。

"我会失去这个孩子。"伊丽莎白又说了一遍。

爱丽丝将脸凑近她的肚子。"加油啊，我的小外甥女或者小外甥。这次你就坚持下去吧。你妈妈已经为你吃了那么多苦。"

伊丽莎白拿起遥控器，关掉了电视，开始哭起来。

老奶奶的老心思！

我也亲了他。

我对自己的震惊丝毫不比你们少。

评论已关闭

"我喜欢门口这两只狮子。"多米尼克说。

星期六晚九点钟，他正站在门口，手里拿着一包巧克力饼干、一瓶力娇酒和一束郁金香，身上穿着牛仔裤和褪色的格子衬衫。他需要刮胡子了。

爱丽丝看着乔治和米尔德里德，它们回到了原来的地方，把守着房子。她也不知道它们的样子应该说是古怪而有趣，还是肮脏而俗气。

"我只是想顺道来看看你，万一你需要有人陪呢，"他说，"要是你忙着为明天做打算，没有空的话……"

爱丽丝其实什么事也没在做，只是躺在沙发上盯着天花板，神思缥缈地想着伊丽莎白的孩子，还有尼克所说的"再尝试一次"。尼克似乎认为，他们应该先从"约会"开始。"也许应该看一场电影。"他说。爱丽丝不知道他们需要做出多大的努力来"尝试"，才能在电影院里坐着。难道他们还要非常起劲地吃着爆米花？看完电影之后再来一场热烈的讨论？根据对方开玩笑的次数和对恋爱的投入程度来打分？难道他们还要尝试尽可能浪漫地接吻？不，她不想要任何这样的"尝试"。她只想让尼克搬回家，让一切都恢复正常。她已经厌烦了那些没意义的花招。

今天累了一天。所有的孩子都有体育活动要参加，一个接着一个。奥丽薇亚打篮网球（她经常夸张地跳来跳去，但其实球碰得不多），汤姆踢足球（他很出色——踢进了两个球），麦迪逊打曲棍球（一败涂地，草草收场）。

"你喜欢打曲棍球吗？"当她下场时，爱丽丝问她。

"你知道我讨厌它的。"麦迪逊回答道。

"那你为什么还要打？"

"因为你说我一定要参加一项团体性运动。"她回答道。爱丽丝径直走到教练面前，让麦迪逊离了队。教练和麦迪逊都激动不已。

爱丽丝在每场球赛中都有着各种各样的职责，她都不知道自己是怎么顺利完成的，仿佛这一切都是水到渠成。她在麦迪逊的曲棍球赛上当了记分员。她在汤姆的足球赛上帮忙烤了香肠①。令人难以置信的是，她甚至还在奥丽薇亚的篮网球赛上当了裁判。有人递给她一个

---

① Sausage sizzle 在澳大利亚和新西兰是一种常见的慈善筹款和社区活动，相当于烤香肠义卖。也用于指这些活动上提供的食品。

口哨，虽然爱丽丝嘴上推脱着"不，不行，我怎么可能"，但是口哨的形状在她手里感觉特别熟悉。接下来，她条件反射地在边线上大踏步走来走去，使劲地吹着口哨，一些奇怪的词语从她嘴里说了出来。"带球走步！""争球！""攻击手，你越位了。"孩子们对她的判罚都很顺从。

在这些球赛中，尼克都在场。他们没有时间交谈。他也有自己的职责。他在汤姆的足球赛上当裁判。我们真是一对好父母，爱丽丝这么想着，心里夹杂着自豪和恐惧，难道这就是问题所在？难道就是因为这样，所以他们必须"尝试"，才能擦出感情的火花？因为她身为人母，他身为人父，而父母都是些无聊的凡夫俗子，毫无性感可言？

（难道就是因为这样，所以才会有派对洗衣房里的风流激吻？这是为了提醒自己，他们也曾青春过吗？）

明天是母亲节，是超大蛋白派母亲节。"大日子。"也许爱丽丝应该准备点什么——比如整理一下文件，或者在最后关头打个电话，看看大家是否完成了各自的任务。但是她对超大蛋白派母亲节并不是特别感兴趣。不管怎么说，组委会似乎已经把所有事情都打点好了。

"进来吧。"她对多米尼克说，将视线从饼干上移开。

"孩子们睡了吗？"他问。

"是啊，不过——"她刚想说点轻松的话题，告诉他汤姆可能还躲在被窝里打任天堂游戏机，但是一想到麦迪逊剪了别人的头发，她就打消了这个念头，感觉这样像是在给校长打儿子的小报告。

"凯特对克洛伊的头发是什么反应？"她问。

"可以想见，她很歇斯底里。"多米尼克说。

"我留言给她道歉了，"爱丽丝说，"她没有给我回电话。"

"你知道的,我没有任何选择,只能让麦迪逊休学。"多米尼克说着,任由爱丽丝接过他手里的鲜花,"我不想……"

"噢,我当然明白,不要担心。这些花真漂亮。谢谢你。"

多米尼克将巧克力饼干放下,不停地拧着手里的力娇酒瓶。

他说:"你要是恢复了记忆,我能看出来。"

"怎么看出来?"爱丽丝说。

"从你看我的眼神就可以看出来。现在,你看我的眼神很友善、很礼貌,就好像你并不了解我,就好像我们从来没有……"

噢,天哪,看来小克洛伊·哈珀说得没错。他们"做过爱"。

他放下力娇酒瓶,靠近她。

别,别,别。别又来一个吻。那样就不对了。那样会违反"尝试"的精神。

"多米尼克。"她说。

门铃响了。

"不好意思。"爱丽丝说。

站在门口的人是尼克。

他手里拿着一瓶葡萄酒,还有奶酪、饼干。除此之外,他带来的郁金香和多米尼克带来的一模一样。肯定是当地哪家花店的郁金香在打特价。

"你把狮子修好了。"尼克高兴地说。他弯下身子,拍了拍乔治的头。"晚上好,老弟。"

"我该走了。"多米尼克说着,便走到了门口。

爱丽丝看见他瞥了一眼尼克的鲜花和葡萄酒。

"噢,你好。"尼克站直了身子,脸上的笑容消失了,"我不知道你在，我不会进——"

"不，不。我正好要走，"多米尼克坚定地说，"我们明天见。"他碰了碰爱丽丝的胳膊，轻轻跑下台阶。

"我是不是打扰你们了？"尼克跟着她穿过门厅，看到了多米尼克送的那束郁金香，"噢，今晚人人都带礼物来了。"

爱丽丝打了个哈欠。她渴望她的生活恢复正常。好好的一个星期六晚上，而且又是在自己家里。她很想说："我累了，我要去睡了。"而要是在以前，正在看电视的尼克就会头也不回地说："好吧，我看完这部电影就去睡。"然后，他们会躺在床上一起看会儿书，看完书就关灯入睡。要不然好好的一个星期六晚上，谁想在自己家里折腾这么多花样呢？

相反，她打开了多米尼克送来的巧克力饼干，吃了一块，看着尼克尴尬地站在自家厨房里。

"我可以打开这个吗？"他说。

"当然。"

他打开葡萄酒，给两人都倒了一杯。爱丽丝把奶酪装进盘子里，他们在长桌的两侧坐了下来。

"明天你来吗？"爱丽丝问道，又吃了一块巧克力饼干，"来参加超大蛋白派母亲节？"

"噢，不来。你想要我来吗？"

"当然啦！"

尼克稍显错愕地笑了。"那好吧。"

"我估计中午之前就能全部结束，"爱丽丝说，"所以，完事之后，你可以赶到你妈妈那儿去。"

尼克茫然地看着她。

"你母亲节要跟她们一起吃饭，"爱丽丝说，"你忘了吗？你在家庭才艺晚会上跟艾拉说好了。"

"噢，是啊。我想起来了。"

"没有我，你是怎么过的？"爱丽丝漫不经心地说。

尼克拉长了脸。"我过得还行，我也不是完全一无是处。"

爱丽丝被他的语气吓到了。"我从来没有说过你一无是处。"她拿了一块奶酪，"我不会真的说过吧？"

"你不相信我有能力照顾孩子一半的生活起居。按照你的说法，我会记不住他们所有的课余活动，会忘记签同意书这类乱七八糟的文件，会忘了看最重要的校园简讯。真不知道我是怎么管好一家公司的。"

好吧，你有一个秘书来帮你处理所有烦人的细节。

她也不知道是哪一个爱丽丝说过这样的话，是未来世界里的暴躁爱丽丝，还是真正的爱丽丝。反正尼克一直是个粗线条的人。

尼克满上了各自的酒杯。"我无法忍受只能在周末见他们。我都不能自然地跟他们相处。有时候，我见到他们，嘴里说出来的话跟我爸一样。就是装出很高兴的样子。我发现，有时候开车过来接他们，我还得在路上预先想一些笑话，免得到时候跟他们没话讲。于是我就在想：'我怎么会走到这个地步？'"

"你工作日跟他们在一起的时间长吗？"

"我知道你想说什么。没错，我确实要工作很长时间，但是你好像从来就不记得，我也有回家早的时候。那段时间我经常陪麦迪逊骑单车，夏天，到了星期五晚上我就会陪汤姆打几个小时的板球，你总是说只是周五之夜而已，但是我知道至少有过两次这样提早回家陪孩子的情形，而我——"

"我刚才没想发表什么观点。"

尼克转了转酒杯的杯脚，抬起头看着爱丽丝，脸上一副"我要说几句心里话"的表情。"我一直不是很擅长平衡工作和生活。我需要在这个方面多下功夫。如果我们复合的话，我会做得更好的。我保证。"

"好吧。"爱丽丝说，她很想揶揄一下他所说的那句"我保证"，但是尼克表现得很认真，仿佛这是人生中的某个重大时刻。爱丽丝就是看不出这有什么大不了的。不就是要在外面工作很长时间吗。如果他为了事业，必须做出这样的牺牲，那就是值得的。

"我估计留给我的竞争时间不多了。"尼克说。

"竞争？"爱丽丝感觉酒劲上了头。她脑海里全是些朦胧不清的想法和若隐若现的陌生面庞，还有一些对于某些难以名状的强烈感情的模糊记忆。

"多米尼克。"

"噢，他呀。他人很好，但问题是，我是跟你结婚的啊。"

"我们分居了。"

"是啊，但是我们正在尝试，"爱丽丝咯咯地笑了起来，"不好意思，我不知道为什么我觉得这很好笑。这不好笑，一点也不好笑。我可能确实需要喝杯水，清醒一下了。"

她站了起来，从尼克身边经过时，她突然一屁股坐到了他的腿上，就像一个轻浮的女子在参加派对。

"你要不要试一下，尼克？"她咯咯地笑着，倚着他的肩膀，"你要很努力、很努力地试一试吗？"

"你喝醉了。"他说，然后他吻了她，一切终于回到了正轨。她带着惬意和陶醉，融化在他的怀里。感觉就像淋了雨以后，美美地泡了个热水澡；感觉就像劳累了一天之后，舒舒服服地裹进了柔软的被单里。

"爸爸，"他们身后有一个声音说，"你在这里做什么？"

尼克的腿猛地向上一抬，好让爱丽丝站起来。

奥丽薇亚穿着睡衣站在厨房里，用指关节揉着眼睛，由于没睡醒，脸上还红扑扑的。她打了个巨大的哈欠，伸了个懒腰。她皱了皱眉头，流露出不解的样子，接着，喜悦的表情在脸上荡漾开来。

"你又爱妈咪了？"

老奶奶的老心思！

抱歉，我前两次发博文时，关闭了评论功能，就是因为知道你们肯定会炸开锅，但是由于某些原因，我只是想把博文发出来，而暂时不想看到你们的回应。

你们先别高兴得太早，我得跟你们明说啊，这可不是什么恋爱关系。

只是一种无害的调情罢了。何乐而不为。真的可以当做一种消遣！我要带他去参加爱丽丝明天举办的超大蛋白派母亲节。

对了，我还得知了一个有趣的消息。我刚从 X 家里回来，我在他那里又跟他打了一场 PlayStation 大战（当然是我赢了），然后他坦白了一件事情。

原来他看这个博客！

好吧，我很震惊，但是这又能怪谁呢。我从来没有给这个博客设置访问密码，人人都可以看，但是我还没有意识到，原来我们村里有不少居民已经发现了这个博客。

我听说，X甚至还用一个化名留过言。这个臭流氓。他不肯告诉我是哪一个。你们知不知道是谁？

评论

时尚俏夕阳：

弗兰妮，这件事情我真的不是太看好。他已经欺骗了你！你们的感情是有基础的吗？（我觉得他是AB74。感觉他说话总是很粗野。）

AB74：

不是我，时尚俏夕阳。要我说，就是那个下流的弗兰克·尼尔里！

弗兰克·尼尔里：

不是我，杰弗里老师。我说的话都是真心的。

贝丽尔：

我觉得他是时尚俏夕阳！他起这个名字就是一个大幌子！弗兰妮，不管你把它叫做调情、浪漫，还是逢场作戏，只需要享受每一刻就好！

来自达拉斯的多丽丝：

弗兰妮，你的吻技很好。

PART 8

超大蛋白派母菜币

今天是"大日子"。

爱丽丝感觉自己就像是在滚筒洗衣机里的一只小袜子，正跟着一大堆换洗衣物一起旋转。她被周围的人一会儿拉到这边，一会儿拉到那边。

人们聚集在她周围，神色匆匆地向她请教问题，反映情况，闪光灯噼里啪啦地闪个不停。之前组委会开会的时候，她应该多留点心听讲的。当时她还没有完全领会到这次活动规模之庞大。真的可以说是……超大。

第 *30* 章

今天是"大日子"。

爱丽丝感觉自己就像是在滚筒洗衣机里的一只小袜子，正跟着一大堆换洗衣物一起旋转。她被周围的人一会儿拉到这边，一会儿拉到那边。有那么一刻，她左右两边各有一个陌生人，他们拉着她的胳膊，试图把她拽向不同的方向。一张张担忧的脸、兴奋的脸、堆满笑容的脸在她的面前不断出现，又不断消失。人们聚集在她周围，神色匆匆地向她请教问题，反映情况。"鸡蛋应该放哪儿？""做糕饼的人应该站哪儿？""记者想要确认时间，他们会在十二点之前到，他们想在十二点半采访你。这个时间点现在还可以保证吗？我们现在的进度是正常的吗？"

记者？采访她？

闪光灯噼里啪啦地闪个不停。之前组委会开会的时候，她应该多留点心听讲的。当时她还没有完全领会到这次活动规模之庞大。真的可以说是……超大。

他们现在在一座巨大的彩色帐篷里，帐篷就设在学校的操场上，上面挂着一条横幅，横幅上写着：**超大蛋白派母亲节：观看100位妈咪现场烘焙世界上最大的柠檬蛋白派！入场费每人10澳元（儿童免费）。活动募集的所有资金都将捐献给学校和乳腺癌研究中心。**

帐篷内部被布置成了礼堂风格，四面设立了加高的长椅，可供来宾坐下观看台上的表演。帐篷周围的墙面上挂着赞助商的广告牌，它们"有幸能够赞助超大蛋白派母亲节"。爱丽丝看到，有一块广告牌是迪诺咖啡厅的。帐篷中间是制作脆饼需要的所有用具，那架势看起来就像一个建筑工地。制作用具包括一台叉车、一台混凝土搅拌机、一台起重机，以及一套特制的烤盘和烤箱。帐篷里支起了一个大的圆形会议桌，桌上按照一定的间隔放置着搅拌盆。每个搅拌盆的旁边都摆放着精心挑选的原料，有鸡蛋、面粉、黄油、柠檬和糖。玛吉的老公——就是爱丽丝曾经在健身房里见到的那位在跑步机上锻炼的红脸男——如今似乎在开一家制造公司。他是这次活动的设备负责人，现在正指挥着一群不知所措的工人。

"我先确认一下，这次的派皮是不加馅，先盲烤①，对吗？"他对爱丽丝说。

嗯，至少她知道这个问题的答案。"对。"爱丽丝说，随即她表现出了更坚定的语气，"没错，就是这样。"

"好的，老板。"他说着，匆匆离开了。

---

① 盲烤就是不加馅，先烘烤，目的是为了让派底显色，使成品更美观。

人们纷纷进入帐篷，将入场费交给了坐在门口的两位组委会成员。观众席正在迅速被填满。一群手持铜管乐器的孩子吹响了一首曲子。

帐篷里有一个角落是专门供小孩子玩耍的。所有的玩耍活动都离不开"超大"的主题。他们可以吹超大的肥皂泡，把玩一个超大的泡沫球，或者用一把超大的油漆刷，在一张巨大的画布上涂鸦。爱丽丝已经让麦迪逊、汤姆和奥丽薇亚自己去玩了。

"活动顺利吗？"有人问她。

是多米尼克。他带着贾斯伯，贾斯伯牵着他的手直晃悠。爱丽丝抬起头来，与多米尼克四目相对后，又马上内疚地将视线转移开，感觉就像自己欺骗了他……好吧，说不定她真的欺骗了他。

"昨晚的事对不起。"她说。

"今天就不要去想了，"他回答，"噢——不过，我想知道，你还记得今晚的约定吧？一起去看《歌剧魅影》？"

昨天晚上，尼克与她的接吻被奥丽薇亚打断了。尼克将奥丽薇亚送回房间睡觉后，便离开了。两人约好，第一次"约会"将定在今晚，他们要回到以前最喜欢的那家意大利餐厅。尼克说，他会订好位子。

"呃，其实我不记得了。"爱丽丝开口道。她真的需要跟这位好心肠的男人分手，"事实上，多米尼克——"

"爱丽丝，我亲爱的！"打招呼的人是凯特·哈珀，早晨的阳光透过帐篷洒在她身上，让她看起来更加光彩照人了。她身后跟着一名满脸不悦的男子，还有闷闷不乐的克洛伊。克洛伊的短发已经被剪成了时尚的波波头，但是不得不说，头发剪短之后，她远没有以前漂亮了。

"没关系，我们待会儿再说，"多米尼克说，"你需要什么就告诉我。我随时为你效劳。"

"我也随时为你效劳，爱丽丝！"贾斯伯扯着嗓子说。

"我竟然看到麦迪逊在这里，"凯特尖锐地说，"我还以为你会把她关在家里呢，毕竟发生了……那件事。"

"麦迪逊正在接受非常严厉的惩罚。"爱丽丝严肃地说。嗯，她会受罚的，只要爱丽丝和尼克能抽出时间，想出合适的惩罚方式。她看了一眼麦迪逊。只见麦迪逊正在角落里玩得入迷，因为轮到她去吹巨型肥皂泡了。只是，麦迪逊这些天难得心情这么好，要是破坏了她的好心情就太可惜了。

"希望如此，"凯特说，她压低了声音，"因为克洛伊受到了创伤。她现在吃不香，睡不好。这件事情会给她的一生留下阴影。"

"凯特，让这个可怜的女人休息一下吧，"凯特的老公说，"她现在都忙不过来了。"

凯特撑大了鼻孔，仿佛是爱丽丝自己在向她求饶。"我知道你现在很忙，但是我不认为你充分认识到这件事情的严重性了。你的电话留言几乎都是轻描淡写。麦迪逊做的事情简直太粗暴了。"

"对不起！恐怕我们要把爱丽丝从你们那里借走了。"说话的人是玛吉和诺拉——爱丽丝在组委会的朋友，她们俩挽着爱丽丝的胳膊，将她顺利地拉走了。

"你不是巨大蛋白派活动的嘉宾妈妈吧，凯特？"诺拉回过头说，"你应该去观众席上坐一坐。"

爱丽丝看到凯特气冲冲地走了，她怒不可遏地在老公的耳边叽里呱啦，她的手就像爪子一样抓着他的胳膊。

"我也不知道我该做什么，"爱丽丝对诺拉和玛吉坦白道，"别人问我问题的时候，我只是点头而已。"还记得她在篮网球赛上当裁判的时候，脑子莫名其妙地切换到了自动控制模式。可是这一次就不行了。

"别担心，"玛吉说，"一切都像钟表发条一样按部就班，多亏了你。"

她在爱丽丝面前挥舞着一张纸，上面写着这次活动的待办事项，旁边还做了一些标记，那是她自己的笔迹，她都不记得有这回事了。她看得出，是大写的"不要落下进度！！"，甚至加了两道下画线。

玛吉的脸上掠过一丝厌恶的表情。"噢，天哪，你的前任来了。他来这里做什么？我猜，他就是想装装样子，好让别人觉得他是一个称职的父亲吧。"

前任。说到"前任"这个词，爱丽丝脑海里立刻显现出她跟尼克谈恋爱之前的那个男友。理查德·伯克。那个自视甚高的人让她伤透了心。但是，当她转过身时，发现玛吉所说的那个"前任"是尼克。尼克正穿过帐篷的大门，穿着蓝色衬衫，看起来容光焕发的。她曾经跟他说过，他应该一直穿蓝色的衣服。

"是我邀请他过来的。"她对玛吉说。

玛吉端详着她。"哦。好吧，没事了。"

"顺便说一句，我们俩是不是该有一个人来接替主持人的位置？"诺拉说，"我们可以推说你身体不太好。当然，H太太倒是很乐意把持麦克风，把所有的功劳都说成自己的，如果我们不阻止她的话。"

"麦克风？"爱丽丝困惑地说。

诺拉指了指帐篷中心的一个立式麦克风。

天哪。原来原定计划是让爱丽丝站在这么多人面前讲话。

"噢，不，绝不可以，我的意思是当然可以，你们俩谁当主持人都可以。"她说。

"没问题。"诺拉说。看到尼克走了过来,她脸上的表情变严肃了。"嗨,尼克。"

"嗨,诺拉,玛吉,你们俩还好吧?"尼克尴尬地朝两个女人点头致意。这让爱丽丝对可怜的尼克产生了一种保护欲,她不忍心看到他在别人的眼里成了个不受欢迎的前任先生。正如那次在家庭才艺晚会上,她听见小姑子骂他是奶牛时,也觉得于心不忍。

"母亲节快乐,"诺拉和玛吉消失在人群中以后,尼克对爱丽丝说,"你今天的早餐是在床上吃的吗?"

爱丽丝点点头。"今天吃了薄煎饼。我估计他们早上五点钟就爬起来开始准备了。我都能听到厨房里传来锅碗瓢盆的巨响,还有他们大吼大叫的声音。你应该去看看现在的厨房。但是,我不得不说,他们做出来的薄煎饼真的很好吃。我觉得麦迪逊将来会是个厨师。一个手忙脚乱、专横跋扈、喜欢大吵大闹的厨师。"

"抱歉,我没有在那里帮忙看着,"尼克说,"这是你第一个没有我的母亲节。"

"但愿是我的最后一个。"爱丽丝说。

"肯定是的,"尼克说,他看着她的眼睛,"我觉得肯定是的。"

"哎呀呀,巴尔布,你看是谁在这儿?吾以为,这不是我们年轻的萨尔萨舞优等生吗!"爱丽丝的妈妈和尼克的爸爸走了过来。罗杰拍了拍他们的肩膀,动作颇有车商的风范,熟悉的须后水味在他们的脸上拂过,就像一层薄薄的围巾。巴尔布站在旁边,整个脸上都散发着自豪的光彩,仿佛罗杰又在挑战什么高难度的壮举。

"你还好吗,宝贝?"巴尔布对爱丽丝说,"当然,你看上去美极了，但是你脸色好白。眼睛下面有眼圈。肯定是发生什么事了，因为伊丽莎白的眼圈发绿。”

"丽碧在这里？"爱丽丝惊讶地说。

"她跟弗兰妮在那儿呢。"巴尔布指着观众席，伊丽莎白正和本坐在一起。她看上去相当不适，有恶心症状。这肯定是一个好兆头。至少她不成天守着电视了。

坐在本旁边的是弗兰妮，还有家庭才艺晚会上组织了轮椅比赛的那个白发老头。弗兰妮正襟危坐，不自在地左顾右盼，但是爱丽丝看到，老头在她的耳边说了一句话，她听了之后，拍拍手，放声大笑起来。

"那是弗兰妮的绅士朋友，"巴尔布说，"他叫泽维尔。是不是很帅气啊！说实话，我以前总觉得弗兰妮可能是个同性恋。"

听见妈妈如此随意地说出了"同性恋"这个词，爱丽丝目瞪口呆。

"好吧，没有必要这么大惊小怪，"巴尔布干脆地说，"我认识她四十年了，还从来没见她找过男朋友。"

"她可能只是挑剔而已，"罗杰说，"需要找到合适的人。就像你一样。"

"噢，你这个坏人！"巴尔布撒娇地说，眼里闪现出幸福的神情，"我很幸运，能够找到你！"

"是老爸很幸运，能够找到你。"尼克突然严肃地说。

爱丽丝的母亲惊讶地抬头看着他，她高兴得满脸通红。"噢，尼克，你的嘴太甜了。"

玛吉又出现了，身上穿着一件粉色的长围裙，围裙正面印着几个字——超大蛋白派母亲节，配图上画着一块巨大的柠檬蛋白派，下面写着：2008 年悉尼母亲节。她给爱丽丝也拿了件围裙。

"爱丽丝，围裙做出来很漂亮！"她说着，将围裙套到爱丽丝身上，系上了腰带。

爱丽丝环顾四周，看到一群系着粉色围裙的女人排着队，围在那张放着搅拌碗的大桌边。

"看起来活动就要开始了，"玛吉说，"你没有问题吧？"

"没问题。"爱丽丝不假思索地说。

"你的位置在这儿，"玛吉说，"在我旁边。"

"祝你好运，亲爱的，"巴尔布说，"我希望她们用那个烤箱的时候能小心点。柠檬蛋白派的派皮很容易烤焦。我记得有一次你老爸的上司要来吃饭，结果我把蛋白派烤焦了，心情好低落。我还记得当时我看着烤箱里的蛋白派，心里想着——"

"来吧，巴尔比（Barbie，巴尔布的昵称），"罗杰说着，拉着她的胳膊，"等我们坐下之后，你可以跟我慢慢讲后面发生的事。"

他对爱丽丝眨了眨眼睛，然后将还在喋喋不休的巴尔布引到观众席，爱丽丝对他充满了好感。他很爱巴尔布——以他那种自我满足的方式，他很爱她。

"我去把孩子们叫到观众席上坐。"尼克说着，去了儿童游乐区。

爱丽丝走过去，站到玛吉身边。其他围着粉色围裙的女人推推搡搡地站到了桌边各自的位置。

"这活动真了不起。"站在爱丽丝旁边的那个女人说。她的下半边脸上有一个胎记，就像烧伤的疤痕。"你真是个神人，爱丽丝。"

我是个神人，爱丽丝心想。她感到神思缥缈。

诺拉站在麦克风前。"请各位观众入座。烘焙大会即将开始！"

爱丽丝在观众当中搜寻着尼克。他让奥丽薇亚坐在他的腿上。她执意要戴的天使翅膀扫在他的脸上。汤姆坐在他的左边，手里拿着一台数码相机，正在拍照。麦迪逊坐在尼克的右边，看起来对这次活动兴致勃勃。尼克说了些什么，指着爱丽丝，三个孩子都兴高采烈地看了过来，朝她挥手。

爱丽丝也朝他们挥手。正当她挥手的时候，多米尼克和贾斯伯注意到了她。他们就坐在尼克和孩子们的后两排，他们也热情地挥起手来，显然是以为爱丽丝在跟他们打招呼。

噢，天哪。现在，丽碧和本也开始向她挥手了，还有弗兰妮、泽维尔、巴尔布和罗杰。

爱丽丝微笑着挥挥手，试图把所有人都照顾到，让每一个人都觉得她是在对自己微笑挥手。

诺拉又说话了：

"我今天代表爱丽丝来担任此次活动的主持人。在座的各位，有很多人都知道，爱丽丝上周在健身房出了事故，现在还没有恢复。老实说，我现在还记得，那天爱丽丝对我说，她想召集一百个妈妈，一起烤制世界上最大的柠檬蛋白派。我当时就觉得她疯了！"

观众笑了。

"但是你们都知道爱丽丝的个性。她就像牛头梗，有了想法绝不会轻易放弃。"观众发出了赞赏的笑声。牛头梗？短短十年里，她怎么改变了那么多？按道理来说，她应该更像拉布拉多犬，急于讨好别人，脑子有点笨。

"但是意料之中的是，才过了几个月，我们就聚到了一起，共同庆祝这场盛会！让我们把掌声献给爱丽丝！"

人群中爆发出一阵热烈的掌声。爱丽丝故作轻松地向人们点头微笑。

"同时，我们也用这一天来纪念一位非常可贵的朋友，她也是这个学区的一分子。去年，我们悲惨地失去了她，"诺拉说，"我们今天使用的是她发明的柠檬蛋白派配方，我们确信，今天她的灵魂与我们同在。当然，我说的这个人是，吉娜·博伊尔。我们想念你，吉娜。请大家为吉娜默哀一分钟。"

爱丽丝看着人们虔诚地低下头，为吉娜默哀。这个女人显然在爱丽丝的生活中扮演过重要的角色。但是她的脑子里一片空白。今天早晨吃的薄煎饼在胃里翻腾着。经过了漫长的一分钟后，诺拉抬起头。

"女士们，"她说，"拿起你们的打蛋器。"

第 *31* 章

女人们郑重其事地拿起了打蛋器，那派头就像是乐团里的音乐家。

"将鸡蛋、奶油、糖、柠檬皮和果汁搅拌均匀。"诺拉宣读着步骤。

大家迟疑了片刻，接着，每个人都放下了打蛋器，开始选择原料。

爱丽丝一个接着一个地将鸡蛋打入碗里。

她周围的女人也在做同样的事情。现场夹杂着紧张的笑声和窃窃私语。

"别把蛋壳打到碗里！"观众席中有人喊道，引起一阵欢笑。

几分钟后，轻快的搅拌声充斥着整个帐篷。

按照诺拉的指示，等到所有人都打完鸡蛋后，大家要排着队，将蛋糊倒入一个巨大的黄色工业大桶里。

这绝对会演变成一场彻头彻尾的闹剧，爱丽丝心想。

"将面粉、杏仁粉、糖粉和黄油放入食物料理机进行加工，直到它们的形态类似于精细的面包屑，"诺拉宣读道，"我们今天不用食物料理机，而是要用混凝土搅拌机。别担心，我们准备的机器是干净的！好了，请各位妈妈将上述原料放入搅拌机。"

"真不敢相信我们在搞这个活动。"爱丽丝低声对玛吉说。她们正端着装有食材的碗，排在队列里。"简直是疯了。"

玛吉笑了起来。"这都是你的功劳，爱丽丝！"

一位工人操作着混凝土搅拌机，而现场的妈妈们则忙着分离蛋黄和蛋白。

"加入蛋黄，然后加工。"诺拉指示道。

女人们再次排好队，往搅拌机里添加自己碗里的蛋黄，几分钟后巨大的黄色面团从混凝土搅拌机里倒了出来，落到撒了层面粉的圆形会议桌的中央。

"将面团揉至光滑。"

女人们围在桌边，揉捏、拉扯着面团。这样做出来的派皮肯定没法吃，爱丽丝心想。她看着一双双不熟练的手拉扯着面团。闪光灯在观众席上噼里啪啦地响。

"接下来，我们本来应该把面团放在冰箱里醒半个小时，但是今天，我们追求的是规模，更甚于质量，"诺拉说，"所以我们要直接擀面。"

工人们搬来了一根巨大的擀面杖。

爱丽丝看着三个女人站在擀面杖的两侧，她们牢牢抓着手柄，开始向前推，仿佛在推一辆出了故障的汽车。

看着妈妈们将擀面杖推向了不同的方向，观众们或痴笑，或尖叫，或大喊着提出建议。不可思议的是，几分钟之后，面团开始变平了。

这样做是有效果的。真的有效果。一张特大号床那般大小的巨型派皮正在逐渐成形。

"接下来的步骤有点难，"诺拉说，"将派皮装入烤盘。"

这种事情不可能做到的，爱丽丝心想。女人们聚在派皮周围，将它托举到半空中。她们将手掌放平，仿佛是在托举着某种珍贵的画布。

每个女人的脸上都流露出完全相同的表情：因为高度集中精神而显得有些惊恐。

"完了，完了，完了。"脸上有胎记的女人看到派皮的中间开始下坠，情不自禁地说道。另一名女子赶紧冲上去，将下坠的部分托住。大家时不时就会踩到别人的脚趾，时不时就会有人尖声发出一些警报，比如："小心，那边快要掉了！""那边看着点！"

没有人嬉笑或者大笑，直到脆弱的派皮安然无恙地放到了巨大的烤盘上。她们做到了。派皮上没有什么大裂缝，这真是一个奇迹。

"万岁！"人群欢呼道，女人们欣喜若狂地对着彼此欢笑，她们用拇指将派皮的边缘压在烤盘上。接下来，她们在派皮上盖了一层又一层的烘烤纸，然后压上镇派①。最后，工人们将烤盘抬起，放入烤箱。

"接下来烘烤十分钟。"诺拉平稳地说，仿佛她们能进展到这一步，其实不足为奇，"在此期间，请各位聪明的妈妈们制作蛋白酥。"

女士们回到桌边，开始搅打蛋白，并在搅拌过程中逐渐加入白砂糖。

整个帐篷都被烤箱散发出的热度包裹着。爱丽丝感觉自己脸色潮

---

① 可以用围棋子、硬币、大米或黄豆等等压在派皮上，作为镇派，其作用是避免派皮在烘烤过程中起泡，不成形。

红，额头上沁出了汗水。烤派皮的香味弥漫在空气中，她感到头痛，也不知道是不是得了流感。

派皮的香味在冥冥之中似乎让她的记忆呼之欲出。但是，这段记忆当中包含太多的往事，一时难以唤醒。感觉它正如那张巨大的派皮，若让一个人来消受，实在是太大了。

"你没事吧？"玛吉的脸浮现在爱丽丝的眼前。

"没事，我还好。"

在一片掌声中，派皮新鲜出炉了。它被烤成了金黄色。人们将烘焙纸和镇派取出来，将柠檬色的馅料从大桶里倒在派皮上。接下来要放蛋白酥。女人们心情一放松下来，就变得有点飘飘然了。她们像学校里的小女生一样，围着派皮一边跳舞，一边将做好的泡沫状蛋白酥倒在派皮上，并用木勺做出雪白的尖峰。

更多的闪光灯亮了起来。

"爱丽丝，"诺拉对着麦克风说，"可以开烤了吗？"

爱丽丝觉得整个世界就像笼罩在一片氤氲中。她的视线有点模糊，嘴里就像塞满了药棉。感觉就像刚刚睡醒，正试图从前一天晚上的梦境中走出来。她眨了眨眼睛，将注意力集中在派皮上。"那边的蛋白酥不太平整，谁去把它弄一下？"她说。令她惊讶的是，她的声音很自然。一个女人听从了她的指示，冲了过去。

爱丽丝对诺拉点了点头。

"现在，女士们，先生们，我们开烤。"诺拉说。

玛吉的老公朝叉车司机竖起了大拇指，示意他开始。所有人的目光都集中在了那个巨大的蛋白派上，它被叉车抬到半空中，滑进了烤箱里。观众席上又是掌声雷动。

"在烤制蛋白派期间，四年级的小朋友将给大家倾情献上一场表演。"诺拉说，"在座的各位，有很多人都记得，我们亲爱的朋友吉娜很喜欢猫王。她下厨的时候，总是要播放猫王的音乐。你想让她放点别的都不行。所以，四年级的小朋友将给我们带来猫王的表演串烧。亲爱的吉娜，这是献给你的。"

随着三十个迷你猫王大摇大摆地走到了帐篷的中心，观众席上爆发出一阵笑声和欢呼声。猫王们戴着墨镜，穿着白色缎面连身裤，裤子上饰有闪闪发光的水钻。一位老师按下了一台立体音响的按钮，孩子们开始伴随着《猎犬》（Hound Dog）的歌声，跳起猫王风格的舞来。

做蛋白派的妈妈们无处可坐，于是她们都靠着长桌。有些人脱下了粉色的围裙。爱丽丝感到双腿疼痛，其实，准确地说，她全身上下都感到疼痛。

噢，这首歌是如此……熟悉。

当然，毕竟是猫王的曲子，谁不熟悉呢。

歌曲切换到了《温柔地爱我》（Love Me Tender）。

烤派的甜香太过浓烈，它让你无暇顾及其他，一心只想着柠檬……蛋白……派。

这个味道如此……熟悉。

当然，它是柠檬蛋白派嘛，你又不是没闻过。

但是原因并非这么简单，这背后还有更多的深意。

爱丽丝已是满脸通红，脸上发烫。现在，她觉得身上很冷，仿佛走入了寒风中。

噢，天哪，她觉得不舒服。她真的不舒服。

她看着观众，绝望地想要寻求帮助。

她看到尼克突然把奥丽薇亚从腿上抱下去，站了起来。

她看到多米尼克腾地站了起来，关切地皱着眉头。

两个人都越过别人的膝盖，向她这边走。

现在，歌曲切换到了《监狱摇滚》（Jailhouse Rock）。

柠檬蛋白派的香味越来越浓烈。它顺着她的鼻腔飘然而上，侵入她的大脑，用记忆将其注满。

噢，天哪。当然，当然，当然。

爱丽丝感到双腿一软。

伊丽莎白给杰里米的家庭作业

爱丽丝倒下的时候，我不在，因为我去外面上厕所了。

他们设立了一排蓝色的塑料流动厕所。

我在流血。

我心想，真巧啊。我会在流动厕所里失去最后一个孩子。

真失败，而且有点可笑。就像我的生活。

第 *31* 章

嗨！

开门的女子灿烂地笑着，在沾了面粉的围裙上擦着双手，仿佛爱丽丝是一个非常亲密的朋友。

爱丽丝原本不想来的。这个"吉娜"搬到她家对面的别墅后，第二天就敲开了她家的门，邀请她过去喝"傍晚茶"。但是爱丽丝并没有那么激动。一方面，请客的人不应该是她吗？毕竟她才是这里的老住户。想到这里，她就感到内疚，仿佛这个女人在礼节上已经占据了某种上风。而且她看到吉娜的样子，就知道这个女人不是她喜欢的类型。这个女人说话太大声，牙齿露得太多，妆化得太浓，香水喷得太多，总之她在方方面面都做得太过头。她是那种会让爱丽丝失去个性的女人。

而且，还说什么"傍晚茶"？就好好说下午茶不行吗？

去了肯定不会好过的。

"你好啊，小甜心！"吉娜弯下腰，向麦迪逊问好。

麦迪逊羞怯地抱着爱丽丝的腿，将脸埋进爱丽丝的胯下，爱丽丝讨厌她这么做。爱丽丝怕别人看到麦迪逊这样，会觉得这孩子之所以不擅长社交，是因为她这个做母亲的没有做好榜样。

"我特别不擅长跟小孩子打交道，特别不擅长。或许就是因为这样，所以我才那么难怀上孩子。"吉娜说。

爱丽丝跟着吉娜走进屋内。麦迪逊依然紧紧地抱着她的腿，她试图让麦迪逊撒手。屋子里到处都是搬家用的纸箱，还没有开封。

"我应该邀请你来我家的。"爱丽丝说。

"没事，急着想交朋友的人是我，"吉娜说，"我打算用我的柠檬蛋白派来勾引你。"她迅速转身，脚踩到了一个盒子里，"不是字面意义上的勾引哈。"

"噢，那太可惜了。"爱丽丝说。然后她连忙又说："我也是在开玩笑。"

吉娜笑了，把她领进了厨房。厨房里暖融融的，充满了柠檬蛋白派的甘香味。立体音响里在播放猫王的歌曲。

吉娜说："我寻思着，应该请你喝傍晚茶，而不是下午茶，这样我们就可以一起喝香槟了。你想喝香槟吗？"

"噢，当然。"爱丽丝说。虽然她通常不会在白天喝香槟。

吉娜高兴得手舞足蹈。"感谢上帝。你要是不喝，我自己一个人是喝不了的。而且，你也知道，喝了酒，跟新朋友说话就更自然一些。"她拔出瓶塞，拿出两个玻璃杯，"迈克尔和我来自墨尔本。我在悉尼一个认识的人也没有。所以我特别想找朋友。而且迈克尔现在工作很忙，我平时会很孤单。"

爱丽丝伸出玻璃杯，以便吉娜倒酒。

她说："尼克现在也开始忙起来了。"

"爱丽丝？"

"爱丽丝？"

尼克和多米尼克分别在两侧扶着她。她的双腿已经瘫软得像果冻一样。

"复。"爱丽丝说。

"你伤到小腹了？"多米尼克说。

不，我的意思是，一切都在复原，我的记忆正在复原。

感觉就像是大脑中有一座堤坝垮塌了，记忆如洪水般开始泛滥。

"给她喝点水。"有人说。

爱丽丝也需要一个新朋友。那时候，麦迪逊才一岁左右。苏菲刚和杰克分手（太意外了），而且融入了一个新的单身朋友圈，她们衣着光鲜，穿着细高跟鞋，喜欢大呼小叫，每天晚上九点开始享受活色生香的夜生活，搭乘出租车，出入市区的上流酒吧。因此，苏菲和爱丽丝渐渐疏远了。

而且伊丽莎白经常魂不守舍，悲戚伤感，从来不会认真听她讲话。

因此，爱丽丝与吉娜的友谊突飞猛进。两个人就像坠入了爱河。而且尼克和迈克尔也成了朋友！他们时而结伴露营，时而举办即兴晚餐，晚餐经常持续到深夜，而孩子们则睡在沙发上。这样的生活很美妙。

吉娜的双胞胎女儿——埃洛伊塞和罗斯比奥丽薇亚大几个月。她们长着棕色的大眼睛和带雀斑的狮子鼻，头发像吉娜，很有弹性。两家人相处得特别融洽。

有一年，两家人一起租了船屋，在霍克斯伯里河上游玩。他们将船屋停靠在一起，在月光下乘着游艇来到对方的船屋，在甲板上烧烤。奥丽薇亚和双胞胎姐妹给爱丽丝和吉娜的脚指甲涂上了不同颜色的指甲油。一天早上，吉娜和爱丽丝吃完早饭后去游泳，她们仰躺在水面上，欣赏着自己的脚指甲，而尼克和迈克尔正在跟孩子们玩马可波罗游戏①。他们一致认为，这是他们度过的最美好的假日。

怀上奥丽薇亚的消息，她当然会先告诉吉娜，再告诉尼克。

那时候，尼克要在英国出差两个星期。他只跟她通过两次电话。

两个星期只打了两次电话。

他忙得不得了，他说。他顾不上家里。

但是，他们公司中标了！他拿到奖金了！他们买得起游泳池了！

"身边。"她对尼克说。

"你说什么？"

她想说的是"你从来就不在我身边"。

---

① Marco Polo 是儿童游戏，类似于鬼抓人。在一个限定范围里面，鬼的眼睛蒙起来抓人，当鬼不知道人在哪里的时候，就喊Marco。人就得喊Polo，让鬼知道你在哪里。先被抓到的人当鬼。

忙于古德曼项目的那一年，尼克从来不在她身边。回到家时，他身上散发着办公室的味道，辛勤工作的汗味。就连跟她说话时，他还在想着办公室。

奥丽薇亚在三个月内遭受了三次耳部感染。

汤姆总是发很大的脾气。

一夜之间，麦迪逊突然对上学特别紧张，她每天早上都会呕吐。"这很不正常，尼克。我们必须做点什么。我很担心，根本就睡不着。"

尼克说："这只是小孩子必经的一个阶段而已。我现在顾不上和你谈这些，明天一大早还要赶飞机。"

吉娜说："我找了一位儿童心理学家，或许可以帮上忙。你要不要跟校长谈谈？她的老师是怎么说的？我来帮你照顾汤姆和奥丽薇亚吧？这样你就有时间可以多陪陪她。真是让你操心了。"

吉娜是那种积极参与校园事务的人。无论什么事情，她都会自愿帮忙。爱丽丝也成了这样的人。她喜欢这样，也擅长这样。

迈克尔和吉娜遇到了感情问题。吉娜跟爱丽丝讲了迈克尔所有伤人的话和伤人的事。迈克尔告诉尼克，他对自己的生活不满意。在十二月，一个炎热的夜晚，爱丽丝和尼克举办了一次圣诞派对。迈克尔喝醉了，在洗衣房里吻了那个可怕的杰基·霍洛韦。吉娜进去拿香槟，正好撞见了他们。

有一天晚上，已经关了灯，尼克和爱丽丝躺在床上谈话。

"迈克尔是我的朋友。"

"你的意思是，你赞成他在我们的洗衣房里亲别的女人？"

"当然不是，但是凡事都有两面。我们就别蹚这浑水了。"

"没有两面！他这么做是不可原谅的。他不应该亲她。"

"好吧，如果吉娜不强求他做一些他不想做的事，那他或许就不会这样了。"

"她哪有！你什么意思？就因为她鼓励他换一个工作吗？但是那也是因为他不喜欢现在的工作！"

"爱丽丝，我们俩像他们俩那样吵架，你扮演吉娜，我扮演迈克尔，有意思吗？"

他们转过身去，背对着对方，谁也不想碰到彼此。

他偷吃的不是"樱桃"，而是半个水果拼盘。那是她花了一个上午的时间精心准备的精美水果拼盘，是准备带给他妈妈的。当时，她四处奔忙着，试图让孩子们穿好衣服。而他非但没有帮忙，还在那里悠闲地读着报纸，自顾自地吃着水果拼盘，仿佛爱丽丝是他请来的帮佣。

迈克尔搬走以后，吉娜想要减肥。于是，爱丽丝和吉娜决定请一个私人教练。她们成为一家健身房的会员，开始上舞步课。两个人的体重掉得很快，她们身材越来越好。爱丽丝很满意，她可以穿小两号的衣服了，原来运动可以让人这么有活力。

吉娜开始跟一名网友约会，爱丽丝忙于照顾孩子们。尼克经常工作到很晚。

吉娜回到家时，容光焕发，心情愉悦。爱丽丝穿着运动裤躺在沙发上，她很羡慕吉娜。第一次约会。能够再次体验第一次约会的感觉，是多么的美妙。

尼克那天晚上回家后，对她说："你瘦得太厉害了。"

尼克听说他爸爸在跟爱丽丝的妈妈约会时，放声大笑起来。

"她不是他喜欢的类型。他喜欢隆过胸、拿了很多离婚费的女人。这些女人读过所有该读的书，看了所有该看的戏。"

"你的意思是，我妈文化水平不够高，配不上你爸？"

"我讨厌我爸平常约的那种女人！"

"那你爸现在是在调剂一下，接触穷苦大众，比如来自山丘区①的贫穷简朴的我妈妈？"

"真是没法跟你说话。你好像就是希望我讲错话。好吧。我爸是在接触劳苦大众。你是想让我说这个吗？这下你满意了吧？"

伊丽莎白就像变了一个人。爱丽丝的姐姐变成了一个乖戾、易怒的人，脸上带着冷酷、讥讽的笑。没有人比伊丽莎白更惨。爱丽丝感觉自己在她面前总是说错话。

有一次，她问伊丽莎白是不是又移植了一个胚胎，结果伊丽莎白轻蔑地撇了撇嘴。"那叫胚胎转化。"她冷笑着说，"不是移植。真像移植那么容易就好了。"

爱丽丝怎么知道所有正确的术语？

如果她邀请伊丽莎白参加孩子们的生日派对，伊丽莎白就会叹气，

---

① Hills District，悉尼的一个郊区。

好像在说，这对她来说会很痛苦，但是她还是会来。来了之后，她自始至终都表现得像个受难者。不提供帮助，只是站在那里，噘着嘴。爱丽丝想说，你不想来就不要来。

伊丽莎白第四次流产后，她试着跟伊丽莎白交谈。她提出愿意捐出她的卵子。"你的卵子太老了，"伊丽莎白说，"你真是不知道自己在说些什么。"

罗杰跟爱丽丝的妈妈求婚时，尼克很生气。

"好吧，真是棒极了。我妈会怎么想？"

说得好像这是爱丽丝的错，好像她妈妈利用某种手段骗婚了似的。

他们不再做爱了。自然而然就停了。他们甚至都不提这回事。

"我们扶她到外面呼吸一点新鲜空气吧。"

她迷迷糊糊地感觉到自己正被连拉带拖地扶出帐篷。人们都在看着她，但是她无法专注于任何事情，只能任凭记忆在脑海里泛滥。

生麦迪逊时，她第一次感受到了产痛。她心想，他们一定是在开玩笑。他们不能指望我能忍受产痛。但是他们似乎真的让她忍了。七个小时后，当宝宝出生了，无论是她还是尼克都不敢相信这是一个女孩。他俩曾经那么荒谬地深信这是个男孩。他们不停地对对方说："是个女孩。"这份惊喜让他们欢欣鼓舞。她是那么的非比寻常，好像这世上从来没有女婴出生过一样。

生汤姆时，她子宫后位。她不停地对着那个面色和蔼而疲惫的助产士尖叫——我的背，我的背上很痛。在整个过程中，她不停地告诉自己，以后再也不要受这种罪了。

生奥丽薇亚的时候最惨。他们告诉她："你孩子的情况很危急，我们需要做紧急剖腹产手术。"突然之间，病房里挤满了人。她躺在推车上，由医护人员推着，穿过了长长的走廊，看着天花板上的灯有节奏地后退，心里想着，我到底做错了什么，怎么这个可怜的宝宝还没有出生，就危急了。当她从麻醉中醒来时，一名护士说，你生了个最漂亮的女儿。

麦迪逊8个月大的时候长了第一颗牙。她一边皱着眉，一边不停地用手指摸它。

汤姆硬是不肯坐高脚椅。从来没有在上面坐过。

奥丽薇亚一直不会走路，直到18个月大的时候才学会。

麦迪逊的那件带白色花朵图案的小红帽夹克。

汤姆去任何地方都带着他那脏兮兮的蓝色大象玩具。那头大象去哪儿了？你看到他那该死的大象了吗？

奥丽薇亚上学的第一天是欢呼着跑进校园的。麦迪逊上学的第一天却不肯进去，拽着爱丽丝的胳膊不松手。

有一天，爱丽丝走进厨房，发现汤姆正在将冷冻的豌豆小心翼翼地塞进鼻孔里。他对医生说："我想看看豌豆会不会从我的眼球里出来。"

他们在纽波特海滩把奥丽薇亚看丢了。爱丽丝恐慌得哽咽起来。"你应该看着她的。"尼克不停地说。仿佛这就是重点，重点是爱丽丝犯了错。奥丽薇亚走丢了并不重要，重要的是，这是爱丽丝的错。

"爱丽丝？做做深呼吸。"
她没有理他们。她正忙着回忆。

那是八月的一天，天气特别冷。她和吉娜各自开着车从健身房回家。通常情况下，她们会同坐一辆车，但是爱丽丝事先带麦迪逊去看了牙医。牙医说，麦迪逊的牙齿没问题，他不知道是什么原因导致了她的下巴疼痛。他让麦迪逊去候诊室等着，然后悄悄地问爱丽丝："有没有可能是她压力太大了？"

爱丽丝当时一直不耐烦地看着表，很想快点赶去健身房。她不想错过舞步课的开始。她昨天已经错过一节课了，因为奥丽薇亚在学校有演讲。压力？麦迪逊能有什么压力？这是不可能的。她可能只是不想去学校罢了。

在开车回家的路上，麦迪逊抱怨爱丽丝把她丢在健身房的托儿所里，自己去和吉娜上舞步课。"我都那么大了，怎么能在托儿所里待着，那里都是些哭哭啼啼的傻孩子。"

"呵呵，你今天应该去上学的，而不是骗我说牙痛。"

"我没有骗你。"

天色阴沉沉的，暴风雨就要来临。闪电划破了天空，开始下雨了。沉重的雨滴就像鹅卵石一样，打在挡风玻璃上。

"妈妈，我没有骗你。"

"别吵，我得看着路。"

爱丽丝讨厌在雨中开车。

狂风在咆哮。树木剧烈地摇晃着，仿佛是在跳某种阴森的舞蹈。

车子开进了罗森街。爱丽丝看到吉娜的刹车灯亮了。

吉娜的座驾特别不实用，那是她四十岁生日时给自己买的礼物。这款小巧的红色 Mini 侧边饰有白色条纹，车牌是个性化定制的。不是家庭用车。"这辆车让我感觉自己很年轻，很疯狂。"吉娜说。她敞着天窗开车，用最大的音量播放着猫王的曲子。

爱丽丝看着 Mini 行驶在雨中，她知道，吉娜应该会起劲地跟着收音机唱猫王的歌。

麦迪逊说："那棵树感觉像是要倒下来。"

爱丽丝抬起头来。

那是生长在街角的一棵枫香树。这种树在秋天很美。它正来回摇摆着，发出可怕的咯吱声。

它不会倒下的。

它倒了。

它倒得太迅猛，太出人意料。就像一位亲密的朋友突然朝你脸上打了一拳。就像是有某个残忍的神灵在故意使坏，纯粹是出于恶意，他拔起那棵树，暴躁地将它砸在那辆 Mini 上。噪音震耳欲聋，伴随着可怕的爆炸声。爱丽丝的脚用力踩在刹车上，她伸出手臂，挡住麦迪逊的胸口，仿佛是为了保护她不被那棵树砸到。麦迪逊尖叫着："妈咪！妈咪！妈咪！"

接下来是一片死寂，只能听见雨声。现在时间一点整，收音机里传来整点新闻的报时钟声。

一根巨大的树干横在她们面前的道路上。吉娜娇小的红色 Mini 看起来就像一个被压扁的铁罐。

一个女人从别墅里跑了出来。当她看到那棵树时，她停下了脚步，双手捂着嘴。

爱丽丝把车停到路边。打开了紧急刹车灯。你留在车上，她对麦迪逊说。她打开车门，冲了过去。

她依然穿着健身时穿的那套短裤和 T 恤衫。她不小心跌倒了，一侧膝盖摔得很重。她站起来，继续跑，双臂徒劳地挥舞着，试图将时光拉回到两分钟之前，只要两分钟。

"给她盖上毯子，她在发抖。"

尼克没有来参加葬礼。他没有来参加葬礼。

他没有来参加葬礼。

校长来参加了葬礼。戈登先生。多米尼克。他说："我为你感到难过，爱丽丝。我知道你们是很好的朋友。"他给了她一个拥抱。她哭了，眼泪弄湿了他的衬衫。他站在她旁边，看着他们将粉色的气球放飞到灰蒙蒙的天空中。

没有吉娜，她不知道以后的日子该怎么过。吉娜是她日常生活中的一部分。她们一起去健身房，一起喝咖啡，一起送孩子去上游泳课，一起参加个人训练，互相帮忙照看孩子，一起看夜场电影，一起为了无聊的事情大笑。当然，她在学校里还认识许多其他小孩的妈妈，但是她们跟吉娜都不一样。

所有的欢乐都消失不见了。

一切都显得毫无意义。每天早晨，她在洗澡的时候都会哭，额头贴着浴室的瓷砖，洗发水流到了眼睛里。

她跟尼克吵架。有时候，她故意挑起事端，因为这样她就可以从悲痛中分神。她不得不克制自己打他的冲动。她恨不得挠他，咬他，伤害他。

有一天，尼克说："我觉得我应该搬出去。"她说："我也觉得你应该搬出去。"她心想：等他一搬走，我就给吉娜打电话。吉娜会帮助我的。

嫌隙轻而易举地迅速潜滋暗长，仿佛他们从一开始就讨厌对方，现在终于不用装模作样了，可以让对方知道自己的真实感受了。尼克希望他们带孩子的时间对半分。简直是开玩笑。他工作那么忙，怎么可能照顾得了孩子？孩子们会乱套的。他甚至并不是真心想要孩子。他只是想减少赡养费罢了。好在她想起以前公司的老朋友简已经成了家庭律师。简会给他一个教训的。

四个月后，尼克搬了出去，多米尼克提出跟她约会。他们一起在国家公园里徒步旅行，中途还碰到了下雨。他很好相处，是个热心肠，不矫揉造作。他不知道哪家餐厅好，他喜欢朴实无华的咖啡厅，他们聊了很多学校的事，他尊重她的意见。他似乎比尼克实在得多。

就在不久前的一天夜里，他们在他家里第一次做爱。当时，孩子们跟她妈妈在一块。

（就在她撞到脑袋的前一夜！）

感觉很美妙。

呃，好吧，感觉很尴尬。（比如说，他似乎觉得自己应该舔她的脚趾。这想法他是从哪儿学来的？结果她不仅痒得无法忍受，还不小心踢到了他的鼻子。）尽管如此，能够再次让一个男人从头到脚地欣赏她的身体，真是让人觉得美妙至极。

多米尼克才是适合她的男人。当初选择尼克就是一个错误。试想，二十几岁的小姑娘什么也不懂，怎么找得到适合自己的人？

悲痛已经开始有所缓解。它依然存在，但是已经不像以前那样重重地压在胸口，让她无法承受。她让自己保持着忙碌的状态。

有一天下午，她路过迪诺咖啡厅，发现有一小群面色严峻的人正围在人行道上指责一个女人。就连迪诺也在那里。那个可怜的女人似乎有精神病。她看了一眼，却惊恐地发现，这个女人竟然是伊丽莎白，她赶紧将视线移开。迪诺跟她讲发生了什么事之后，她的第一反应是羞愧。她竟然没有意识到情况已经变得如此糟糕。就在她跟迪诺解释伊丽莎白的遭遇时，她对自己越来越愤怒。仿佛她好像已经把流产视作了伊丽莎白正常生活的一部分。

她把伊丽莎白带到了自己的车内，任由她坐在副驾驶座上怔怔地盯着前方。然后，她回到咖啡厅，设法安抚伊丽莎白试图拐走的那个小孩的母亲。那位母亲名叫朱迪·克拉克，她有个儿子跟麦迪逊同班。在回家的路上，伊丽莎白说了句"谢谢你"，然后就没再说话了。

　　好吧，够了。这种无休止循环的流产必须停止。他们是在用自己的脑袋去撞墙，而伊丽莎白正在失去理智。爱丽丝已经失去了最好的朋友，婚姻也破裂了，但是她依然可以处理好事情。必须有人给伊丽莎白开导开导。爱丽丝一回到家，就开始上网搜索领养儿童的相关资料。上个星期四，她做了一批新鲜的香蕉松饼，然后给本打了个电话，告诉他自己的车出了问题。他说，他马上过来。

　　"我不知道我们是否该叫医生？"

　　"不用，"爱丽丝大声说，她闭着眼睛，"我没事。只要给我一分钟就好。"

　　现在，她正在回忆这个星期发生的事。感觉自己这段时间就像长醉而醒。她窘极了。

　　上舞步课的那天早晨，她在健身房楼下的自助餐厅里吃了一份奶油奶酪百吉饼。所以她的大脑在混乱的状态下一直惦记着奶油奶酪。

　　她就那样被人抬出了健身房。她怎么会认不出健身房呢？怎么会想不起舞步课的老师？还有那个在跑步机上的人，那不是玛吉的老公吗？还有走出电梯的那个人，那不是凯特·哈珀吗？怎么会认不出来呢？

失忆的她震惊地发现，自己和尼克快要离婚了。

她给尼克的私人助理打了电话。那个讨厌的女人从来就不喜欢她（爱丽丝怀疑她暗恋尼克）。自从她和尼克分居后，那个女人每次跟她说话时，都粗鲁得令人震惊。

在家庭才艺晚会上跳萨尔萨舞。她想象着她和尼克之间还有感觉。天哪，她把洛夫老奶奶的戒指还回去了。

她本来决心要把那枚戒指留给麦迪逊了。现在，这枚戒指可能要落到尼克的新老婆手中了，如果他再结婚的话。它应该作为遗产留给麦迪逊的。

他跟她赌了二十澳元，说她恢复记忆以后，就不会想复合了。这段时间他肯定自始至终都在暗暗笑她。

她吻了尼克，这让她反胃。他在利用她的失忆，让她同意把带孩子的时间对半分。感谢上帝，幸好她还没有签署什么协议。

天哪，麦迪逊剪了克洛伊·哈珀的头发后，他们竟然给麦迪逊吃了冰激凌，还带她一起看鲸鱼。这不是纵容孩子将来犯罪吗。

她告诉贝尔根太太，她在社区开发的问题上转变了立场。好吧，她现在得告诉对方，她又回心转意了。她不想待在现在住的房子里。这里有太多的回忆了。

汤姆本来应该是今天的猫王舞者之一！她把他的衣服都准备好了。他故意没有提醒她。

诺拉在讲话中没有提到赞助商！

她需要检查申请吉尼斯世界纪录的所有文件。一切都必须安排妥当，要不然今天的活动就不会留下正式记录了。玛吉和诺拉本意是好的，但是她们并不太清楚自己在做什么。

站在她旁边的那个脸上有胎记的妈妈是安妮·拉塞尔，她是汤姆的同学小凯里的母亲。她们同一天来学校图书馆帮忙。她怎么会忘记安妮·拉塞尔呢？

她怎么会把这些事情都忘了呢？

爱丽丝睁开了眼睛。

她正坐在学校椭圆形操场的草坪上。

尼克和多米尼克都蹲在她面前，一副很担心的样子。

"你没事吧？"尼克说。

爱丽丝看着他。他畏缩了，好像被她打了一样。

"你恢复记忆了。"他说。这不是一个问句。

他站了起来。感觉他的脸就像塌了下来，变得面无表情，冷若冰霜。"我去告诉孩子们你没事了。"他转身离开，然后回过头来，看了她一眼，说道，"你欠我二十澳元。"

爱丽丝转身看着多米尼克。

他笑了，一把将她抱进怀里，说道："一切都没事了，亲爱的。"

PART 9

拾 记 忆

人人都告诉我，爱丽丝和尼克不可能复合了。"一点可能性都没有。"他们告诉我，仿佛我是个自欺欺人的老妇人。然而……

　　泽维尔和我碰巧坐在尼克的旁边，爱丽丝和多米尼克就在我们的前面。当他们宣布麦迪逊获胜时，爱丽丝根本连看都不看多米尼克。她转身到处寻找尼克。她情不自禁地向他伸出手。他接住了。只是碰了碰她的指尖，只有那么短暂的一秒。我看到了他们脸上的表情。这就是我要说的。

第 *33* 章

爱丽丝在跑步，手里拿着手机，这样一旦有来电就不会错过了。

她跑的是以前卢克带着她和吉娜跑过的路线。她现在没有找卢克当教练了。因为私人训练课程要花 150 澳元，太贵了。况且她现在跟尼克的财产分割问题还没有解决。

她也想放弃健身房的会员资格。这段时间，她只想跑步，记事。

自从记忆失而复得以后，她现在执迷于记住生活中发生的事情。她每天都写日记，每次去跑步时，都会任回忆翻跹，等回到家时，她就会把它们记下来。很难判断她是否完全恢复了十年的记忆，还是说，这其中依然有些空白。她知道，即使在事故发生前，她也不能完全想起这十年过往，但是她依然不停地在脑海里搜索着，查找任何遗漏的断片。

今天，她想起一件事，那件事情发生在一天晚上。当时，汤姆还是个小宝宝。人人都告诉她，她的第二个孩子睡觉肯定会非常老实，毕竟第一个孩子麦迪逊小时候很不安分。但是他们都错了。汤姆是一个"少吃多餐"的小宝宝。他不喜欢每隔三四个小时规律地喝奶，这也算是个优点吧。他更喜欢每个小时喝一点解馋。每一个小时。这就意味着爱丽丝每睡四十分钟，就会被婴儿监视器里传来的哭声吵醒。即使麦迪逊到了蹒跚学步的时候，她也依然没有睡过一个晚上的安稳觉。

那段时间，爱丽丝特别想睡个好觉。

她渴望酣睡。每次看到电视广告上推销安眠药或者播放别人安睡的画面时，她都会羡慕嫉妒恨。

给汤姆喂完奶后，她会跌跌撞撞地跑回卧室，倒在床上。梦里全是跟宝宝有关的事情：她在宝宝身上睡着了，结果把他闷死了；她把他放在尿布更换台上，还没换好尿布，他就滚到地上了。然后，就在她准备进入最深沉、最安稳的睡眠时，监视器的声音就会把她吵醒。感觉就像是在你极度口渴的情况下，有人递给了你一大杯冰水，你才抿了一小口，这杯水就被人拿走了。还不如一开始就没有水喝呢。

在这天夜晚，尼克第二天一大早要出差去办一件很重要的公事。她好不容易把麦迪逊哄回床上睡觉——麦迪逊说："为什么我现在不能出去玩？为什么现在是半夜？"她才刚刚爬上床，汤姆又开始哭闹起来。她弯下腰，从婴儿床里把他抱起时，觉得脑袋发晕。她心头升起一阵无名的愤怒，这孩子怎么就不肯让她睡觉呢。你到底想要我怎么样？她用手臂把孩子越抱越紧。你……需要……安静。

她小心翼翼地把汤姆安放回去。汤姆被激怒了，他尖叫起来，仿佛她把他放到了刀山上。爱丽丝回到卧室，打开灯，平静地对尼克说：

"你得把我锁起来。我想伤害宝宝。"

尼克从床上坐起来，他睡眼惺忪，表情困惑。"你伤害宝宝了？"

爱丽丝浑身发抖。"没有，我想伤害他。我想使劲挤他，直到他停止哭闹。"

"好吧，"尼克冷静地说，仿佛她刚才反映的情况完全是正常的。他站起身来，拉着她的手，让她躺回床上，"你需要休息。"

"但是我得给他喂奶。"

"你不是在冰箱里放了配方奶吗，我热了给他。你睡觉就好了。我把明天的行程取消。你快睡。"

"但是——"

"快睡。你只管睡。"

这是他对她说过的最情色的话。他帮她盖好被子，关掉监视器，走出门外，关掉灯，然后关上了卧室的门。房间瞬时被神圣的黑暗和安宁笼罩了。

她睡着了。

等她醒来时，她的乳房硬得像石头，而且在漏奶。卧室里洒满了阳光，屋子里很安静。她看了看时间，发现已经九点了。他做到了。

他真的取消了行程。她一连美美地睡了六个小时。她的视线更清楚了，大脑更清醒了。她跑下楼，发现尼克正在把早餐递给麦迪逊，而汤姆正在婴儿车里叫唤，踢腿。

"谢谢你。"爱丽丝既感激，又宽慰，感动得快要晕倒了。

"小事一桩。"尼克笑了。

她从他的脸上看出了自豪，因为他拯救了她。

他解决了问题。他总是乐意为她解决问题。

因此，要说他从来不在她身边，或者说他总是把工作放在第一位，其实也不完全准确。

如果当初她多依赖他一点，情况或许就会不一样？也许她应该倒下得更频繁一点，这样他就有机会挺身而出，做一个身披金甲、拯救美人的骑士（这样想又不算是特别的大男子主义，也没有什么大错）；也许她不应该事事都表现得像个育儿专家；当他把孩子的衣服搭配得稀奇古怪时，也许她不应该表现得那么鄙视。他因为无法忍受这种耻辱，于是索性不再帮忙了，就为了他那愚蠢的自尊心。

而她那愚蠢的自尊心表现在，她想做最优秀、最专业的妈妈。尼克，在你的世界里，我可能没有做到像伊丽莎白，还有那些西装革履的职业女性那么成功，但是我在自己的世界里做到了最好。

她已经走到了婚姻生活中最艰难的阶段，而吉娜对此更是恶语相向。她感到抽筋。

好在，对于婚姻生活中的每一段不愉快的回忆，总有一段美好的回忆与之相伴。她想将它看透，想要明白，婚姻生活的色彩既非全黑，也非全白，而是包含千万种色彩。诚然，最终她也没有看透，但是那也没关系。一段婚姻终结并不意味着它从没有过欢乐幸福的时光。

她想到了自己刚恢复记忆后的那段奇怪的时期。一开始，记忆中的画面、言语、情感如同一阵阵狂潮将她冲垮。在这片混乱当中，她几乎无法呼吸。接着，过了几天，她的头脑冷静了下来，记忆回到了它们本该回到的位置，她感到一阵美妙的慰藉。失忆的那段时间，她就像在雾蒙蒙的水里游泳，处于半盲的状态；而现在，她又有了清晰的视野。她所看到的情况是这样的：她的婚姻已经结束，她爱上了多米尼克。就是这样。和多米尼克在一起，她感到甜蜜，舒心，因为这个男人被她迷得如痴如醉，神魂颠倒，他想要更深入地了解她。而跟尼克在一起，她所感受到的，只有苦涩、愤怒和伤痛。这个男人已经认定了她是什么样的形象，他可以列举出她所有的缺点、毛病和错误。她几乎没有办法跟他共处一室。她还打算跟他复合，真是可怕，骇人，感觉就像有人给她下了药、催了眠，然后欺骗了她。

她所重拾的，不仅仅是过去十年的记忆，还包括这十年里渐渐形成的真实自我。虽然将过去十年的悲伤和痛苦一概抹去，是一个很诱人的选项，但那样是不真实的。年轻的爱丽丝是个傻瓜，一个甜美、单纯的傻瓜。年轻的爱丽丝没有经历过十年的风风雨雨。

但是，即便她试图跟她理论，责骂她，为她哀悼，年轻的爱丽丝就是固执地不肯走。

在随后的几个月里，年轻的爱丽丝不停地冒出来。有一次，她在服务站里支付油费，发现自己的手伸向了美味的瑞士莲巧克力棒。她本来是想跟尼克认真地讨论跟孩子有关的复杂的后勤安排，结果发现自己在漫不经心地问他一些无关紧要的问题，比如他早餐吃了什么。她本来想赶去健身房，结果发现自己非但没有动身，还打电话约伊丽莎白去喝咖啡。她本来应该在一个个预约间奔忙，结果脑海里有个声音对她说，放松。

最后，她停止了反抗，呼吁休战。年轻的爱丽丝可以在她的脑海里想待多久就待多久，只要不吃太多的巧克力就行。

现在，她仿佛可以调整自己看待生活的镜头，从两个完全不同的角度来审视它。其中一个视角代表年轻的她，一个更青春、更傻气、更天真的爱丽丝；另一个视角代表年长的她，一个更成熟、更明智、更厌世、更理智的爱丽丝。

也许有的时候，年轻的爱丽丝是对的。

就比如说麦迪逊的例子。失忆之前，爱丽丝和麦迪逊的关系很紧张。她对麦迪逊太严厉，对这孩子的行为太气恼，而且，她的内心深处有一个可耻的想法，那就是，吉娜之所以出事，是麦迪逊的错。要是她那天早上没有带麦迪逊去看牙医，吉娜就不会在那个时候把车开到那个拐角。她们会在半路上停下来喝咖啡。

麦迪逊在这个年龄段已经懂事了，肯定感觉得到爱丽丝的反感。她已经成长为一个对任何事情都太过敏感的孩子。她亲眼看到了妈妈的朋友死于事故，又看到了父母的分居。

怪不得她一直在惹麻烦。伊丽莎白推荐了一个心理医生，她听说过这个人，叫杰里米·霍奇斯。麦迪逊每个星期会去他那里接受两次心理辅导，这样做似乎有帮助。至少，她最近在学校里没有欺负过任何人。而凯特·哈珀的丈夫已经调到了欧洲，所以哈珀一家现在已经淡出了他们的生活，真是万幸。

爱丽丝听到有人友好地朝她摁了摁汽车喇叭。她抬起头，发现贝尔根太太正开着她那辆小巧的蓝色本田从她身边经过。说来也奇怪，自从恢复了记忆以后，爱丽丝发现自己对社区发展问题失去了兴趣。将房子卖个好价钱，然后搬到一个没有回忆的新住处，似乎已经不那么重要。她知道，无论走到哪里，不愉快的回忆终究会伴随着她，她不想为了忘掉它们，而将美好的回忆也一并抛下。

另一方面，如果开发商赢了，那只能说，这就是生活。时过境迁。噢，事情的确会发生变化。

她去了吉娜逝世的街角，又一次想起了那一刻的恐惧和难以置信。记忆失而复得以后，她的悲痛和以前不一样了。现在的悲痛更纯粹、更冷静、更深沉。之前，她把悲痛引向了一大堆不同的方向：对尼克撒气（吉娜和迈克尔分手时，他应该站在吉娜那一边）；对伊丽莎白表现冷漠（她一向不太喜欢吉娜）；对麦迪逊感到生气（如果当时她们坐的是同一辆车，那么吉娜可能还活着）。听到自己生活中的往事从别人的口中说出来——"你的朋友死了"——而没有回忆，已经让她的心结解开了。现在，她只是想念吉娜。

手机响了。她停下脚步，没有看屏幕上的来电显示，就接了电话。

"有消息了吗？"来电话的人是多米尼克。

"还没有！"她说，"不跟你说了啊，我还等着电话呢。"

"抱歉，"他笑了，"我们今晚见。我到时候需要带一只鸡来，对不对？"

"对，对！快点挂电话吧！"

他喜欢确认情况。喜欢二次确认。喜欢三次确认。

这只是为了以防万一。它可能会变成一个令人讨厌的习惯，但是话又说回来，每个人都有一些讨厌的习惯。况且，她根本不会指望让尼克去做这种粗活（比如在工作日的夜晚帮她买一只烧烤用的鸡）！尼克太忙，在公司的位置也太重要了。而当多米尼克忙完一天的工作，来到她身边时，他的心就完全属于这里了。不像尼克，尼克有时候的表现会让人觉得他的家人不太重要，他的真实生活是在办公室。这并不是说多米尼克的工作不紧张。尼克确实经营着一家公司，但是多米尼克经营的是一所学校。谁对这个社区的贡献更大呢？

她真希望自己不要再拿多米尼克和尼克作比较了，搞得好像她爱多米尼克只是因为他与尼克截然不同罢了。有时候，她感觉自己与多米尼克谈恋爱的意义，只是为了证明这段感情比她与尼克的婚姻要强。

前不久，她和多米尼克一起观看了汤姆的足球赛，尼克也在现场。她对他在观众席的另一边投来的目光太介意了，以至于听多米尼克讲笑话时，她都笑得格外厉害。老实说，这样做，连她自己都觉得有点恶心。

可怕的是，即使尼克不在，她也总是想象着他在旁观。看哪，尼克，我跟多米尼克正依偎在沙发上一起看电视。他在帮我揉脚，你从来没有这样做过。看哪，我们牵着手，走进了这家咖啡厅。根本不用花心思去找"最好的"桌位——我们很随意地坐下来了！看哪，尼克，看哪！

这是否意味着，她与多米尼克的关系只不过是一场表演？

她放慢了奔跑速度，开始快步走。她气喘吁吁地走着，想起了她在厨房里与尼克喝葡萄酒，想起了和他亲吻时感受到的幸福与宽慰。

真是愚蠢，简直是太耻辱了。只不过，他也吻了她。他愿意"再试一次"。

她绝对没有意愿再试一次。一点意愿也没有。过去的事情都已经过去了。现在该继续开始新的生活，她做出了正确的决定。孩子们喜欢多米尼克。他在孩子们身上花的时间可能比尼克陪过他们的时间还要多。

现在，她跟尼克真是太文明、太有成年人的样子了！他们终于摸索出了一个适合两人的 "共同养育子女的安排"。尼克并没有得到50%的看孩子时间，但是他陪他们的时间，已经不仅仅局限在周末了。实际上，他星期五下午不上班了，以便能接孩子们放学。

最近，在他送孩子们回来的时候，她发现自己期待着能够看到他。他们的离婚将属于那种"和平友好的"离婚。

没错——一场不错的婚姻（从总体来看），以和平的离婚收场。

据孩子们说，尼克找了个女朋友，叫梅根。

爱丽丝也不确定自己对梅根到底是什么想法。

手机又响了。

又有电话进来了。是他。她在别人家的红砖花园围栏上坐了下来。

"告诉我，"她说，"快点，告诉我！"

一开始，她听不懂他在说什么。他似乎是在擤鼻涕。

"什么？你说什么？"

"是个女孩，"本声音洪亮而清晰地说，"一个漂亮的小女孩。"

第 *34* 章

伊丽莎白给杰里米的家庭作业

我从来不敢相信自己要生孩子了，直到听见她的哭声。

杰里米，我很抱歉承认这一点，因为我知道，你为了不让我变成废人，已经竭尽了全力。

但是我确实从来不敢相信。那天在流动厕所，世界上最大的柠檬蛋白派即将出炉之时，我已确信我最后一次流产了。

随后，出血停止了。这只是"点状出血"，医学界给它起了一个这么欢乐的名字。它就像一点雨滴，一点麻烦。

即使点状出血最终停止了，我也依然不相信我的孩子能够保住。即使每一次Ｂ超检查的结果都是正常的，即使我能感觉到宝宝在踢腿、打滚，即使我已经准备接受产前培训、开始挑选婴儿床、洗宝宝的衣服，即使他们告诉我，好了，你现在可以使劲了，我也依然不相信我要有孩子了，而且还是一个真正意义上的孩子。

直到听见她的哭声。我心想，这听起来像是一个真正的新生儿。

现在，她出生了。我的小弗朗西斯卡·罗斯。

这些年虽然痛苦，但是我几乎没有见过本哭。现在，他哭得停不下来了。仿佛他积聚了大量的泪水，终于释放出来了。我看到他将熟睡的小宝宝抱在怀里，眼泪顺着脸颊默默地流下来。我们将一起给她洗澡，我会让他帮我递一条毛巾，到时候他又会哭的。我说："本，别哭了，宝贝。"

我哭的次数没那么频繁，我一心只想着把事情做好。我忙着给爱丽丝打电话请教母乳喂养的问题。你怎么知道她吃饱了？我忙着操心她为什么要哭。这一次又是什么问题？吹到风了？我忙着操心她的体重、她的皮肤。（好像有点干燥。）

但是，有时候在半夜，看到她吃饱了，喝足了，裹好了身子，安安心心地睡了，我突然会觉得，她是那么的真实，那么的娇嫩，那么的充满活力，这一点深深地震撼着我。这种幸福感如此强烈，如此惊人，就像是在我脑海里绽放的烟花。我不知道该怎么形容它。

（我以后怎么才能让她经受住毒品的诱惑？我需不需要让她接受某种早期的预防性治疗？你是怎么看的？需要操心的事情太多了。）

不管怎么说，我想告诉你，我们真的按照你的建议，给我们失去的那些孩子举行了一场仪式。我们拿了一束玫瑰来到海滩上，在一个风和日丽的冬日，我们走在沙石间，在水里为每一位失去生命的小宇航员放下了一朵玫瑰。我很高兴我们做到了。我没有哭。但是，当我看到一朵朵玫瑰漂浮在水面上时，我感觉到有什么东西松开了，仿佛在很长一段时间里，我的胸口一直套着很紧的东西。走回车里时，我发现自己在深呼吸，空气给人的感觉很清新。

（我们还打算朗诵一首诗，不过我挂念着弗朗西斯卡的耳朵可能着凉了。她还没有感冒过。前几天她有点鼻塞，但是现在似乎好了，真是谢天谢地。我正寻思着给她服用多种维生素，爱丽丝说没有必要——好吧，我离题了。）

我也想向你道歉，我之前觉得你就是一个沾沾自喜的老爸，过着完美的生活。上一次你告诉我，你和太太实际上正在治疗不孕症，你办公桌上的那张照片不是你的孩子，而是你的侄子。听到这个消息，我对自己自以为是的想法感到羞愧。

所以，杰里米，这是我的家庭作业。我知道你从来不想看它，但是我还是想交。也许它能够帮助你治疗其他病人。你太太偶尔行为失常的时候，它或许还帮得上你。

不孕症患者同好会的人来看我了，带了一大堆贵重的礼物。感觉有点可怕。我知道他们是什么样的感受，我知道他们会试图控制情绪，会向自己保证，只需要待上二十分钟，就可以回到车上哭了。他们说话时尽可能保持轻松愉快的语气。礼节性地抱孩子时，他们那可怜、疲惫、臃肿的躯体在渴望中备受煎熬。我抱怨睡眠不足（昨晚太折腾了），我也知道这样说太过分了，毕竟我明白，对于不孕的人来说，没有什么比听新生儿的妈妈诉苦更令人难受的了，好像这样可以减轻不孕的痛苦似的。这就好比你告诉一个盲人："噢，当然，视力正常的人可以看山，看日落，但是也会看到垃圾堆和污染！太可怕了！"

我不知道我为什么这么做了，只不过，我现在算是体会到了想安慰人的那种绝望、笨拙的愿望——即使你明白，无论说什么都于事无补。说不定这些同好在下一次吃午餐的时候就会说我坏话。我怀疑我以后见不到他们了——我们之间的距离实在是太遥远了——我估计，除非他们当中的某一个人加入我的行列，从彼岸来到此岸，否则我们再也不会有交集。

杰里米，我不知道这样说会不会太冒犯：不知道你和你太太是不是在应该放弃的时候还在做无谓的挣扎。

若真如此，那么我接下来想说一些毫无意义的话。

我和本早在几年前就应该放弃了。现在回想起来，这一点再清楚不过了。我们应该"探索其他选项"，应该领养孩子。为了求子，我们放弃了多年的正常生活，几乎摧毁了我们的婚姻。如今这美好的结局早就该来了，也完全可以提早很多年实现。虽然弗朗西斯卡的眼睛长得像本，让我很欣喜，但是我现在也明白了，她跟我们有没有血缘关系并不重要。她是一个独立的小宝宝。她是弗朗西斯卡。就算我们不是她的亲生父母，我们对她的爱也丝毫不会减少。而且，我给她取名弗朗西斯卡，是因为她的曾奶奶叫这个名字。她的曾奶奶跟我们完全没有血缘关系，在我八岁之前，她甚至未曾走入过我的生活。此生我至爱弗兰妮。

就是这样。

但是现在，真要掏心窝子的话，我得说一些自相矛盾的话了。

如果你太太问我愿不愿意再经历一遍这所有的风风雨雨，我会这么回答她。

愿意。完全愿意。这是肯定的，毋庸置疑。我愿意把所有的过程再经历一遍，体味每一次注射、每一次流产、每一次激素紊乱、每一个心碎的时刻，就是为了等到现在这一刻，看着我漂亮的女儿睡在我旁边。

　　附言：我附上了一个奇怪而丑陋的娃娃。它可能会有用。祝你好运，杰里米。我觉得你会是一个了不起的爸爸，不管需要多长时间，也不管你选择什么样的方法来要孩子。

第 *35* 章

老奶奶的老心思！

她拿了第一名！

今天麦迪逊要参加演讲大赛。我在之前的博文中提到过，与她同台竞技的是其他小学最优秀的孩子，所以她这次参加比赛，可以说是相当了不起的。

她的演讲是关于世界纪录的，不仅信息量大，而且趣味十足。（你知道世界上口中含蛇最多的人一次含了多少条活蛇吗……八条！）

她上台之前，我们都好紧张。我亲爱的泽维尔脸色苍白，身上出了冷汗，爱丽丝对每个人都声严色厉，罗杰一跃而起，一个可怜的女人被他的手肘撞到了眼睛（有点尴尬）；巴尔布泪流满面。

伊丽莎白和本在那里陪着弗朗西斯卡·罗斯，小弗朗西斯卡越长越漂亮了。汤姆摇晃着本的钥匙来逗她笑。他很善于和小孩子相处。他觉得小孩子是有趣的科研对象。

爱丽丝和多米尼克在一起似乎很快乐。（自从经历了那次事故，爱丽丝比以前放松多了。以前那种紧张、憔悴的模样消失不见了。说不定我们都需要时不时撞一撞自己的脑袋？）有传闻说他们要搬到一起了。嗯。

我敢肯定你们知道我对这件事情的意见！我听说尼克也有了新的女朋友，不过，好在她今天没来，谢天谢地。尼克忙着照顾他的姐姐和母亲。我估计，用现在的话说，这些女人都是"难伺候的主"。

人人都告诉我，爱丽丝和尼克不可能复合了。"一点可能性都没有。"他们告诉我，仿佛我是个自欺欺人的老妇人。然而……

泽维尔和我碰巧坐在尼克的旁边，爱丽丝和多米尼克就在我们的前面。当他们宣布麦迪逊获胜时，爱丽丝根本连看都不看多米尼克。她转身到处寻找尼克。她情不自禁地向他伸出手。他接住了。只是碰了碰她的指尖，只有那么短暂的一秒。我看到了他们脸上的表情。这就是我要说的。

评论

来自达拉斯的多丽丝：

我也看到了，我觉得你是一个非常明智的年轻女人。准备睡觉了吗？

尾声

她漂浮在水面上，双臂舒展着，空气中弥漫着夏天的气息，飘散着盐和椰子的清香。她感觉到舌尖萦绕着令人愉悦的早点味，那是咸鲜的培根和浓郁的咖啡留下的余香，可能还夹杂着牛角面包的甘甜。她抬起下巴，感觉到明媚的阳光洒在水面上。光线太刺眼，她不得不眯缝着眼睛，透过星星点点的光斑看着自己的脚。每一个脚指头上都涂着不同颜色的指甲油，有红色、金色和紫色，真有意思。指甲油没有上好，感觉脏兮兮的，不够规整。身边还有一个人也漂浮在水面上，那是她非常喜欢的人，一个让她开心的人。此人指甲油的涂法跟她一样，五颜六色的脚指头俏皮地晃动着，向她发出了亲昵的信号。一阵慵懒的满足感涌上心头。远处传来一名男子的呼喊："马可？"回应他的是一群孩子的大叫："波罗！"男子又呼喊了一句："马可，马可，马可？"孩子们回应道："波罗，波罗，波罗！"一个孩子咯咯地笑了，银铃般的笑声久久不绝于耳，就像一长串肥皂泡。

我们在霍克斯伯里河。这是我们那次美妙的船屋度假旅行。

爱丽丝从水里抬起头，看着吉娜。吉娜闭着眼睛，长长的鬈发漂浮在水面，就像海带。

"吉娜，你没死吧？"

吉娜睁开一只眼睛，说："我看起来像是死了吗？"

爱丽丝内心充满了宽慰。"让我们喝点香槟，庆祝一下！"

"噢，那当然，"吉娜睡意蒙眬地说，"那当然。"

有人正向她们游过来。他笨拙地游着蛙泳，脑袋一上一下。古铜色的肩膀交替着入水、出水。那是多米尼克。他的头发贴在头上。睫毛上的水滴闪闪发光。

"嗨，姑娘们。"他说着，在她们的旁边踩着水。

吉娜保持沉默。

爱丽丝在吉娜面前感到不好意思。出于某种原因，这是不对的。多米尼克不应该出现在这里。

吉娜翻过身，趴在水面上，游走了。

"不，不，回来！"爱丽丝喊道。

"她走了。"多米尼克垂头丧气地说。

"你不应该在这里。"爱丽丝对多米尼克说。她打起水花溅在他身上，他看上去很受伤。"这不是你的假期。"

收音机的闹钟响了起来。那是一首上世纪八十年代的歌曲，音量很大，打破了早晨的宁静。

枕边的人在动，被子从她肩上滑走了。"对不起。"收音机被再次关掉了。她翻过身来，将被子扯了回来。

又做了一个关于吉娜的梦。爱丽丝已经很久没有梦到她了。爱丽丝喜欢这些逼真的梦，感觉就像又见了她一次，又与她度过了一天。只不过多米尼克不应该那样出现。让多米尼克进入她对船屋度假旅行的回忆，感觉就像在背叛尼克。尼克喜欢那次度假。她看见他站在船顶甲板上，假装像海盗一样蹦蹦跳跳，大呼小叫。他会抱住汤姆的腰，说："该走跳板①了，孩子！"然后把汤姆高高地抛向空中。她可以清楚地看到汤姆那张兴奋的脸，晴朗的蓝天映衬着他那古铜色的皮肤，这个画面永远定格在了她的脑海里。

汤姆。

她睁开了眼睛。

汤姆昨天晚上回家了吗？

他说好了半夜之前一定回家。他们睡得比较早。她本来想半夜的时候起床看看他，但是不知怎的，她睡得太香了。

她好像依稀听到过门钥匙的声音，感觉到有汽车开进自家车道，有人匆匆关掉了音乐，吵闹的毛头小伙子们压低了声音，还有人在上楼梯，发出很吵的脚步声。这是昨晚的事吗？

还是以前的事？

也许她最好去检查一下，但是天色这么早，她很困，而且今天又是星期天，是她可以睡懒觉的一天。要是她起了床，推开他卧室的门，应该就会发现他好好地待在房间里，衣服也没脱，趴在床头。房间里会夹杂着潮湿的霉味、须后水味和没洗的臭袜子味。然后，她就会完全清醒，再也没办法回去睡觉了。接下来，她将不得不在厨房里干坐两个小时，等着所有人醒来。

再说，今天是母亲节！他们应该把早餐和礼物送到她床前的。前提是他们还记得这件事。去年，他们就完全忘了。他们已经是青少年了，他们自己的生活中充满了喜怒哀乐。

---

① 海盗处死俘虏的一种方式。他们把一块木板伸出船的边缘，就像一块跳水的跳板一样，然后逼迫俘虏从板上走出去，然后落入海中淹死。

但是，万一汤姆没有回家呢？她要到早上十点才去报案说他失踪了？要是警官问她为什么这么久才发现她18岁的儿子失踪了，她只能说："我睡着了。"于是，警官就会交换一下眼色。一个懒惰的坏妈妈。谁让她又坏又懒惰，儿子在母亲节被杀了，真是活该。

　　她把被子掀开了。

　　"汤姆回来了。"枕边一个睡意蒙眬、有气无力的声音说，"我去看过了。"

　　她又把被子盖了起来。

　　汤姆总是会回家。他很可靠，说到做到。他不喜欢家人太多地过问他的生活（一次不超过三个问题，是他的规则），但他是个好孩子。为了HSC考试（相当于中国的高考）而刻苦学习。足球照样踢，经常和朋友出去玩，时不时就会把一些殷勤的漂亮女孩带回家。这些女孩子似乎都以为，只要讨得爱丽丝的欢心，她们就有机会了。（真是大错特错！如果爱丽丝对某个女孩子表现出太多的兴趣，那个女孩子就再也不会被带回家了。）

　　倒是奥丽薇亚可能会在外面过夜。

　　爱丽丝怎么也想不明白，为什么奥丽薇亚变了，她从一个甜美、天使般的小女孩，变成了一个乖戾、易怒、遮遮掩掩的少女。她把一头漂亮的金色鬈发染成了黑色，并且拉得笔直，看起来就像《亚当斯一家》里的莫尔蒂西亚。"谁？"奥丽薇亚冷笑道。你根本没法跟她交流。你说什么都有可能惹恼她。她摔卧室门的声音经常在整个屋子里回荡。"我讨厌这样的生活！"她会尖叫。然后，正当爱丽丝在网上查找青少年自杀的应对方法时，她听到奥丽薇亚大笑着跟朋友打电话。嗑药，少女怀孕，文身，这一切似乎都有可能发生在奥丽薇亚身上。奥丽薇亚考了两年 HSC，爱丽丝都觉得自己需要强化治疗了。

这只是成长过程中的一个阶段，麦迪逊告诉她。妈，顺其自然就好了。

麦迪逊到十四岁就结束了逆反期。现在，她已经出落成令人欣喜的大美女。有时候，看见她早上下楼吃饭，头发蓬乱，肤色透亮的样子，爱丽丝就不由得屏住了呼吸。她现在在读大学，主修经济学，找了一个被她迷得神魂颠倒的男朋友——皮特。爱丽丝已经开始把皮特当成自己的儿子（这可不是什么好事，因为她有一个可怕的感觉，那就是，麦迪逊过不了多久就会让他心碎）。时间过得太快了。前一分钟，他们开车把她从医院带回家时，她还是一个喜欢哭闹、皮肤皱巴巴的小宝宝。到了下一分钟，她已经出落成独立自主的大姑娘了。

"时间过得太快了。"她告诉伊丽莎白，伊丽莎白却不以为意。不管怎么说，她现在已经是育儿专家了。虽然她的女儿还没有进入青春期，但是她依然是最拔尖的辣妈。爱丽丝很想说，你就等着看吧，等你那乖巧可爱的小弗朗西斯卡长大后，说不定她会赖床赖到中午，你让她穿好衣服，不然过一会儿就又到睡觉时间了，她还会发火，怒气冲冲地在屋子里乱跑。等到那时候，你就会头疼了。

不过，伊丽莎白太忙了，根本听不进去。她总是没完没了地忙，忙，忙。

小弗朗西斯卡出生以后，她和本最终领养了三个越南小男孩。

其中有两个是兄弟。最小的那个患有严重的哮喘，经常进出医院。有一个小男孩因为口吃，正在接受言语矫治。弗朗西斯卡迷上了游泳，她需要接受晨训。伊丽莎白加入了一个领养父母的支持机构，该机构服务于越南外籍人士。当然，她在学校是家长和朋友委员会的会计员。

她还重新拾起了赛艇这项运动，现在已经纤瘦得如同竹竿。

她和本还养了两只狗、一只猫、三只豚鼠，并且添置了一个鱼缸。多年前那个安静、整洁的小房子现在已经变成了彻头彻尾的疯人院。爱丽丝在里面待五分钟就会感到头疼。

好在大家今天是要来爱丽丝的家里参加母亲节的午间聚餐，而不是去伊丽莎白的那所疯人院。届时，宝贝女儿麦迪逊会负责下厨做饭。

睡吧，爱丽丝。再过几个小时，屋子里就会挤满了人。

妈妈和罗杰会早到。他们迫不及待地想要晒最近的度假照片。前段时间，他们去拉斯维加斯参加了拉丁舞大会。弗兰妮在去世的前一年说过："他们围绕萨尔萨舞创造了一个全新的人生。"

泽维尔当时补充说："不像我们。我们围绕性爱创造了一个全新的人生。"为了这事，弗兰妮整整一个星期没有跟他说话，因为他在她的孙女们面前说出这种话，让她感到羞辱。

一年前，弗兰妮在安宁的睡梦中溘然长逝。在生命的最后几年，她忙着为安乐死的合法化奔走游说，与泽维尔嬉笑怒骂，然后就是写她的博客。她去世时，来自世界各地的数百名博客读者送来了鲜花和卡片。

泽维尔今天也会来。自从弗兰妮去世后，他的身体似乎垮了下去。他会找个舒适的地方坐下来晒太阳，不会说太多的话，时不时就会打打瞌睡。

平时，爱丽丝可以一连几天或者几个星期不去多想弗兰妮的事，但是像今天这样的家庭活动却不行，她感觉自己就像肚子被人踢了一脚一样难受。她知道，今后弗兰妮的缺席至少还会让她像这样难受一次。

噢，弗兰妮，我们真希望你能再多活几年。

睡吧。赶紧睡觉。

她睡着了，又一次梦见了吉娜。

吉娜、迈克尔、尼克和爱丽丝吃喝玩乐了一夜后，围坐在餐桌边。

"也不知道我们在接下来的十年里会怎样。"吉娜说。

"我们会长出更多的白发、赘肉和皱纹，"尼克微醺地说，"但是我们四个人应该还会像朋友一样，聚在这样一张桌子边，聊过去的事情。"

"噢，"吉娜说着，举起了酒杯，"你的话真贴心，尼克。"

"最好是在游艇上。"迈克尔说。

这究竟是梦境，还是回忆？

"爱丽丝。"她耳边有个声音说。

爱丽丝睁开了眼睛。

尼克一副睡眼惺忪的样子。"你是不是梦到吉娜了？"

"我叫了她的名字？"

"对，还有迈克尔的名字。"

好在她没有叫多米尼克的名字。尼克对他依然有所芥蒂。尼克会不会偶尔梦见梅根？她带着猜疑的眼神看着他。

"怎么了？"他说。

"没什么。"

"母亲节快乐。"

"谢谢。"

他说："我待会儿给我们俩端咖啡过来。"

"好。"

尼克闭上了眼睛，马上又睡着了。

爱丽丝把手枕在脑后，思索着她的梦境。多米尼克也露面了，因为她昨天在 IGA^① 超级市场看到他了。他当时正在专心致志地研究一包牙线，仿佛他的身家性命都取决于这包牙线。她感觉到他可能已经先看到她了，但是没有心情装模作样地跟她过于热情地打招呼，同时假装彼此不会觉得尴尬。因此，她乖乖地逃到了货架的另一端。

她竟然认真地考虑过和他一起过一辈子，现在想想真是奇怪。（他已经结婚了，娶了一位学生的家长；他大概对爱丽丝也是同样的看法吧。）

麦迪逊最近问了很多关于爱丽丝和尼克分居那一年的事情。

"如果当初你没有失忆，你觉得你和爸还会复合吗？"就在昨天，她提出了这样的问题。

一想到他们在那一年让孩子受的罪，爱丽丝就内疚不已。她和尼克当时年轻气盛，把自己的感受看得太重要、太惊天动地了。

"你觉得我们毁了你吗？"她焦虑地问麦迪逊。

"妈，你没必要紧张。"麦迪逊世故地叹了口气。

如果她当初没有失忆，他们还会复合吗？

会。不，很可能不会。

她想起了那年夏天的那个炎热的午后。当时，弗朗西斯卡才出生几个月。尼克路过她家，进来归还汤姆落在他车上的书包。孩子们正在后院的游泳池里玩耍。爱丽丝、多米尼克和尼克站在前院的草坪上，

---

① IGA（Independent Grocers Alliance，意思为：独立杂货商联盟）是一个以特许经营方式营运的超级市场品牌，已在全球 30 多个国家设有 5000 间零售店铺。

回想起自己小时候每到夏天，就会在前院的草坪上玩洒水器——那个年代还没有限水。爱丽丝和多米尼克站在一起，尼克站在离他们稍远一点的地方。

聊着聊着，爱丽丝和尼克就开始跟多米尼克描述，他们是如何在四十度的大热天给前阳台上漆的。那简直是一场灾难。油漆干得太快；它全部开裂，剥落了。

"那一天你心情特别糟糕，"尼克对爱丽丝说，"一边跺着脚到处走，一边责备我。"他模仿她跺脚的样子。

爱丽丝推了他一把。"你不也是心情很差。"

"我朝你身上倒了一桶水，好让你冷静下来。"

"然后我把油漆罐朝你扔过去，你一下子就疯了，追着我跑，看上去像科学怪人弗兰肯斯坦①。"

想起这件事，他们大笑起来，想控制也控制不住。

每当两人的目光相遇时，他们就会笑得更厉害。

多米尼克不自在地微笑道："估计你们当时也没有办法。"

这让他们笑得更厉害了。

等两人终于止住笑，擦干了眼角的泪水时，草坪上的影子已经渐渐拉长，爱丽丝发现自己正站在尼克旁边，而多米尼克则站开了，仿佛她和尼克是这家的主人，而多米尼克只是访客。

她看着多米尼克，发现他目光呆滞，神色黯然。他们都明白了。也许在过去几个月里，他们一直都心知肚明。

---

① 英国作家玛丽·雪莱（Mary Shelley, 1797—1851）所著的怪异小说《弗兰肯斯坦》（1818）中的主角，后为自己创造的怪物所灭。

三个星期后，尼克搬回来了。

有趣的是，尼克甚至不记得在草坪上的那一刻。他觉得是她想象出来的。对他来说，决定性的一刻是在麦迪逊的演讲比赛上。

"当时，你回过头看着我。我看到你的眼神，心里就想，没错，她想要我回去。"

爱丽丝对此一点也不记得了。

"你在想什么呢？"

爱丽丝眨了眨眼睛。尼克站在床脚，低头看着她。"你怎么脸色突然这么严肃。"

"薄煎饼，"爱丽丝说，"我希望这次的薄煎饼真的会很好吃。"

"啊，会的。麦迪逊在下厨嘛。"

她看着他拉开窗帘，看着外面的晨景。他打开窗户，大口地呼吸着。显然，今天的天气得到了他的赞赏。接着，他走进浴室套间，掀起 T 恤衫，挠了挠肚皮，打了个哈欠。

爱丽丝闭上了眼睛，想起了尼克刚搬回来之后的那几个月。

有的时候，重拾幸福是件轻而易举的事情，真是令人欣喜。有的时候，两人发现，他们确实需要"尝试"，而这种尝试显得愚蠢而毫无意义，以至于爱丽丝在半夜醒来时，会想起尼克伤害她的种种往事，心里纳闷着为什么当初没有和多米尼克在一起。但是，还有那么一些时刻——在一些意想不到的安静时刻，他们四目相对，所有这些年来的伤害和喜悦、逆境和顺境似乎都融合成了一种感情，她知道，比起自己对多米尼克正在萌芽的恋情，乃至对尼克早些年的爱情，这种感情要强烈、复杂，而且真实得多。

她一直以为，她和尼克应该一直保持最开始的那份幸福与甜蜜，那种感情是终极的，他们应该不断地努力，来复制和重现这份感情，但是现在，她意识到自己错了。这就好比将晶莹剔透的矿泉水与法国香槟作比较。早年的恋情是刺激而令人愉悦的。它轻巧而欢腾，任何人都可以像这样谈恋爱。但是，饱经风霜的爱却是截然不同的。这份爱见证过三个孩子的成长，经历过夫妻两人的分居，逃离过婚姻破裂的一劫，亲历过彼此之间的伤害、谅解、厌倦、惊艳，暴露过彼此最好和最坏的一面——只能说，这份爱是无法言喻的，值得发明一个专门的词来形容它。

或许终有一天，她与多米尼克也能培养出这样的感情。现在的结局从来就不意味着尼克是适合她的人，而多米尼克不是。她和多米尼克在一起，也很有可能过上完美幸福的生活。

但是尼克就是尼克。他先走进了她的生命，是三个孩子的父亲。当她说"噢，我的小天爷"时，他明白她的意思。他们拥有太多共同的回忆。问题就像这样简单而又复杂。

奥丽薇亚升入高中的时候，爱丽丝从事自由职业，担任筹款活动的顾问。工作似乎给她与尼克的关系赋予了新的活力。有时候，他们会在下班后一起去吃晚饭。她在他的身上找到了全新的吸引力。两名专业人士隔着餐桌，面对面地调情，感觉就像外遇一样刺激。夫妻关系常变常新的感觉真是美妙。

尼克突然停了下来，他站在床边，低头看着她，一手压在胸前。

"怎么了？"爱丽丝坐直了身子。"胸痛？你是不是胸痛了？"她很害怕胸痛。

他松开手，笑了。"抱歉。不，我只是在想事情。"

"天哪，"她愤愤地说着，再次躺了下来，"你差点把我吓出了心脏病。"

他跪在她旁边那一侧的床上。她嗔怪地打了他一下。"我还没有刷牙。"

"噢,看在上帝的分上,"他说,"我正打算说一些意味深长的话呢。"

"我想让你等我刷完牙之后再意味深长。"

"我在想,"他说,"我真的很庆幸你当年撞到了头。每天,我都说一句祈祷语,感谢上帝创造了有氧舞蹈。"

她笑了。"这真的很意味深长,很浪漫。"

"谢谢。我尽我所能。"

他低下头。她给了他一个友好而敷衍的吻(她还没有刷牙,而且她迫不及待地想喝咖啡),但是意料之外的是,这个吻美妙得让人陶醉,她有一种想流泪的冲动,这半生的接吻体验都浮现在了脑海里:交第一个男朋友时那个遥远的初吻;步入婚姻的殿堂时,伴随着"你可以亲吻新娘"的指令,尼克给了她一个甜蜜的吻;麦迪逊出生后,尼克胡子拉碴,惊魂未定,红着眼睛跟她接了个吻;与多米尼克分手后,她对尼克说:"请你搬回来,好吗?"(当时他们站在麦当劳的停车场里,孩子们正在汽车后座上争吵)那次接吻美妙到让人心痛。

卧室的门突然打开了,尼克跳回到他自己那一侧的床上,脸上笑嘻嘻的。麦迪逊用一个托盘端着早餐,汤姆拿着一大束向日葵,奥丽薇亚带着一件礼物。

"母亲节快乐。"他们唱着《生日快乐歌》的曲调。

"我们去年忘了母亲节,今年想好好补救一下。"麦迪逊一边解释,一边把托盘放在爱丽丝的膝盖上。

"好吧。"爱丽丝说着，拿起了叉子，吃了一口薄煎饼，闭上了眼睛。

"嗯……"

他们会认为，她是在回味薄煎饼的味道（里面有蓝莓、肉桂、奶油——太棒了），但实际上，她是在品味这一个上午的时光，试图将它抓住，捕获，放在安全的地方，趁着这些珍贵的瞬间尚未变成又一段寻常的回忆。

著作权合同登记号：桂图登字：20-2014-151号

Copyright © 2009 by Liane Moriarty
This edition arranged with Curtis Brown Group Ltd.
through Andrew Nurnberg Associates International Limited.

图书在版编目（CIP）数据

失忆的爱丽丝 / (澳) 莫利亚提 (Moriarty,L.) 著 ;顾纹天译. -- 南宁 : 广西科学技术出版社, 2016.6
ISBN 978-7-5551-0610-4

Ⅰ . ①失… Ⅱ . ①莫… ②顾… Ⅲ . ①长篇小说—澳大利亚—现代
Ⅳ . ①I611.45

中国版本图书馆CIP数据核字（2016）第070344号

SHIYI DE AILISI
失忆的爱丽丝

作　　者：[澳] 莉安·莫利亚提（Liane Moriarty）
责任编辑：孙淑慧　卢丹丹　　　　　　　责任审读：张桂宜
责任校对：曾高兴　田　芳　　　　　　　责任印制：林　斌
封面设计：金　山　　　　　　　　　　　版式设计：金　山

出 版 人：韦鸿学　　　　　　　　　　　出版发行：广西科学技术出版社
社　　址：广西南宁市东葛路66号　　　　邮政编码：530022
电　　话：010-53202557（北京）　　　　0771-5845660（南宁）
传　　真：010-53202554（北京）　　　　0771-5878485（南宁）
网　　址：http://www.ygxm.cn　　　　　在线阅读：http://www.ygxm.cn

经　　销：全国各地新华书店
印　　刷：北京富达印务有限公司
地　　址：北京市通州区潞城镇前北营村　邮政编码：101117
开　　本：880mm×1240mm　　1/32
字　　数：265千字　　　　　　　　　　印　　张：16.5
版　　次：2016年7月第1版　　　　　　　印　　次：2016年7月第1次印刷
书　　号：ISBN 978-7-5551-0610-4
定　　价：39.80元